Margot S. Baumann
Unter der Sonne Siziliens

AF178699

Das Buch

Justin Montague Browne, Spross eines verarmten englischen Adels-geschlechts, entdeckt durch Zufall auf dem Landsitz seiner Familie einen wunderschönen Liebesbrief. Die poetischen Worte, die sein Großonkel vor über sechzig Jahren schrieb, bewegen ihn so, dass er nach Sizilien fliegt, um die mysteriöse Ginny zu suchen, an die der Brief gerichtet war.

Was als Urlaubsreise mit romantischer Mission beginnt, wird unter der Sonne Italiens für den smarten Engländer zu einer persön-lichen Herzensangelegenheit ganz anderer Art: Denn Justin lernt die Sizilianerin Romina D'Agostino kennen, die sich für die Suche nach Ginny genauso begeistern kann wie er. Gemeinsam begeben sie sich auf eine Reise in die Vergangenheit, die ungeahnte Auswirkungen auf ihr eigenes Leben hat ...

Die Autorin

Margot S. Baumanns Laufbahn als Geschichtenerzählerin begann in der zweiten Klasse, als sie ihrer damaligen Lehrerin erklärte, ihre El-tern hätten sie Landstreichern abgekauft.

Heute schreibt die 1964 geborene Autorin klassische Lyrik, Psychothriller und Romane über Liebe, Verrat, Geheimnisse und Sehnsuchtsorte. Für ihre Werke erhielt sie nationale und internationa-le Preise. Sie mag raue Küsten, schroffe Felswände, Musik, Hunde, das Leben im Allgemeinen, ihre Familie und träumt von einem Cottage am Meer.

Margot S. Baumann ist Mitglied des Berner Schriftstellervereins und des Montségur-Autorenforums. Sie lebt und arbeitet im Kanton Bern (Schweiz).

Mehr Infos zur Autorin auf www.margotsbaumann.com.

MARGOT S. BAUMANN

Unter der Sonne
Siziliens

ROMAN

Deutsche Erstveröffentlichung bei
Tinte & Feder, Amazon Media E.U. S.à r.l.
5 Rue Plaetis, L-2338 Luxembourg
Juni 2018
Copyright © der deutschsprachigen Ausgabe 2018
By Margot S. Baumann

Umschlaggestaltung: bürosüd⁰ München, www.buerosued.de
Umschlagmotiv: © Wayne Fogden/Getty; © MaRap/Shutterstock;
© Titus and Co/Shutterstock; © icemanphotos/Shutterstock;
© Iryna Denysova/Shutterstock
1. Lektorat: Karla Schmidt
2. Lektorat: Bernadette Lindebacher
Korrektorat: Manuela Tiller/DRSVS
Gedruckt durch:
Amazon Distribution GmbH, Amazonstraße 1, 04347 Leipzig /
Canon Deutschland Business Services GmbH, Ferdinand-Jühlke-Str. 7,
99095 Erfurt /
CPI books GmbH, Birkstraße 10, 25917 Leck

ISBN: 978-2-919-80130-5

www.tinte-feder.de

Für Ursula Nobs-Burri

.

Benchì l'amuri novu trova locu,
scurdari nun si pò l'amuri anticu.

Auch wenn es eine neue Liebe gibt,
kann man die alte nicht vergessen.

Sizilianisches Sprichwort

Prolog

»Hallo? Können Sie mich verstehen?«

In der Leitung knackte es, als würde jemand Reisig fürs Kaminfeuer brechen. Edward hörte eine leise Frauenstimme, dann erklang unvermittelt ein durchdringendes Pfeifen und er riss den Telefonhörer vom Ohr.

»Come on!«, stieß er ärgerlich hervor und hämmerte auf die Gabel. Zwecklos, jetzt war überhaupt nichts mehr zu hören, nicht mal ein Rauschen.

Mit einem unterdrückten Fluch knallte er den Hörer auf die Gabel. Seit dem Krieg waren Telefongespräche reine Glückssache. Er würde es später nochmals versuchen. Irgendwann musste die Verbindung mit London doch zustande kommen!

»Darling? Ist etwas passiert?«

Fiona trat in die Bibliothek und schälte sich aus ihrem Wintermantel. Darunter trug sie ein hellbraunes Tageskleid, dazu einen kleinen Hut mit Schleier und Lederhandschuhe. Unter ihrem Arm klemmte eine schmale Handtasche, die sie öffnete, um eine versilberte Puderdose herauszuholen.

9

»Nenn mich nicht Darling, Fiona! Du weißt, dass ich das nicht ausstehen kann.«

Sie sah ihn über den aufgeklappten Deckel hinweg spöttisch an. »Und?«

»Nein, nichts ist passiert«, sagte Edward resigniert. »Das Telefonnetz ist nur wieder einmal zusammengebrochen.«

Sie nickte verstehend, puderte sich die Nase und warf einen letzten prüfenden Blick in den Spiegel, bevor sie die Dose wieder in ihrer Handtasche verstaute.

Fiona Beddingfield sah wie üblich perfekt zurechtgemacht aus. Dass der Zweite Weltkrieg gerade über Europa hinwegfegte und so viel Leid mit sich brachte, prallte an ihr ab wie der Regen an den Fensterscheiben. Von Kopf bis Fuß ganz die Tochter aus gutem Hause, schien sie die Gräueltaten, das Elend und die Not einfach auszublenden, was Edward plötzlich unglaublich wütend auf sie machte.

Er atmete tief durch, um nicht ausfällig zu werden, ging zum Sekretär hinüber und griff nach der Karaffe mit dem Sherry. Obwohl es noch nicht einmal elf Uhr morgens war, schenkte er sich einen großen Schluck ein und stürzte ihn hinunter.

Dann drehte er sich um und funkelte Fiona missgelaunt an. »Kannst du vielleicht mal aufhören, an deiner Frisur herumzuzupfen!«

Er war so richtig in Stimmung, sich zu streiten, doch Fiona sah ihn aus ihren hellblauen Augen nur kühl an und zuckte mit den Schultern. Verdammt, noch nicht mal streiten konnte man sich mit ihr!

Mit ihren einunddreißig Jahren galt die älteste Tochter von Sir Lawrence Beddingfield in ihren Kreisen als »spätes Mädchen«. Sie war nicht eigentlich hübsch zu nennen, dazu war ihre Nase etwas zu lang, ihr Mund etwas zu schmal und ihre Figur zu knabenhaft. Aber sie hatte eine hervorragende Schulbildung genossen, spielte Klavier, interessierte sich für

Kunst und Sprachen und war die beste Reiterin in der ganzen Grafschaft. Sie und Edwards Mutter, Lady Montague Browne, hatten es sich in den Kopf gesetzt, eine Allianz zwischen den Beddingfields und den Montague Brownes zu schmieden, um Fionas Mauerblümchendasein damit endlich ein Ende zu setzen. Und Edward, als ältester Sohn der Montague Brownes und Erbe des Titels, schien beiden der passende Kandidat für dieses Unternehmen zu sein. Dass er Fiona nicht liebte und sie nicht heiraten wollte, spielte für die Frauen absolut keine Rolle.

»Ich fahre heute nach London«, erklärte er und schenkte sich noch einen Sherry ein. Als er ein kurzes Räuspern hörte, wandte er den Kopf. »Etwas dagegen?«

»Mitnichten, Dar... Edward. Ich nehme an, du hast gute Gründe dafür. Soll ich dich fahren?«

Er schüttelte den Kopf. »Es wird schon gehen.«

Sein linker Ellbogen war durch einen Schuss aus einem deutschen Gewehr zertrümmert worden und nach der Genesung steif geblieben, deshalb sollte er eigentlich kein Automobil mehr steuern. Aber er wollte weder, dass ein Angestellter, noch dass Fiona ihn wie ein Kleinkind überall hinfuhren. Er versuchte seine Unabhängigkeit zu wahren – was sich zuweilen schwierig gestaltete, vor allem, wenn die eigene Mutter alles daransetzte, einen zu verkuppeln. Zudem ging es Fiona nichts an, was er in London zu tun hatte. Sie würde früh genug erfahren, dass sich ihr Wunsch, die nächste Lady Montague Browne zu werden, nie erfüllen würde: Edward hatte vor, im Militärhauptquartier in London von einem ehemaligen Studienfreund einen Gefallen einzufordern. Obwohl es unter Strafe verboten war, private Angelegenheiten via Militärfunk abzuwickeln, musste er das Risiko eingehen und es versuchen. Seine früheren Vorgesetzten würden ihn schon nicht gleich in den Tower werfen, wenn sie es merkten. Womöglich riskierte er einen Verweis, vielleicht sogar die Aberkennung seiner Tapferkeitsmedaille. Aber er musste *unbedingt* mit Ginny sprechen! Er konnte nicht darauf warten, dass ein Telegramm oder ein Brief seinen Weg nach Sizilien fand. Das dauerte alles viel zu lange – wenn es denn überhaupt ankam! Im Krieg ging so viel verloren.

Er trank den Sherry aus und stellte den schweren Kristallglasschwenker hart auf das silbrige Tablett. Dabei fiel sein Blick auf das Aquarell über dem Sofa. Es zeigte eine Aussicht auf das Ionische Meer und stammte von Edward Harrison Compton, einem Maler englischen Ursprungs, der jedoch schon lange in Deutschland lebte … falls er denn noch lebte. Vielleicht hatten sie sogar gegeneinander gekämpft. Wer wusste schon, wer auf der anderen Seite stand? Die Welt war komplett aus den Fugen geraten!

Normalerweise suchte sein Namensvetter seine Motive zwar lieber in den Bergen, doch bei einer Italienreise hatte er eine Reihe hübscher Aquarelle gemalt.

Als Edward das lieb gewonnene Gemälde betrachtete, fühlte er beinahe den warmen Wind über seine Haut streichen, roch die staubige Vegetation und hörte das Singen der Zikaden. Er fühlte schlanke Arme um seinen Hals.

»Ti amo«, vermeinte er, eine leise Stimme zu hören, »für immer.«

Er lächelte.

I

Taormina, Sizilien, heute

»Zum Kuckuck!« Romina ließ den Hefter auf den Schreibtisch fallen und betrachtete den Blutstropfen auf ihrer Fingerkuppe. Sie steckte den Finger in den Mund. »Warum ist Papier eigentlich so scharf? Haben wir irgendwo Pflaster?«

Orlando, ihr Arbeitskollege, zuckte nur mit den Schultern und starrte weiterhin auf den Bildschirm seines Computers.

»Dein Mitgefühl ehrt dich«, murmelte sie und stand auf.

Die Mittagssonne fiel durch die blank geputzten Fensterscheiben der Eventagentur *Invento* in der Via Leonardo da Vinci und spiegelte sich auf dem gepflegten Parkettboden. Romina blieb vor dem Panoramafenster stehen.

Obwohl sie schon ihr ganzes sechsundzwanzigjähriges Leben auf Sizilien verbracht hatte, erfüllte sie die Aussicht auf das Ionische Meer, den Strand von Giardini-Naxos und den Rauch ausstoßenden Ätna immer noch mit Ehrfurcht.

»Du weißt schon, dass du deine Bluse wegwerfen kannst, wenn Blut darauf kommt, oder?«, bemerkte Orlando.

»Mist!«

Erschrocken sah sie auf ihre weiße Seidenbluse, doch

glücklicherweise konnte sie nirgends einen Blutfleck entdecken. Sie ging zu der eingebauten Küchenzeile im hinteren Teil des Büros und kramte in einer Schublade herum, bis sie ein Heftpflaster fand.

Es war Anfang Juni, Mitte des Monats begann das Taormina Film Fest, ein wichtiger Bestandteil von »Taormina Arte«, für das die Agentur diverse Events organisierte, und die übliche Panik hatte die Firma fest im Griff.

Seit drei Jahren arbeitete Romina bei Invento und fühlte sich rundum wohl. Als einzige Frau neben zwei Kollegen genoss sie die Fürsorge, die diese ihrem Küken angedeihen ließen. Trotz aller Freundschaft verlangte ihr Chef Enrico aber von seinen Mitarbeitern konsequente Professionalität, seien diese jetzt männlichen oder weiblichen Geschlechts.

Während Romina das Heftpflaster um ihren Zeigefinger wickelte, ging sie im Kopf nochmals alle Eventualitäten für den Cocktailempfang der Elitegäste des Filmfestivals durch. Er sollte auf der Terrasse und im Wintergarten des *Grand Hotel* stattfinden. Sie hatte an alles gedacht, sogar daran, wie die Feier kurzfristig in die Innenräume verlegt werden konnte, sollte es regnen. Aber eigentlich regnete es zu dieser Jahreszeit selten in Taormina.

Vor sieben Jahren hatte Romina auf so einem Empfang den englischen Schauspieler Colin Firth kennengelernt. Sie hatte damals in seinem Hotel als Aushilfskellnerin gejobbt, und der smarte Engländer hatte sie mit seiner herzlichen Art begeistert. Noch immer wurden ihre Knie weich, wenn sie an dieses Zusammentreffen dachte. Es war vor allem seine Rolle als Fitzwilliam Darcy in *Stolz und Vorurteil,* die ihr immer wieder ein Seufzen entlockte, selbst wenn sie sich den Film zum hundertsten Mal ansah.

Romina liebte alles, was mit England zusammenhing. Besser gesagt, wie es zu der Zeit von Jane Austen im 19. Jahrhundert gewesen sein musste: die Höflichkeit, das Werben um die Gunst der Angebeteten, die festgeschriebenen Rituale. All das fand sie überaus romantisch. Leider sah es in ihrem eigenen Leben dahingehend etwas weniger stimmungsvoll aus: Sie war Single.

In diesem Moment klingelte ihr Handy. Sie verzog den Mund, als sie den Namen auf dem Display erkannte, trotzdem meldete sie sich.

»Ciao, Alessandro, was gibt's?«

Alessandro Cortesi war der Hotelmanager des Grand Hotel in Taormina. Und, wenn man in Jane Austens Sprache bleiben wollte, er machte Romina schon länger den Hof. Sie fand ihn nett, aber irgendetwas fehlte ihr bei ihm. Es knisterte nicht zwischen ihnen, was er natürlich ganz anders sah.

»Buongiorno, Romina. Na, schon fleißig?«

»Natürlich, was denkst du denn?«, erwiderte sie kurz angebunden und stockte dann. »Himmel, sag mir jetzt nicht, dass etwas mit dem Event nicht klappt!«

Er lachte. »Nein, alles in Ordnung, ich wollte nur deine Stimme hören.«

Sie unterdrückte den Wunsch, ihm eine schnippische Antwort zu geben. »Gott sei Dank! Ja, also, nett von dir. Ich muss jetzt aber weiterarbeiten.«

»Alles klar. Ich will auch nicht länger stören. Wir sehn uns.«

Romina legte auf und seufzte verhalten. Im Grunde sprach nichts gegen eine Liaison mit Alessandro. Er sah gut aus, hatte ein regelmäßiges Einkommen und gute Manieren. Doch sie scheute sich vor dem entscheidenden Schritt.

Sie dachte an ihr Faible für den Engländer Colin Firth. Seltsamerweise stellte sie sich ihren Lebenspartner immer ein wenig wie diesen Schauspieler vor, auch wenn das natürlich kompletter Humbug war. Aber gegen seine Träume kam man eben nicht an. In dem Jahr, als sie ihn getroffen hatte, war in ihr auch der Wunsch erwacht, in der Eventbranche zu arbeiten.

Sie hatte es sich damals ungeheuer aufregend vorgestellt, ständig bekannten Größen aus Film und Fernsehen zu begegnen. Aber natürlich bestand die Tätigkeit in einer Eventagentur nicht nur aus glamourösen Veranstaltungen. Es gab auch öde Schreibtischarbeit, Verhandlungen mit unfreundlichen Kunden und Lieferanten oder Laufburschendienste zu erledigen. Oder dämliche Quittungen abzuheften, wie diese, die sich gerade auf ihrem Schreibtisch stapelten.

»Hey Kleine, träum nicht. Enrico hat dich schließlich nicht nur wegen deiner schönen Augen eingestellt.«

Orlando grinste frech und Romina stieß ein abfälliges Schnauben aus.

»Liebster Orlando, soll ich dich lieber auf Englisch, Spanisch oder Französisch einen Vollpfosten nennen? Denn im Gegensatz zu dir spreche ich diese Sprachen auch und muss mir keine Übersetzungen googeln.«

Orlando knurrte etwas, das ein Übersetzungsprogramm vermutlich nicht in seinem Repertoire führte, und Romina lachte. Sie hatte ihre Ausbildung mit Bestnoten abgeschlossen, verfügte über ein sensationelles Organisationstalent und behielt, trotz ihres sizilianischen Temperaments, auch in hektischen Situationen den Überblick. Etwas, das in Italien unabdingbar war. Auch wenn Orlando gerne mal spöttelte, dass sie diesen Job bloß wegen ihres guten Aussehens bekommen hatte, respektierte er ihre Fähigkeiten und war immer wieder dankbar, wenn sie ihm den »lästigen Kram« mit den ausländischen Kunden abnahm.

»Musst du nicht langsam los?«

Er betrachtete die Uhr über der Eingangstür. Romina folgte seinem Blick und stieß erschrocken die Luft aus.

»Himmel, kannst du das nicht früher sagen?«

Sie hatte sich bereit erklärt, eine ältere Filmschauspielerin zum Shopping zu begleiten, und war spät dran.

»Keine Ursache«, erwiderte er grinsend, lehnte sich im Stuhl zurück und verschränkte die Hände am Hinterkopf.

Sie warf ihm einen giftigen Blick zu, schnappte sich ihre Handtasche und lief zu ihrem Wagen.

Glücklicherweise verfügte die Agentur über eigene Parkplätze, denn die waren in Taormina Mangelware. Die Innenstadt war komplett autofrei, und wer einigermaßen bei Verstand war, reiste mit den öffentlichen Verkehrsmitteln an. Aber man konnte den Gästen nicht vorschreiben, dass sie besser den Bus oder die Seilbahn benutzen sollten, obwohl das oft schneller ging als mit dem eigenen Auto und die weitaus spektakulärere Aussicht bot.

2

Woodbridge Hall, Suffolk, heute

Justin fuhr sich mit beiden Händen durch die dunkelblonden Haare und seufzte. Diesen Monat würden sie nur knapp die ausstehenden Rechnungen begleichen können und für die Löhne der Angestellten mussten sie die eisernen Reserven anzapfen.

Er schob die Computertastatur ärgerlich zur Seite. Durch die offene Terrassentür drang das Gezwitscher der Vögel in die Bibliothek. Wenigstens die erfreuten sich des Lebens!

Er stand auf und trat auf die Terrasse hinaus. Die gepflegte Parkanlage von Woodbridge Hall mit dem alten Baumbestand erstreckte sich bis zum Horizont, wo sie in ein kleines Wäldchen überging, das einen künstlich angelegten See begrenzte.

Es roch nach feuchter Vegetation. Am frühen Morgen hatte es geregnet, und von den Nadeln der akkurat gestutzten Koniferen tropfte noch das Wasser. Trotz aller Sorgen musste Justin Ross Stockley ein Kompliment machen. Es gab keinen besseren Gärtner. Doch wie lang würden sie ihn noch beschäftigen können, wenn das so weiterging? Sie brauchten unbedingt mehr Einnahmen! Aber woher sollten die kommen?

Justin Montague Browne, letzter männlicher Spross des alten englischen Adelsgeschlechts der Earls of Glemhamm und Träger des Titels, war verzweifelt. Er hatte schon alles versucht: Sie führten Hausrundgänge für Touristen durch, veranstalteten Hochzeiten, boten die Räumlichkeiten des weitläufigen Haupthauses Filmcrews historischer Filme und Serien an und hatten einen Vertrag mit der BBC, die ab und zu ihre Antiquitätenshow hier drehte. Doch die ganzen Einnahmen wurden von dem alten Kasten in Windeseile wieder verschluckt, als sei er ein gefräßiges Urtier. Marode Leitungsrohre, kapriziöse Elektrik, undichte Dächer, Tapeten, die sich von den Wänden lösten … es hörte einfach nie auf!

Woodbridge Hall, erbaut im Jahr 1560, war ein ziegelrotes, riesiges Gemäuer. Justins Urahn, unter den Tudors zu Ansehen und Würde gekommen, hatte es mit einem Hang zum Uferlosen im elisabethanischen Stil errichtet. Es war immens, verfügte über fünfzig Zimmer, davon zwei Ballsäle und zwei Bibliotheken – wer zum Teufel brauchte zwei Ballsäle und zwei Bibliotheken? –, und umfasste einen Park mit angeschlossenen Gärten von über 120 Hektar.

Der Sohn des Erbauers, ein Lebemann mit zweifelhaftem Ruf, hatte das gesamte Vermögen jedoch in kürzester Zeit verspielt und verhurt. Und so ging es weiter in der langen Reihe von Justins Vorfahren: einmal reich, dann wieder arm.

Anfang des 18. Jahrhunderts hatte ein Montague Browne die Schläue besessen, Catherin Yale zu ehelichen, die Tochter von Elihu Yale, der die berühmte Yale-Universität in Amerika gegründet hatte. In den darauffolgenden Jahren hatte der betuchte Schwiegervater das Anwesen mit großzügigen Finanzspritzen unterstützt und die Fassade im georgianischen Stil umbauen lassen – bis sein englischer Enkel den Landsitz erneut in den Ruin führte.

Es war ein Auf und Ab, als würde ein Fluch auf der Familie liegen. Eine Generation der Montague Brownes heiratete reich und brachte den Besitz dadurch zu neuer Blüte, nur damit ihn die darauffolgende gleich wieder in den Bankrott trieb. Jetzt war Justin an der Reihe, und es sah gefährlich danach aus, dass er sich in den ruinösen Zweig seiner Vorfahren einordnen würde. Definitiv sogar! Außer natürlich, er würde sich entschließen, Charlotte zu heiraten.

Justin seufzte tief. Charlotte Compton war die einzige Tochter von Sir Frederick Compton. Das große Anwesen des erfolgreichen Brauereibesitzers grenzte an Woodbridge Hall und Charlotte und er waren quasi zusammen aufgewachsen. Ihre Familie schwamm im Geld, daher hielt es Justins Mutter für ihre Pflicht, ihren Sohn kontinuierlich darauf hinzuweisen, wie überaus gewinnbringend eine Allianz zwischen ihren Familien doch wäre.

Doch er liebte Charlotte nun einmal nicht. Für ihn war sie immer nur eine gute Freundin gewesen. Oder die Schwester, die er nicht hatte. Und die Zeiten, als in ihren Kreisen Ehen aus anderen Gründen als Liebe geschlossen wurden, waren Gott sei Dank vorbei. Dennoch … wenn nicht bald Geld in die Kassen kam, mussten sie Woodbridge Hall verkaufen.

Justin stützte sich mit beiden Händen auf die Steinmauer der Terrasse und strich gedankenverloren über die rauen Flechten, die sich darauf festgesetzt hatten. Sollte er über seinen Schatten springen und eine Zweckehe eingehen? Er verstand sich gut mit Charlotte. Aber brauchte es für eine Partnerschaft nicht auch Liebe? Oder war Freundschaft vielleicht der bessere Kitt für eine Beziehung als die Flüchtigkeit einer Leidenschaft?

Justin atmete tief durch. Verdammt, er hegte keine Ambitionen, derjenige Montague Browne zu sein, der das Familienanwesen für alle Zeiten in den Sand setzte! Nein, das konnte er seiner Mutter nicht antun. Aber wollte er nur aus Berechnung heiraten? Es musste doch noch eine andere Lösung geben?!

Der Wunsch, alles hinzuschmeißen und für ein paar Wochen zu verreisen, wurde übermächtig. Irgendwohin, wo die Sonne schien, wo kristallklares Wasser glitzerte und warme Luft einen umschmeichelte. Weg von roten Zahlen, unbezahlten Rechnungen und nervigen Besuchern. Ein bisschen am Strand liegen und sich ausruhen. England hatte unbestritten seine Reize, aber das Wetter gehörte definitiv nicht dazu. Und als hätten seine Gedanken den Himmel dazu verleitet, ihm einen zusätzlichen Stoß zu versetzen, fing es in diesem Moment wieder an zu regnen.

»Alles klar!«, knurrte Justin ergeben und ging zurück an seinen Schreibtisch.

3

Romina saß auf einem der bequemen Korbstühle vor dem alten Wintergarten des Grand Hotel, nippte an ihrem Shirley Temple und wartete auf Alessandro. Das exklusive Hotel rühmte sich, das erste in Taormina gewesen zu sein, und lag nur wenige Gehminuten unterhalb des griechischen Amphitheaters, in dem die Filmvorführungen des Filmfests stattfanden.

Von der *Literary Terrace* des Hotelbetriebes aus bot sich den Gästen eine beeindruckende Aussicht über den gepflegten Garten, auf die Küste und den majestätischen Ätna. Während der Hochsaison gaben sich hier die Reichen und Schönen aus aller Welt die Klinke in die Hand.

Alessandro hatte sie zum Essen eingeladen. Der neue Koch wollte seinem Chef zum Einstand etwas Außergewöhnliches zubereiten, und sie fungierte als Versuchskaninchen. Doch Alessandro ließ auf sich warten.

Romina unterdrückte den Wunsch, sich die Zeit mit ihrem Smartphone zu vertreiben. Das passte ihrer Meinung nach nicht zur romantischen Atmosphäre dieses Hotels – ein wahres Relikt aus den Anfängen des Tourismus auf Sizilien. Offensichtlich war sie jedoch die Einzige, die so dachte, denn auf anderen Stühlen saßen einige Gäste mit über ihren Handys geneigten Köpfen.

Sie lehnte sich zurück und atmete tief den Duft nach exotischen Blumen ein, die im angrenzenden Garten liebevoll gehegt und gepflegt wurden. Sie liebte dieses mondäne Fünfsternehotel, obwohl sie sich ein Zimmer hier niemals hätte leisten können. Doch ab und zu war ein bisschen geborgter Luxus ganz angenehm. Eben ging die Sonne hinter dem Ätna unter und tauchte die Terrasse in flüssiges Gold. Romina schloss für einen Moment die Augen und genoss die letzten Sonnenstrahlen.

Es war ein harter Tag gewesen. Der Caterer für das Auftaktevent des Filmfestivals hatte sich mit seinem Gemüselieferanten zerstritten und wollte jetzt partout keine vegetarischen und veganen Snacks mehr zubereiten. Eine Katastrophe in der heutigen Zeit! Mit Engelszungen hatte Romina auf die beiden starrköpfigen Firmeninhaber einreden müssen, und letztendlich waren sie einsichtig gewesen. Gott sei Dank! Nicht auszudenken, wenn sie in letzter Minute einen neuen Cateringservice hätte suchen müssen.

An der Küste entlang flammten die ersten Lichter auf und spiegelten sich wie in einem Kaleidoskop auf dem glatten Meer. Romina wurde nie müde, das anregende Farbenspiel zwischen Dämmerung und Nacht zu betrachten, wenn die grellen Farben des Tages verblassten und die blaue Stunde begann, die später in eine samtene Nacht überging. Für sie gab es keinen schöneren Ort als Taormina und sie konnte sich nicht vorstellen, woanders zu leben.

»Entschuldige bitte die Verspätung.«

Romina wandte den Kopf. Alessandro stand vor ihr, ganz der erfolgreiche Hotelmanager in Anzug und Krawatte, goldene Manschettenknöpfe am gestärkten Hemd und eine Uhr, für die man vermutlich einen Kleinwagen mittlerer Preisklasse bekommen hätte.

Er beugte sich zu ihr herab und seine Lippen streiften ihre Wange. Der Duft seines Rasierwassers stieg ihr in die Nase. Für ihren Geschmack etwas zu viel des Guten und sie rümpfte verhalten die Nase.

Sie war empfindlich, was Gerüche anbelangte, und mochte es nicht, wenn sich Personen dermaßen parfümierten, dass ihr eigener Körpergeruch überdeckt wurde. Für sie gehörte er zum individuellen Charakter dazu. Natürlich gefielen ihr keine ungepflegten Leute, die nach Schweiß müffelten, aber wandelnde Parfümzerstäuber eben auch nicht.

»Kein Problem«, erwiderte sie lächelnd. »Aber jetzt habe ich Hunger.«

»Fein, dann lass uns doch mal sehen, womit uns Sven begeistern will.«

»Das Basilikumsorbet war einsame Klasse«, sagte Romina und suchte in ihrer Handtasche nach dem Hausschlüssel.

Alessandro nickte lächelnd. »In der Tat, sehr raffiniert. Dann kann ich Sven also auf die Gäste loslassen, wenn mein persönliches Barometer des guten Geschmacks sich von ihm hat überzeugen lassen?«

Romina lachte, fand endlich den Schlüssel und schloss die Haustür auf. »Nettes Kompliment. Aber ja, auf alle Fälle. Da hast du ein gutes Näschen bewiesen.«

Vom Hotel bis zu ihrer Wohnung brauchte man bloß zehn Minuten zu Fuß. Alessandro hatte es sich jedoch nicht nehmen lassen, sie nach Hause zu begleiten, und offensichtlich erwartete er jetzt, dass sie ihn noch auf einen Kaffee hereinbat. Doch Romina fühlte sich zu erschöpft, um erneut eine endlose Diskussion über unerwiderte Gefühle zu führen. Und auf die würde es unweigerlich hinauslaufen, wenn sie seine Annäherungsversuche erneut zurückwies. Es schmeichelte ihr zwar, dass der smarte Hotelmanager sich für sie interessierte, und im Grunde sprach nichts gegen eine Verbindung, aber ein unbestimmtes Bauchgefühl hielt sie davon ab. Sie hatte schon

Stunden damit zugebracht, darüber zu grübeln, weshalb es ihr so schwerfiel, den entscheidenden Schritt zu tun – und sie hatte keine Antwort gefunden. Sie mochte Alessandro zwar, aber Liebe war das ihrer Meinung nach nicht. Liebe überfiel einen doch wie ein Unwetter, riss einen mit und ließ keinen Platz für Unsicherheit. Zwar hatte sie bis jetzt noch nie ein derartiges Gefühl erlebt, doch sie stellte es sich so vor und hoffte natürlich, dass sie es irgendwann erfahren durfte. Die Zuneigung zu Alessandro gestaltete sich jedoch eher wie ein träge dahinfließender Strom. Ohne Untiefen, ohne bemerkenswerte Strömung oder gar Stromschnellen, geschweige denn einen spektakulären Wasserfall.

»Danke für den wunderschönen Abend, Alessandro. Es war ein langer Tag und jetzt will ich nur noch ins Bett.«

»Das käme mir gelegen.«

Romina lächelte gequält. »Tut mir leid.«

»Ja, mir auch.«

Er wandte sich kopfschüttelnd ab und ging davon, ohne sie zum Abschied auf die Wange zu küssen. Als er an der Hausecke ankam, drehte er sich jedoch nochmals um.

»Ich habe jetzt lange genug gewartet, Romina«, sagte er und strich seine Krawatte glatt. »Es wird Zeit, dass du dich entscheidest.«

Sie senkte den Blick, erwiderte aber nichts.

»Ich meine es ernst!«

»Ja, gut, ich denke darüber nach«, entgegnete sie zögerlich.

Alessandro nickte, verschwand um die Hausecke und Romina stieß frustriert die Luft aus.

4

»Wir werden auf keinen Fall den Springbrunnen entfernen lassen!« Justin schüttelte den Kopf, obwohl ihn der Anrufer gar nicht sehen konnte. »Wie? Nein, das geht auch nicht.«

Auf was für Ideen manche Leute kamen, es war unfassbar! Zwar hatten diverse Filmcrews schon bauliche Veränderungen an Woodbridge Hall vornehmen lassen, damit das Setting für ihre Aufnahmen authentischer wirkte, aber sie hatten danach auch alles wieder in den Ursprungszustand versetzt. Manchmal sah es im Anschluss sogar besser aus als vorher. Doch was den Springbrunnen im Garten hinter dem Haus anbelangte, gab es für Justin kein Nachgeben. Ein berühmter Architekt, dessen Name ihm zwar nicht einfiel, der aber allgemein als Meister seines Fachs galt, hatte ihn Mitte des 19. Jahrhunderts entworfen und gebaut.

Der Anrufer räusperte sich. »Mister Montague Browne, natürlich verstehen wir Ihre Bedenken, jedoch ist eben kein Springbrunnen im Skript enthalten.«

»Dann fügen Sie ihn halt ein. So schwer kann das doch nicht sein.«

Einen Moment blieb es am anderen Ende still, dann spielte der Produzent seinen letzten Trumpf aus: »Tut mir leid, aber wenn das tröpfelnde Ding nicht wegkommt, müssen wir uns nach einem anderen Drehort umsehen. Wir haben eine ähnliche Location in Sussex aufgetan, und die würde genauso gut ins Konzept passen … wenn nicht sogar besser.«

Justin schluckte schwer, doch sein Stolz ließ ihm keine Wahl. »Verstehe. Na, dann viel Erfolg in Sussex!«

Er knallte den Telefonhörer auf die Gabel. Erpressen ließ er sich schon mal gar nicht.

So ein eingebildeter Fatzke! Da produzierte dieser Löffel mal eine Miniserie mit leidlichem Erfolg und hielt sich gleich für Steven Spielberg. Obwohl sie das Geld dieser Filmproduktion gut hätten gebrauchen können, gab es Grenzen. Und da gehörte der antike Springbrunnen eben dazu. Wobei das Teil dringend überholt werden musste, denn anstatt zu springen, tröpfelte das Wasser seit vergangenem Winter nur noch. Offenbar gab es irgendwo ein Loch. Egal, Prinzip blieb Prinzip!

Es klopfte an die Bibliothekstür.

»Herein!«, rief Justin ungehalten, war insgeheim aber froh um eine Ablenkung.

»Störe ich?«

Charlotte lugte durch den Türspalt, und als Justin den Kopf schüttelte, trat sie ein. Sie trug Reitkleidung und wirkte erhitzt. Auf ihren Wangen prangten rote Flecke und der strenge Pferdeschwanz sah zerzaust aus. Als hätte sich ihr unordentliches Aussehen in Justins Augen gespiegelt, strich sie sich glättend über ihre flachsblonden Haare.

»Lass mich raten: der hintere Zaun?«, fragte er tadelnd. Charlotte nickte grinsend, und er schüttelte den Kopf.

»Du wirst dir noch mal den Hals bei dem Sprung brechen, Teuerste.« Er klappte das Notebook zu und stand auf. »Kann ich dir etwas anbieten?«

Sie setzte sich auf das Sofa neben dem Schreibtisch, über dem das Italienbild hing, und schlug die Beine übereinander.

»Gern. Und nein, werde ich nicht, Firelady springt die Höhe im Schlaf. Ich liebe diese Stute! Sie wird irgendwann bestimmt lauter Champions hervorbringen.«

Justin trat zu der Anrichte und sah stirnrunzelnd über die Ansammlung der verschiedenen Flaschen und Karaffen. »Ich kann dir leider keinen Pimm's anbieten, der ist ausgegangen. Im Angebot sind noch Sherry, Portwein oder Wermut.«

»Dann einen kleinen Wermut … mit viel Ginger Ale.«

Er öffnete den Martini und mixte die Getränke. Mit den gefüllten Gläsern ging er zum Sofa und ließ sich seufzend neben Charlotte aufs Polster fallen.

»Schwerer Tag?«, fragte sie und nippte an ihrem Drink.

»Die geplante TV-Serie können wir knicken. Sie stellen unmögliche Forderungen, die ich ablehnte, und jetzt drehen sie lieber in Sussex.« Er zuckte mit den Schultern und streckte die Beine aus.

»Das tut mir leid«, erwiderte sie mitfühlend und legte ihre Hand auf seinen Arm. »Womit kann ich dich aufheitern?«

»Wie wär's mit Aladins Wunderlampe?«

»Ist leider ausverkauft.«

»Zu dumm. Wie war Bath?«

Charlotte und ihr Vater reisten jedes Jahr zur Sommerfrische in den Süden. Die Comptons besaßen im ganzen Land diverse Immobilien, die sie regelmäßig aufsuchten.

Wieso hatten sich Justins Vorfahren nicht für Bier begeistert? Offensichtlich warf eine Brauerei erheblich mehr ab als ein altersschwaches Landgut.

»Öde«, erwiderte Charlotte. »Immer die gleiche Clique, die sich aus Langweile hirnrissige Streiche ausdenkt. Letzthin haben sie sich als Bettler verkleidet, um zu sehen, wer das meiste Geld erbettelt.« Sie schnaubte. »Richtige Kindsköpfe!«

»Und?«

»Drei Pfund.«

»Kann ich sie haben?«

Charlotte lachte und selbst Justin zog einen Mundwinkel nach oben. Manchmal war Humor doch das Einzige, das noch half.

»Ich hätte die größte Lust, den ganzen Krempel hinzuschmeißen!«, stieß er hervor. »Einfach mal weg und die Seele baumeln lassen.«

»Fahr doch kommende Woche mit uns in die Highlands«, schlug sie vor. »Daddy interessiert sich für eine Destillerie, die zum Verkauf steht. Solche Verhandlungen dauern immer eine Ewigkeit. Wir könnten Golf spielen, wandern oder …«

»Nette Idee, danke, aber nein«, unterbrach er sie. »Mutter würde die Krise bekommen, wenn ich sie während der Saison mit den Touristen allein lasse. Immerhin heißt das tägliche Event ›Earl Grey mit dem Earl‹. Und die weiblichen Gäste erwarten natürlich demzufolge einen Mann. Wobei ich Earl Grey nicht mal mag.« Justin verzog frustriert den Mund. »Manchmal kippt mir Powell als Aufmunterung sogar ein bisschen Whisky hinein, damit ich es durchstehe.«

Richard Powell arbeitete als Butler auf Woodbridge Hall. Er hatte schon Justins Großvater gedient, und es schien, als gingen die Jahre spurlos an dem Mann vorüber. Mit seiner bis hin zum blütenweißen Einstecktuch korrekten Butleruniform galt er als Inbegriff des englischen Dieners und war bei den älteren Touristinnen äußerst beliebt. Eine reiche Amerikanerin hatte ihm einmal ein halbes Vermögen geboten, damit er sie in die USA begleiten und als Faktotum in ihrem Haus tätig würde. Doch Powell hatte der Dame in seiner unnachahmlichen Art einen Korb gegeben. Seine Loyalität galt seit Jahrzehnten der Familie Montague Browne. Und Woodbridge Hall ohne Powell? Unvorstellbar! Das wäre fast so, als würde die Queen ihre Corgis ins Tierheim geben.

»Schade. Es wäre nett gewesen.«

Charlotte klang enttäuscht, und Justin fühlte sich sogleich in die Defensive gedrängt. Er wusste, was sie für ihn empfand, doch er konnte ihre Gefühle nicht erwidern, so leid es ihm tat. Sie würde zwar eine formidable Lady Montague Browne abgeben, war sie doch klug, schön, reizend und äußerst vermögend. Doch zwischen freundschaftlicher Zuneigung und Leidenschaft bestand nun mal ein himmelweiter Unterschied.

»Sei nicht böse, Charlotte«, sagte er beschwichtigend und versuchte, die Situation mit einem Scherz aufzulockern: »Du weißt, wie gern ich dich beim Golf schlage, aber …«

»Das ist es also?«, unterbrach sie ihn heftig und sprang auf. »Mehr als eine dumme Bemerkung bin ich dir nicht wert?«

Er sah sie irritiert an. »Was meinst du damit?«

Sie funkelte ihn ärgerlich an, stellte das Glas auf den Schreibtisch und trat ans Fenster. »Du weißt ganz genau, was ich damit meine, Justin. Beleidige mich nicht noch mit dummen Bemerkungen. Das ist so demütigend!«

Sie verschränkte die Arme vor der Brust und starrte in den Park hinaus. Plötzlich herrschte eine unangenehme Stille im Raum.

Natürlich wusste er, was Charlotte meinte. Ihr Werben um seine Zuneigung hatte ihn durch die vergangenen Jahre begleitet wie ein kaum wahrnehmbares Hintergrundrauschen. Aber er hatte gedacht, dass sie irgendwann einsehen müsste, dass es sich nicht lohnte, und sich ihr Interesse dann auf jemand anderen verlagern würde. Offensichtlich hatte er sich mit dieser Einschätzung jedoch geirrt.

»Charlotte, bitte, ich …«

»Sei still!«, unterbrach sie ihn heftig und drehte sich um. Ihre Augen schwammen in Tränen. »Sei einfach still, du Vollidiot!«

Dann rannte sie durch die Bibliothek, riss die Tür auf und ließ sie krachend hinter sich ins Schloss fallen.

5

Lautes Gelächter drang durch das offene Fenster in Rominas Schlafzimmer und sie öffnete die Augen. Nach einem Blick zur Digitalanzeige ihres Weckers drehte sie sich noch einmal um.

Es war Samstag, sie hatte frei und wollte noch weiterschlafen. Doch der fröhlichen Truppe auf der Straße unter ihrem Fenster schien das egal zu sein, denn nach ein paar Sekunden drang erneut eine Lachsalve zu ihr herauf.

»*Cavolo!*«, grummelte sie, stand auf und schloss das Fenster. Dummerweise sah sie dabei direkt in die gleißende Sonne. Das war's dann wohl mit Ausschlafen!

Sie fühlte sich wie gerädert. Albträume hatten sie die ganze Nacht heimgesucht. Sie war zusammen mit Alessandro auf einem windumtosten Felsen am Meer gestanden und er hatte ständig dasselbe gefragt: »Warum nicht? Warum nicht? Warum …?«, und sie dabei immer näher an den Abgrund gedrängt.

Sie brauchte kein Traumdeutungsbuch, um zu erkennen, was das bedeutete. Die düsteren Bilder verflüchtigten sich jedoch im hellen Tageslicht wie der morgendliche Dunst über dem Meer. Trotzdem blieb ein ungutes Gefühl zurück. Und als hätte der Traum die Realität eingeholt, klingelte in dem Moment ihr Handy. Das war wieder typisch Alessandro! Er wusste doch, dass sie heute freihatte und dann gern ausschlief. Sie seufzte. Rücksichtnahme zählte leider nicht zu seinen herausragenden Charaktereigenschaften. Kurz überlegte sie, seinen Anruf zu ignorieren, aber er konnte hartnäckig sein und würde es immer wieder versuchen, also nahm sie das Gespräch an.

»Pronto!«, sagte sie unwirsch.

»Romina, Süße, ich habe dich doch hoffentlich nicht geweckt?«

»Nein«, erwiderte sie knapp.

»Fein. Hör zu, hättest du heute Lust, einen Ausflug zu den Klippen von Spiaggia di Ponente zu machen? Ich habe zwar viel um die Ohren, aber es hat auch seine Vorteile, wenn man der Chef ist.« Er lachte überheblich.

Romina lief ein Schauer über den Rücken. Träumte sie jetzt etwa schon von Ereignissen, die in der Zukunft passierten? Das war ja unheimlich.

Sie räusperte sich. Auf keinen Fall wollte sie mit Alessandro auf diese Klippen klettern, von denen sich Wagemutige zehn Meter tief ins Meer hinabstürzten. Das Schicksal sollte man nicht noch herausfordern.

»Nette Idee, danke, aber nein. Ich habe heute viel zu erledigen. Vielleicht ein anderes Mal.«

Einen Moment blieb es am anderen Ende still, dann zischte Alessandro in eisigem Ton: »Wie du willst. Aber eines sage ich dir, ich habe jetzt langsam genug und lasse mich nicht für dumm verkaufen. Das habe ich nicht nötig!«

Er legte ohne ein weiteres Wort auf und Romina schluckte. War das jetzt das Ende? Oder, was ihr mehr zu schaffen machte, der Anfang für weitere Konflikte?

Sie rieb sich den Nacken und legte das Handy auf den Couchtisch.

Alessandro bedrängte sie einfach zu sehr. Von seiner Warte aus bestimmt nachvollziehbar, doch sie hasste jede Art von

Druck. Sie würde sich entscheiden, wenn sie sich sicher war, bis dahin musste er sich eben gedulden … oder aufgeben. Basta!

Am Samstag erledigte Romina normalerweise den Hausputz und ihren Wocheneinkauf, doch um diese Uhrzeit waren die Lebensmittelläden noch geschlossen, sie hätte also Zeit gefunden, ihre zwei Zimmer inklusive der Küche und des Bads aufzuräumen. Doch obwohl sie bei der Arbeit in der Agentur als Perfektionistin galt, verflüchtigte sich diese Charaktereigenschaft auf geheimnisvolle Weise, sobald sie die Türschwelle ihrer Wohnung überschritt.

Ihre Großmutter, Blanca D'Agostino, bei der sie nach dem frühen Tod ihrer Eltern aufgewachsen war, hatte beim Anblick von Rominas Zimmer jedes Mal die Hände über dem Kopf zusammengeschlagen und ihr alle Höllenqualen für Faulpelze prophezeit. Nach Ansicht ihrer Großmutter fanden nur häusliche, strebsame und züchtige junge Mädchen einen passenden Ehemann und somit das nötige Seelenheil. Rominas Zukünftiger musste demzufolge ein Ordnungsfanatiker sein oder sie würde als einsame Jungfer sterben. Eine Putzfrau wäre natürlich eine Option, doch dazu reichte ihr Gehalt nicht aus.

»Da hilft wohl alles nichts«, murmelte sie ergeben, hob ein T-Shirt vom Boden auf und schnupperte daran. »Aufräumen ist angesagt.«

Sie warf das T-Shirt in den Korb für die Schmutzwäsche, schlüpfte aus ihrem Schlafanzug und zog Shorts und ein Top an. Dann band sie sich ein zusammengerolltes Bandana um die Stirn und machte sich an die Arbeit.

»Natürlich tut es mir leid, *Nonna*, aber im Moment kann ich einfach nicht weg. Du weißt ja, das Filmfestival steht vor der Tür und …«

Der Wortschwall, den ihre Großmutter daraufhin vom Stapel ließ, entlockte Romina ein Schmunzeln. Die rüstige

82-Jährige war überhaupt nicht damit einverstanden, dass ihre Enkelin sie so selten besuchte. Zudem arbeitete sie nach *Nonnas* Dafürhalten zu viel.

Blanca D'Agostino wohnte immer noch allein in ihrem Häuschen in Gangi, einem Siebentausend-Seelen-Dorf im Herzen Siziliens mit Blick auf den majestätischen Ätna.

Vor ein paar Jahren war Gangi in der Provinz Palermo zum schönsten Dorf Italiens gekürt worden, worauf die Einheimischen mächtig stolz waren. Leider wanderten jedoch immer mehr junge Leute in die Touristenzentren oder aufs Festland ab und die Gemeinde überalterte langsam. Viele Häuser standen leer und verfielen. Um dem entgegenzuwirken, hatte sich der findige Bürgermeister etwas Extravagantes einfallen lassen: Er verkündete in Funk und Fernsehen, dass er über dreißig Immobilien in Gangi zu verschenken gedachte.

Das Echo auf diese Ankündigung war im In- und Ausland überwältigend gewesen. Zu Hunderten pilgerten daraufhin interessierte Italiener und Ausländer in das Bergdorf, um sich umzusehen. Natürlich gab es ein paar Auflagen, bis man sein Gratishaus auch beziehen konnte, doch einem geschenkten Gaul schaute man offenbar nicht so gründlich ins Maul.

Seit dieser Aktion kam der Tourismus in der Region immer mehr in Fahrt, und Romina hoffte, dass der Rummel nicht ganz so ausufern würde wie an der Küste. Gerade in Gangis Ursprünglichkeit bestand ja sein größter Charme. Dennoch konnte sie sich nicht mehr vorstellen, für immer dort zu leben, dazu liebte sie den Trubel in Taormina viel zu sehr. Zudem gab es in Gangi praktisch keine Arbeitsplätze, schon gar nicht für eine Eventmanagerin.

»*Nonna*, hör mir doch zu«, unterbrach sie endlich Blancas Sermon. »Ich verspreche dir hoch und heilig, dass ich nach dem Festival ein paar Tage zu dir komme.«

»*Piccola*, das versprichst du mir dauernd. Ich weiß schon gar nicht mehr, wie du aussiehst.«

Romina lachte. »Jetzt übertreibst du aber. Wie gesagt, nach dem Festival wirst du mich nicht mehr los.«

Ihre Großmutter kicherte. »Das wäre schön.«

»Wirklich, *Nonna*, ich komme, sobald es hier ruhiger wird. Und wehe, es erwarten mich nicht mindestens zwanzig Granitas im Tiefkühler. Verschiedene Sorten, versteht sich!«

Granita war eine sizilianische gefrorene Spezialität, einem Sorbet nicht unähnlich, die hier oft schon zum Frühstück mit einer Brioche konsumiert wurde. An heißen Sommertagen das Köstlichste, was es überhaupt gab! Da konnte Sven mit seinem Basilikumsorbet einpacken.

»Natürlich, meine Kleine, ich fange gleich an, auf Vorrat zu produzieren.«

Bei dem Gedanken an eine süße Mandelgranita mit einer frisch aus dem Ofen gezogenen Brioche knurrte Rominas Magen vernehmlich.

»*Nonna*, ich muss jetzt los. Nächste Woche rufe ich wieder an und wir verabreden ein fixes Datum, einverstanden? Ciao, ti amo!«

Romina lief ins Badezimmer, wobei sie sich gleichzeitig entkleidete, und sprang unter die Dusche. Während sie sich einschäumte, stellte sie sich in Gedanken ihr Frühstück zusammen, und ihr Magen grummelte noch eine Spur intensiver. Wer konnte schon putzen, wenn er hungers starb?

6

Justin zuckte erschrocken zusammen, doch nicht, weil Charlotte so unsanft die Tür zuknallte, sondern weil ihm etwas auf den Kopf fiel.

»Aua!«

Er rieb sich den Hinterkopf. Das Gemälde über dem Sofa war von der Wand gefallen und lag jetzt auf dem Parkettboden. Gott sei Dank hatte es auf den ersten Blick nichts abbekommen.

Justin stellte den Drink auf den Fußboden und hob das Bild auf. Der Maler Edward Harrison Compton hatte es 1923 gemalt. Ob Charlottes Familie mit ihm verwandt war? Doch Justin konnte sich den schwergewichtigen Brauereibesitzer nicht als Spross eines Aquarellmalers vorstellen. Archie Compton hob lieber Pints und schwang keine Pinsel.

Justin kannte sich in der Malerei nicht besonders gut aus, aber das Bild hatte ihm schon immer gefallen. Es zeigte einen Ausblick auf ein sehr blaues Meer von einem Berg hinab. Im Hintergrund thronte der schneebedeckte Vulkan Ätna. Es war zweifelsohne auf Sizilien entstanden.

Sein Großonkel Edward hatte im Zweiten Weltkrieg an der Operation »Husky«, dem Einmarsch der Alliierten auf die Mittelmeerinsel, teilgenommen und das Bild später gekauft. Es wurde erzählt, dass er zeit seines Lebens immer eine besondere Affinität für Italien gehegt hatte. Verwunderlich, wenn man bedachte, dass er bei der Invasion schwer verletzt worden war.

Justin wollte das Bild wieder aufhängen, doch der Nagel an der Wand fehlte. Offensichtlich war Charlottes temperamentvoller Abgang zu viel für ihn gewesen.

Er selbst mochte Italien ebenfalls, wobei er eher die mondänen Badeorte bevorzugte. Während des Studiums hatte er mit seinen damaligen Kommilitonen öfter mal ein paar feuchtfröhliche Urlaubstage jenseits der Alpen verbracht. Auf Sizilien war er jedoch noch nie gewesen. Vielleicht sollte er mal hinfahren und die Plätze besuchen, an denen sein Großonkel gekämpft hatte.

Justin zog das Sofa ein Stück von der Wand weg, und da lag der Nagel. Der steinerne Aschenbecher würde als improvisierter Hammer herhalten müssen. Mit ein paar gezielten Schlägen befestigte Justin den Nagel und wollte das Bild gerade wieder aufhängen, als er bemerkte, dass der papierne Rückseitenschutz einen Riss bekommen hatte. Egal, den sah man zum Glück nicht, wenn das Gemälde an der Wand hing.

Als er den Riss jedoch genauer betrachtete, entdeckte er, dass etwas Helles darunter hervorschimmerte. Er zog mit spitzen Fingern daran und hielt plötzlich einen verschlossenen Briefumschlag in der Hand.

Wie seltsam. Wer versteckte denn einen Brief hinter einem Gemälde? Mit schwungvoller Schrift war ein einziges Wort darauf geschrieben. Die Buchstaben waren zwar verblasst, doch der Name immer noch gut zu entziffern: Ginny.

Er drehte den Umschlag um. Kein Absender. Und weder eine Adresse noch eine Briefmarke, als hätte der Verfasser nicht vorgehabt, den Brief abzuschicken.

Wer zum Teufel war Ginny?

»Nach Sizilien? Jetzt?«

Dorothy Montague Browne sah ihren Sohn an, als hätte er nicht mehr alle Tassen im Schrank, und vermutlich stimmte das sogar. Doch Justins Entscheidung war gefallen. Morgen würde er von Gatwick aus nach Catania fliegen und eine Woche auf Sizilien verbringen.

»Ich muss einfach mal raus«, erklärte er. »Mir fällt die Decke auf den Kopf. Ich habe alles schon mit Powell abgesprochen. Er übernimmt die Rolle des Earl bei den Teepartys, er kann das sowieso besser, und bis die nächste Hochzeit stattfindet, bin ich längst zurück.«

»Und was ist mit Charlotte?«

»Was soll mit ihr sein?«

Dorothy schob die Lesebrille auf die Nasenspitze und sah ihren Sohn prüfend darüber hinweg an. »Ich dachte, ihr wollt zusammen in die Highlands fahren. Sie sagte mir …«

»Nein, falsch gedacht!«, unterbrach er sie genervt. »Es ist mir vollkommen egal, was ihr zwei hinter meinem Rücken für Pläne schmiedet. Ich habe nicht vor, mit Charlotte etwas anzufangen. Sieh das doch endlich ein, Mutter!«

»Kein Grund, die Stimme zu erheben, mein Lieber.« Dorothy schüttelte missbilligend den Kopf. »Und wir schmieden keine Pläne, also bitte. Als sie mir erzählte, dass sie und Archie nach Inverness fahren, habe ich sie dazu ermuntert, dich einzuladen. Was ist denn schon dabei? Ihr hättet Zeit, euch … nun ja, näher kennenzulernen.«

Justin fuhr sich frustriert mit beiden Händen durch die Haare. Manchmal bedauerte er es, ein Einzelkind zu sein. Hätte er einen älteren Bruder gehabt, könnte der ihm Charlotte abnehmen. Der würde auch altersmäßig besser zu ihr passen.

»Die reizende Idee ist also auf deinem Mist gewachsen? Fein, dann fahr du doch mit. Archie ist seit Ewigkeiten Witwer.

38

Wenn du unbedingt in die Familie Compton einheiraten willst, wieso stellst du dich nicht selbst zur Verfügung?«

»Justin Charles Montague Browne, ich darf doch sehr bitten!«

Die Nasenflügel seiner Mutter bebten empört, was auf ein aufkommendes Gewitter schließen ließ, wie auch, dass sie seinen vollen Namen verwendete, und er zog automatisch den Kopf ein.

»Ich werde nie wieder heiraten. Dein Vater, Gott hab ihn selig, war die Liebe meines Lebens, und kein Mann kann ihn je ersetzen.«

»Ja, ich weiß«, erwiderte Justin zerknirscht und setzte sich an Dorothys Seite. Er griff nach ihrer Hand. »Es tut mir leid, Mummy, verzeih mir. Aber ich würde dieses Gefühl eben auch gern erleben. Nur wird das mit Charlotte nicht passieren, verstehst du?«

Dorothy nickte besänftigt. »Gut, dann fahre halt nach Italien. Amüsiere dich eine Woche und dann sehen wir weiter. Manchmal erkennt man aus der Ferne eher, welcher Weg der richtige ist.« Sie tätschelte kurz seine Hand und griff dann wieder nach ihrem Buch. »Vielleicht wirst du ja einsichtig, wer weiß.«

7

»Vielen Dank, dass Sie mich zum Bahnhof fahren«, sagte der Franzose auf Italienisch, dabei rollte er das R übertrieben, was ihm offenbar als Inbegriff des einheimischen Dialekts erschien.

»Keine Ursache«, erwiderte Romina und bog auf den Parkplatz der Bahnstation Taormina-Giardini ein.

Der Bahnhof lag im Ortsteil Villagonia, wenige Meter von der Küste entfernt. Von der Altstadt aus war er problemlos mit dem Bus oder mit der Seilbahn zu erreichen, aber Enrico hatte sie gebeten, seinen Gast am Sonntagnachmittag persönlich zur Bahn zu bringen.

Ihr Chef ging natürlich wie immer davon aus, dass seine Angestellte an ihrem freien Wochenende nichts Besseres zu tun hatte. Und weil das stimmte, ärgerte es sie umso mehr, den Nachmittag damit zu verplempern, Geschäftskunden in der Welt herumzukutschieren, denn der kleine Franzose hätte auch den Direktbus zum Flughafen nehmen können.

»Da wären wir.« Sie stoppte unsanft und schaltete den Motor aus. »Soll ich Ihnen mit dem Gepäck helfen?«

Der Franzose schüttelte den Kopf. »Aber nein, Signorina, das schaffe ich schon allein.« Er griff nach Rominas Hand und drückte einen feuchten Kuss darauf. »Mille grazie!«

Sie unterdrückte ein Schaudern.

Der Franzose stieg aus, schnappte sich seinen Rollkoffer vom Rücksitz und schlug die Tür zu. Zurück blieb der Geruch seines aufdringlichen Aftershaves. Romina schüttelte sich. Den Gestank brachte sie bestimmt eine Woche nicht mehr aus dem Auto.

Als der Franzose in der Bahnstation mit den zwei maurisch anmutenden Türmen verschwand, stieg sie eilig aus und öffnete alle Türen ihres Wagens, damit sich der Mief verzog. Eben fuhr der Zug aus Catania ein, der Gegenzug würde in wenigen Minuten eintreffen.

Romina lehnte sich mit verschränkten Armen an die Karosserie und sah zur Uhr über dem Eingangsportal hinauf. Bald halb vier. Was sollte sie mit dem angebrochenen Nachmittag anfangen? Schwimmen gehen? In der Nähe lag der wunderschöne Kiesstrand der Isola Bella, der sich gegenüber der mit üppiger Vegetation bewachsenen gleichnamigen Insel ausdehnte. Ein schmaler Sandstreifen, der im Rhythmus der Gezeiten verschwand und wieder auftauchte, verband das unter Naturschutz stehende Eiland mit dem Festland. Doch sie hatte ihren Badeanzug nicht dabei, und irgendwie war ihr auch nicht nach lärmenden Badegästen zumute. Vielleicht fuhr sie einfach zurück in ihre Wohnung, suchte sich ein gutes Buch heraus und verbrachte den Rest des Tages in einer fiktiven Welt. Ohne überparfümierte Kunden und balzende Hotelmanager.

Alessandro hatte sich seit Freitag nicht mehr gemeldet. Offensichtlich hielt er eisiges Schweigen für ein adäquates Mittel, sie zum Handeln zu bewegen.

Sie atmete tief durch. Er hatte ja recht, sie sollte sich endlich für oder gegen ihn entscheiden. Das war kein Zustand, und er hatte es auch nicht verdient, dass sie ihn am ausgestreckten Arm verhungern ließ.

»*Dopo Taormina, per favore*. Grand Hotel.«

Romina fuhr zusammen. Hinter ihr stand ein groß gewachsener Mann mit einer Reisetasche in der Hand und einem Rucksack auf dem Rücken. Seine dunkelblonden Haare waren perfekt geschnitten und sorgfältig mit Gel in Form gebracht, und er hatte ein markantes Kinn mit einem kleinen Grübchen. Unter dem hellen Anzug trug er ein dunkelgrünes Poloshirt, dessen Knöpfe offen standen und den Ansatz einer muskulösen Brust erahnen ließen.

Rominas Mund wurde trocken.

Er sah sie aus seinen blauen Augen fragend an und runzelte kurz die Stirn. »Do you speak English?«, fragte er dann, als hätte sie das Gesagte nicht verstanden.

Engländer! Romina schmolz dahin und lächelte dümmlich. Offensichtlich hielt er sie für eine Taxifahrerin. Zugegeben, ihr Auto war weiß, wie die üblichen Taxen hier, aber auf dem Dach befand sich doch kein Taxischild.

Endlich hatte sie sich von ihrem Schreck erholt und fand die Situation plötzlich witzig.

»Ja, ich spreche auch Englisch«, sagte sie und strich sich eine Haarsträhne hinters Ohr. »Also ins Grand Hotel, alles klar. Möchten Sie Ihr Gepäck im Kofferraum verstauen?«

Der Fremde nickte und sie öffnete den Kofferraumdeckel ihres Wagens. Als er die Tasche und den Rucksack hineinlegte, stieg ihr sein Duft in die Nase. Herb, männlich und seltsam urtümlich, als hätte er eben drei Stunden in einem dunklen Wald verbracht. Sie unterdrückte ein Seufzen und wandte sich schnell ab, bevor der Mann bemerkte, wie ihre Empfindungen Purzelbäume schlugen.

Er stieg vorne ein und griff gleich nach dem Sicherheitsgurt.

Romina zupfte an ihren kurzen Shorts herum, bevor sie selbst einstieg. Bei dem Franzosen war es ihr egal gewesen, aber vor dem Engländer genierte sie sich plötzlich, ihm so viel nackte Haut zu zeigen, auch wenn das Thermometer bereits an die dreißig Grad zeigte. Aber im Grunde war es ja auch egal, wie sie aussah. Diese kleine Scharade würde in knapp elf Minuten enden, nämlich genau dann, wenn sie vor dem Grand Hotel ankamen.

Sie stieg ein und wendete das Auto. Aus dem Augenwinkel bemerkte sie, wie der Mann sich suchend im Wageninnern umsah. Offenbar hielt er Ausschau nach dem Taxameter. Sie verbiss sich ein Lachen.

»Sind Sie das erste Mal auf Sizilien?«, fragte sie auf Englisch, ganz im Stil einer pflichtbewussten Taxifahrerin, die um tourismusfördernden Small Talk bemüht ist.

»Ich ... ja, das erste Mal«, erwiderte er gedehnt und hielt sich mit einer Hand am Türgriff fest, als sie eine Kurve etwas rasanter anfuhr.

»Wie schön. Und dann auch gleich noch den herrlichsten Ort ausgesucht. Sie haben Geschmack.«

Der Fremde warf ihr einen schnellen Blick zu. Anscheinend überlegte er, ob sie sich über ihn lustig machte. Die Situation gefiel Romina immer besser und sie verlangsamte das Tempo, damit die Fahrt zum Hotel etwas länger dauerte.

»Urlaub oder Geschäft?«, fragte sie weiter und überholte einen Radfahrer.

Der Engländer zögerte einen Moment.

»Urlaub«, erwiderte er dann knapp. »Entschuldigen Sie, ich möchte nicht despektierlich erscheinen, aber muss sich nicht ein Taxameter im Wagen befinden?«

Despektierlich? Romina liebte solche altmodischen Ausdrücke und warf ihm einen unschuldigen Blick zu.

»Natürlich, er ist nur gerade kaputt. Ich werde Sie aber nicht übers Ohr hauen, versprochen.«

Er nickte langsam. »Sie sprechen übrigens sehr gut Englisch«, fügte er hinzu und entspannte sich ein wenig.

»Für eine Taxifahrerin«, vervollständigte sie seinen Satz.

»Himmel, nein, das wollte ich damit nicht ausdrücken! Ich …«, er brach ab, als er Rominas Grinsen bemerkte. »Ich hatte mich nur darauf eingestellt, mein angestaubtes Italienisch hervorzukramen.«

»Wenn Sie möchten, können wir auch in die Landessprache wechseln. Ich bin da flexibel.«

»Danke, aber ich werde bestimmt noch genügend Gelegenheiten finden, herumzustottern.«

Er lächelte bei diesen Worten und eine Reihe kleiner Fältchen bildeten sich dabei um seine Augen, was ihn für Romina noch attraktiver machte. Ganz zu schweigen von seinem britischen Akzent. Der klang in ihren Ohren einfach umwerfend, als wäre er direkt einem Jane-Austen-Roman entstiegen. Fitzwilliam Darcy in Fleisch und Blut!

Die von Mauerwerk begrenzte Straße schlängelte sich in engen Windungen den Berg hinauf. Links und rechts davon säumten Kakteen, blühende Bougainvilleen und hohe Palmen den Weg. Dazwischen bot die Route immer wieder einen fantastischen Ausblick auf die Bucht der Isola Bella. An einer besonders schönen Stelle verlangsamte Romina das Tempo und wies mit der Hand zum Autofenster. Der Engländer wandte den Kopf und stieß beeindruckt die Luft aus.

»Großartig!«, rief er. »Sie haben recht, ein wunderschöner Ort.«

Seltsamerweise verspürte sie daraufhin so etwas wie Besitzerstolz, als wäre die Schönheit ihrer Heimat allein ihr Verdienst.

»Das ist noch gar nichts. Es gibt Plätze hier auf Sizilien, da stockt selbst mir der Atem. Wenn Sie Zeit finden, müssen Sie unbedingt ein paar davon besuchen. Fragen Sie einfach an der Rezeption des Hotels danach.«

»Danke für den Tipp, das werde ich tun.«

Er lächelte unverbindlich und sie fühlte einen Stich der

Enttäuschung, als er nicht näher auf ihren Vorschlag einging. Schade, sie hätte ›Darcy‹ gern selbst mit ein paar hübschen Stellen bekannt gemacht. Was natürlich Unsinn war, denn die nächste Zeit musste sie hart arbeiten, und der Engländer hatte bestimmt Besseres zu tun, als sich von ihr Sizilien zeigen zu lassen. Trotzdem ärgerte sie sich gerade über ihn.

»*Ecco, siamo arrivati*«, sagte sie daher etwas barsch, als sie vor dem Grand Hotel ankamen.

Ihr Fahrgast warf ihr einen irritierten Blick zu und zog dann sein Portemonnaie aus der Sakkotasche.

»Wie viel schulde ich Ihnen?«

»Nichts, das buchen wir unter einmaligem Willkommensgeschenk ab.«

Sie stieg aus und öffnete den Kofferraum.

Der Engländer folgte ihr, und als er nach der Tasche und dem Rucksack griff, sah er sie einen Moment an, als wollte er etwas erwidern, doch dann zuckte er lediglich mit den Schultern.

»Herzlichen Dank, also, das ist überaus freundlich.«

Romina machte eine wegwerfende Handbewegung. »Dann viel Spaß. Und erholen Sie sich gut.«

Sie stieg schnell wieder ein und fuhr rasant vom Hotelparkplatz. Im Rückspiegel bemerkte sie, wie ihr der Engländer verwundert nachsah.

8

Was zum Teufel …? Justin schaute irritiert dem weißen Wagen nach, der mit quietschenden Reifen davonraste. Erst jetzt registrierte er, dass sich auf dessen Dach gar kein Taxischild befand.

Er schlug sich mit der flachen Hand an die Stirn. »Was bin ich doch für ein Idiot!«

Die hübsche Italienerin war also gar keine Taxifahrerin gewesen. Das fing ja gut an. Kein Wunder, dass sie am Ende so gereizt reagiert hatte, als er ihr Geld anbieten wollte. Aber woher hätte er auch wissen sollen, dass sie keine professionelle Chauffeurin war? Immerhin hatte sie die Verwechslung nicht klargestellt. Sie hatte sich einen Spaß mit ihm erlaubt und hielt ihn vermutlich für den größten Trottel auf Erden. Meine Güte … wie sollte er jemals Ginny finden, wenn er nicht mal ein Taxi fand?

Justin drehte sich um und ging auf das geschmiedete Eisentor des Hotels zu, dessen Flügel einladend offen standen. Auf der linken Seite davor befand sich der Eingang zum griechischen Amphitheater, von dem er schon in seinem Reiseführer gelesen hatte. Ein überdimensionales Schild neben einem mannshohen stacheligen Kaktus kündete die kommenden Filmfestspiele an. Vielleicht hatte er Glück und ergatterte noch ein Ticket für eine

Vorführung. Er stellte es sich überaus angenehm vor, in einer lauen sizilianischen Sommernacht einen Film zu sehen. Open-Air-Kinos hatten durchaus ihren Reiz, vor allem, wenn sie sich nicht in England befanden.

Er ging unter einem Torbogen hindurch, der von einem violett blühenden Strauch überwuchert wurde. Er hatte dieses Gewächs, auch in anderen Farbtönen, schon auf der Herfahrt an allen Ecken entdeckt. Stockley hätte gewusst, um welche Pflanze es sich dabei handelte; für Justin sah sie einfach nur hübsch aus.

Das Grand Hotel in Taormina galt als Nobelschuppen der Sonderklasse. Normalerweise hätte er sich einen Aufenthalt in einem Fünfsternehotel nicht leisten können. Doch auf einer speziellen Internetseite, die kurzfristig freie Zimmer in solchen Etablissements zu Schnäppchenpreisen anbot, hatte er das hier gefunden, und da ganz Taormina wegen des Filmfestivals ausgebucht war, blieb ihm sowieso nichts anderes übrig.

Charlotte wäre begeistert gewesen, sie liebte Luxusherbergen. Noch ein Umstand, der sie voneinander trennte. Er konnte auch in einer Jugendherberge nächtigen, wenn es sein musste. Doch er wollte jetzt nicht an Miss Compton denken. Sie hatte sich zwar seit ihrem rauschenden Abgang nicht mehr bei ihm gemeldet, doch er kannte sie gut genug, um zu wissen, dass sie nicht so leicht aufgab und früher oder später wieder auf Woodbridge Hall auftauchen würde.

»Also dann, Signorina Ginny, machen wir uns auf die Suche nach Ihnen.«

Er betrat die gediegene Hotelhalle und marschierte zielstrebig zur Rezeption.

Aus der Pizzeria roch es verführerisch nach geschmolzenem Käse, Tomaten und Kräutern. Justin lief das Wasser im Mund zusammen, während er im Schaukasten die Speisekarte studierte. Das Zimmer im Hotel war zwar ein Schnäppchen gewesen, die Preise im dazugehörigen Restaurant aber entpuppten sich als gesalzen. Daher hatte er beschlossen, das Abendessen lieber im Ort einzunehmen. Und Taormina machte es ihm leicht. An jeder Ecke lockten Lokale hungrige Besucher mit ihren Köstlichkeiten.

Justin hatte den Rest des Nachmittags am Hotelpool verbracht und sich ausgeruht. Als er Edwards Brief zu Hause gefunden hatte, war in ihm die Sehnsucht nach Italien erwacht. Also hatte er kurzerhand beschlossen, nach Sizilien zu fahren. So konnte er gleich zwei Fliegen mit einer Klappe schlagen: sich eine Auszeit gönnen und vielleicht diese mysteriöse Ginny finden.

Am Montagmorgen würde er zuallererst im *Hotel Villa Schuler* nachfragen. Die Geschichte dieses Gebäudes war mehr als interessant. Während des Zweiten Weltkriegs hatten dort die Nationalsozialisten ihr Quartier aufgeschlagen. Vermutlich durch den deutschen Namen angelockt, enteigneten sie kurzerhand den Besitzer und die Villa fungierte fortan als Anlaufstelle fürs Militär. Nach der Befreiung Siziliens im Jahr 1943 durch die Alliierten wurden die Nazis von den Engländern abgelöst. Seiner schönen Lage wegen nutzten seine Landsleute das Anwesen als Erholungsheim für ihre verletzten Soldaten. Und genau dort hatte Edward lange Zeit seine Blessuren behandeln lassen, bevor er wieder nach England zurückgekehrt war.

Justin spekulierte darauf, dass sein Großonkel diese Ginny möglicherweise in dem behelfsmäßigen Hospital kennengelernt hatte. Und vielleicht existierten sogar noch Unterlagen aus dieser Zeit. Es war ein Strohhalm, mehr nicht, aber irgendwo musste er schließlich anfangen.

Er hatte sich zuerst in der Villa Schuler einquartieren wollen, doch die war ausgebucht, und ohne das Grand-Hotel-Schnäppchen hätte er womöglich irgendwo kampieren müssen.

Und Zelten lag ihm gar nicht. Individualtourismus in allen Ehren, aber wenn er sich die Nasszelle mit fünfzig Leuten teilen musste, hörte der Spaß für ihn auf. Vermutlich kam bei diesem Gedanken die adlige Herkunft der Montague Brownes doch ein bisschen durch.

»Die Pizza ist ganz okay, aber wenn Sie richtiges sizilianisches Essen genießen möchten, sind Sie hier falsch.«

Justin wirbelte herum. Hinter ihm stand die Taxifahrerin und sah ihn belustigt an. Im schwindenden Licht des frühen Abends leuchteten ihre Augen geheimnisvoll.

Er starrte sie verblüfft an. Er hatte noch nie jemanden mit solch einer ungewöhnlichen Augenfarbe getroffen. Ein rauchiges Grau mit vereinzelt blauen Sprenkeln darin. Wieso hatte er das heute Nachmittag nicht bemerkt? Dann fiel ihm ein, dass sie eine Sonnenbrille getragen hatte. Sie war chic gekleidet. Ein ärmelloses weißes Kleid, das eine Handbreit über ihren hübschen gebräunten Knien endete. Über dem Arm trug sie ein dünnes Jäckchen, am andern baumelte eine Handtasche. Sie trug hohe Absätze und war dadurch beinahe so groß wie er selbst.

Er räusperte sich. »Danke für den Hinweis. Wo äße ich denn Ihrer fachkundigen Meinung nach authentischer?«

Sie legte den Kopf schief und sah ihn einen Moment nachdenklich an. Ihm wurde unter ihrem prüfenden Blick heiß und kalt und er verspürte plötzlich den unsinnigen Drang, in der Fensterscheibe der Pizzeria seine Frisur zu kontrollieren.

»Wenn Sie noch eine halbe Stunde warten und gern Gesellschaft zum Essen hätten, zeige ich Ihnen das beste Lokal von ganz Taormina. Ich muss nur noch schnell etwas erledigen.«

Justin glaubte, sich verhört zu haben. Diese rassige Schönheit wollte mit ihm zusammen essen gehen? Ein warmes Gefühl breitete sich in seinem Magen aus und er nickte begeistert.

»Das wäre fantastisch!«, platzte er heraus. »Und dabei erzählen Sie mir bitte auch, weshalb Sie so uneigennützig gestrandete Touristen herumkutschieren.«

9

Die Trattoria *Don Leone* befand sich in einer Seitenstraße des Corso Umberto, der beliebten Flaniermeile im historischen Taormina. Als sie die wenigen Stufen zur Eingangstür hochgingen, warf Romina dem Engländer einen kurzen Blick zu und schmunzelte. Er sah skeptisch an der Fassade des Hauses hoch. Wer das Restaurant nicht kannte, übersah es leicht, denn von außen wirkte es wie ein normales Wohnhaus.

»Nur keine Vorurteile«, sagte sie, »warten Sie es ab.«

Sie betätigte den altertümlichen Türklopfer, und wenig später öffnete Maria, Leones Ehefrau, die Tür.

Die ältere Sizilianerin mit den grau melierten Haaren lächelte sie erfreut an. »Romina. Come stai?«

»Bene, bene.« Sie umarmten sich. »Tut mir leid, dass ich so kurzfristig angerufen habe.«

Maria winkte ab. »Das macht doch nichts. Kommt rein!«

Sie betraten einen kleinen Innenhof, in dem sich vier Tische befanden. Alle waren mit gut gelaunten, sich lautstark unterhaltenden Gästen besetzt. Der Duft nach Tomatensoße und frischen Kräutern lag in der Luft.

»Ich habe drinnen für euch aufgedeckt«, erklärte Maria und ging ihnen voraus ins Haus.

Romina drehte sich nach dem Engländer um, der sich neugierig umsah. »Beeilen Sie sich. Ich verhungere gleich.«

»Das ist ja ein Wohnzimmer!«, rief er kurz darauf verblüfft aus, als sie ins Haus traten.

Sie lachte. »Ist mal was anderes, nicht?«

Maria und Leones Wohnzimmer diente, wenn der Innenhof wie jetzt voll besetzt war, als zusätzliche Gaststube. In der Ecke stand ein Fernseher vor einer flauschigen Sitzgruppe, gegenüber ein wackeliges Bücherregal. An den Wänden hingen Marias selbst gemalte Ölbilder der Insel. Sie hatte nicht viel Talent, aber eine Menge Spaß beim Malen, wie sie stets betonte, wenn ein Gast beim Anblick der farbenfrohen Landschaften die Nase rümpfte. Auf dem Wohnzimmertisch warteten zwei Gedecke und eine Flasche Rotwein nebst einer Karaffe Wasser.

»Gibt es keine Speisekarte?«, fragte der Engländer, als er sich vorsichtig auf dem Holzstuhl mit der hohen Lehne niederließ.

»Nein, wir essen, was Leone zubereitet«, erklärte Romina, hängte ihr Jäckchen über die Lehne und setzte sich ebenfalls. »Es ist jedes Mal eine Überraschung.«

Ihr Gegenüber zog skeptisch die Augenbrauen hoch, nickte dann aber und faltete die Hände auf dem Tisch.

Sie sahen gepflegt aus, kräftig und mit kurz geschnittenen Nägeln. Möglicherweise arbeitete er wie sie in einem Büro. Er trug keinen Ehering, was sie beruhigte. Sie hatte sich einmal mit einem Mann eingelassen, der bereits gebunden war, und es hatte übel geendet. Seit damals machte sie einen großen Bogen um alle Männer, die entweder in einer festen Beziehung lebten oder verheiratet waren. Das gab nur Probleme und Liebeskummer, ganz zu schweigen von dem schlechten Gewissen, wenn man sich in eine Beziehung drängte.

Romina griff nach dem Rotwein, füllte beide Gläser und hob ihres zum Anstoßen.

»Und jetzt sollten wir uns einander vorstellen, nicht wahr?«

»Stimmt, tut mir leid, dass ich das bis jetzt versäumt habe. Ich war nur so beeindruckt von diesem … Etablissement.« Er hob ebenfalls sein Glas. »Justin Charles Montague Browne, stets zu Diensten.«

Er deutete eine kleine Verbeugung an und sie kicherte.

»Romina D'Agostino, freut mich.«

»Die Freude ist ganz meinerseits«, erwiderte er lächelnd und sie stießen an.

»Das ist ja ein beeindruckender Name«, sagte sie, griff nach einer Olive, die in einem Schälchen auf dem Tisch stand, und schob sie sich in den Mund.

»Finden Sie?«

»Aber ja, der klingt nach Fuchsjagden im Morgengrauen, verschwiegenen Bediensteten in schwarz-weißen Uniformen und Gurkensandwiches zum Five o'Clock Tea.«

Justin lachte. »Also mit den Fuchsjagden haben wir es nicht so, aber sonst trifft alles zu.«

»Echt jetzt?« Romina sah ihn fasziniert an. »Sagen Sie nur, dass Sie auch einen Titel führen.«

Ihr Gegenüber verzog den Mund.

»Ich fasse es nicht!«, rief sie begeistert. »Wie muss ich Sie denn anreden? Mit Hoheit?«

Wieder lachte der Engländer und griff selbst nach einer Olive. »Dieser Titel ist der Königsfamilie vorbehalten. Sie können mich Justin nennen, das reicht vollkommen aus.«

»Nichts da!«, entgegnete sie und wedelte mit der Hand. »Wenn ich schon mal einen Fitzwilliam Darcy in echt treffe, will ich auch den dazugehörigen Titel kennen.« Sie lehnte sich zurück und dachte nach. »Duke? Baron? Lord? Ich habe keine Ahnung, was es bei Ihnen alles gibt. Also, kommen Sie, verraten Sie ihn mir.«

Justin seufzte ergeben. »Earl of Glemhamm«, erklärte er zähneknirschend. »Und mit Darcy habe ich wenig gemein, denn Pemberly ist weitaus besser in Schuss als unser alter Kasten.«

»Ein richtiger Earl?« Romina seufzte. »Das ist so aufregend.«

»Eher nicht«, erwiderte er freudlos. »Es ist mehr eine Plage und hat überhaupt nichts mit Jane Austens Romanen zu tun.«

»Ach, kommen Sie, so schlimm wird's schon nicht sein. Und was meinen Sie mit Kasten? Eine Burg? Ein Schloss? Downton Abbey?«

Sie zwinkerte ihm zu und er rollte mit den Augen.

»Das war ja zu erwarten. Sie lassen wohl kein Klischee aus, was?«

Maria unterbrach ihr Geplänkel, indem sie ihnen die Vorspeise servierte. Justin betrachtete stirnrunzelnd die zwei kleinen Kugeln auf seinem Teller.

»Das sind Arancini«, erklärte Romina. »Frittierte und gefüllte Reisbällchen. Sie gehören zu den typischen sizilianischen Antipasti. Keine Scheu, sie sind köstlich.«

Während sie sich die Vorspeise schmecken ließen, erzählte sie ihm von ihrer Arbeit in der Agentur. Er hörte interessiert zu und stellte ab und zu eine Frage, was ihr gefiel. Normalerweise sprachen die Herren der Schöpfung lieber über sich selbst. Er unterschied sich dahingehend wohltuend. Oder war das nur eine Masche?

Ihre Erfahrungen mit Männern aus Film und Fernsehen, die oftmals richtige Blender waren, ließen sie vorsichtig sein. Ihr Gegenüber gefiel ihr jetzt schon mehr, als es ihr lieb war. Und als sie aufstand, um auf die Toilette zu gehen, erhob sich Justin ebenfalls. Seine altertümlichen Manieren entlockten ihr beinahe ein Seufzen.

Der Mann konnte doch nicht echt sein!

10

»Hätte ich noch einen Bissen mehr zu mir genommen, wäre ich bestimmt geplatzt.« Justin stieß stöhnend die Luft aus. »Es war einfach köstlich. Vielen Dank, dass Sie mir dieses Lokal gezeigt haben. Ohne Sie hätte ich es unmöglich entdeckt.«

Nach dem beinahe dreistündigen Abendessen – die Sizilianer zelebrierten das Nachtmahl offenbar richtiggehend – befanden sie sich jetzt auf dem Rückweg. Romina hatte darauf bestanden, ihn wohlbehalten wieder beim Grand Hotel abzuliefern, obwohl Justin insistiert hatte, dass doch normalerweise der Herr die Dame nach Hause begleitete. Aber mit der hübschen Sizilianerin war über diesen Punkt nicht zu diskutieren gewesen. Offenbar wollte sie nicht, dass er wusste, wo sie wohnte.

Dieser Gedanke schmerzte ihn. Wirkte er so suspekt? Aber wer wusste schon, was sich in der Hochsaison für zwielichtige Gestalten in Taormina herumtrieben. Ihre Vorsicht war sicherlich angemessen. Trotzdem ließ ihre Entscheidung eine leichte Verstimmung bei ihm zurück und überschattete den bis hierhin so fantastischen Abend.

Romina D'Agostino faszinierte ihn auf eine beunruhigende Weise. Es waren nicht nur ihre ungewöhnlichen graublauen Augen, ihre glänzend schwarzen Haare, ihre aufregende Figur und ihr reizendes Lächeln. Obwohl er solchen Äußerlichkeiten natürlich nicht gleichgültig gegenüberstand, hatte er auch schon gleichermaßen attraktive Frauen getroffen, die ihn aber weniger gereizt hatten. Es war ihre ganze Art, die ihn gefangen nahm. Es schien, als würde in ihrem Inneren eine heiße Quelle sprudeln, die jeden in ihrer Nähe mit Energie versorgte. Er schüttelte den Kopf. Was kamen ihm da bloß für seltsame Gedanken?

»Sie sind also nicht interessiert?« Romina war stehen geblieben und sah ihn mit gerunzelter Stirn an.

»Entschuldigen Sie, ich war gerade in Gedanken. Woran bin ich nicht interessiert?«

»Als ich Ihnen eine Wanderung nach Castelmola vorschlug, haben Sie den Kopf geschüttelt. Sie sind wohl eher der Reiter, was? Man kann auch problemlos mit dem Taxi hinfahren.«

»Mit Ihrem?«

Sie schmunzelte. »Vielleicht.«

Dann zwinkerte sie ihm zu und Justin fühlte ein leichtes Kitzeln in der Magengegend.

»Ich wandere sehr gern«, erklärte er, »nur habe ich leider mein alpines Schuhwerk nicht eingepackt.«

»Gott, ich liebe Ihre Ausdrucksweise«, erwiderte Romina lachend. »Sie ist so, so … britisch.«

»Immer gern.« Er verbeugte sich. »Also, muss ich mich noch mit Pickel und Seil ausstatten?«

»Das wäre angebracht, die Kletterpassagen sind zuweilen überhängend.«

Als sie sein entsetztes Gesicht sah, kicherte sie.

»Das war ein Scherz. Es ist nicht mehr als ein Spaziergang, und Turnschuhe reichen vollkommen aus.«

»Sie machen sich wohl gern über einfältige Touristen lustig, was?«, knurrte Justin, konnte sich aber ein Grinsen nicht verkneifen. Er mochte Frauen mit Humor.

Mittlerweile waren sie vor dem Hotel angekommen. Hell erleuchtet strahlte es Eleganz und Vornehmheit aus. Vielleicht hatte Woodbridge Hall in früheren Zeiten auf Besucher ebenso gewirkt, doch das gehörte definitiv der Vergangenheit an.

Es war eine laue Nacht – genau so, wie er sich eine italienische Sommernacht vorgestellt hatte. Von der Küste her strich eine warme Brise übers Land, die Grillen veranstalteten ein spektakuläres Konzert, und der Mond stand als glänzende Scheibe am wolkenlosen Himmel und verwandelte das Meer in flüssiges Silber. Er konnte verstehen, warum sein Großonkel Edward Sizilien geliebt hatte.

»Es ist wunderschön hier«, sagte Justin leise und drehte sich nach Romina um.

Sie nickte und sah ihn einen Moment eindringlich an, als erwarte sie von ihm eine Aktion. Am liebsten hätte er sie geküsst, aber das wäre unverschämt, sie duzten sich ja nicht einmal. Er hätte ihr die vertrauliche Anrede gern vorgeschlagen, aber das ging immer von der Dame aus, auch wenn sie einen – im Moment gerade etwas tölpelhaften – Adligen vor sich hatte.

Als er sie so anstarrte, runzelte sie kurz die Stirn und sagte: »Also, werter Earl of Glemhamm, die Dame empfiehlt sich jetzt. Schlafen Sie gut.«

Sie deutete einen Knicks an und drehte sich um.

Sag etwas, du Vollpfosten, lass sie nicht einfach so gehen!, forderte eine Stimme in Justins Kopf.

»Romina?«

Sie drehte sich um und warf dabei ihr langes Haar zurück. »Ja?«

»Würden Sie mich auf dem Spaziergang nach Casteldingsda begleiten? Nicht, dass ich mich noch verlaufe.«

Sie stand unter einer Straßenlaterne, und er sah, wie sich ihre Lippen amüsiert kräuselten.

Am Montagmorgen erwachte Justin gut gelaunt und wusste im ersten Moment nicht, wieso, bis ihm einfiel, dass er heute am späten Nachmittag ein Date mit Romina D'Agostino hatte. Ein Date war vielleicht zu viel gesagt, sie hatten sich lediglich für den Spaziergang nach Castelmola verabredet. Um halb sechs wollten sie los. Romina musste arbeiten, deshalb ging es nicht früher, aber er hatte schließlich ebenfalls zu tun.

Justin hatte noch in England versucht, über die *Pagine Bianche*, das Onlineregister der italienischen Telefonnummern, Ginny ausfindig zu machen. Vergebens. Für die Suche benötigte man mindestens einen Nachnamen und die Postleitzahl. Die von Taormina kannte er zwar mittlerweile, aber Ginnys Nachname wurde in Edwards Brief nicht erwähnt. Zudem ging Justin immer noch davon aus, dass es sich bei Ginny um einen Kosenamen handelte.

Er hatte gestern darüber nachgedacht, Romina nach Ginny zu fragen. Schließlich lebte sie hier und kannte womöglich eine Frau mit diesem Namen. Doch dann hätte er ihr auch von dem Brief erzählen müssen. Und seltsamerweise scheute er sich davor, die persönlichen Worte seines Großonkels jemand Fremdem zu zeigen, denn er selbst war durch das Lesen des Liebesbriefes bereits in Edwards Privatsphäre eingedrungen.

Justin warf die Bettdecke zurück, stand auf und trat auf den Balkon seines Zimmers hinaus. Er streckte den Rücken durch und genoss das fantastische Panorama, das sich in schönster Postkartenmanier vor ihm ausbreitete.

Woodbridge Hall befand sich zwar auch nur knapp zwanzig Minuten vom Meer entfernt, die Küsten von East Anglia konnten mit dieser hier jedoch nicht konkurrieren. Weite Teile von Suffolk lagen nur knapp über dem Meeresspiegel, weshalb sich diverse Feuchtlandschaften aus Flüssen, Seen und Sumpfgebieten über den nördlichen Teil erstreckten. Dazwischen gab es Wald-, Acker- und Heideland. Doch es pfiff stets ein kühler, im Winter sogar eisiger Wind, und der Regengott unterhielt womöglich seinen Zweitwohnsitz in der Gegend. Also alles in allem viel weniger einladend als die Region, die gerade vor ihm lag.

Von irgendwoher roch es nach Kaffee und frischem Brot. Justin lief das Wasser im Mund zusammen. Schnell sprang er unter die Dusche und machte sich danach auf die Suche nach dem Frühstücksraum.

Eine Stunde später stand er vor Taorminas Rathaus, das sich am Corso Umberto befand. Es handelte sich um ein zweistöckiges, ziegelrotes Steinhaus mit gemauerten Rundbögen. An der Front hingen die Fahnen von Italien, der Europäischen Union und Sizilien. Sie flatterten recht lustlos im leichten Wind, und Justin blieb einen Moment stehen und betrachtete das seltsame Emblem auf der sizilianischen Flagge: Die diagonal in Rot und Gelb unterteilte Fahne zierte in der Mitte eine aus drei laufenden Beinen bestehende Triskele, im Zentrum ein verzierter Menschenkopf.

Was dieses Sujet wohl bedeutete? Er würde Romina heute Abend danach fragen, sie wusste es bestimmt.

Das schmiedeeiserne Tor am Eingang stand offen und Justin trat in einen kühlen, fensterlosen Innenhof.

Als sich seine Augen an den Lichtwechsel gewöhnt hatten, entdeckte er im Hintergrund eine steinerne Treppe, die in den ersten Stock hinaufführte. Auf halber Höhe gabelte sie sich. Er wählte die rechte Seite und fand sich kurz danach in einem Flur wieder, der in schmutzigem Gelb gestrichen war. Er sah sich nach einem Informationsschalter um, und als er keinen entdeckte, ging er zurück zur Treppe und nahm den linken Aufgang. Hier hatte er mehr Glück: Eine Glasscheibe trennte einen Schalter vom Rest des Flurs, davor befand sich eine Reihe leerer Metallstühle. Er wartete vor der Scheibe, bis eine Dame, die konzentriert auf einen Computerbildschirm starrte, den Blick hob und nach seinen Wünschen fragte.

»Buongiorno, Signora. Ich suche eine Frau namens Ginny, die vermutlich 1943 in Taormina gelebt hat. Können Sie mir weiterhelfen?«

II

Der Weg nach Castelmola führte über breite, aus behauenen Steinen gefertigte Stufen bergan. Ein Holzgeländer bewahrte leichtsinnige Touristen vor einem Sturz in die Tiefe. Es war mehr ein Spaziergang als eine richtige Wanderung, trotzdem schnaufte Justin hinter Romina wie ein asthmatischer Bär. Sie blieb stehen und wartete, bis er zu ihr aufschloss.

»Soll ich Ihnen einen Esel organisieren?«, fragte sie spöttisch und verbiss sich dabei ein Lachen.

Er warf ihr einen genervten Blick zu, kommentierte die Bemerkung jedoch nicht.

»Wollen wir uns einen Moment hinsetzen?«, schlug sie versöhnlicher vor, weil ihr der keuchende Engländer leidtat, und deutete auf einen Felsen unter einer ausladenden Steineiche.

Justin nickte erleichtert. »Ich weiß nicht, was heute mit mir los ist«, sagte er und wischte sich mit dem Handrücken den Schweiß von der Stirn. »Normalerweise bin ich nicht so ein Weichei.«

Am Halsausschnitt seines engen T-Shirts zeichneten sich dunkle Schweißflecken ab. Rominas Blick wanderte unbewusst über seine muskulöse Brust, die der Stoff des Shirts mehr betonte als verbarg, bis zum Bund seiner Jeans hinab.

Sie räusperte sich. »Kein Problem. Wir haben Zeit. Und es ist auch nicht mehr weit.« Sie drehte sich um und deutete mit dem Arm den Berg hinauf. »Hinter der Biegung dort liegt bereits die Kirche San Biagio, und dann sind es nur noch zehn Minuten bis ins Dorf.«

Justin streckte die Beine aus und sah aufs Meer hinab.

Romina lehnte sich zurück und genoss ebenfalls die Aussicht. Je höher man stieg, desto spektakulärer wurde sie: Die bewaldeten Berge ringsum und der Blick auf die Bucht von Naxos und auf das Häusermeer von Taormina auf dem Felsplateau waren einfach atemberaubend schön.

Doch der Engländer schien mit seinen Gedanken weit weg und gerade unempfänglich für die Schönheiten der Insel zu sein. Bedrückte ihn vielleicht etwas? Und wenn ja, sollte sie ihn danach fragen? Doch sie wollte nicht neugierig erscheinen, deshalb schwieg sie.

Es war kurz vor halb sieben, ihnen blieben noch knapp anderthalb Stunden, bis die Sonne unterging. Den Aufstieg zur normannischen Burgruine aus dem 16. Jahrhundert, den die Einheimischen den ›Venus-Felsen‹ nannten, strich Romina stillschweigend aus ihrem touristischen Repertoire für heute Abend. So wie Justin aussah, würde er vermutlich froh sein, sich nur irgendwohin setzen zu können und den lauen Abend zu genießen.

Ob er im Laufe des Tages etwas Falsches gegessen hatte? Am gestrigen Abendessen konnte es nicht liegen. Leones Köstlichkeiten waren stets frisch zubereitet. Vielleicht war es aber auch nur die Umstellung. England und Sizilien konnten unterschiedlicher nicht sein.

»Romina«, unterbrach Justin ihre Überlegungen, »würden Sie mir eine Frage beantworten?«

»Sicher.«

»Ich war heute im Rathaus und habe mich gefragt, was dieses seltsame Bild auf der Sizilien-Flagge bedeutet. Es sieht beinahe wie das Zeichen auf der Fahne der Isle of Man aus, nur haben die laufenden Beine darauf keinen Kopf in der Mitte.«

»Die haben auch eine Triskele auf ihrem Banner?« Romina war überrascht. »Das wusste ich gar nicht. Ich dachte immer, nur wir haben so ein komisches Ding. In der Schule haben wir gelernt, dass dieses Emblem für den Weg des Lebens oder symbolisch für die Sonne steht. Die Flagge existiert seit dem 13. Jahrhundert, als sich Sizilien gegen die Herrschaft Karls I. von Anjou aufgelehnt hatte. Der Kopf in der Mitte stellte früher Medusa dar, die Frau mit den Schlangenhaaren. In der heutigen Version versinnbildlicht er Ceres, die römische Göttin des Ackerbaus. Und das ist auch schon alles, was mir vom Unterricht in Erinnerung geblieben ist.«

Was hatte er denn im Rathaus gewollt? Normalerweise besuchten Touristen doch ganz andere Locations. Sie warf ihm einen schnellen Blick zu.

»Geht's Ihnen jetzt besser?«

»Ja, danke … und danke ebenfalls für die interessante Erklärung. Kann ich Sie noch etwas fragen?«

Sie nickte.

»Ist der Name Ginny auf Sizilien gebräuchlich?«

»Ginny?« Sie runzelte die Stirn. »Nein, eigentlich nicht, außer man wäre ein Fan von Harry Potter. Seit die Bücher und die Filme erschienen sind, führen immer mehr kleine Mädchen diesen Namen. Warum fragen Sie mich das?«

Er sah sie einen Augenblick nachdenklich an, und sie bekam trotz der angenehmen Temperaturen eine Gänsehaut. Diese Augen gehörten verboten! Dann zuckte er mit den Schultern.

»Ach, nur so. Ist nicht wichtig.«

Romina nickte, auch wenn sie nicht verstand, weshalb er sie so etwas Seltsames fragte.

Sie hätte ihm gern das Du angeboten, wusste aber nicht, ob das nicht eher von ihm, dem Adligen, ausgehen musste. Sie wollte sich keine Blöße geben, indem sie einen gesellschaftlichen Fauxpas beging. Also stand sie auf und beschirmte ihre Augen mit der Hand gegen die untergehende Sonne. »Ich habe uns auf der Terrasse des *Chicchirichi* einen Tisch reserviert. Wenn Sie sich aber schlecht fühlen, können wir auch mit dem Taxi vom Dorf aus zurückfahren.«

»Nein, es geht schon. Möglicherweise ist es nur der Temperaturunterschied. Als ich von zu Hause weggefahren bin, waren es dort gerade mal zwanzig Grad. Und es hat geregnet.«

Romina lachte. »Sie werden sich bald akklimatisiert haben, keine Angst. Wie lange bleiben Sie denn in Italien?«

Die Frage sollte desinteressiert klingen, denn sie wollte nicht, dass Justin annahm, es wäre ihr wichtig, wie lange er in Taormina blieb. Doch offensichtlich war ihr das nicht gelungen, denn sie sah, wie etwas Schelmisches in seinen Augen aufblitzte. Mist, jetzt bildete er sich bestimmt noch etwas darauf ein!

»Eine Woche. Wieso?«

»Nur so.«

Er schmunzelte. »Wissen Sie, ich habe mich schon bei meiner Ankunft in die Insel verliebt und würde gern länger bleiben. Auch wenn ich offenbar die Hitze schlecht vertrage.« Er zwinkerte ihr zu und stand auf. »Man sollte ein Maler sein, damit man die Schönheit von Sizilien auf Leinwand bannen kann und sie somit für alle Zeit verewigt ist.« Er steckte die Hände in die Hosentaschen.

»Malen Sie denn?«

Er wandte sich um. »Kein bisschen, leider. Aber bei uns zu Hause hängt ein Bild von Sizilien an der Wand. Und als ich dahinter den ...« Er brach ab und räusperte sich. »Also, wenn ich es betrachte, dann zieht es mich in die Ferne, um genau so einen Moment zu erleben.«

Romina lächelte. »Von diesen Momenten habe ich gelebt. Sie holen mich zurück in die Gegenwart. Und ich erkenne, dass alles ganz genau so ist, wie es sein soll.«

»Das ist hübsch, von wem ist das?«

»Das sagt Colin Firth in dem Film *A Single Man*.«

Justin lachte. »Ja, Colin hat's wirklich drauf. Ich mag ihn sehr.«

Romina riss die Augen auf. »Sie kennen Colin Firth?«

Justin nickte. »Er ist ein Bekannter meiner Mutter. Als ich klein war, kam er oft zu Besuch. Jetzt weniger, er ist wohl zu sehr mit Bridget Jones beschäftigt.« Wieder zwinkerte er ihr zu. »Wollen wir weiter?«

Romina stand automatisch auf, zu überrascht, um etwas erwidern zu können. Herr im Himmel, dieser Mann war mit ihrem Lieblingsschauspieler persönlich bekannt? Das konnte doch nur ein Traum sein.

Nach einer knappen Viertelstunde erreichten sie den Domplatz mit der Chiesa San Nicolo di Bari und bogen dahinter in die engen, mit Souvenirläden gespickten Gassen von Castelmola ein. Die obligaten Masken und hölzernen Marionetten, für die die Sizilianer eine besondere Schwäche hegten, konnte man an jeder Ecke und in allen Formen und Preislagen kaufen.

Eine Messingtafel an einem der Häuser informierte darüber, dass hier Winston Churchill übernachtet hatte. Romina wies Justin darauf hin, und er hob grinsend die Finger zum Victory-Zeichen.

Die Trattoria Chicchirichi lag in der Contrada Ogliastrello. Der Name des Lokals ahmte das Krähen eines Hahns nach und war für Ausländer ein richtiger Zungenbrecher.

Justin baute sich vor dem Eingang auf und übte sich darin, den Namen nachzusprechen, was Romina ein Kichern entlockte. Er sah bereits viel besser aus und beteuerte wortreich, dass er gern etwas essen mochte, wenn vielleicht diesmal auch nur einen Teller Pasta.

In Sizilien speiste man gewöhnlich nicht vor neun Uhr abends, daher waren sie die ersten Gäste. Sie setzten sich auf die Terrasse an einen der mit knallroten Decken bezogenen Tische und genossen das Panorama und die angenehme Brise.

»Wenn es dunkel wird«, erklärte Romina, »werden Sie Ihren Augen nicht trauen und etwas ganz Besonderes erleben.«

Sie klimperte mit den Augenlidern und Justin lachte.

»Ohne Witz«, fuhr sie fort. »Sobald die Sonne verschwunden ist und die Lichter in den umliegenden Dörfern aufflammen, brechen hier die Gäste in wahre Begeisterungsstürme aus. Und natürlich muss jeder Anwesende lautstark mitmachen. Also ölen Sie Ihre Kehle, am besten mit Mandelwein, denn dafür ist Castelmola berühmt. Zudem fahren wir danach mit dem Taxi zurück. Ein bisschen Alkohol ist also erlaubt.«

Sie zwinkerte ihm zu und er lächelte zustimmend.

* * *

Die selbst gemachten Nudeln an der aromatischen Tomatensoße entpuppten sich als genau das Richtige für Justins heiklen Magen. Er fühlte sich zwar besser, doch für exotische Meeresfrüchte- oder Fischkreationen noch nicht fit genug. Der Kellner hatte zwar etwas pikiert die Augenbrauen hochgezogen, als er lediglich einen Teller Pasta bestellte, aber im Magen dieses Kerls rumpelte es auch nicht, als würde gerade Thor mit seinem Karren darin herumkurven. Der Vino di Mandorla, der einheimische Mandelwein, schmeckte Justin nicht. Er fand ihn zu süß, wollte Romina aber nicht mit Kritik nerven. Trotzdem war er froh, dass sie nur je ein Glas für sich und ihn bestellt hatte.

Unterdessen füllte sich die Terrasse langsam mit Gästen. Und als um Viertel nach acht die Sonne hinter dem Ätna verschwand und die Lichter in den Dörfern angingen, schwoll ein großes Oh und Ah unter den Besuchern an, in das Justin und Romina lauthals einstimmten, bis alle lachten.

»Wie wär's jetzt mit einem Kräuterlikör zum Verdauen?«, fragte sie, nachdem das Spektakel abgeklungen war. Romina hatte außer dem Mandelwein noch ein Glas Rotwein getrunken, und ihre Wangen zierte eine feine Röte.

»Mein Magen ist noch nicht …«, begann er, doch sie unterbrach ihn.

»Eben darum den Likör!«

Sie drehte sich um und winkte dem Kellner. »*Due Amaro Segesta, per favore, e il conto.*« Sie wandte sich an Justin. »Ich lade Sie ein.«

Justin schüttelte den Kopf. »Das kommt gar nicht infrage. Sie verschwenden bereits Ihre Freizeit damit, mir die Schönheiten Ihrer Heimat zu zeigen, da ist es nur recht und billig, wenn ich die Rechnung übernehme.« Als Romina widersprechen wollte, hob er die Hand. »Bitte, ich bestehe darauf.«

»Na gut, danke. Aber dann zahle ich das Taxi.«

»Sie meinen den Esel?«

Sie lachte. »Oder den.«

Der italienische Kräuterlikör schmeckte zum Glück nicht so süß wie der Mandelwein und tatsächlich fühlte sich Justin danach besser. Vermutlich vertrieben die darin enthaltenen Kräuter auch den letzten Bazillus in seinem Magen.

Romina sah ihn ab und zu prüfend an, als müsste sie sich über etwas klar werden. Ihre wunderschönen Augen glänzten einladend, was er aber mehr dem Alkohol zuschrieb und nicht seiner angenehmen Gesellschaft. Doch es gefiel ihm zu denken, dass sie ihn mochte. Und aus einer spontanen Regung heraus hielt er ihre Hand fest, als sie den letzten Schluck Amaro zum Mund führen wollte.

Sie sah ihn verblüfft an. »Was ist?«

»Wollen wir uns nicht duzen? Ich weiß, es gehört sich nicht, dass der Herr der Dame das Du anbietet, aber …«

»Und ich dachte, einem Earl darf man nicht von sich aus … egal. Ja, gern.«

Sie lächelte und sein Herz vollführte einen kleinen Hüpfer. Er hob das Likörglas und sie stießen an.

»Auf deinen Urlaub!«, rief sie übermütig.

»Und dass er viele Antworten bringt«, fügte er hinzu und schüttelte dann den Kopf, als er ihre verständnislose Miene bemerkte.

12

Das bestellte Taxi hatte seine besten Jahre bereits hinter sich. Romina kannte den dunkelhäutigen Fahrer nicht, aber sie fuhr normalerweise ja auch mit ihrem eigenen Wagen.

»Das Ding ist ja noch klappriger als dein Vehikel«, raunte Justin an ihrer Seite, wofür er von ihr einen Ellbogenstoß in die Rippen kassierte.

Die Tür auf der Beifahrerseite klemmte, also stiegen sie beide hinten ein. Dort thronte jedoch auf der einen Seite ein nach gärenden Früchten riechendes Eichenfass auf einer karierten Decke.

»Ich muss das Teil bei einem Weinbauern abgeben«, entschuldigte der Taxifahrer seinen zusätzlichen Fahrgast. »Passt leider nicht in den Kofferraum. Also das Fass, nicht der Winzer.« Er lachte meckernd.

Justin stieg als Erster ein, sodass er zwischen dem Weinfass und Romina eingeklemmt wurde. Seine Höflichkeit wurde ihm jedoch schlecht vergolten, denn während der kurvigen Fahrt zurück nach Taormina rutschte er hin und her. In einer Rechtskurve presste sich sein muskulöser Schenkel an den ihren. Ihr Mund wurde trocken und sie versuchte, etwas von ihm abzurücken. Doch gleich bei der nächsten Biegung drückte

Justin sie abermals mit seinem Gewicht in die Polster. Er entschuldigte sich ein ums andere Mal dafür.

Romina wiegelte lachend ab, doch seine unfreiwilligen Annäherungsversuche machten ihr zu schaffen. Sie wurde ganz kribbelig dabei. Es war nicht nur seine Wärme, die sie durch den Stoff ihres luftigen Sommerkleids spürte, sondern auch seine Präsenz als Mann.

Wieder registrierte sie, dass Justin unheimlich gut roch. Sein Duft verursachte ihr ein angenehmes Kribbeln auf der Haut und ließ eine leichte Schwäche in ihren Gliedern zurück. So musste sich ein Insekt fühlen, das vom betörenden Duft einer exotischen Blume angelockt wurde.

Der reichliche Alkoholgenuss hatte sie ein wenig melancholisch werden lassen. Wie lange war es her, dass sie in den Armen eines Mannes gelegen hatte? Sie konnte sich schon nicht mehr daran erinnern. In ihrer weinseligen Stimmung verlangte es sie jetzt aber plötzlich nach einem leidenschaftlichen Kuss. Und der gut duftende Mann an ihrer Seite schien ihr der ideale Kandidat dafür zu sein.

Romina warf ihm verstohlene Blicke zu. Er versuchte krampfhaft, sich irgendwo festzuhalten. Seine Lippen waren zusammengepresst, was seine Wangenknochen betonte. Als er sich mit einer Hand an der Kopfstütze des Fahrersitzes festhielt, betrachtete sie wieder seine Hände.

Sie mochte starke Männerhände, die fest zupacken, gleichzeitig aber behutsam sein konnten. Justins Hände gefielen ihr. Sie waren nicht so dunkel behaart, wie es bei Südländern oft der Fall war, sondern ein heller Flaum überzog seine Haut. Vermutlich sah seine Brust ähnlich aus. Sie unterdrückte ein Seufzen, als sich ihr Herzschlag bei dem Gedanken beschleunigte.

Mehr als ein paar Küsse wollte sie gar nicht, schließlich war ihr der Engländer fremd, auch wenn sie sich blendend verstanden. Aber für eine Liebesnacht musste sie ihn besser kennen.

Sie schüttelte den Kopf. Das war Quatsch, in einer Woche reiste er schon wieder ab, das war definitiv zu kurz, um sich näher kennenzulernen. Und für unverbindlichen Sex war sie sich zu schade. Doch so ein bisschen schmusen …

»Erde an Romina.«

»Come?« Sie errötete. »Entschuldige. Was hast du gefragt?«

Justin griff wieder nach der Kopfstütze, doch die Fliehkraft drückte ihn erneut gegen ihren Körper.

»Sorry«, stieß er zwischen den Zähnen hervor und rutschte wieder ein Stück von ihr weg. »Ich fragte, ob du eventuell jemanden kennst, der in der Villa Schuler arbeitet. In der Verwaltung oder so.«

»Das Hotel?«

Er nickte und wurde nach vorne geschleudert, als das Taxi abrupt anhielt.

»Ecco«, kommentierte der Fahrer seine Aktion. »Macht zehn Euro.«

»Hier sind acht«, sagte Romina und drückte dem Taxifahrer ein paar Münzen in die Hand. »Und das ist noch zu viel!«

Sie stieg aus, ignorierte das Gejammer des Chauffeurs und streckte den Rücken durch. Sie befanden sich am Eingang zur Via di Giovanni.

»Der Mann scheint nicht zufrieden zu sein«, meinte Justin schmunzelnd.

Sie stieß verächtlich die Luft aus. »Ein richtiger Halsabschneider. Merk dir eines, Justin, in Sizilien immer den Fahrpreis vorher ausmachen, sonst haut man dich bestimmt übers Ohr. Ich weiß nicht mal, ob das ein lizenzierter Fahrer ist. Vermutlich hat er das Taxischild auf dem Dach selbst gebastelt.«

Hinter ihnen hupte ein anderer Autofahrer, und der Taxifahrer suchte mitsamt seinem Weinfass das Weite.

Offenbar verspürte auch Justin noch nicht den Wunsch, den Abend zu beenden, und sie schlenderten daher durch die beleuchtete Gasse Richtung Corso Umberto.

Romina griff Justins Frage nach der Villa Schuler wieder auf: »Tatsächlich kenne ich jemanden, der in der Villa Schuler arbeitet. Giulia Raneri, meine beste Freundin. Sie ist Buchhalterin dort. Wieso? Gefällt dir das Grand Hotel nicht? Möchtest du umziehen?«

»Himmel, nein! Das Hotel ist absolute Spitze. Nein, es geht darum …« Er hielt inne und strich sich über den Nacken. Vor einem Geschäft, das Marmortische mit farbigen Intarsien anbot, blieb er stehen und besah sich das beleuchtete Schaufenster.

»Hübsch, nicht?«, sagte sie. »Aber vielleicht etwas zu sperrig fürs Handgepäck.«

Er reagierte nicht auf ihren Scherz. Offenbar fiel es ihm schwer, ihre Frage zu beantworten. Was hatte er denn mit der Villa Schuler zu schaffen? Und weshalb suchte er jemanden, der dort arbeitete?

Justin atmete tief durch und drehte sich um. »Also, es ist so. Ich habe zu Hause einen Brief gefunden, den mein Großonkel in den Vierzigerjahren geschrieben hat. Ein Liebesbrief. An eine Frau, die vermutlich zu der Zeit in der Villa Schuler gearbeitet hat. Und ich würde diese Dame gern finden, um ihr den Brief zu geben, wenn sie noch am Leben ist.«

* * *

So, nun war es heraus. Justin fragte sich, weshalb es ihm so schwerfiel, über Edwards Brief zu sprechen. Vielleicht, weil er befürchtete, dass Romina ihn deswegen auslachen würde? Es war ja auch ein bisschen albern, dass er durch halb Europa reiste, nur um diese ominöse Ginny zu finden. Er hätte es gut verstanden, wenn sie jetzt in schallendes Gelächter ausbrach. Doch sie sah ihn nur aus großen Augen an.

»Ist das dein Ernst?«

Er nickte betreten. »Ja, das klingt bestimmt etwas …«, begann er, doch weiter kam er nicht, denn sie griff nach seiner Hand.

»Das ist so wunderbar, Justin! Ich weiß gar nicht, was ich dazu sagen soll. Als wäre es aus einem Austen-Roman. Ein englischer Gentleman reist nach Italien, um der Geliebten eines längst verstorbenen Verwandten einen Liebesbrief zu überbringen.« Sie schluckte. »Das ist das Romantischste, was ich je gehört habe.«

Justin lachte unsicher. »Findest du?«

Sie nickte heftig. »Aber ja. Würdest du … darf ich ihn lesen?«

Sie ließ seine Hand los.

Es hatte sich gut angefühlt, sie zu berühren. Noch immer prickelte seine Haut, als hätte sie ihn kurz unter Strom gesetzt. Doch wollte er Edwards intime Geständnisse tatsächlich jemand Fremdem zeigen? Beging er dadurch nicht einen weiteren Vertrauensbruch an Edward?

Justin sah zu Boden und scharrte verlegen mit den Füßen. Romina schwieg. Sie war sich offenbar bewusst, dass er gerade eine schwierige Entscheidung fällen musste.

Er mochte sie, sehr sogar. Schon seit er sie am Bahnhof in Giardini-Naxos mit einer Taxifahrerin verwechselt hatte, hegte er heimlich eine Bewunderung für die temperamentvolle Schönheit. Jedes Mal, wenn sie ihn berührte, ob bewusst oder unbewusst, hatte er das Gefühl, dass zwischen ihnen ein Strom zu fließen begann.

Er hob den Blick und sah in ihre wunderschönen Augen, die im Licht der künstlichen Straßenbeleuchtung beinahe schwarz wirkten.

Was er sah, war keine Sensationsgier, sondern ehrliches Interesse. Und zudem brauchte er ihre Hilfe, wenn er auf der Suche nach Ginny einen Schritt weiterkommen wollte. Also hatte sie auch ein Recht darauf zu wissen, was Edward geschrieben hatte. Vielleicht entdeckte sie in dem Brief sogar etwas, das ihm als Ortsfremdem verborgen blieb. Einen Code oder etwas Ähnliches.

»Okay, du kannst ihn lesen. Er liegt im Safe meines Hotelzimmers.«

13

Wie immer war Romina von der Eleganz des Grand Hotel beeindruckt. Im Schein der Kristalllüster glänzte das dunkle Parkett in der Eingangshalle wie frisch poliert. Schaukästen mit auserlesenen Schmuckkreationen einheimischer Künstler standen in Glasvitrinen entlang des Foyers, das von Marmorsäulen getragen wurde. Neben der Empfangstheke aus edlem Mahagoni befand sich eine aus rotem Samt gefertigte Sitzgruppe. Verschiedene üppige Blumengestecke verströmten einen dezenten Duft. Durch die offene Schiebetür zum Speisesaal hörte man leise Klaviermusik. Das ganze Hotel strahlte Gediegenheit und Luxus aus.

Als sie eintraten, hob Anselmo, der Empfangschef, den Kopf.

Mist, ausgerechnet der! Sie hatte aber auch gar kein Glück. Er würde Alessandro bestimmt erzählen, dass sie in Begleitung eines Gasts aufgetaucht war, und sie legte sich am besten schon mal eine Erklärung parat, wie sie Alessandro diesen Umstand begründen konnte.

Anselmo nickte ihr kurz zu, widmete sich dann aber gleich wieder irgendwelchen Papieren, die vor ihm auf der Theke lagen. Trotzdem hatte sie seine irritierte Miene bemerkt. Egal, ihr würde schon eine passende Geschichte einfallen.

Justins Zimmer lag auf derselben Etage wie die Eingangshalle. Es war eines der kleineren Hotelzimmer, gleichwohl natürlich mit demselben erlesenen Mobiliar ausgestattet wie die übrigen Räume. Die Tür zum Balkon stand offen und gewährte während des Tages sicher einen spektakulären Blick auf die Bucht. Im Moment sah man nur die Lichter der Stadt und der Küstenlinie.

Justin schien ein ordentlicher Mensch zu sein. Der Raum wirkte beinahe unbewohnt. Auf dem Nachttisch lagen ein Taschenbuch und ein Reiseführer über Sizilien. Auf dem runden Tischchen neben dem Balkon stand ein zugeklappter Laptop und daneben der Rucksack. Die Reisetasche, die er bei seiner Ankunft bei sich gehabt hatte, konnte sie nirgends entdecken. Offenbar hatte er sie im Schrank gegenüber dem Kingsize-Bett verstaut.

Beim Anblick des akkurat bezogenen Doppelbettes wurde ihr schlagartig bewusst, dass sie sich gerade mit einem wildfremden Mann auf dessen Hotelzimmer befand. War das eine gute Idee? Oder würde Justin ihre Begleitung als Zustimmung für eine schnelle Nummer werten?

Sie warf ihm einen kurzen Blick zu. Er wirkte nicht wie ein Lüstling, aber denen sah man das normalerweise auch nicht an. Trotzdem wollte sie vorsichtig sein. Die Balkontür stand offen, ihr Schreien würde man also hören können.

»Möchtest du etwas trinken?«, fragte er in diesem Moment und deutete auf die Minibar.

Sie schüttelte den Kopf. Der viele Alkohol von heute Abend hatte sie genau in diese verfängliche Situation manövriert, und sie hatte daher nicht vor, noch weiteren zu konsumieren. Am Ende wäre sie noch in der Lage, sich selbst auf den Engländer zu stürzen.

Der Gedanke entlockte ihr ein Schmunzeln. Nein, Justin war definitiv nicht der Typ, der es nötig hatte, naive Frauen auf sein Zimmer zu locken. Dafür sah er zu heiß aus und hatte zu gute Manieren. Vermutlich konnte er sich vor eindeutigen Angeboten nicht retten.

Sie entspannte sich ein wenig, setzte sich aber lieber an das kleine Tischchen und nicht aufs Bett. Sicher war sicher.

Justin ging unterdessen zum Schrank, öffnete ihn und zog dann seine Kreditkarte durch den Schlitz des Safes darin. Er sprang auf, Justin griff hinein und holte einen Plastikhefter hervor. Damit setzte er sich zu ihr an den Tisch und zog einen Briefumschlag heraus. Das Papier war alt, das sah sie sofort. Der Umschlag musste einmal weiß gewesen sein, jetzt jedoch war er an den Rändern bräunlich verfärbt. Sie hielt unbewusst den Atem an.

Justin betrachtete den Brief eine Weile, als sei er sich nicht schlüssig, ob er ihn ihr wirklich zeigen wollte, doch dann ging ein Ruck durch seinen Körper und er legte ihn wortlos vor sie auf die Tischplatte.

Sie griff mit spitzen Fingern danach. »Ginny?«

»Ich nehme an, es ist ein Kosename.«

Romina nickte und holte die beschriebenen Blätter vorsichtig aus dem Kuvert.

»Er ist auf Italienisch«, stellte sie erstaunt fest. »Beherrschte dein Verwandter unsere Sprache denn so gut?«

»Ich weiß es nicht. Ich habe meinen Großonkel nicht gekannt. Er starb vor meiner Geburt. Ich vermute, dass Ginny vielleicht kein Englisch sprach, deshalb hat er ihn in ihrer Muttersprache verfasst.«

»Ja, das klingt einleuchtend.«

Romina faltete die eng beschriebenen Seiten auseinander. Die Schrift war ein wenig verblasst, aber noch gut lesbar. Sie wies starke Hoch- und Unterstriche auf und hatte eine ausgeprägte Rechtsneigung.

Männlich, schoss es ihr durch den Kopf, die Handschrift sah eindeutig männlich aus. Genau so, wie Justin auf sie wirkte. Vielleicht sahen sein Verwandter und er sich sogar ähnlich.

Ihr Herzschlag beschleunigte sich plötzlich, als würde der Inhalt des Briefes gleich eine Tür öffnen, die nicht mehr geschlossen werden konnte.

»Was ist?«, fragte Justin.

»Nichts«, entgegnete sie schnell und schüttelte den Kopf. Jetzt ging eindeutig die Fantasie mit ihr durch. Sie knipste die Tischleuchte an und begann zu lesen.

Woodbridge Hall, 31. Dezember 1943

Geliebte Ginny

Am letzten Tag dieses Jahres schreibe ich Dir den letzten Brief. Und auch wenn Du ihn nie lesen wirst, muss er doch geschrieben werden. Ich werde ihn an einem Ort aufbewahren, wo er mich täglich an Dich erinnert.

Als ob er das müsste! Denn auch ohne diese Worte werde ich Dich nie vergessen. Doch ich muss es abschließen, sonst gehe ich zugrunde.

Verzeih, Geliebte, wenn ich nicht die richtigen Worte finde, denn Deine Sprache ist so viel poetischer als die meine, aber ich gebe mir redliche Mühe, das weißt Du. Und ich höre im Geist Dein süßes Lachen, wenn ich einen Fehler mache oder ein Wort nicht an der korrekten Stelle steht. Vergib mir also meine Unzulänglichkeit.

Die vergangenen Wochen waren voller Hoffnungen und dann so voller Enttäuschungen, wenn ein weiterer Brief an Dich wieder zu mir zurückkam.

Wo bist du, Ginny? Was ist geschehen, seit ich abgereist bin? Ich wage nicht mir vorzustellen, dass Dir etwas zugestoßen ist. Nein, das kann nicht sein! Ich würde es spüren, wenn Dir etwas widerfahren wäre. Und so halte ich mein zerbrochenes Herz mit der Hoffnung zusammen, dass es Dir gut geht, dort, wo Du jetzt bist, und dass Du glücklich bist.

Liebste Ginny, keine Angst, diese Zeilen werden keine Vorwürfe enthalten, ganz gleich, wie Du Dich entschieden hast. Sie sollen Dir nur vermitteln, wie viel Du mir bedeutest.

Wenn am frühen Morgen die Amsel vor meinem Fenster den neuen Tag begrüßt, denke ich an Dich. Wenn des Abends die Nachtigall ihr wehmütiges Lied anstimmt, denke ich an Dich. Du bist immer bei mir, ganz nah.

Nicht viele Menschen haben das Glück, einmal so zu lieben, wie ich Dich liebe. Und wenn uns auch nicht viel gemeinsame Zeit beschert war, so sind mir diese wenigen Tage doch das Wertvollste in meinem Leben. Was für ein Glück ich hatte, Dich zu treffen, und was für ein Glückspilz ich bin, dass Du mich geliebt hast!

Ach, wie das Fortgehen mich doch schmerzte, liebste Ginny. Nicht wegen mir, mein Herz darf ruhig tausend Mal brechen, sondern weil ich den Schmerz in Deinen wundervollen Augen sah, als ich Dich das letzte Mal küsste. Verzeih mir, Licht meines Lebens, verzeih!

Manchmal muss man sich von einem geliebten Menschen trennen, und manchmal trennt einen das Schicksal aus unerfindlichen

Gründen voneinander. Ich suchte einen Anfang und habe doch nur den Abschied gefunden. Doch wie kann man das ertragen? Wie soll ich das ertragen?

Ich verfluche das Leben, diesen unsinnigen Krieg und bisweilen sogar Gott, dass er so etwas zulässt. Doch ich will nicht jammern. Denn ganz egal, ob wir zusammen sind oder getrennt für immer, vergessen werde ich Dich niemals. Denn meine Liebe für Dich überwindet Zeit und Raum; sie lässt sich nicht aufhalten, nicht zerstören, nicht herabsetzen. Sie wächst und gedeiht im Verborgenen und tröstet mich, wenn ich am Verzweifeln bin. Und in meinen Träumen liegen wir wieder am Strand, in der kleinen Bucht, die nur uns gehörte, und ich spüre den heißen Sand, den warmen Wind, rieche das Meer und schwelge in Deinen süßen Küssen. Ich würde wirklich alles dafür geben, Dich noch einmal meinen Namen flüstern zu hören.

Geliebte Ginny, Du wirst immer in meinem Herzen sein, solange ich lebe und darüber hinaus. Leb wohl.

Auf immer der Deine!
Edward

Von der Hotelterrasse klang Gelächter durch das offene Fenster. Irgendwo schlug eine Autotür zu, ansonsten war es still.

Romina liefen die Tränen über die Wangen und sie wischte sie mit dem Handrücken verstohlen weg. Sie atmete tief durch und hob den Blick.

»Ich habe in meinem ganzen Leben noch nie so etwas Schönes gelesen«, flüsterte sie mit erstickter Stimme. »Wir müssen Ginny unbedingt finden und ihr diesen Brief geben.«

14

Das Frühstücksbuffet im Grand Hotel ließ keine Wünsche offen. Justin türmte zwei Spiegeleier, weiße Bohnen mit Tomaten, Würstchen und Toast auf seinen Teller und setzte sich nach draußen auf die Terrasse. Ein eifriger Kellner brachte ihm den bestellten Tee, dazu ein Glas frisch gepressten Orangensaft und eine Schüssel mit noch warmem Porridge. Justins gestrige Übelkeit war wie weggeblasen und hungrig machte er sich über die Köstlichkeiten her.

Nachdem Romina gestern Nacht Edwards Brief gelesen hatte, war sie richtiggehend von der Rolle gewesen. Zuerst hatte sie eine Weile geschnieft – offenbar gingen ihr die Worte zu Herzen –, danach aber gleich einen Schlachtplan entworfen, um Ginny ausfindig zu machen. Da blitzte wohl ihr Talent als Eventmanagerin durch. Sie musste zwar heute arbeiten, hatte ihm aber vorgeschlagen, in ihrer Mittagspause mit ihm die Villa Schuler aufzusuchen, um ihre Freundin nach Unterlagen aus den Vierzigerjahren zu fragen. Das war ihm ganz recht. Erstens erreichte sie als Einheimische bestimmt mehr bei ihren Landsleuten. Und außerdem freute er sich darauf, sie wiederzusehen.

Romina ging ihm nicht mehr aus dem Kopf. Er hatte sogar von ihr geträumt. Und als er jetzt an die leidenschaftlichen Traumbilder zurückdachte, beschleunigte sich sein Puls.

Als sein Handy piepste, unterbrach er das Frühstück und sah auf das Display. Charlotte hatte ihm ein Foto von einem Whiskyglas geschickt. Daneben prangte ein betrunkener Smiley.

Wir lassen es uns gut gehen. *hicks* Grüße aus den Highlands!

Er schmunzelte, knipste ein Foto von der Aussicht und schickte es ihr mit den Worten **Ich mir ebenfalls!** zurück.

Offenbar hatte sie das Kriegsbeil begraben. Es hätte ihn auch gewundert, wenn nicht. Charlotte war nicht der Typ, der sich schmollend in eine Ecke verzog. Das mochte er an ihr. Sie echauffierte sich schnell mal wegen irgendwas, lenkte aber meist kurz darauf wieder ein und war nicht nachtragend. Kurz danach piepste sein Handy noch einmal.

Wow, das sieht ja fantastisch aus! Erhol dich gut und bis bald.

Daneben drei Kuss-Smileys. Justin schnalzte mit der Zunge, bedankte sich aber artig und verstaute das Handy in der Hosentasche.

Die Reise nach Sizilien war nicht nur Edwards Brief und einer Auszeit geschuldet, sondern Justin wollte sich fernab von Woodbridge Hall auch endlich darüber klar werden, ob er auf Charlottes Werben eingehen sollte. Es sprach viel dagegen, doch beinahe noch mehr dafür, was ihn frustrierte. Pflicht oder Liebe? Offenbar gab es keine andere Lösung, doch bis jetzt hatte er sich noch nicht definitiv entscheiden können.

Er sah auf die Uhr. Um eins wollte er sich mit Romina direkt vor der Villa Schuler treffen, die nur einen kurzen Fußmarsch vom Grand Hotel entfernt lag. Aber es blieb ihm noch Zeit, also stand er auf und genoss noch einen Nachschlag vom Frühstücksbuffet. Danach trat er an die Hotelrezeption und holte Edwards Brief hervor.

»Entschuldigen Sie bitte«, wandte er sich an den Empfangschef, »können Sie mir davon bitte eine Kopie erstellen?«

Der Mann nickte und kurz darauf hielt Justin eine Kopie in der Hand. So konnte er den Brief stets bei sich tragen, ohne das Original zu beschädigen. Er deponierte Edwards Brief wieder im Safe und machte sich dann auf den Weg.

Das Hotel Villa Schuler war ein in Weiß und Rosa gestrichenes dreistöckiges Gebäude inmitten einer sehr gepflegten Gartenanlage.

Als Justin kurz vor eins dort eintraf, herrschte ein lebhaftes Kommen und Gehen: Paare in Wanderkleidung standen herum, Familien mit Kleinkindern, bepackt mit Strandtaschen und Schwimmringen, gingen ein und aus, und eine Gruppe Männer und Frauen mit beeindruckenden Fotoausrüstungen stieg gerade in einen Kleinbus. Vermutlich brachen sie zum Ätna auf; ein Ausflug, den er ebenfalls noch unternehmen wollte, bevor er wieder heimflog.

Justin setzte sich auf die Mauer eines kleinen Pavillons vor dem Eingang in den Schatten und fächelte sich mit der Kopie von Edwards Brief Luft zu.

Heute war es drückend heiß. Der leichte Wind, der normalerweise vom Meer heraufwehte, fehlte, und Justin war nur vom kurzen Spaziergang hierher schon nassgeschwitzt. Wie angenehm musste es jetzt am Strand sein, wenn man sich ins Mittelmeer stürzen und dann unter einem Sonnenschirm ein kleines Nickerchen halten konnte. Er wusste nicht, wie lange Rominas Mittagspause dauerte, aber vielleicht hatte sie ja Lust, mit ihm baden zu gehen. War es nicht so, dass in den heißen Ländern die Siesta bis in den späten Nachmittag hinein ging?

Er stellte sich Romina im Badeanzug vor, und bei dem Bild, das sich in seinem Kopf formte, beschleunigte sich seine Atmung. Sie sah bestimmt klasse aus: kurvig, braun gebrannt und mit der Lässigkeit einer exotischen Katze.

»Hör sofort auf damit, du Knalltüte«, murmelte er vor sich hin.

Er suchte Ginny und nicht einen Ferienflirt. Zudem vergalt er Romina ihre Freundlichkeit wenig, wenn er sie jetzt anbaggerte.

»Hi Justin.«

Er zuckte zusammen. Romina stand direkt vor ihm, taufrisch, als könnten ihr die hohen Temperaturen nichts anhaben. Wie schaffte sie das bloß? Sie trug einen kurzen, dunkelblauen Rock, eine weiße Bluse und halbhohe Pumps und sah sehr geschäftsmäßig aus. Ihre langen Haare hatte sie am Hinterkopf zusammengebunden und zu einem Zopf geflochten.

Er sprang auf.

»Hallo«, begrüßte er sie und überlegte, ob er sie auf die Wange küssen oder ihr besser nur die Hand schütteln sollte. Sie nahm ihm die Entscheidung ab, indem sie ihm zwei Küsse auf die Wangen hauchte. Dabei stieg ihm ihr Parfüm in die Nase. Ein dezenter Duft, der gut zu ihr passte.

»Wollen wir?«, fragte sie und ihre Augen blitzten unternehmungslustig.

* * *

Rominas Herz vollführte einen Sprung, als sie Justin bereits vor der Villa Schuler sitzen sah. Er wirkte wie ein Filmstar mit der dunklen Sonnenbrille, dem hellen T-Shirt und den engen Jeans. Es sah extrem lässig aus, wie er sich mit einem Blatt Papier Luft zufächelte.

Es war heute aber auch heiß. Ein Schweißtropfen lief ihr zwischen den Brüsten hinab und sie suchte in der Handtasche nach einem Taschentuch, tupfte sich damit das Gesicht ab und puderte sich kurz die Nase. Sie hatte nicht vor, wie eine Speckschwarte zu glänzen, wenn sie dem Engländer gegenübertrat. Zwar konnte es ihr egal sein, wie sie aussah und was Justin von ihr hielt, aber ein adrettes Auftreten war in ihrer Branche Pflicht und ihr in Fleisch und Blut übergegangen.

Edward Montague Brownes Liebesbrief hatte sie gestern tief berührt. Wer solche Worte zu Papier brachte, musste ein wunderbarer Mensch gewesen sein. Und der Aspekt, dass ihm und dieser Ginny kein gemeinsames Leben beschieden war, hatte sie unsagbar traurig gemacht … obwohl sie die beiden doch gar nicht kannte.

Dumme romantische Romina!

Sie seufzte verhalten. Ob Justin das Talent für schöne Worte von seinem Großonkel geerbt hatte? Und wenn ja, würde er seiner Angebeteten ähnlich zu Herzen gehende Briefe schreiben?

»Nur kein Neid«, murmelte sie, straffte die Schultern und ging lächelnd auf Justin zu.

Zehn Minuten später ließ Giulia Raneri eine vollgepackte Archivschachtel, die mit einem brüchigen Gummiband zusammengehalten wurde, auf den Schreibtisch fallen. »Hier!« Eine kleine Staubwolke erhob sich und tanzte im Sonnenschein, der durch die schräg gestellten Jalousien fiel. »Das ist die letzte.«

Sie hatte ihnen einen kleinen Raum an der Ostseite des Hotels zugewiesen. Nicht weit davon entfernt befand sich der Eingang zu den Kellerräumen, in denen unter anderem auch die alten Akten der Villa Schuler lagerten. In dem Zimmer gab es nur den einen wackligen Schreibtisch, zwei Stühle mit verschlissenen Polstern und ein schiefes Bücherregal. Die ausrangierten Möbel warteten hier offenbar auf ihren Abtransport.

Giulia zog ein Taschentuch hervor und wischte sich damit über die Stirn.

»Du bist die Beste!«, rief Romina aufgeregt.

»Sagte man, als es noch keine Cioccolato modicano gab«, konterte Giulia schlagfertig.

Romina lachte. »Du bekommst von mir ein ganzes Kilo, wenn wir etwas finden.«

Als die Frauen Justins verwirrtes Gesicht bemerkten, fingen sie an zu kichern.

»Cioccolato modicano«, erklärte Romina, »ist eine spezielle Schokolade, die in Modicana hergestellt wird. Wenn man hineinbeißt, knirscht sie und kommt damit den aztekischen Ursprüngen der Schokolade angeblich sehr nahe.«

Giulia verdrehte schwärmerisch die Augen. »Das Zeug ist einfach himmlisch. Für die Zubereitung verflüssigt man gemahlene Kakaobohnen und vermischt sie mit Zucker, Vanille oder Zimt. Dann wird die Masse gewalzt und in Formen gerüttelt. Die Tafeln sind fingerdick und werden mit dem Messer in mundgerechte Teile zerlegt und …«, sie seufzte, »gegessen.«

»Man kann sie aber auch in warmer Milch auflösen«, ergänzte Romina sachlich. »Nicht wahr, Giulia?«

Sie zwinkerte ihrer Freundin zu.

Diese schloss genüsslich die Augen. »Eine kleine Schwäche von mir«, gestand sie. »Wir bezahlen gegenseitige Gefälligkeiten übrigens schon seit unserer Schulzeit mit Süßigkeiten. Romina steht total auf Granitas.« Giulia sah auf die Uhr. »Ich muss los. Ihr kommt hier zurecht?«

»Aber sicher«, erwiderten Romina und Justin gleichzeitig und lächelten sich dann an.

Giulia warf ihnen einen eigentümlichen Blick zu und Romina räusperte sich. Sie stellte sich innerlich bereits auf ein paar neugierige Fragen von ihrer Freundin ein.

»Ich lasse euch noch eine Karaffe Wasser bringen«, sagte Giulia. »Nicht, dass ihr noch an dem Staub erstickt. Das wäre schlechte Presse für das Hotel.«

Sie lachte und verschwand.

»Es ist sehr nett von deiner Freundin, dass sie uns einen Blick in die Akten werfen lässt«, meinte Justin und griff nach einem Karton. Er schnupperte daran und verzog das Gesicht.

»Sie musste natürlich zuerst ihren Chef fragen«, erklärte Romina. »Aber Signor Schuler ist solcherlei Anfragen gewohnt, wie mir Giulia berichtet hat. Offenbar bitten ihn immer wieder Leute, einen Blick in die Vergangenheit werfen zu dürfen. Die Villa hat ja eine bewegte Geschichte hinter sich.«

Justin nickte. »Ja, ich habe das alles auf der Webseite des Hotels gelesen. Wir sollten ihm noch persönlich danken, meinst du nicht auch?«

»Gute Idee.« Romina atmete tief durch. »Also dann. Ich habe bis 15 Uhr Zeit.«

15

Romina nieste und suchte in ihrer Handtasche nach einem Taschentuch. Seit einer Stunde saßen sie und Justin schon in dieser Abstellkammer und wühlten sich durch alte Rechnungen, Lieferscheine, Zettel und sonstige Papiere.

Er fuhr sich mit beiden Händen durch die Haare. Es war ein heilloses Durcheinander. Sie beschlossen deshalb, alles, was nach dem 31. Dezember 1943 datiert war, beiseitezulegen, zumal Edward in seinem Brief verlauten ließ, dass Ginny zu dem Zeitpunkt, als er seine letzten Zeilen an sie richtete, schon nicht mehr auffindbar gewesen war. Sie folgerten daraus, dass Ginny daher auch nicht mehr in diesen Unterlagen auftauchen würde. Trotz der Beschränkung auf die früheren Akten blieben aber noch eine Menge Papiere übrig.

»Hast du eigentlich schon mal versucht, den Gaul von hinten aufzuzäumen?«, fragte Romina und schnäuzte sich die Nase.

»Was meinst du damit?« Justin griff nach dem Glas Wasser und leerte es in einem Zug. Dabei ging ihm auf, dass man schon reichlich dämlich sein musste, diesen wunderbaren Tag mit der Suche nach einer ominösen Frau zu verschwenden, die vermutlich längst tot war.

Romina schnaubte, als sie einen Schmutzstreifen auf ihrem dunkelblauen Rock entdeckte. Vorsichtig versuchte sie, ihn wegzuwischen.

»Nun ja, wenn diese Ginny damals für die englische Besatzungsmacht gearbeitet hat, müsste in London, oder wo auch immer ihr eure Dokumente aus der Zeit aufbewahrt, doch etwas von ihr zu finden sein. Lohnbescheide, ein Zeugnis oder vielleicht sogar ein Anstellungsvertrag.« Sie sah Justin fragend an.

»Das habe ich mir auch überlegt und natürlich zu Hause schon ein paar Strippen gezogen. Der Stiefbruder meiner Mutter ist ein hohes Tier beim Militär. Gleich nachdem ich den Brief gefunden hatte, habe ich mit ihm telefoniert. Leider konnte er mir nicht weiterhelfen. Vieles ist während des Krieges verloren gegangen oder wurde bei Londons Bombardierung zerstört. Zudem nehme ich nicht an, dass man in den Vierzigerjahren großen Wert auf eine korrekte Buchführung gelegt hat. Ich glaube, dass es purer Zufall ist, wenn wir eine Spur von Ginny finden. Wir kennen ja noch nicht einmal ihren richtigen Namen. Und dass sie hier gearbeitet hat, ist auch lediglich eine Spekulation.«

Romina wedelte mit der Hand. »Quatsch, sie *hat* hier gearbeitet und Edward gepflegt, und deshalb hat er sich in sie verliebt! Das muss einfach so sein, Punkt!«

»Dein Wort in Gottes Ohr«, murmelte Justin skeptisch.

Er kam immer mehr zu dem Schluss, dass er die Suche besser beenden sollte. Zugegeben, der Brief war ein schöner Vorwand gewesen, um vor Charlotte und den Sorgen auf Woodbridge Hall zu flüchten. Doch Romina nahm die ganze Sache seiner Meinung nach zu ernst. Zwar genoss er ihre Gesellschaft außerordentlich, doch an einem einsamen Strand würde sie ihm noch besser gefallen. Vielleicht hätte er ihr Edwards Zeilen nicht zeigen sollen. Aber das war jetzt nicht mehr rückgängig zu machen.

Romina sah auf die Uhr. »In einer halben Stunde muss ich wieder in der Agentur sein. Und ich sterbe vor Hunger. Wollen wir eine Pause einlegen und schnell etwas essen?«

Justin stieß erleichtert die Luft aus. »Und ich dachte schon, du fragst nie. Für einen Teller Pasta würde ich töten.«

»So weit möchten wir es doch nicht kommen lassen, Eure Lordschaft.« Sie zwinkerte ihm schelmisch zu.

Romina neckte ihn gern wegen seines Titels. Doch das war Justin von anderen Leuten schon gewohnt. Während seines Studiums hatte er manchen geschmacklosen Scherz deswegen ertragen müssen. Offenbar lag für viele immer noch der Zauber vergangener Epochen auf einem englischen Adelstitel, auch wenn dieser heutzutage oft mehr Fluch als Segen bedeutete. Vermutlich war es oft schlichtweg Neid. Wenn die wüssten! Die Neider durften gern sein Anwesen und seine finanziellen Probleme übernehmen.

Romina schätzte er jedoch nicht so ein, als würde sie ihn beneiden. Sie besaß vermutlich einfach eine etwas verklärte Ansicht, was seine Abstammung anbelangte, die aus diversen viktorianischen Romanen stammte. Nun denn, er wollte ihr die Freude lassen. Wieso sollte er sie mit seinen Familienproblemen belasten? Die holten ihn schnell genug wieder ein.

Sie fanden eine lauschige Ecke im subtropischen Garten des Hotels, und ein Kellner brachte ihnen einen Teller mit Salami, Prosciutto, Ziegenkäse, Oliven und dazu frisches Brot. Während des Essens hing jeder seinen Gedanken nach.

Dieses Schweigen empfand Justin als angenehm. Seiner Meinung nach plapperten die meisten Leute sowieso zu viel und ließen sich und anderen damit zu wenig Zeit zum Nachdenken.

Als sie die Köstlichkeiten verputzt hatten, lehnte sich Romina im Stuhl zurück und seufzte wohlig.

»Justin«, begann sie zögerlich und sah dabei hinunter aufs Meer, das wie ein blauer Spiegel zu Taorminas Füßen lag. Über dem Ätna saß wie ein Wattebausch eine einzelne weiße Wolke, ansonsten konkurrierte das Blau des Himmels mit dem des Ionischen Meers. »Kann ich dich etwas fragen?«

Justin fühlte sich wohlig entspannt und hätte jetzt gern unter einem schattigen Baum ein Nickerchen gehalten, doch ihn erwartete noch eine Menge Arbeit in der Abstellkammer.

»Sicher«, entgegnete er und unterdrückte ein Gähnen.

»Wieso ist Edward nach dem Krieg nicht nach Taormina zurückgekommen, um Ginny zu suchen?« Romina sah ihn fragend an. »Ich meine, irgendwann war das private Reisen doch wieder möglich?«

Justin zuckte mit den Schultern. »Ich weiß es nicht. Er hat sonst keine persönlichen Aufzeichnungen hinterlassen. Weder ein Tagebuch noch weitere Briefe, in denen man etwas über seine Beweggründe erfahren könnte. Er hat auch kurz nach dem letzten Brief geheiratet und …«

Romina sah ihn entsetzt an. »Er hat geheiratet?«

»Ja, Lady Fiona Beddingfield. Das Paar blieb jedoch kinderlos und Woodbridge Hall fiel nach Edwards Tod an meinen Großvater, seinen jüngeren Bruder. So kamen wir in den Genuss des Titels.«

Noch immer starrte ihn Romina an, als würden ihm gerade Hörner aus dem Schädel wachsen. »Wie konnte er das tun?!«, rief sie aufgebracht und sprang auf.

»Was? Sterben?«

Justin schmunzelte und sie sah ihn genervt an.

»Wie konnte er eine andere heiraten, wo er doch Ginny liebte? Das ist so, so …«

»Britisch?«, half er nach.

Sie warf ihm einen giftigen Blick zu. »Nein, so herzlos! Wieso hat sich dein Großonkel sofort einer anderen zugewandt? Das macht den Brief richtiggehend belanglos. Als hätte er das alles gar nicht ernst gemeint.« Sie schüttelte den Kopf und rang die Hände. »Nach solchen Zeilen kann man doch nicht einfach in ein anderes Bett hüpfen. Man lebt gefälligst fortan als Einsiedler im Zölibat und grämt sich sein Leben lang über das, was nicht sein durfte.«

Justin verbiss sich ein Lachen. Er wusste, wenn er jetzt in Heiterkeit ausbrach, war es mit Rominas Sympathie vorbei.

»Schau«, begann er und versuchte, seine Stimme nicht sarkastisch klingen zu lassen. »In unseren Kreisen war man oft gezwungen, Verbindungen einzugehen, die nicht aus Liebe geschlossen wurden. Woodbridge Hall ist riesengroß und musste unterhalten werden. Die Montague Brownes hatten aber leider noch nie ein gutes Händchen, wenn's um ihre Finanzen ging. Vielleicht hat man Edward zu so einer Zweckverbindung gedrängt. Und er, weil er Ginny sowieso schon verloren zu haben glaubte, hat sich für den Besitz geopfert.«

»Heiraten nur des Geldes wegen?« Rominas Augen blitzten und sie schnaubte entrüstet. »Wie erbärmlich!«

Sie drehte sich um und verschränkte die Arme vor der Brust, und so sah sie nicht, wie Justin schwer schluckte. Was er für Edward gerade als Rechtfertigung hervorgebracht hatte, galt doch genauso für ihn selbst.

»Ich muss jetzt in die Agentur«, erklärte Romina kurz angebunden.

An ihrem Ton merkte Justin, dass sie verärgert war, und er fühlte sich seltsamerweise schuldig deswegen, als hätte er ihren Unmut erregt und nicht sein Großonkel.

»Ja, natürlich.« Er stand ebenfalls auf. »Ich werde mich noch ein wenig durch die Akten wühlen.«

Sie nickte, sagte aber nichts mehr, drehte sich um und verschwand zwischen dem üppigen Grünzeug des Gartens.

»Lieber Großonkel«, murmelte Justin seufzend. »Sie hat schon recht. Wie konntest du nur?«

16

Die Kaffeemaschine stieß ein ungesundes Röcheln aus, bevor alle Lichter ausgingen und sie mit einem letzten Zischen den Geist aufgab.

Romina murmelte eine undamenhafte Verwünschung und griff nach dem Wasserkocher, um sich wenigstens einen Tee aufzubrühen. Ihr Kopf drohte zu zerplatzen. Weshalb nur hatte sie gestern so viel getrunken? Sie fühlte sich schlapp und gereizt, und der arme Justin hatte ihre schlechte Laune mit voller Breitseite abbekommen.

Von der Kirche San Giuseppe schlug es vier Uhr, was die Glocken von der Chiesa del Varò unmittelbar darauf bestätigten. Noch zwei Stunden öde Büroarbeit, bevor sie nach Hause gehen konnte.

Sie war noch immer ärgerlich wegen Edward Montague Browne und daher ganz froh darüber, dass sie sich heute Nachmittag allein in der Agentur aufhielt. Enrico und Orlando inspizierten das technische Equipment im Amphitheater für die Eröffnungsfeier des Filmfestivals am Samstag.

Als das Wasser zu sieden anfing, griff sie nach einem Beutel mit Früchtetee und setzte sich mit der dampfenden Tasse an den Schreibtisch. Während des kurzen Abstechers zur Küchenzeile waren bereits wieder vier neue Mails eingegangen und lustlos öffnete sie die Nachrichten. Dabei schweiften ihre Gedanken zu Justins Großonkel zurück.

Es war ihr unbegreiflich, dass man eine so starke Liebe, wie sie Edward angeblich für Ginny gehegt hatte, auf diese Art verraten konnte. Und dann noch in diesem Tempo! Ihre Sympathie für Edward hatte sich in dem Moment verflüchtigt, als sie erfuhr, wie er sich aus schnöder Geldgier zu einer Zweckheirat entschlossen hatte.

Arme Ginny! Hoffentlich war ihr nie zu Ohren gekommen, wie schnell und womit sich der Engländer über sie hinweggetröstet hatte. Vielleicht war es besser, wenn Justin sie nicht fand. Sollte sie noch leben und diesen letzten Brief lesen, würden damit nur alte Wunden aufgerissen.

Doch die Sache ließ ihr keine Ruhe.

Romina griff nach einem Block und schrieb die Jahreszahl 1943 darauf, daneben den Namen Ginny. Wie alt mochte sie in dem Jahr gewesen sein? Zwanzig? Oder vielleicht noch jünger?

Spontan setzte sie die Zahl 18 neben Ginnys Namen und griff nach dem Taschenrechner. Einmal angenommen, Ginny wäre beim Zusammentreffen mit Edward achtzehn gewesen, dann müsste sie 1925 auf die Welt gekommen und heute 93 Jahre alt sein.

Romina schürzte die Lippen. Theoretisch könnte Ginny also noch leben, denn die Einwohner Siziliens wurden überdurchschnittlich alt. Vor allem in den Bergdörfern gab es viele Bewohner, die ihren hundertsten Geburtstag feierten. Doch wieso sollte man einer so betagten Dame die Hiobsbotschaft bringen, dass ihre vermutlich erste große Liebe sie so schnell ersetzt hatte? Das würde keiner Frau gefallen, ob jung oder alt. Oder tat sie Edward mit ihrer plötzlichen schlechten Meinung über ihn etwa unrecht?

Justin hatte ihr erklärt, wieso sein Großonkel die reiche Fiona Dingsda geheiratet hatte. Und Romina hatte schließlich genug Romane von Jane Austen und Thomas Hardy gelesen, um zu wissen, was damals in Adelskreisen üblich gewesen war. Diese Geschichten spielten zwar im Schnitt gut hundert Jahre früher, aber diese unsägliche Tradition hatte sich vermutlich bis weit ins 20. Jahrhundert fortgesetzt.

Während sie nachdenklich an dem aromatischen Früchtetee nippte, beschloss sie, sich bei Justin zu entschuldigen. Sie hatte auf seine Erklärung doch recht kindisch reagiert. Schließlich war es nicht sein Fehler, dass sich der Großonkel für diesen Weg entschieden hatte. Man sollte nicht den Boten erschießen, das war nicht fair.

Kurzerhand griff sie nach ihrem Handy und schickte Justin eine Nachricht:

Lust auf ein selbst gekochtes Abendessen bei mir? Wenn ja, um 20.30 Uhr, Via Sesto Pompea Nr. 20.

Fast zeitgleich kam seine Antwort:

Wäre mir ein Vergnügen. Freue mich sehr, bis dann!

Romina lächelte. Ihr Herz klopfte voller Vorfreude bei dem Gedanken, den smarten Engländer bald wiederzutreffen. Doch zuerst rief die Pflicht. Und während sie die eingegangenen Mails beantwortete, zermarterte sie sich das Hirn, womit sie Justin heute Abend kulinarisch verwöhnen konnte.

Auf der Piazza San Antonio Abata kaufte Romina auf dem Nachhauseweg bei Nunzio, der seinen Kleinbus in einen fahrenden Marktstand umgebaut hatte, Tomaten, Paprika, Auberginen und Staudensellerie. Kapern, Kräuter und

Parmesan hatte sie noch vorrätig. Sie würde Justin Penne an einer Gemüsesoße zubereiten. Das Rezept stammte von ihrer *Nonna*, die es vermutlich erfunden hatte. Auf alle Fälle war die Soße typisch für die Region und würde dem Engländer bestimmt schmecken.

Während Nunzio das Gemüse in braune Papiertüten verpackte, palaverte er über den Fußballklub Catania, der wieder einmal gegen Siracusa den Kürzeren gezogen hatte. Der bärtige Gemüsehändler konnte sich herrlich über verlorene Spiele aufregen, wobei es ihm vollkommen egal war, ob sein Gegenüber die Partie gesehen hatte oder sich überhaupt für Fußball interessierte.

»Ich sage ja immer, die Jungs sollten mehr Lauftraining absolvieren!«, wetterte er, während er die Tomaten abzählte. »Aber hört man auf mich?« Er schüttelte missbilligend den Kopf. »Alles lahme Heulsusen! Möchtest du einen Nero d'Avola?« Er griff nach einer Flasche Rotwein und hielt sie Romina vor die Nase. »Ein sagenhaftes Tröpfchen.«

Sie dachte an ihren gestrigen Alkoholkonsum und wie sie deswegen heute unter hämmernden Kopfschmerzen litt, doch ein gutes Essen ohne einen Schluck Rotwein war wie ein Tanz ohne Musik.

»*Certo*«, erwiderte sie und zückte ihr Portemonnaie. »Wie viel bin ich dir schuldig?«

»Wie wär's mit einer Antwort?«, sagte in diesem Moment eine Stimme hinter ihr und sie wirbelte herum.

Alessandro sah sie mit geneigtem Kopf aufmerksam an. »Sieht nach einem leckeren Abendessen aus. Lädst du mich ein? Bei einem guten Essen kann man wunderbar gewisse Fragen erörtern.«

Mist, das hatte ihr gerade noch gefehlt!

»Alessandro, was für ein Zufall«, rief sie bemüht heiter, um etwas Zeit zu gewinnen.

»Ja, die Welt ist eben klein.« Er griff nach den Tüten, die Nunzio ihr entgegenstreckte. »Du erlaubst, dass ich sie dir nach Hause trage?«

Die Frage klang eher wie ein Befehl und sie nickte stumm. Wie wurde sie ihn denn jetzt auf höfliche Art wieder los? Es war schon sieben. Sie musste die Soße vorbereiten und die Haare wollte sie auch noch waschen. In einer Stunde kam bereits Justin. Auf keinen Fall durften sich die Männer begegnen. Sie kannte Alessandro. Auf mögliche Rivalen reagierte er äußerst empfindlich, das hatte er schon mehr als einmal bewiesen.

Sie bezahlte ihre Einkäufe und gemeinsam gingen sie die Via Sesto Pompea bis zur Nummer 20 hinauf. Das Haus, in dem Romina wohnte, ähnelte in verblüffender Weise dem ›Flatiron Building‹ in New York. Es wies dieselbe typische Bügeleisenform auf, war aber natürlich nicht so hoch. Ihre Zweizimmerwohnung befand sich in der obersten Etage. Auf den kleinen Balkon passten mit viel gutem Willen zwei Stühle und ein Bistrotisch, dafür bot er aber eine fantastische Aussicht aufs Meer und den Ätna. Sie verdiente gut in der Agentur, hätte sich daher auch problemlos eine größere Wohnung leisten können, doch sie mochte ihre Klause, wie sie die Bleibe liebevoll nannte. Zudem bedeuteten weniger Zimmer auch weniger aufräumen.

Himmel, das musste sie ja auch noch erledigen!

Sie blieb abwartend vor der Haustür stehen und streckte die Hand nach ihren Einkäufen aus. Doch Alessandro hielt die Tüten fest umklammert, als müssten sie ihm Halt geben. Wollte er jetzt tatsächlich eine Diskussion anfangen oder hatte er das nur so dahergesagt?

»Also dann«, begann sie zaghaft, »ich rufe dich in der nächsten Zeit an, einverstanden?«

Endlich hob er den Blick. »Du warst gestern im Grand Hotel. Mit einem unserer Gäste.«

Also hatte der liebe Anselmo gepetzt, wie sie es befürchtet hatte.

»Romina? Willst du mir vielleicht etwas sagen?«

Plötzlich wurde sie wütend. Was ging es Alessandro an, wann sie mit wem wohin ging? Sie waren kein Paar. Jeder konnte tun und lassen, was er wollte. Sie hatte keine Lust, sich zu rechtfertigen, und hasste es, wenn er sie wie ein unartiges Kind behandelte.

»Ich habe bloß einem englischen Filmemacher das Hotel gezeigt. Wie du vielleicht weißt, arbeite ich für eine Eventagentur. Und jetzt gib mir endlich meine Einkäufe! Wir sprechen uns später. Ciao!«

Mit diesen Worten riss sie ihm die Tüten aus den Händen und verschwand im Haus. Als die Eingangstür hinter ihr ins Schloss fiel, atmete sie tief durch. Das Herz klopfte ihr bis zum Hals. Sie hatte Alessandro noch nie angelogen und dass sie das jetzt getan hatte, bestürzte sie. Was war bloß los mit ihr?

17

Die am Gitter befestigten Windlichter tauchten den winzigen Balkon in ein warmes Licht. Justin hatte zwar Probleme damit, seine langen Beine unter dem Tisch zu verstauen, aber die Aussicht von hier oben entschädigte ihn für jede körperliche Blessur, die er von seiner unfreiwilligen Yogaübung davontragen würde. Aus der Küche roch es verführerisch nach Kräutern und Gemüse.

»Und ich kann dir wirklich nicht helfen?«, rief er über die Schulter.

»Bin gleich so weit«, tönte es zurück. »Mach doch bitte schon mal den Wein auf, damit er noch etwas atmen kann.«

Während Justin die Flasche entkorkte, beobachtete er die Leute auf der Straße. Im Gegensatz zu England spielte sich das soziale Leben auf Sizilien vornehmlich draußen ab. Kinder liefen lachend umher, alte Männer saßen an kleinen Tischen vor ihren Häusern und spielten Karten, Frauen mit Kopftüchern unterhielten sich von Balkon zu Balkon, und von der Piazza hörte man Lachen und Musik. Er mochte diese Atmosphäre. Sie war so viel lebendiger als das steife Getue seiner Landsleute.

»Weißt du, wie viele weibliche italienische Vornamen mit G beginnen?«, fragte er, als Romina mit zwei Salattellern auf den Balkon trat.

Sie trug ein luftiges, mit einer Knopfleiste besetztes Sommerkleid und sah bezaubernd aus. Sein Puls beschleunigte sich, als sie die Teller servierte, sich dabei leicht vorbeugte und das weit ausgeschnittene Dekolleté ihm einen kurzen Blick auf den Ansatz ihrer Brüste gewährte.

»Nein, keine Ahnung. Wie viele denn?«

Sie setzte sich und legte die Serviette auf ihren Schoß.

»Bei sechzig habe ich aufgehört zu zählen.«

Er schenkte den Rotwein in die Kristallgläser und hoffte, dass seine Hand dabei nicht zitterte.

»So viele?« Sie schien beeindruckt. »Hätte ich nicht gedacht.«

Justin hatte ihr vorhin erzählt, dass er noch den ganzen Nachmittag Papiere gesichtet, aber nichts gefunden hatte. Daraufhin war ihm die Idee gekommen, nach italienischen Vornamen zu googeln, in der Hoffnung, Ginny einem bestimmten zuordnen zu können. Leider auch Fehlanzeige, denn es gab so viele, die man irgendwie zu Ginny umwandeln konnte, dass es vermutlich reines Glück wäre, den richtigen zu treffen. Zudem fehlte ihnen immer noch der Nachname.

Romina griff nach dem Glas und schnupperte daran, stellte es aber wieder auf den Tisch. »Ich habe mir heute ausgerechnet, wie alt Ginny damals gewesen sein könnte.«

»Und?«

»Wenn sie achtzehn gewesen ist, wäre sie heute über neunzig, könnte aber eventuell noch leben.«

Justin nickte. »Möglich, ja. Nur hilft uns das leider auch nicht weiter. Oder wollen wir allen sizilianischen Frauen von neunzig an aufwärts, deren Vorname mit einem G beginnt, einen Brief schreiben? Guten Tag, hat man Sie in den Vierzigern vielleicht Ginny genannt?«

Romina zuckte mit den Achseln, und er runzelte die Stirn. Normalerweise griff sie seine Späße sofort auf oder spann sie weiter. Aber heute Abend schien sie bedrückt zu sein, als wäre etwas passiert. Ob sie immer noch verärgert wegen Edwards Hochzeit war? Oder hatte sie Stress in der Firma?

»Alles in Ordnung?«, fragte er, als er sah, wie sie im Salat herumstocherte.

»Sicher, tutto bene«, erwiderte sie zu schnell.

Offenbar wollte sie nicht darüber sprechen und er unterdrückte den Impuls, nachzuhaken.

Er griff in seine Hosentasche und holte ein Blatt Papier hervor, auf dem er alle weiblichen Vornamen, die mit einem G begannen, aufgeschrieben hatte.

»Hier«, er legte das Blatt zwischen ihre Teller auf den Tisch, »vielleicht trifft dich die Erleuchtung.«

Romina warf nur einen flüchtigen Blick darauf. »Ich schaue sie mir später an.«

Justin nickte und widmete sich wieder dem Salat. Er war köstlich, nicht so wie das in Soße ertränkte Grünzeug, das man bei ihm zu Hause servierte.

Da ihm kein unverfängliches Thema einfiel, schwieg er und genoss einfach den wunderschönen Sommerabend in Begleitung einer nicht minder schönen Frau, auch wenn diese gerade mit ihren Gedanken weit weg zu sein schien. Vielleicht war sie der Jagd nach Ginny bereits überdrüssig und überlegte sich, wie sie ihm das schonend beibringen sollte.

Er hatte kaum den letzten Bissen Salat zu sich genommen, als sie auch schon aufstand, die Teller abräumte und den nächsten Gang servierte. Das ging ja ratzfatz. Wollte sie ihn vielleicht schnell wieder loswerden?

Justin hatte sich heute Nachmittag enorm über Rominas Einladung gefreut. Dass sie ihn zu sich nach Hause einlud, schien ein gutes Zeichen zu sein. Offenbar vertraute sie ihm dahingehend, dass er sich nicht als gewalttätiger Psychopath entpuppte. Doch jetzt sah es eher so aus, als wäre ihr seine Anwesenheit unangenehm.

Verstehe einer die Frauen!

Die Penne an der rassigen Gemüsesoße schmeckten hervorragend, als hätte man einen ganzen Sommergarten im Mund.

»Wirklich köstlich«, lobte er das Essen zwischen zwei Bissen. »Wie heißt das Gericht?«

»Penne alla *Nonna*.«

»Verstehe. Wenn ich wieder in England bin, weiß ich demnach, was ich mir das nächste Mal beim Italiener bestelle.«

»Ja, tu das.«

Auf ihren Lippen bemerkte er die Andeutung eines Lächelns. Fand sie es erheiternd, dass er bald wieder abreiste? Der Gedanke, dass es so sein könnte, irritierte ihn. Natürlich, er blieb bloß noch ein paar Tage, aber er hatte angenommen, sie wären sich sympathisch und dass Romina seine Gesellschaft genoss. Hatte er sich das nur eingebildet?

»Möchtest du einen Nachschlag?«, fragte sie in dem Moment, und er schüttelte den Kopf.

»Nein danke, ich bin satt. Es hat wunderbar geschmeckt. Vielen Dank nochmals für die Einladung. Ich wollte, ich könnte so kochen. Aber bei mir brennt leider schon das Wasser an.«

Die Nacht ergriff Besitz von Taormina und die Stimmen auf der Straße unter dem Balkon verstummten langsam. Nur von der Piazza her drangen vereinzelte Musikfetzen durch die Dunkelheit, die vom Wind zuweilen lauter und wieder leiser zu ihnen heraufgetragen wurden.

»Wollen wir hineingehen?«, schlug Romina vor. »Und beim Kaffee sehe ich mir mal die Liste an.«

Er half ihr, den Tisch abzuräumen, und nachdem Romina zwei Espressi auf den Salontisch gestellt hatte, setzte sie sich neben Justin aufs Sofa, knipste die Stehlampe an und widmete sich der Namensliste.

»Du hast recht«, sagte sie nach einer Weile nachdenklich, »mit der nötigen Fantasie kann man aus vielen Namen Ginny ableiten: Gianetta, Gianina, Giorgina, Giovanna.« Sie ließ das Blatt sinken. »Man müsste jemanden finden, der in der Villa Schuler zu der Zeit gearbeitet hat und der sich an das damalige Personal erinnert.«

Justin griff nach dem Espresso. Er war stark, schwarz und schmeckte leicht bitter, genau so, wie er ihn mochte. Er würde das italienische Essen und Trinken vermissen.

Als sich Romina zurücklehnte, berührte ihr Schenkel den seinen. Er hätte jetzt gern etwas Witziges gesagt, um seine Nervosität zu überspielen, aber sein Hirn war plötzlich so leer wie Woodbridge Halls Bankkonto.

»Wie wollen wir weiter vorgehen?« Romina sah ihn fragend an. Offenbar hatte er sich getäuscht und sie war nach wie vor daran interessiert, Ginny zu finden.

Das Licht der Stehlampe spiegelte sich in ihren dunklen Haaren. Ihre Lippen waren leicht geöffnet, die gebräunte Haut, von der das Sommerkleid beinahe mehr zeigte, als es verhüllte, schimmerte bronzefarben. Sie war eine wunderschöne Frau, und Justin musste sich beherrschen, nicht einfach die Hand auszustrecken, um sie zu berühren. Er schluckte mehrmals, bevor er sich getraute zu antworten. Es wäre ihm äußerst peinlich gewesen, hätte sie an seiner Stimme gemerkt, welche Gefühle gerade in ihm tobten.

»Deine Idee, jemanden zu suchen, der damals in der Villa Schuler gearbeitet hat, erscheint mir der aussichtsreichste Weg.« Er griff nach der leeren Espressotasse, nur um seine Hände zu beschäftigen. »Heißt das jetzt, dass ich die ganzen Papiere nochmals durchsehen muss?«

Bei dem Gedanken, einen weiteren Tag in dem staubigen Kabuff zu verbringen, sank seine Stimmung auf den Tiefpunkt. Außer Castelmola hatte er von der Insel noch nichts gesehen, und seine Abreise rückte immer näher.

Romina grinste. »Nicht unbedingt. Giulias Urgroßvater hat als junger Bursche in der Villa Schuler gearbeitet. Danach war er eine Weile als Gastarbeiter in der Schweiz gewesen, ist aber nach seiner Pensionierung wieder zurück nach Sizilien gekommen. Wir könnten ihn fragen. Er ist zwar auch schon so alt wie Methusalem, aber vielleicht haben wir Glück und er erinnert sich an Ginny.«

Justins Stimmung hellte sich sofort auf. »Das wäre fantastisch!«

Sie lächelte und hielt ihm die Liste hin. Als er sie ergriff, berührten sich ihre Hände. Einen Augenblick schien es, als würde die Welt den Atem anhalten. Justin sah in Rominas Augen und entdeckte dort das gleiche Gefühlschaos, mit dem er selbst zu kämpfen hatte.

Er wusste nicht, ob sie es war, die ihm entgegenkam, oder ob er sich selbst auf sie zubewegte. Doch im nächsten Moment lagen seine Lippen auf den ihren, und alle Gedanken über versteckte Liebesbriefe, unauffindbare Frauen und leere Bankkonten waren mit einem Mal wie weggewischt.

18

Von ihrem ersten Gehalt bei der Agentur hatte sich Romina ein großes, weiß gestrichenes Eisenbett mit einem Baldachin aus cremefarbener Spitze gekauft. Damals fand sie das Bett überaus romantisch, jetzt erschien es ihr aber plötzlich zu mädchenhaft. Würde sich Justin deswegen über sie lustig machen? Zum Glück lagen wenigstens keine Kleider herum und es sah einigermaßen aufgeräumt aus. Auf dem Flohmarkt hatte sie zwei unterschiedliche Nachttischchen aus Holz gekauft und sie selbst bemalt. Auf einem Regal an der Wand standen Glasvasen in verschiedenen Pastelltönen. Eine gehäkelte Spitzendecke, ein Geschenk ihrer Großmutter, lag über dem Bett, darauf ein paar Zierkissen.

Sie hatte noch nie darüber nachgedacht, wie ihr Schlafzimmer auf einen Mann wirkte, denn bis jetzt hatte es noch keiner betreten. Ihre wenigen amourösen Begegnungen hatten sich auf Hotelzimmer und auf die Bude eines Kommilitonen beschränkt. Alessandro hatte sie sogar einmal scherzhaft als Prinzessin Drosselbart betitelt, weil sie ihm nicht erlaubte, einen Blick in ihr Schlafzimmer zu werfen.

Der Gedanke an Alessandro ernüchterte sie. Was tat sie hier nur? Wollte sie tatsächlich mit einem Touristen ins Bett hüpfen? Auch wenn dieser so verdammt sexy aussah und mit diesem wahnsinnig erotischen Akzent sprach? Wäre es nicht klüger, darüber nachzudenken, ob sie Alessandros Vorschlag für eine gemeinsame Zukunft annehmen sollte? Schließlich lebte und arbeitete er in Taormina, konnte ihr einiges bieten und würde nicht am kommenden Sonntag nach Hause fliegen und niemals wiederkommen.

Offenbar spürte Justin ihr Zögern, denn er griff nach ihrer Hand und führte sie an seine Lippen.

»Es ist deine Entscheidung«, raunte er mit belegter Stimme und sah sie dabei fragend an.

Vom Flur fiel nur ein schwaches Licht ins Schlafzimmer. Romina hatte vorgehabt, eine Kerze anzuzünden, doch diese Handlung erschien ihr plötzlich als nonverbale Zustimmung für Sex, und sie war sich nicht mehr sicher, ob das so eine gute Idee war. Sie wollten schließlich Ginny finden, mussten sich also noch ein paar Mal treffen, um bei der Suche voranzukommen. Würde Sex nicht alles verändern? Vielleicht verstanden sie sich im Bett nicht, wären danach frustriert und froh darüber, sich nicht mehr sehen zu müssen. Oder es war fantastisch und sie würden daraufhin Ginny und den Liebesbrief vollkommen vergessen.

Wieso nur hatte sie sich von Justin küssen lassen? Oder war sie es gewesen, die ihn geküsst hatte? Und es hatte sich so gut angefühlt! Ein richtiges Feuerwerk. Die berühmten Schmetterlinge im Bauch – und an noch ganz anderen Stellen ihres Körpers – hatten wie wild geflattert. Der Gang zum Schlafzimmer erschien ihr danach beinahe logisch.

Noch immer sah Justin sie fragend an. In diesem Licht sahen seine blauen Augen so dunkel aus wie das Meer in einer tiefen Bucht. Von der Überheblichkeit einiger Männer, die solche Situationen gern zu ihrem Vorteil nutzten, schien er weit entfernt zu sein. Er wirkte eher unsicher, als gingen ihm ähnliche Gedanken wie ihr durch den Kopf. Das fand sie rührend.

Mit dem Daumen fuhr er sanft über die Innenseite ihrer Hand und ließ sie dann los. Anscheinend hatte er ihr Zögern als Rückzug gedeutet.

Und plötzlich flammte wieder Verlangen in Romina auf, sogar noch stärker als vorhin, als sie sich geküsst hatten. Sie wollte auf keinen Fall, dass Justin jetzt ging! Sie sehnte sich nach seinen Berührungen, seinen Zärtlichkeiten, nach sinnlos gestammelten Worten im Rausch der Leidenschaft.

Sie atmete tief durch, legte ihre Hände auf seine Brust und sagte leise: »Die Lady hat sich entschieden.«

Sich auf einen neuen Sexualpartner einzulassen, war Romina noch nie leichtgefallen. Zu sehr plagten sie die Zweifel, ob das, was sie tat, ihrem Gegenüber gefiel. Und ihre mangelnde Erfahrung erschien ihr jetzt plötzlich als Makel. Im Gegensatz zu ihrer Freundin Giulia, die, salopp ausgedrückt, nichts anbrennen ließ, scheute sie sich vor zu viel körperlicher Nähe.

Natürlich war sie schon verliebt gewesen und hatte Sex gehabt, und ihre Libido funktionierte einwandfrei, aber mit Intimität hatte sie ihre Mühe. Im besten Fall liebte man seinen Sexualpartner, vielleicht reichte sogar bloße Sympathie aus, um miteinander zu schlafen, doch auf schnelle Abenteuer war sie noch nie aus gewesen.

Bis jetzt.

Sie begehrte Justin in diesem Moment dermaßen, dass es sie erschreckte. Seine Berührungen setzten sie in Flammen, anders konnte sie es nicht ausdrücken. Eine Hitze strahlte von ihrer Körpermitte aus, als würde ihr Inneres aus flüssigem Gestein bestehen, und sie fürchtete schon, dass ihre Hände gleich ein Loch in Justins T-Shirt brennen würden.

Sie standen sich im dunklen Schlafzimmer stumm gegen-über. Noch immer ruhten ihre Hände auf seiner Brust und sie spürte seinen Herzschlag. Etwas zu schnell, offenbar tobten auch in ihm die verschiedensten Gefühle. Dann beugte er sich zu ihr hinab, streifte ihre Lippen mit einem scheuen Kuss, und sie schlang die Arme um seinen Nacken.

Der Kuss wurde drängender, tiefer, leidenschaftlicher. Justin schmeckte fremd und doch seltsam vertraut. Als seine Zunge ihren Mund erkundete, erschauerte Romina vor Verlangen. Sie presste sich an ihn und fühlte seine Erregung. Ein leises Stöhnen entrang sich seiner Kehle, und zusammen fielen sie aufs Bett, das unter ihrem Gewicht einen Laut von sich gab, als würde man einer Katze auf den Schwanz treten.

Sie lachten. Rominas Anspannung löste sich für einen Moment, nur um doppelt so stark wieder aufzuflammen, als Justins Hand ihre Brust streifte. Lustvoll zogen sich ihre Brustwarzen in dem Käfig des Spitzen-BHs zusammen. Am liebsten hätte sie sich selbst die Kleider vom Leib gerissen, damit die sinnlose Stoffbarriere zwischen ihnen endlich fiel.

Sie stieß die Luft aus, um ihren inneren Druck etwas abzubauen. So kannte sie sich gar nicht. War es der Wein? Oder weil sie schon so lange mit keinem Mann mehr geschlafen hatte?

»Tue ich dir weh?«, fragte Justin besorgt, ihre heftige Atmung falsch deutend.

»Im Gegenteil«, raunte sie und schob die Hände unter sein T-Shirt. »Ich glaube, es kann mir gar nicht schnell genug gehen.«

Sie lachte unsicher. Was um Himmels willen plapperte sie denn da? Er musste ja ein übles Bild von ihr bekommen. Doch ihre Furcht, er würde sie falsch verstehen, löste sich in Luft auf, denn er antwortete: »Und ich dachte, nur mir würde es so gehen.«

Justins Brust fühlte sich heiß an, als hätte er zu lange in der Sonne gelegen. Was Romina ertastete, ließ auf ein regelmäßiges, schweißtreibendes Work-out im Fitnessstudio schließen. Sie wollte ihn jetzt spüren, Haut auf Haut, und zog ihm das T-Shirt über den Kopf. Wieso nur hatte sie keine Kerze angezündet? Zu gern hätte sie jetzt seinen Körper betrachtet. So mussten halt die Hände ihre Augen ersetzen.

Sie fuhr über seine Brustmuskeln, folgte mit den Fingerspitzen dem weichen Flaum seiner Brustbehaarung bis zum Bund der Jeans hinab. Justin sog scharf die Luft ein. Ihre Hände erkundeten weiter seinen Oberkörper. Als sie die zarte Haut unterhalb der Achseln berührte, lachte er und zuckte ein wenig zusammen. Kitzlig, wie süß. Seine breiten Schultern hatte sie schon bei ihrem ersten Zusammentreffen bewundert, jetzt tastete sie an gut definierten Muskeln entlang, fuhr mit beiden Händen seinen Rücken hinab und beendete ihre Reise bei seinem knackigen Po.

»Darf ich auch?«, fragte Justin, wartete ihre Antwort jedoch nicht ab und begann, ihr Kleid aufzuknöpfen. Langsam, als würde er jede Sekunde davon genießen, doch sie wurde ganz ungeduldig dabei.

Verdammt, sie hätte etwas mit einem Reißverschluss anziehen sollen!

»Hast du noch ein Date?«, fragte er.

»Was?«

»Mir scheint, du willst es so schnell wie möglich hinter dich bringen.«

»Ein anderer wäre glücklich darüber, dass ich zur Sache kommen will«, gab sie gekränkt zur Antwort.

Offenbar passte es ihm nicht, wie sie sich verhielt. Vermutlich kannte er nur unterkühlte Engländerinnen, die beim Sex auf ihre Frisur achteten und dabei Tee tranken und *Duchy Originals*, Prinz Charles' Öko-Kekse, knabberten. Wenn er Probleme mit ihrem Temperament hatte, konnte er auch gleich gehen.

Er hielt in der Bewegung inne und sah sie an. Im Dämmerlicht konnte sie seine Miene jedoch nicht genau erkennen.

»Ich bin aber kein anderer, Romina«, sagte er ernst und verschloss ihren Mund mit einem langen Kuss.

* * *

Justin schluckte, als im Dunkeln unter Rominas Kleid ein heller Spitzen-BH hervorzuschimmern begann. Es war nicht so, dass er noch nie Damendessous gesehen hatte, aber irgendwie fühlte er sich, als wäre er wieder vierzehn Jahre alt und würde hinter den Pferdeställen auf Marcy Coppolds schlecht sitzenden Sport-BH starren.

Seine Nervosität schlug nahtlos in Begehren um, als Romina leise stöhnte und sich lasziv räkelte. Er verbannte die pubertären Erinnerungen aus seinen Gedanken und widmete sich weiter der Frau mit den außergewöhnlichen Augen in seinen Armen.

Schade, dass es im Schlafzimmer so dunkel war. Er mochte es, wenn er seine Partnerin beim Liebesspiel beobachten konnte; wenn sich deren Blick am Ende verschleierte und alle Anspannung von ihr abfiel und nur Weichheit, Erfüllung und Wohlgefallen zurückblieb. Hoffentlich war er geschickt genug, das alles auch bei Romina hervorzurufen.

Himmel noch mal, wo war bloß sein Selbstvertrauen abgeblieben?

Endlich hatte er ihr das Kleid aufgeknöpft und schob den hinderlichen Stoff zur Seite. Justin küsste ihren nackten Bauch und sie zuckte zusammen.

»Scusa«, hauchte sie mit brüchiger Stimme und räusperte sich. »Es ist schon eine Weile her.«

»Bei mir auch«, gab er zu und lachte verlegen.

Genau mit solchen Beichten stellte man sich als Liebhaber doch in ein ziemlich unvorteilhaftes Licht, oder? War er denn bescheuert?

»Gut, dann entdecken wir die Freuden der Liebe gemeinsam wieder.«

Er verbiss sich ein Lachen. Die Freuden der Liebe? Romina las eindeutig zu viele viktorianische Romane. Doch egal jetzt, er wollte sie riechen, spüren und schmecken.

Mit seinem Mund erkundete er ihre warme, weiche Haut. Sie schmeckte köstlich, wie ein Nachtisch nach einem guten Essen. Er ließ einen Finger neckisch unter ihren BH gleiten, streichelte die Rundungen, die er ertasten konnte, und sie seufzte leise. Mit zwei Bewegungen entledigte sie sich des Kleidungsstückes und warf es achtlos auf den Boden.

Das spornte ihn an. Mit beiden Händen umfasste er ihre Brüste, strich mit den Daumen über die Knospen, bis sie sich ihm verlangend entgegenstreckten. Er küsste jede einzeln, saugte spielerisch daran, bis Romina unter ihm erschauerte. Sie zog ihn auf Augenhöhe und suchte hungrig seinen Mund, dabei griff sie mit beiden Händen schmerzhaft in Justins Haare.

In Windeseile zogen sie ihre restliche Kleidung aus, um alles Trennende zwischen ihnen loszuwerden. Haut auf Haut. Wärme auf Wärme. Lust zu Lust.

Justin fiel es schwer, sich zurückzuhalten. Das Begehren, Romina zu besitzen, wurde übermächtig, und mit einer geschmeidigen Bewegung rollte er sich auf den Rücken und hob sie damit auf seine Mitte. Sie sollte die Führung übernehmen, nach ihrem Rhythmus, sonst würde er sie mit seinem Verlangen überfahren.

Rominas langes Haar fiel ihr wie ein Vorhang übers Gesicht. Als Justin bereit war, hob sie ihr Becken an und nahm ihn in sich auf.

Er keuchte, als er ihre Hitze spürte. Und als sie begann, sich langsam zu bewegen, musste er auf die Zähne beißen, um nicht sofort zu kommen. Er versuchte, an etwas anderes zu denken: Woodbridge Hall, die Schulden, seine Mutter, sogar an

Charlotte dachte er. Nichts half. Es war einfach zu gut! Zu viel Lust, zu viel aufgestaute Energie und viel zu viel Gefühl.

»Romina, bitte, ich …«, begann er, doch sie hörte nicht auf. Im Gegenteil, sie wurde schneller. Ihre Hände strichen in hastigen Bewegungen über seine Brust. Dann warf sie den Kopf in den Nacken und stöhnte.

Das war zu viel!

Justins Begehren zog sich zu einem winzigen Punkt zusammen, als würde es in ein schwarzes Loch gezogen. Es verdichtete sich zu einem Ball pulsierender Energie und zerplatzte dann in einem fulminanten Feuerwerk.

* * *

Auf der Straße unter dem offenen Fenster erklangen die ersten Zeilen von Toto Cutugnos Lied *L'Italiano*. Die beiden – offensichtlich recht angeheiterten – Sänger machten ihr fehlendes Gesangstalent durch Lautstärke wieder wett.

Romina lachte leise. Ihr Kopf ruhte auf Justins Brust, seinen Arm hatte er um ihre Schultern gelegt. Sie fühlte sich behaglich und wunderbar ermattet. Wie hatte sie nur so lange auf Sex verzichten können? Es gab doch nichts Schöneres.

Sie lauschte Justins Herzschlag, der sich langsam wieder normalisierte. Mit der flachen Hand strich sie über seine warme Haut. Er hatte sich nicht, wie es jetzt in Mode war, die Brusthaare entfernen lassen. Im Gegensatz zur Behaarung vieler ihrer Landsleute war seine jedoch nicht stark gekraust, sondern weich und nur leicht gekräuselt. In einem Streifen zog sie sich bis zu seinem Geschlecht hinunter, das im Dämmerlicht verborgen lag. Doch der Gedanke daran, wie es sich in ihr angefühlt hatte, verursachte ihr sofort wieder ein süßes Ziehen zwischen den Schenkeln.

Sie hatten sich vorhin kaum Zeit gelassen, den Körper des anderen zu erkunden, und der eigentliche Akt war viel zu schnell vorbei gewesen. Doch beide hatten eine rasche Befriedigung gesucht. Das nächste Mal würden sie sich mehr Zeit lassen.

Das nächste Mal? Wann würde das sein? Morgen? Oder übermorgen? Vielleicht noch einmal Sonntagfrüh, bevor er zum Flughafen aufbrach?

Rominas Kehle wurde eng. So war das eben mit Ferienflirts, sie sollte nicht enttäuscht sein, denn sie hatte gewusst, worauf sie sich einließ. Trotzdem wurde ihr bei dem Gedanken, wie schnell das Wochenende näher rückte, das Herz schwer.

Justins Brust hob und senkte sich gleichmäßig. Schlief der Kerl etwa? Vom Flur fiel ein schmaler Lichtschein direkt auf sein Gesicht. Seine Augen waren geschlossen und er wirkte entspannt.

»Möchtest du etwas trinken?«, fragte er unvermittelt und sie zuckte zusammen.

»Ich dachte, du schläfst«, erklärte sie ihre Reaktion.

»Wie könnte ich jetzt schlafen?«, erwiderte er belustigt und öffnete die Augen. Er drehte sich auf die Seite, wälzte sich vorsichtig auf sie und drückte sie mit seinem Gewicht in die Kissen. »Es gibt schließlich noch so viel zu entdecken.«

Er verschloss ihren Mund mit einem leidenschaftlichen Kuss, der ihr Herz erneut einen Trommelwirbel schlagen ließ.

»Wolltest du mir nicht etwas zu trinken holen?«, keuchte sie, nach Luft schnappend.

»Später«, raunte er.

Dann küsste er erneut ihre Brüste, wanderte mit der Zunge tiefer und hinterließ eine Feuerspur auf ihrer Haut. Als er Rominas empfindlichste Stelle fand, stöhnte sie lustvoll auf und ergab sich seiner Folter.

19

»Was ist denn mit dir los?« Orlando biss herzhaft in ein Cornettino und sah Romina beim Kauen neugierig an.

»Was soll denn mit mir los sein?«, fragte sie und senkte schnell den Blick, weil ihr das Blut in die Wangen schoss. War es so augenfällig?

»Du grinst ständig vor dich hin und bist bester Laune.« Er sah auf sein Handy: »Und das um halb neun Uhr morgens. Wenn so ein Morgenmuffel wie du sich so untypisch verhält, muss etwas passiert sein.«

»Ich bin überhaupt kein Morgenmuffel!«, gab sie lachend zur Antwort.

Orlando sah sie mitleidig an. »Nein, gar nicht. Wie komme ich bloß auf so eine Idee?« Er setzte sich an seinen Schreibtisch und betätigte die Maus. »Also, *Bellezza*, was ist passiert?«

Sie schmunzelte und zuckte stumm mit den Schultern, was ihrem Arbeitskollegen ein Augenrollen entlockte.

»Dann halt nicht!«, brummte er und schüttelte den Kopf.

Romina lehnte sich zurück und sah zum Fenster hinaus. Über der Bucht lag ein feiner Dunst, der sich, sobald die Sonne höher stieg, verflüchtigen würde. Ein weiterer wunderbarer Sommertag kündete sich an. Sie bedauerte zutiefst, dass sie den größten Teil davon in der Agentur verbringen musste.

Sie griff nach ihrem Handy und wählte Giulias Nummer.

»Pronto?«, meldete sich ihre Freundin.

»Ciao, amore. Du, ich muss dich was fragen. Gibst du mir bitte die Adresse deines Urgroßvaters? Ich habe mir gedacht, wenn jemand weiß, wer 1943 in der Villa Schuler gearbeitet hat, dann bestimmt er. Meinst du nicht?«

»Ja, stimmt, gute Idee. Warte, ich schicke dir seine Adresse per SMS.«

Romina hörte, wie Giulia kurz mit jemandem sprach, dann war sie wieder am Apparat.

»Er ist zwar im Alter etwas knurrig geworden, aber geistig noch topfit. Und er freut sich immer über Besuch.« Sie lachte. »Ruf ihn aber vorher an, damit er auch zu Hause ist, wenn du vorbeikommen willst.«

Das Piepen ihres Handys signalisierte Romina, dass Giulias Kurznachricht eingetroffen war.

»Danke, Süße, das werde ich. Bis bald, ciao.«

Pippo Narbone lebte in Palermo, war 89 Jahre alt und reparierte Marionetten für das Puppentheater *Teatro Carlo Magno*. Die *Opera dei pupi,* das Puppentheater, rühmte sich einer langen Tradition auf Sizilien. Romina hatte das Puppentheater, das früher oft in bunt bemalten Karren über die Dörfer zog und auf den Piazze aufspielte, mit ihrem Vater besucht und sich Jahre später wieder ein wenig damit befasst. Im achtzehnten Jahrhundert von den Spaniern eingeführt, hatten die beweglichen Holzpuppen sofort das Interesse der lokalen Bevölkerung erregt. Die Geschichten von Karl dem Großen und seinen heldenhaften Rittern Orlando und Rinaldo hatten die Einheimischen, die damals häufig weder lesen noch schreiben konnten, fasziniert. Dabei waren die Vorführungen eine Art früher Seifenoper, die die tiefsten Gefühle des täglichen Lebens widerspiegelte: Liebe, Verrat, Streben nach Gerechtigkeit, Wut und Frustration aufseiten der Unterdrückten. Die Puppen sprachen aus, was den Menschen oft nicht erlaubt wurde.

Die authentischen Marionetten bestanden aus Buchenholz oder Ulme und hatten wenig mit den billigen Gliederpuppen gemein, die man heutzutage an jedem Souvenirstand kaufen konnte. Sie waren über einen Meter groß, trugen bunte Kostüme oder eiserne Rüstungen und verloren schon mal einen Arm oder den Kopf, wenn es die Dramatik erforderte.

Während die Ritter ihre blutrünstigen Duelle gegen die Sarazenen fochten, unterstützte sie das Publikum dabei lautstark: Die Guten bekamen Applaus, die Bösen buhte man aus. Ein Heidenspektakel für Jung und Alt, das Romina geliebt hatte. Bis zu dem Tag jedenfalls, als ihre Eltern bei einem Verkehrsunfall ums Leben kamen und sie fortan bei ihrer Großmutter aufwuchs. *Nonna* hielt nichts vom blutrünstigen Marionettenspiel, und erst als Erwachsene hatte Romina wieder eine Vorstellung besucht.

Sie konnte sich kaum noch an ihre Eltern erinnern, doch das tiefe, dröhnende Lachen ihres Vaters, wenn Orlando seinem Widersacher den Kopf spaltete, würde sie nie vergessen. Ihre Mutter hatte immer mehr um Angelica, die liebliche Prinzessin, gebangt, die aus den Klauen der Eindringlinge befreit werden musste. Und Romina hatte als Kind das Gemetzel der Soldaten gemocht.

Seltsam, wie sich Vorlieben änderten. Heute würde sie wohl eher die Neigung ihrer Mutter für romantische Szenen teilen. Aber vielleicht hatte sie damals auch nur ihrem Vater gefallen wollen.

»Und jetzt träumt sie sogar mit offenen Augen«, hörte sie Orlandos spöttische Stimme. »Bist du etwa verliebt?«

Romina verschluckte sich und fing an zu husten. »Spinnst du?«, gab sie unwirsch zur Antwort und schüttelte den Kopf, doch das Herz schlug ihr plötzlich bis in den Hals. Das fehlte gerade noch, dass sie sich in Justin verliebte. Etwas Dümmeres konnte ihr nicht passieren. »Es ist bloß so ein schöner Tag. Darf man sich nicht daran erfreuen?«

Orlando grinste nur, erwiderte aber nichts.

»Blödmann«, murmelte sie und widmete sich ihren E-Mails.

Die Tür wurde aufgerissen und Enrico stürmte in die Agentur.

»*Porca miseria!*«, polterte er und fuhr sich mit beiden Händen über die kurzen Haare. »Es ist einfach der Wurm drin.«

Romina und Orlando sahen ihn verwirrt an.

»Welcher Wurm denn?«, fragte Orlando und stopfte sich den Rest seines Cornettino in den Mund.

»Irgendein wichtiges Teil der Technik ist beim Transport in die Brüche gegangen. Und ohne das Ding ist es offenbar nicht möglich, die Eröffnungsshow am Samstag über die Bühne zu bringen.«

Romina verzog den Mund. Was für eine Katastrophe!

Enrico ließ sich auf die Ecke von Orlandos Schreibtisch fallen und holte sein Handy aus der Hosentasche. »Einer der Techniker hat bereits einen Ersatz bestellt«, erklärte er. »Das Teil ist heute Nachmittag in Palermo abholbereit.« Er wandte sich an Orlando. »Du musst hinfahren und es herbringen, dann kann man es noch einbauen und testen. Hoffen wir, dass es funktioniert.«

Orlando stieß die Luft aus. »Echt jetzt? Das sind hin und zurück über sechs Stunden Fahrt. Und ich muss doch noch …«

»Soll ich es holen?«, unterbrach Romina ihren Kollegen. »Ich bin mit meinem Skript beinahe fertig.«

Die Abfolge der Redner und Einspielungen, an der sie gerade arbeitete, bestand zwar erst aus zwei Seiten, aber das musste sie ihrem Chef ja nicht auf die Nase binden.

Enrico sah sie überrascht an. »Das würdest du tun?«

»Klar, für die Agentur tue ich doch fast alles.«

Enrico stand auf. »Super, danke. Ich schicke dir die Adresse aufs Handy. Am besten, du fährst gleich los, dann bist du gegen Mittag dort.«

Er schüttelte den Kopf und seufzte tief. »Warum nur habe ich nicht auf meine Mutter gehört und bin Lehrer geworden? Dann könnte ich jetzt am Strand liegen und mich des Lebens erfreuen.«

»Meer oder Berge?« Romina sah Justin fragend an.

»Bitte?« Er klickte den Sicherheitsgurt ein und setzte die Sonnenbrille auf.

»Wir können entweder am Meer entlangfahren oder die Autobahn quer durchs Inselinnere nehmen«, erklärte sie. »Von der Zeit her sind die Strecken praktisch identisch. Also, Meer oder Berge?«

»Zuerst am Meer entlang und auf der Rückfahrt durch das Landesinnere«, entschied er, stellte den Beifahrersitz für seine langen Beine ein und strahlte sie dann gut gelaunt an.

Wenn er sie so anlächelte, schmolz sie regelrecht dahin. Und das nicht nur, weil die Hitze sich in ihrem Wagen staute.

Die unverhoffte Möglichkeit, nach Palermo zu fahren, hatte Romina veranlasst, ihn nach Enricos Abgang gleich anzurufen. Justin hatte noch geschlafen. Bei ihr zu Hause, in ihrem Bett. Offenbar hatte er eine anstrengende Nacht hinter sich.

Romina lächelte, als sie an die vergangenen Stunden dachte. Sie waren wunderschön gewesen. Nachdem sie ihre erste Lust gestillt hatten, erkundeten sie langsam und genüsslich den Körper des anderen. Und obwohl Romina in dieser Nacht kaum geschlafen hatte, fühlte sie sich ausgeruht und so lebendig wie schon lange nicht mehr. Heute Morgen hatte sie leise die Wohnung verlassen, nicht ohne einen letzten wohlwollenden

Blick auf den nackten, schlafenden Mann zu werfen, der einen großen Teil ihres Bettes in Beschlag nahm.

Sie unterdrückte ein Seufzen und beschäftigte sich mit der Klimaanlage. Justin sah einfach unheimlich sexy aus. Ob angezogen oder nackt, er machte eine überaus ansehnliche Figur. Mit noch einem Hauch Sonnenbräune und seinem strahlenden Lächeln konnte er glatt als Filmstar durchgehen. Vielleicht sollte sie ihm vorschlagen, mal an einem Casting teilzunehmen.

Romina fuhr den Berg hinunter, danach in Richtung Messina. Sie würden der Küstenstraße folgen, die sie in circa drei Stunden nach Palermo, Siziliens Hauptstadt, brachte. Wenn sie sich beeilten, schlugen sie zwei Fliegen mit einer Klappe: das Technikdings abholen und Pippo Narbone besuchen. Also wenn das kein Wink des Schicksals war!

»Ich habe dir etwas beim Bäcker geholt«, sagte sie und wies mit dem Kopf auf eine Papiertüte, die hinter dem Rücksitz auf dem Boden stand. »Sei vorsichtig, ein Becher Kaffee steckt ebenfalls mit drin.«

»Romina D'Agostino«, rief Justin theatralisch und legte die Hand auf seine Brust. »Hat Ihnen schon mal jemand gesagt, dass Sie ein Engel sind?«

»Jeden Tag. Ich bin ein Segen für alle.«

Er zwinkerte ihr zu und griff nach der Tüte. Dann widmete er sich seinem improvisierten Frühstück, lehnte sich entspannt im Sitz zurück und sah aufs Meer hinaus, während sie Letojanni, Santa Teresa di Riva und Nizza di Sicilia passierten.

Der Verkehr auf der A18 hielt sich in Grenzen. Ein paar Lkw, ab und zu ein Wohnmobil oder ein ausländisches Fahrzeug mit Anhänger. Das würde sich ändern, sobald sie Palermos Peripherie erreichten. Die Hauptstadt der Insel war berüchtigt für ihren Verkehr – und dafür, dass sich die wenigsten an die Verkehrsregeln hielten. Am besten kam man durch die Straßen, wenn man sich genauso rücksichtslos verhielt wie die anderen, wobei sich in den vergangenen Jahren durch diverse verkehrstechnische Maßnahmen schon viel verbessert hatte.

Justin beendete seinen Imbiss und stieß einen wohligen Laut aus. »Zwar waren es nicht Speck, Würstchen und Porridge, aber besser als ein knurrender Magen.« Er griff nach ihrer Hand am Steuer, führte sie an seine Lippen und hauchte einen Kuss darauf. »Mille grazie.«

Romina rieselte bei der Berührung ein angenehmer Schauer über den Rücken.

»Schön, dass ich jetzt doch noch etwas von der Insel sehe«, meinte Justin. »Es geht doch nichts über eine einheimische Reiseführerin.«

Obwohl er das im Scherz gesagt hatte, verursachte Romina diese Bezeichnung einen Stich. Sie wusste nicht, was sie sonst erwartet hatte; bestimmt keine Liebeserklärung. Aber doch eine etwas schmeichelhaftere Bezeichnung nach ihrer Liebesnacht.

Nun denn, es war, wie's war. Trotzdem kämpfte sie mit den Tränen. Sie griff nach ihrer Sonnenbrille auf der Mittelkonsole und setzte sie hastig auf.

20

Rominas Auto besaß kein Navigationssystem, deshalb lotste Justin sie mit seinem Smartphone durch Palermos verwinkelte Straßen zur Adresse von Pippo Narbone.

Der Verkehr war ein einziges Chaos! Sie waren um die Mittagszeit in der Hauptstadt angekommen, und offenbar war gerade jeder einzelne Einwohner unterwegs. Wie ein Schwarm aggressiver Hornissen kurvten die Rollerfahrer durch die dicht an dicht stehenden Autos vor den roten Ampeln, benutzten auch schon mal den Bürgersteig, wenn es einen Zentimeter Raum zu gewinnen gab. Mehr als einmal zuckte Justin erschrocken zusammen, wenn wieder einer dieser Verrückten in lebensmüder Manier an ihnen vorbeipreschte. Rechtsverkehr war ihm sowieso suspekt, aber dass sich hier niemand an die Verkehrsregeln hielt, brachte ihn an den Rand eines Nervenzusammenbruchs.

Romina kicherte nur ein ums andere Mal, wenn er wieder entsetzt die Luft ausstieß.

Die vergangenen Stunden war Romina erst schweigsam gewesen, doch dann hatten sie sich über Gott und die Welt unterhalten. Er kannte jetzt ihren Musikgeschmack, was sie an ihrer Arbeit mochte und was nicht, welche Träume sie sich noch erfüllen wollte – und er wusste, wie ihre Eltern ums

Leben gekommen waren: ein Autounfall auf einer schmalen Bergstraße, als sie noch ein Kind gewesen war und bei ihrer Großmutter auf die Rückkehr ihrer Eltern gewartet hatte. Wie furchtbar.

Im Gegenzug hatte er ihr von seinem Zuhause erzählt und ließ das Gespräch nochmals Revue passieren.

»Und du bist wirklich nirgends angestellt, hast also quasi gar keinen Beruf?«, fragte Romina.

Justin warf ihr einen empörten Blick zu. »Hey, ich arbeite den ganzen Tag wie ein Ackergaul!«

Sie lachte. »Ja, klar. Du bist wirklich zu bedauern.«

Offenbar nahm sie ihn nicht ernst. Wie sollte er auch einer Sizilianerin, die England offenbar nur aus romantischen Romanen kannte, seine wirtschaftlichen Probleme erklären?

Er straffte die Schultern. »Der Unterhalt für so ein Anwesen, wie es Woodbridge Hall ist, verschlingt Unsummen, Romina. Bei jedem Wintersturm fallen Ziegel vom Dach, stürzen Dachrinnen in den Innenhof und platzen marode Leitungsrohre. Es hört wirklich nie auf. Ich versuche natürlich mein Bestes, neue Geldquellen aufzutun, aber das ist nicht so einfach. Manchmal habe ich das Gefühl, ich nehme ein Pfund ein und gebe darauf gleich zwei wieder aus.«

Er seufzte tief und sah einen Moment zum Fenster hinaus. »Und meine Mutter ist mir auch keine Hilfe. Sie hat nie gelernt, sparsam zu sein, und gibt das nicht vorhandene Geld mit vollen Händen aus.«

Romina warf ihm einen schnellen Blick zu. »Tut mir leid, ich wollte mich nicht über dich lustig machen.« Sie legte ihm versöhnlich die Hand auf den Arm, was ihm ein Lächeln entlockte.

»Schon okay. Manchmal bedauere ich es zutiefst, dass ich keine Geschwister habe. Immerhin hätte ich dann jemanden, der mit mir zusammen den Karren zieht.«

Romina nickte. »Ja, das geht mir genauso. Ich hätte auch gern eine Schwester oder einen Bruder. Einzelkinder sind so …« Sie brach ab und wedelte mit der Hand in der Luft herum. »Na ja, eben so … einzeln.«

Justin schmunzelte. Darauf berichtete er ihr von seinem ursprünglichen Berufswunsch, Architekt zu werden, bis ihn der frühe Tod seines Vaters dazu gezwungen hatte, den Familienbetrieb zu übernehmen.

Romina hatte schallend gelacht, als er ihr anvertraute, wie Powell seinen Earl Grey zeitweilig aufmotzte, damit die Teestunden mit den Touristen für ihn erträglicher wurden. Er hätte ihr auch gern von seinen Überlegungen, Woodbridge Hall zu verkaufen, und der Möglichkeit, dass eine Verbindung mit Charlotte ihn davor bewahren würde, erzählt, doch dann brachte er es nicht über sich. Er wollte Romina nicht vor den Kopf stoßen. Aber es war nicht nur das. Der Gedanke machte ihn einfach traurig, und so schob er ihn schnell beiseite.

Justin fühlte sich in Rominas Gegenwart überaus wohl. Sie hatten einen ähnlichen Humor, interessierten sich für das Weltgeschehen und sie hegten beide den Wunsch nach einer Familie. Die Gesprächsthemen waren ihnen nicht ausgegangen und die Zeit war nur so verflogen. Zudem hatte die letzte Nacht die gegenseitige Sympathie vertieft. Zum Glück. Nicht auszudenken, wenn es ein Reinfall gewesen wäre. Dann würde er nämlich heute allein in seinem Hotelzimmer sitzen und nicht mit einer rassigen Sizilianerin durch Palermo kurven. Und die Suche nach Ginnys wäre vermutlich ebenfalls vorbei.

Er warf Romina einen kurzen Blick zu, als sie wieder an einer roten Ampel standen. Sie summte ein Lied mit, das im Radio lief, und bewegte dazu den Kopf im Takt. Ein warmes Glücksgefühl breitete sich in seinem Bauch aus und spontan legte er seine Hand auf ihren bloßen Schenkel. Sie trug wieder ein leichtes Kleid, das beim Fahren hochgerutscht war und viel von ihren perfekt geformten Beinen zeigte.

Sie lächelte ihn an, hatte aber keine Zeit zu reagieren, da die Ampel in diesem Moment auf Grün schaltete. Als sie die Kupplung betätigte und aufs Gas trat, spürte er das Muskelspiel unter ihrer Haut und plötzlich wurde ihm heiß, trotz der auf Hochtouren laufenden Klimaanlage.

»Wohin jetzt?«, fragte Romina und holte ihn damit aus seinen sündigen Gedanken.

Er räusperte sich, starrte auf sein Smartphone und wies nach rechts.

»Hier müsste es sein.« Er kniff die Augen zusammen, um den Straßennamen zu entziffern. »Ja, Via Salvatore Morsa.«

Das Haus mit der Nummer 25 war ein sandfarbenes dreistöckiges Gebäude mit den typischen schmiedeeisernen Balkongeländern. Alle Fensterläden waren gegen die Mittagshitze fest verschlossen. Über einer Brüstung hing Wäsche zum Trocknen. Die Fassade war mit Satellitenschüsseln und Klimaanlagen gespickt. Links und rechts der Fahrbahn befanden sich geparkte Autos.

Romina stellte ihren Wagen auf den Bürgersteig vor ein Garagentor, und als Justin sie auf das Parkverbotsschild hinwies, zuckte sie lediglich mit den Schultern.

Die Straße war menschenleer. Romina hatte ihm erklärt, dass die meisten Leute von Mittag bis 16 Uhr in ihren Häusern blieben, um der größten Hitze zu entgehen, dafür aber abends länger arbeiteten. Als sie ausstiegen, konnte er das verstehen. Die Hitze schlug ihnen wie eine Wand entgegen, und ihm brach augenblicklich der Schweiß aus.

»Weißt du, dass ich noch kein einziges Mal im Meer baden war, seit ich hier bin?«, maulte er und fuhr sich mit dem Handrücken über die Stirn.

»Ach, du Ärmster«, erwiderte sie spöttisch. »Wir können heute Abend schwimmen gehen, wenn du möchtest. Während des Tages gehen nur Touristen baden. Und sind danach krebsrot verbrannt. Vor allem die Engländer.« Sie lachte, als er sie böse anfunkelte. »Also dann, auf zu Giulias Urgroßvater!«

* * *

Pippo Narbones Wohnung bestand aus zwei winzigen Zimmern, die leider nicht mit einer Klimaanlage ausgestattet waren. Romina lief ein Schweißtropfen das Rückgrat hinunter.

Sie saßen im Wohnzimmer, wenn der Raum dieser Bezeichnung auch kaum entsprach. Es befanden sich lediglich ein Tisch, vier Holzstühle und ein Sessel mit einem gehäkelten Überzug vor einem altersschwachen Fernseher darin. An der Längsseite sah sie eine Küchenzeile in einem hässlichen Grün. Der Boden war mit braunen und schwarzen Fliesen ausgelegt. Alles in allem ein reizloser Raum, wenn auch penibel sauber. Es roch nach einem Altmänner-Rasierwasser und Minestrone. An einer Wand hing zwischen einer Pendeluhr und einem Kalender ein gerahmtes Foto von Giulia bei ihrer Firmung.

Pippo trug ein kurzärmliges Hemd und eine braune Hose. Ein mächtiger, mit silbrigen Fäden durchzogener Schnauzbart zierte sein faltiges Gesicht. Er schenkte ihnen aus einem altertümlichen Espressokocher Kaffee ein, setzte sich zu ihnen an den Tisch und strich mit den Händen über das verschlissene Wachstuch. Seine dunklen Augen huschten neugierig von Justin zu ihr und wieder zurück.

Romina räusperte sich. »Signor Narbone …«

»Sagen Sie doch Pippo zu mir«, unterbrach er sie lächelnd. »Ich komme mir sonst so alt vor.«

Er zwinkerte ihr schelmisch zu und sie lachte.

»Also, Pippo. Besten Dank, dass Sie uns so kurzfristig empfangen.«

Narbone machte eine wegwerfende Handbewegung. »In meinem Alter ist jeder Besuch willkommen. Außer, es würde sich um den Doktor handeln.«

Wieder schmunzelte er, und sie fand ihn immer sympathischer.

»Wie Giulia Ihnen vielleicht schon am Telefon gesagt hat, suchen wir eine Italienerin, die vermutlich in den Vierzigern als junge Frau in der Villa Schuler für die englischen Besatzer gearbeitet hat. Möglicherweise als Krankenschwester. Wir sind uns da aber nicht sicher. Sie kann natürlich auch als Köchin, Wäscherin oder Hausmädchen angestellt gewesen sein. Man nannte sie Ginny.«

Narbone strich mit dem Daumen nachdenklich über den Schnurrbart. »Ginny?«

Romina nickte. »Wir glauben, dass es sich dabei um einen Kosenamen handelt.« Sie griff in ihre Handtasche, holte Justins Liste hervor und legte sie auf den Tisch. »Das sind alles Vornamen, die man in Ginny abändern kann. Aber wie gesagt, sie könnte natürlich auch ganz anders geheißen haben … leider.«

Narbone zog eine Lesebrille aus der Tasche seines Hemdes und griff nach dem Blatt Papier.

Romina blickte zu Justin, der an seinem Espresso nippte. Er wirkte äußerlich ruhig, doch seine angespannte Körperhaltung zeigte ihr, dass er genau wie sie ungeduldig auf Pippos Antwort wartete. Während der die Liste studierte, war es mucksmäuschenstill im Zimmer geworden. Und als die Pendeluhr halb eins schlug, zuckten sowohl sie als auch Justin zusammen. Endlich nahm der alte Mann die Brille wieder ab und sah Romina über den Rand der Liste hinweg an.

»Und?«, fragte sie aufgeregt. »Ist ein Name dabei, der Ihnen bekannt vorkommt?«

Er ließ das Blatt sinken. »Wann genau soll das gewesen sein?«

»1943«, erklärte Justin. »Vermutlich vom Frühsommer bis in den Spätherbst hinein. Den genauen Zeitpunkt kennen wir leider nicht. Aber den letzten Brief schrieb mein Großonkel am 31. Dezember, da war er schon wieder in England.«

Narbone sah Justin überrascht an. »Donnerwetter, Sie sprechen ja sehr gut Italienisch. Ich dachte … egal«, er brach ab und seufzte tief. »Es tut mir leid, aber ich kann Ihnen bedauerlicherweise nicht helfen. Ich habe zwar 1943 schon in der Villa Schuler gearbeitet, damals war ich fünfzehn. Aber im Frühling desselben Jahres bin ich krank geworden. Tuberkuloseverdacht.«

Er zog die Schultern hoch, als wollte er sich dafür entschuldigen. »Ich musste die Villa daraufhin sofort verlassen. Natürlich, denn die Soldaten hatten schon genug mit ihren eigenen Blessuren zu kämpfen. Da konnte man keinen Laufburschen gebrauchen, der sich die Lunge aus dem Leib hustete. Es war aber Gott sei Dank keine Tuberkulose, sondern einfach Unterernährung und Schwäche. Der Krieg halt. Ich habe dann fast ein Jahr lang bei meiner Großmutter in Villafrati gewohnt und ihr mit den Ziegen geholfen, bis ich irgendwann nach Taormina zurückgegangen bin und wieder in der Villa Schuler angefangen habe. Sie sah wirklich fürchterlich aus damals.«

Narbone schüttelte bekümmert den Kopf. »Die Elektrik und die Sanitäranlagen waren herausgerissen worden, die Räume verdreckt und verwüstet. Die Balkone hatte man sogar zugemauert, weil einmal ein betrunkener Soldat über eine Brüstung gefallen und dabei zu Tode gekommen ist.« Er sah nachdenklich zum Fenster hinaus. »Der Name war schuld daran.«

»Der Name?«, fragte Romina verwirrt.

Narbone nickte. »Schuler, ein deutscher Name. Ihr versteht? Deshalb haben die Nazis doch die Villa beschlagnahmt.

Die fühlten sich dort wie zu Hause. Und dann kamen die Engländer, und ihr ganzer Hass auf die Feinde entlud sich über dem deutschen Anwesen.« Pippo atmete tief durch und verschränkte die Hände auf dem Tisch. »Nun ja, das ist lange her. Und heute ist die Villa noch schöner als vor dem Krieg. Man muss die Vergangenheit eben zurücklassen.«

»Also waren Sie genau während der relevanten Zeitspanne gar nicht dort?«, fragte Justin nach einem Moment des Schweigens enttäuscht.

Narbone schüttelte den Kopf. »Nein.« Er lehnte sich im Stuhl zurück. »Etwas war aber seltsam«, fuhr er fort. »Ich erinnere mich an eine junge, hübsche Angestellte, für die ich geschwärmt habe, die nach meiner Rückkehr aber leider nicht mehr dort arbeitete, obwohl man zu der Zeit froh sein konnte, überhaupt eine Anstellung zu finden.«

Romina riss die Augen auf. »Eine junge Frau?«

Narbone nickte mehrmals.

»Und wie hieß sie?«, fragte Justin aufgeregt.

Der alte Mann kratzte sich am Kopf. »Das ist das Problem, meine Lieben, ich erinnere mich nicht mehr an ihren Namen. Mi dispiace, tut mir leid.«

21

Das Sound-Servicecenter, in dem Romina etwas für ihren Arbeitgeber abholen musste, lag in der Via Pietro Novelli. Wieder parkte sie einfach auf dem Bürgersteig, was auf Sizilien offenbar niemanden störte. Sie lief über die Straße, und kurz darauf sah Justin, wie sie im Laden mit einem jungen Mann redete. Dieser verschwand danach hinter einem Vorhang.

Justin holte sein Smartphone aus der Hosentasche und checkte seine Kurznachrichten. Charlotte hatte geschrieben und sich erkundigt, wie ihm das Dolcefarniente gefiel.

Während er ihre Nachricht las, überfiel ihn das schlechte Gewissen. Er hielt sie schon viel zu lange hin, das war ihr gegenüber nicht korrekt.

Wenn er sich doch bloß endlich entscheiden könnte! Doch je länger er Romina kannte, desto weniger dachte er an Charlotte. Die Idee, sich während der Sizilienreise für oder gegen eine Verbindung mit ihr zu entscheiden, erwies sich schwieriger als gedacht. Doch es musste sein. Bald! Auf alle Fälle noch, bevor er nach England zurückflog. Er schrieb ihr zurück, dass er sich schon wie ein Einheimischer fühlte, und verstaute das Handy wieder.

Justin blickte erneut zum Geschäft und registrierte, dass Romina ihn durchs Schaufenster beobachtete. Sie tippte auf ihre Uhr und hob fünf Finger in die Höhe. Gut, Justin war am Verhungern. Seit seinem improvisierten Frühstück hatte er nichts mehr zwischen die Zähne bekommen und das Grummeln in seinem Magen entwickelte sich langsam zu einem Donnergrollen.

Kurze Zeit später verließ Romina den Laden mit einem Karton in den Händen. Justin stieg schnell aus und öffnete ihr die Beifahrertür, damit sie das Paket auf den Rücksitz stellen konnte.

»Grazie«, sagte sie lächelnd. »Der perfekte englische Gentleman eben.«

Er deutete grinsend eine Verbeugung an. »Immer zu Ihren Diensten, Mylady. Und jetzt muss ich sofort etwas essen, sonst kippe ich aus den Latschen.«

»Lernt man diesen Slang etwa auf euren teuren Eliteschulen?«

Er öffnete ihr die Fahrertür und sie stieg ein. »Das und noch ganz andere Dinge«, erwiderte er zweideutig, worauf Romina verwundert die Augenbrauen hochzog.

Das Restaurant *Calamida* befand sich am Jachthafen. Justin ließ sich aufatmend auf einen der Stühle im Schatten eines riesigen Sonnenschirms fallen und fächelte sich mit der Speisekarte Luft zu.

»Wie haltet ihr diese Temperaturen bloß aus?«, knurrte er.

Romina grinste. »Du bist so ein Weichei! Was tust du dann im Sommer?«

Er riss die Augen auf. »Im Sommer? Was ist das denn jetzt? Frühwinter?« Er strich sich mit dem Handrücken den Schweiß von der Stirn.

Romina winkte dem Kellner. »So in der Art«, gab sie zur Antwort. »Ich hätte eine Strickjacke mitnehmen sollen. In der kühlen Brise hier fröstelt es mich fast ein bisschen.«

Sie grinste ihn frech an, und Justin schüttelte nur den Kopf. Das laue Lüftchen, das vom Meer her kam, brachte nur wenig Abkühlung, aber es war besser als nichts.

»Worauf hast du Appetit?«, fragte sie. »Die Meeresfrüchte und der Fisch sind natürlich zu empfehlen. Oder lieber einen Teller Pasta? Vielleicht Spaghetti con ragù di triglie. Nudeln mit Seebarsch. Oder Couscous mit Tintenfisch?«

»Ich habe gar nicht gemerkt, dass wir so weit gefahren sind.«

»Bitte?«

»Na ja, Couscous. Das isst man doch normalerweise in Nordafrika.«

Sie lachte. »Werter Earl, Sizilien stand etwa zweihundertfünfzig Jahre unter arabisch-muslimischer Herrschaft. Wussten Sie das denn nicht?« Sie deutete auf die Häuserreihe entlang des Hafens. »Man sieht es vielen Gebäuden noch an. Und die arabische Küche ist hier nach wie vor überaus präsent. Also, nehmen wir Couscous?«

Justin nickte. Er hatte solchen Hunger, dass er auch einen Pappteller verzehrt hätte, und als der Kellner die Vorspeise – mit Gemüse belegte Brotscheiben – brachte, musste er sich zurückhalten, sich nicht gleich darauf zu stürzen.

»Das sind Caponata«, erklärte Romina. »Ein beliebtes sizilianisches Entree. Dazu werden Auberginen, Sellerie, Zwiebeln, Oliven und Kapern angebraten und mit einer Vinaigrette und etwas Tomatensoße verfeinert. Greif zu, sie sind köstlich.«

Das ließ er sich nicht zweimal sagen. Die gerösteten Brotscheiben waren wirklich ausgezeichnet und nur wenige Augenblicke später war der Teller leer. Kochen konnten die Italiener, das musste man ihnen lassen.

Romina hatte nur ein Stück von den Antipasti gegessen und nippte gedankenverloren an ihrem Mineralwasser.

»Hat sich die Suche damit erledigt?«, fragte sie.

Justin pickte die letzten Krümel vom Teller und zuckte die Schultern. »Eine weitere Spur haben wir nicht, oder?«

Sie schüttelte langsam den Kopf. »Schade, ich hätte Ginny zu gern berichtet, dass Edward sie nicht vergessen hat.«

In ihren Augen schimmerten plötzlich Tränen und Justin griff nach ihrer Hand. »Sei nicht traurig. Es wäre ein Wunder, würde sie noch leben. Und selbst wenn, vielleicht ist es besser, wenn man nicht in alten Wunden stochert. Sie ist bestimmt glücklich geworden, hat zehn Kinder, zwanzig Enkel und mindestens hundert Ziegen.«

Romina verzog den Mund zu einem kleinen Lächeln. »Oder sie hat ein Leben lang ihrer großen Liebe nachgetrauert. Und jeden Herbst steht sie auf einer Klippe, schaut nach Norden und wirft eine Blume ins Meer.«

Er küsste ihre Fingerspitzen. »Ein schöner Gedanke. Glaubst du, dass es so etwas gibt?«

»Was denn?«

»Liebe, die ein Leben lang hält.«

»Aber ja, da bin ich mir vollkommen sicher.«

* * *

Zwei Stunden später befanden sie sich auf dem Rückweg nach Taormina. Wie Justin es sich gewünscht hatte, fuhren sie durch das Landesinnere zurück. Die abgeernteten Felder links und rechts der Autobahn wirkten wie die Vorboten einer Wüste. Siziliens heiße Sonne hatte die Landschaft zu einer staubigen Fläche verbrannt, lediglich die spärlich bewaldeten Hügel boten mit ihrem Grün etwas Abwechslung in der braunen Monotonie.

Als sie bei Irosa die Abzweigung erreichten, bei der man Richtung Gangi fahren konnte, erinnerte sich Romina an das Versprechen, das sie ihrer Großmutter gegeben hatte: sie bald zu besuchen. Kurz überlegte sie, den Blinker zu setzen, doch nach einem Blick auf die Uhr verwarf sie den Gedanken wieder. Sie waren spät dran. In der Agentur warteten sie auf das komische Teil auf dem Rücksitz.

Justins Kopf war zur Seite gesunken. Er schlief tief und fest. Der Engländer war Siziliens Hitze nicht gewohnt. Sie laugte den Körper aus. Nur Touristen scherten sich nicht um die Siesta und wuselten selbst in der ärgsten Mittagshitze durch die Landschaft. Kein Wunder, dass sie abends kaputt waren.

Als sie das Umland von Catania erreichten, verdichtete sich der Verkehr und Romina musste wegen eines verwegenen Überholmanövers zweier Lastwagen scharf bremsen.

Justin schreckte hoch und rieb sich über die Augen.

»Ich bin eingeschlafen«, sagte er überflüssigerweise und sah sich um. »Wo sind wir?«

»Fast wieder an der Küste.«

»Mist, jetzt habe ich vom Landesinneren kaum etwas gesehen!«

»So spektakulär ist es nicht. Außer natürlich, du bist ein Fan von staubtrockenem Land, Steinen und spärlicher Vegetation.«

»Trotzdem«, meinte er bedauernd und griff nach der Flasche Mineralwasser auf dem Rücksitz, öffnete den Verschluss und hielt sie ihr hin. Romina schüttelte den Kopf. Ohne abzusetzen, trank er sie halb leer und atmete dann tief durch. »Soll ich dich ablösen?«

Sie warf ihm einen überraschten Blick zu. »Trotz des Rechtsverkehrs?«

»Eine Herausforderung, in der Tat. Aber ich bin jetzt schließlich ausgeruht und voller Energie.«

Sie lachte leise. »Na gut, wie du willst.«

Romina bog bei der nächsten Ausfahrt ab, hielt am Straßenrand und stieg aus. Genüsslich streckte sie den Rücken durch.

»Oh Mann!« Justin war ebenfalls ausgestiegen und zupfte an seinem Hemd. »Schnell wieder rein, bevor ich zu Dörrobst mutiere.«

Er umrundete den Wagen, drückte ihr einen Kuss auf die Wange und machte es sich dann auf dem Fahrersitz bequem.

»Immer Richtung Catania«, wies sie ihn an und stieg ebenfalls ein. »Danach ist Taormina ausgeschildert.«

Er nickte, startete den Wagen und fuhr erneut auf die Autobahn. Als er sich verschaltete und der Motor aufheulte, verzog er entschuldigend den Mund und Romina unterdrückte ein Grinsen. Doch er fand sich mit der für ihn ungewohnten Fahrsituation überraschend schnell zurecht und nach einer Weile begann sie, sich zu entspannen.

»Ich frage mich«, sagte sie nachdenklich, »ob wir restlos alle Möglichkeiten ausgeschöpft haben.«

Er warf ihr einen kurzen Blick zu. »Hast du denn eine Idee, wo wir noch ansetzen könnten? Narbone hat deine Visitenkarte, sollte ihm der Name dieser jungen Frau doch noch einfallen. Aber ich glaub da eher nicht dran.« Plötzlich wirkte er frustriert. »Manchmal muss man eben einsehen, dass etwas nicht so läuft, wie man gerne möchte.«

»Du hast natürlich recht. Trotzdem …« Sie brach ab und atmete tief durch. »Egal. Genießen wir die Zeit, die uns noch bleibt, bis du wieder abreist.«

Das war ihr jetzt einfach so herausgerutscht, obwohl sie dieses Thema doch hatte vermeiden wollen. Zugegeben, ein kindisches Vorhaben. Auch wenn sie Justins Abreise nicht erwähnte, war sie eben Realität. Touristen kamen und gingen, das war der Lauf der Dinge. Deshalb hatte sie es bis jetzt ja auch tunlichst vermieden, sich mit einem einzulassen. Oder mit einem Festivalbesucher. Die blieben meist sogar nur eine Nacht.

Romina musterte Justin von der Seite. Er wirkte gelöst, schien die Fahrt sogar zu genießen, und es hatte nicht den Anschein, dass er ihrer Bemerkung Bedeutung zuschrieb. Offenbar machte ihm ihre bevorstehende Trennung nichts aus. Die Enttäuschung darüber schnürte ihr die Kehle zu.

22

»Ich mache jetzt Feierabend«, flüsterte Romina.

Sie winkte Enrico zu, der gerade telefonierte. Dieser nickte und formte mit den Lippen das Wort ›grazie‹, während er auf den Karton mit dem Elektroteil klopfte, den sie ihm aus Palermo mitgebracht hatte. Die Techniker würden das Teil heute Abend noch installieren. Hoffentlich funktionierte es auch.

Enrico widmete sich wieder seinem Anrufer.

Orlando war schon nach Hause gegangen, hatte jedoch vergessen, seinen Computer herunterzufahren. Beim Hinausgehen drückte daher Romina die entsprechenden Knöpfe und bemerkte einen Zettel, der neben der Tastatur lag: *Romina, Herzchen, sag deinem Hotelkavalier, dass er nicht ständig hier anrufen soll. Das nervt! Und lade mal dein Handy auf, mannaggia! Er bittet um Rückruf.*

Sie verzog den Mund und bedauerte, die Nachricht gefunden zu haben. Sie hatte absolut keine Lust, mit Alessandro zu sprechen, zerknüllte den Zettel und warf ihn beim Verlassen der Agentur in den Abfalleimer.

Es war immer noch heiß draußen, obwohl die Sonne sich langsam dem Horizont näherte. In zwei Stunden würde sie untergehen, es blieb also noch jede Menge Zeit zum Baden.

Justin hatte seine erste Autofahrt im Rechtsverkehr bravourös gemeistert, und als Dank wollte sie ihn ans Meer begleiten.

Obwohl sie sich auf eine Abkühlung freute, fühlte sie sich erschlagen. Die lange Autofahrt, die erfolglose Suche nach Ginny und vor allem Justins bevorstehende Abreise hatten sie erschöpft. Im Grunde war es doch sinnlos, dass sie sich weiterhin trafen. Der Abschiedsschmerz würde sich dadurch nur noch vergrößern. Einen Moment überlegte Romina, sich mit irgendeiner Entschuldigung per SMS vor der Verabredung zu drücken. Doch sie *wollte* Justin ja wiedersehen. Mehr als alles andere. Und genau das machte ihr Angst. In der kurzen Zeit, die sie ihn erst kannte, war er schon ein fester Bestandteil ihres Lebens geworden. Verrückt, aber so war es. Ob es ihm ähnlich erging? Doch auf ihre Bemerkung über seine bevorstehende Abreise hin hatte er nicht reagiert. Was hatte das zu bedeuten? War sie ihm egal? Oder hatte er, im Gegensatz zu ihr, einfach einen klareren Blick auf die Realität?

Romina atmete tief durch und schloss ihren Wagen auf. Während sie wartete, dass die aufgestaute Hitze daraus entwich, sah sie auf die Bucht hinab. Das Meer leuchtete einladend blau. Sie wäre eine Närrin, wenn sie die Verabredung absagte. Am Abend war es am Strand immer am schönsten, vor allem in Begleitung. Dass diese Begleitung sie in vier Tagen verließ, musste sie einfach akzeptieren. Das Leben war schließlich kein Roman mit einem Happy End. Also sollte sie lieber das Hier und Jetzt genießen und sich nicht über das Kommende sorgen. Das käme früh genug, und dann blieb ihr immer noch Zeit, das Schicksal zu verfluchen.

* * *

Justin saß auf der Steinmauer gegenüber des *Panoramic Hotel* und wartete auf Romina. Es roch nach warmem Asphalt und

Meer. Er atmete tief durch. An Siziliens Düfte würde er sich immer erinnern. Als er den Kopf wandte, sah er Romina auf sich zukommen. Das bunte Stoffkleid umspielte die braun gebrannten Beine und bei ihrem Anblick stellte sich ein angenehmes Grummeln in seinem Bauch ein. Die Italienerin ging ihm wirklich unter die Haut. Bei Charlotte fühlte er nichts dergleichen. Er freute sich zwar jedes Mal, wenn er sie sah, aber von den Gefühlen, die Romina bei ihm auslöste, war das weit entfernt.

»Reiß dich zusammen, du Idiot«, murmelte er. Es war, wie es war, und er musste realistisch bleiben. Eine Ferienromanze löste seine Geldprobleme nicht.

»Hast du keine Badeschuhe dabei?«, fragte Romina, als sie vor ihm stand, und sah ihn über den Rand ihrer Sonnenbrille hinweg skeptisch an.

»Schuhe zum Baden?«, fragte er. »Wozu? Schließlich will ich doch schwimmen und nicht joggen.«

»Schätzchen, das ist ein Kieselstrand. Du wirst dir wehtun.«

Justin stieß ein belustigtes Schnauben aus und warf sich in die Brust. »Ein Engländer kennt keinen Schmerz!«

Sie lachte und schüttelte den Kopf. »Na, dann komm, du Held. Aber sag später nicht, ich hätte dich nicht gewarnt.«

Über eine Steintreppe gelangten sie vom Ortsteil Mazzarò zum Strand hinunter. Die geschäftstüchtigen Sizilianer benutzten sogar diesen kurzen Weg dazu, ihre Erzeugnisse an den Mann beziehungsweise die Frau zu bringen, denn entlang des Geländers hingen T-Shirts und Blusen in allen Farben und Schnitten. Sogar Badeschuhe wurden angeboten, und Justin überlegte einen Moment, sich ein Paar zu kaufen. Vielleicht hatte Romina recht und es wäre klüger, sich mit solchen Latschen auszustatten. Doch er hatte vorhin so großmäulig verkündet, dass er die nicht brauchte, also würde er jetzt nicht den Schwanz einziehen.

Die halbmondförmige Bucht mit der kleinen Insel war absolut hinreißend. Romina hatte ihm erzählt, dass sie unter Naturschutz stand. Offenbar gab es dort seltene Tier- und Pflanzenarten. Eine gute Entscheidung, ansonsten hätte jemand sicher schon einen hässlichen Hotelkomplex darauf hochgezogen und das Areal wäre längst Privatbesitz.

»Gib mir deine Wertsachen«, forderte Romina. »Ich werde sie zusammen mit meiner Tasche Manolo geben. Er betreibt die Strandbar.« Sie wies mit dem Arm auf ein flaches Gebäude mit einem Ziegeldach am Ende der Bucht. »Wir wollen schließlich niemanden in Versuchung führen, nicht wahr?«

Sie verstaute Justins Portemonnaie, sein Handy und die Armbanduhr in ihrer Tasche, drückte ihm ihr Badetuch und ein paar Neoprenschlappen in die Hand und lief zur Bar.

Justin sah sich unterdessen um. Es befanden sich noch eine stattliche Anzahl Menschen am Strand, viele waren aber schon im Aufbruch begriffen. Es roch intensiv nach Tang, Fisch und Sonnenmilch. Der eine Teil der Bucht lag bereits im Schatten der Anhöhe, auf der Taormina thronte, über dem anderen lag noch der goldene Schein der Abendsonne, und er bedauerte, dass er jetzt kein Foto machen konnte. Seine Mutter hätte sich über einen Schnappschuss bestimmt gefreut.

»Wollen wir?«

Romina hakte sich bei ihm unter und sie stiegen ein paar gemauerte Stufen zum Küstenstreifen hinunter. Sie hatte natürlich recht, ein Kiesstrand, wie er im Buche stand. Sogar mit den Turnschuhen war es schwierig, nicht die Balance zu verlieren. Nur an der äußersten Ecke lag ein kleiner Streifen Sand, der aber hoffnungslos belegt war.

»Hier willst du liegen?«, fragte er entsetzt.

Rominas Lippen kräuselten sich amüsiert, als sie die Badetücher auf den Steinen ausbreitete.

»Aber ja. Probleme damit?« Sie sah ihn herausfordernd an.

»Überhaupt nicht. In meiner Freizeit betätige ich mich gern mal als Fakir.«

»Dann ist ja gut.«

Sie zog ihr Kleid über den Kopf, schlüpfte in ihre Badeschuhe und zog ein Haargummi vom Handgelenk, mit dem sie ihre Haare zu einem Pferdeschwanz band.

Ihre Figur in dem knappen Bikini war makellos, und nur mit Mühe konnte Justin sich von dem entzückenden Anblick losreißen. Am liebsten hätte er ihr vorgeschlagen, wieder zurück in ihre Wohnung zu fahren. Meer hin oder her!

»Willst du Wurzeln schlagen?«, fragte sie und stemmte die Hände in die Hüften.

Er räusperte sich, schlüpfte aus den Turnschuhen, stieg aus seinen Jeans und zog das T-Shirt über den Kopf. Mit Genugtuung registrierte er, wie sich Rominas Augen bei seinem Anblick weiteten. Offenbar gefiel ihr ebenso, was sie sah, wie ihm die Perspektive auf ihren sexy Zweiteiler. Das war schon mal gut, denn wenn er sich seinen bevorstehenden Gang zum Meer vorstellte, konnte er nur verlieren.

Und natürlich fing sie an zu kichern, als er ein paar unbeholfene Schritte Richtung Wasser gemacht hatte und dabei schmerzhaft den Mund verzog.

»Warte! Zieh deine Schuhe wieder an, wir können dort drüben ins Meer. Es gibt eine Leiter.«

So ein Biest, das hatte sie doch extra inszeniert! Justin drehte sich um und sah sie finster an, was sie noch mehr zum Lachen brachte. Die Kiesel ignorierend, stürzte er sich auf sie, umfasste ihre Schultern und Knie und hob sie hoch. Sie quiekte vor Schreck.

»Das wirst du mir büßen«, stieß er hervor und drückte ihr einen saftigen Schmatzer auf den Bauch.

Sie strampelte lachend, doch er hielt sie eisern fest und schließlich gab sie auf. Mit beiden Händen griff sie in seine Haare, bog seinen Kopf herunter und küsste ihn hungrig.

Die Gefühle, die daraufhin in Justin aufloderten, raubten ihm beinahe den Atem. Langsam ließ er Romina zu Boden gleiten, schlang die Arme um ihren Leib und presste ihn an sich. Wieder küssten sie sich, leidenschaftlich, als wären sie die einzigen Menschen am Strand. Alles wurde belanglos, selbst als er ein Räuspern hinter sich hörte, konnte er nicht aufhören.

Doch als eine dunkle Stimme »Per favore, ragazzi! Ich bitte euch, Kinder« sagte, löste sich Romina schwer atmend aus seiner Umarmung.

»Verzeihung«, erwiderte sie errötend.

Der ältere Herr – mit einem Kleinkind an der Hand – nickte lächelnd und ging weiter.

»Wir …«, sie hielt inne und nestelte an ihrem Pferdeschwanz herum, »sollten uns wohl ein bisschen gesitteter aufführen.«

»Sollten wir wohl, leider. Und jetzt schnell ab ins Meer, mindestens bis Bauchhöhe!«, fügte Justin zähneknirschend hinzu.

23

»Ich verhungere gleich.« Justin schielte begehrlich auf die saftigen Tomaten in der Papiertüte.

»Nichts da!« Romina suchte in ihrer Tasche nach dem
Hausschlüssel. »Gedulde dich noch ein wenig.«

Nachdem sie sich ausgiebig im Meer abgekühlt hatten, hatten sie auf dem Heimweg Gemüse und frische Früchte einge-
kauft, um bei ihr zu Hause etwas Leckeres zu kochen.

Romina war nie eine eifrige Köchin gewesen. Für sie allein
schien ihr der Aufwand zu groß, aber für einen Gast zu kochen,
machte ihr Spaß. Vor allem, wenn der so verdammt gut aussah.

Justins Haut hatte in den wenigen Tagen unter Siziliens
Sonne einen warmen Schimmer angenommen. Vermutlich
würde er nie so braun wie sie selbst werden, doch seine Haut
leuchtete, als hätte sie ein alter Meister mit Goldfarbe bepinselt.
Das Blau seiner Augen wirkte dadurch noch intensiver, und
nicht nur ein bewundernder Blick war ihm vorhin gefolgt, als
sie aus dem Wasser gestiegen waren.

»Und eine ganz kleine Tomate?«, fragte er bittend und
wühlte in der Papiertüte. »Schau, die hier ist so mickrig, die
kann ich mit einem Bissen ...«

»Deshalb hast du also keine Zeit für mich!«

Romina ließ vor Schreck den Hausschlüssel fallen und drehte sich langsam um. Hinter ihnen stand Alessandro und sah sie aus schmalen Augen an.

Justin musterte ihn mit gerunzelter Stirn.

»Ich …«, Romina brach ab und räusperte sich.

Heiß schoss ihr die Röte ins Gesicht. Verdammt!

»Willst du mich deinem Begleiter nicht vorstellen?« Alessandro verschränkte die Arme vor der Brust. »Oder hat es dir etwa die Sprache verschlagen?«

»Was will der Kerl von dir?«, fragte Justin mit zusammengezogenen Augenbrauen und baute sich schützend vor Romina auf.

»Habe ich etwa mit Ihnen gesprochen?«, zischte Alessandro und wandte sich wieder an Romina. »Also das ist dieser englische Filmheini aus unserem Hotel, ja?« Er warf Justin einen verächtlichen Blick zu. »Na ja, wenn man diesen Typ mag. Aber sag, Romina, seit wann ist Invento denn zu einem Escortservice mutiert?«

»Na, hören Sie mal!«, brauste Justin auf.

»Alessandro, bitte«, beschwichtigte Romina. »Ich kann dir das erklären. Es …«

»Erklären?«, unterbrach er sie mit höhnischer Stimme. »Wie schön. Dann erkläre mir doch mal, wieso du dich einem dahergelaufenen Bobby an den Hals wirfst?« Er wandte sich an Justin, der ihn mit offenem Mund anstarrte. »Oder hat Sie die liebe Romina etwa nicht darüber aufgeklärt, dass wir so gut wie verlobt sind?«

Dann drehte er sich um und verschwand.

Die Einkaufstüten lagen auf dem Wohnzimmertisch. Weder Justin noch Romina dachten daran, den Inhalt in den Kühlschrank zu räumen.

Seit dem unerfreulichen Zwischenfall vor der Haustür hatte Justin kein Wort mehr gesprochen. Jetzt saß er auf dem Sofa und starrte mit geschürzten Lippen vor sich hin. Romina stand am Fenster und knetete sich die Hände. Würde er ihr glauben, wenn sie beteuerte, dass sie und Alessandro nicht verlobt waren? Sie drehte sich um.

»Es ist nicht so, wie Alessandro gesagt hat«, begann sie zögerlich und setzte sich auf einen Stuhl. »Ich bin nicht mit ihm verlobt.«

Justin hob endlich den Blick. In seinen Augen lag ein Ausdruck, den sie nicht deuten konnte. Enttäuschung? Wut?

»Aber ihr seid zusammen?«, fragte er.

Sie schüttelte vehement den Kopf. »Nein, sind wir nicht!«

»Und wie kommt er dann dazu, so etwas zu sagen?«

Sie hob die Achseln. »Eifersucht vielleicht? Oder verletzter Stolz? Ich weiß es nicht. Er würde gern eine Beziehung eingehen, schon länger. Aber ich konnte mich nie dazu entscheiden. Ich …«

Justin hob die Hand. »Du musst dich nicht rechtfertigen, Romina«, sagte er schnell. »Ich will nur niemandem in die Quere kommen. Und letztendlich fahre ich ja bald wieder nach Hause. Von daher …« Er brach ab und sah sie mit einem schiefen Lächeln an.

Romina schluckte hart. Eine Ohrfeige hätte nicht schlimmer sein können. So war das also! Justin gab ihr durch die Blume zu verstehen, dass sie sich, sobald er abgereist war, ohne schlechtes Gewissen wieder Alessandro zuwenden konnte.

Die Enttäuschung über seine Reaktion lag wie ein schwerer Steinbrocken in ihrem Magen. Wut, Vorwürfe, sogar eine lautstarke Szene hätte sie besser ertragen als diese Art der Zurückweisung. Sie war Justin vollkommen egal, sonst hätte er auf einen vermeintlichen Nebenbuhler ganz anders reagiert. Für ihn war sie nur eine nette Ferienbegleitung. Eine Einheimische, mit der er seiner Suche nach Ginny etwas Würze verlieh.

Romina war dermaßen enttäuscht, dass ihr plötzlich übel wurde und sie ins Bad stürzte. Während sie würgend über der

Kloschüssel hing, hörte sie, wie Justin sich in der Küche zu schaffen machte. Wollte er jetzt tatsächlich kochen? Bei dem Gedanken an Essen übergab sie sich ein weiteres Mal.

Es klopfte an der Badezimmertür.

»Alles okay mit dir?«, fragte Justin.

Nichts ist okay! Ich habe mich in dich verliebt und du trittst meine Gefühle mit Füßen, wollte sie schreien. Doch sie hielt sich zurück. Noch eine Erniedrigung? Sich weiter zum Affen machen, damit er noch mehr auf ihrem Herzen herumtrampeln konnte? Nein danke! Sie war eine D'Agostino und hatte es nicht nötig, um Zuwendung zu betteln.

Romina betätigte die Spülung, wusch sich die Hände und das Gesicht mit kaltem Wasser und band ihren Pferdeschwanz neu.

Sie würde sich nicht anmerken lassen, wie tief seine Worte sie getroffen hatten. Stolz würde sie ihm gegenübertreten und so tun, als sei alles in Ordnung. Doch als sie in den Spiegel sah, schossen ihr plötzlich Tränen in die Augen. Verdammt!

»Romina?« Wieder klopfte es an die Tür. »Kann ich dir helfen?«

Ja, du kannst mich lieben, du Arsch!

Sie konnte Justin jetzt nicht gegenübertreten. Wenn sie in seine blauen Augen sah, würde der Damm brechen. Und sein Mitleid konnte sie nicht ertragen.

»Ich habe mir vermutlich den Magen verdorben«, sagte sie durch die Tür. »Tut mir leid, aber ich wäre jetzt lieber allein, um mich auszuruhen.«

Einen Moment blieb es still, dann hörte sie Justin sagen: »Ja, natürlich. Ich rufe dich später an.«

Als die Wohnungstür ins Schloss fiel, schluchzte Romina auf.

* * *

145

Während Justin durch Taorminas nächtliche Gassen zum Grand Hotel zurückging, überlegte er angestrengt, was gerade passiert war. Hatte sich Romina tatsächlich den Magen verdorben, oder war das nur ein Vorwand, ihn aus der Wohnung zu werfen? Und wenn ja, wieso? Das schlechte Gewissen, als dieser Alessandro auftauchte, war ihr regelrecht ins Gesicht geschrieben gewesen. Justin hatte mit seinem lockeren Spruch vorhin nur vorgehabt, ihr dieses zu nehmen. Sie war schließlich eine erwachsene Frau und konnte tun und lassen, was sie wollte.

Er glaubte ihr unbesehen, dass mit diesem geschniegelten Fatzke nichts lief. Ein Blinder mit Krückstock merkte, dass den Mann rasende Eifersucht quälte. Die Behauptung, dass sie seine Verlobte sei, war nur eine dreiste Lüge gewesen, in der Hoffnung, sie würde Justin gegen Romina aufbringen.

Aber wieso nannte Alessandro ihn einen Filmheini? Und was meinte er mit »unserem Hotel«? Das war alles doch sehr verwirrend. Sicher wusste Romina, was der Mann damit gemeint hatte, aber er hatte sie ja nicht mehr fragen können.

Justin schüttelte nachdenklich den Kopf. Er hatte auf ein leckeres Abendessen gehofft und auf ein noch leckereres Dessert in Form einer Liebesnacht. Beides konnte er offenbar knicken. Er verstand die Frauen nicht. Innerhalb von Minuten änderten sich ihre Launen aus Gründen, die ihnen vermutlich selbst nicht klar waren. Oder war vielleicht doch etwas Wahres an Alessandros Geschichte gewesen und Romina hatte ihm die ganze Zeit etwas vorgemacht?

Nachdenklich blieb Justin auf dem Corso Umberto stehen. Touristen umschwärmten ihn wie Bienen ihren Stock; er merkte nicht einmal, dass er ihnen im Weg stand.

Hatte ihn Romina etwa die ganze Zeit angelogen und ihn nur dazu benutzt, diesen Anzugträger eifersüchtig zu machen? Vielleicht, um eine Entscheidung zu erzwingen? Möglicherweise war es ja gerade umgekehrt, und *sie* wollte etwas von Alessandro und *er* konnte sich nicht dazu entschließen. Genauso wie bei ihm und Charlotte?

Er schüttelte den Kopf. Nein, das war doch absurd. Rominas Reaktion auf Alessandros Auftauchen wäre anders gewesen, hätte sie vorgehabt, durch Justins Anwesenheit eine Entscheidung zu provozieren.

Aber wusste er wirklich, was in ihr vorging? Sie sprachen über vieles, aber nie über Gefühle. Und hatte er ihr nicht auch Charlotte verschwiegen? Vielleicht war es besser, wenn er Romina nicht mehr wiedersah. Er hatte schon genug Probleme am Hals, da brauchte er nicht auch noch einen eifersüchtigen Sizilianer im Nacken. Und je mehr er mit der schönen Romina Zeit verbrachte, desto weniger konnte er sich für die kühle Charlotte erwärmen. Am Sonntag ging sowieso sein Rückflug, Ginny hatten sie auch nicht gefunden und eine weitere Spur gab es nicht. Es bestand also gar kein Grund, Romina nochmals zu treffen.

»Belüg dich ruhig weiter«, murmelte er frustriert und setzte seinen Weg fort.

Natürlich gab es noch einen triftigen Grund, Romina wiederzusehen: Er hatte sich nämlich in sie verliebt. Hoffnungslos. Und genau das war das Problem. Aber egal, ob sie ehrlich zu ihm gewesen war oder nicht, die Liebe zu ihr war chancenlos. Ein Ferienflirt, der zerbrach, sobald der Flieger abhob.

Er machte sich keine Illusionen darüber, dass es mit ihnen weitergehen könnte. Es lagen mehr als 1800 Meilen zwischen ihren Leben und gegebenenfalls eine geplante Verlobung zwischen diesem Alessandro und Romina. Man brauchte also kein Genie zu sein, um zu erkennen, dass seine Gefühle für sie keine Zukunft hatten. Vielleicht war es sogar besser, den Flug umzubuchen und gleich abzureisen. Zu Hause erwartete ihn schließlich eine Menge Arbeit. Und jeder zusätzliche Tag hier kostete Geld, das Woodbridge Hall nicht besaß. Möglicherweise bekam er sogar vom Hotel ein paar Euro vom Zimmerpreis zurückerstattet, wenn er früher abreiste. Taormina platzte schließlich wegen des Filmfestivals aus allen Nähten, sie würden sein Zimmer sicher sofort weitervermieten können. Und als hätte das Schicksal ihm einen Wink gegeben, erhielt er in diesem Moment eine weitere SMS von Charlotte:

Daddy hat die Destillerie gekauft. Wir produzieren also bald Single Malt Whisky. Ich überlege mir, eine Sorte nach dir zu benennen.

Justin zog einen Mundwinkel nach oben. Es war wirklich rührend, wie sie sich um ihn bemühte. Doch sie war eben nicht Romina!

Er fühlte plötzlich eine flaue Leere im Bauch. Hunger oder Enttäuschung? Müßig, sich darüber den Kopf zu zerbrechen.

Kurzerhand steuerte er eine Pizzeria an, setzte sich in den hintersten Winkel und bestellte die größte Pizza, die angeboten wurde. Essen hält Leib und Seele zusammen, sagte seine Mutter immer. Hoffentlich galt dieser Spruch auch in Italien.

24

Romina lag im Bett und beobachtete den Vorhang, der sich im leichten Luftzug bauschte. Seit zwei Stunden versuchte sie einzuschlafen. Zwecklos.

Sie drehte sich auf den Bauch, dann wieder auf den Rücken. Die Uhr der katholischen Kirche in unmittelbarer Nähe schlug zweimal. Herrgott, bei dem Krach konnte doch keiner schlafen!

Sie griff nach dem Handy auf dem Nachttisch. Nichts. Weder hatte Justin, wie er versprochen hatte, angerufen noch eine SMS geschickt. Es interessierte ihn nicht, ob es ihr gut ging. Das war so typisch britisch! Sobald ein potenzieller Nebenbuhler auftauchte, zog man sich vornehm zurück, nur damit man dem anderen nicht ins Gehege kam. Wo blieben die vom Adel so hochgelobten Tugenden wie Tapferkeit, Ehre, Aufrichtigkeit? War sie es denn nicht wert, dass man um sie kämpfte? Offenbar nicht. Justin entpuppte sich als elender Feigling!

Romina schnaubte gekränkt. Auf der Suche nach Ginny war sie für ihn natürlich von Nutzen gewesen, aber da keine heiße Spur mehr bestand, brauchte er Romina offensichtlich nicht mehr. Vielleicht war er sogar froh über Alessandros Auftauchen gewesen, der ihm einen Grund gab, sich davonzumachen. Und sie hatte Justin auch noch in ihr Bett gelassen! Das musste dem

Kerl doch wie ein unverhoffter Bonus vorgekommen sein. Was war sie doch für eine dumme Nuss! Fitzwilliam Darcy? Blöder, romantischer Quatsch! Im Leben gab es eben keine Happy Ends. Sie sollte langsam mal erwachsen werden.

Erneut schossen ihr die Tränen in die Augen. Sie schniefte und wischte sie mit dem Handrücken weg, stand auf und holte sich aus dem Kühlschrank eine Nektarine. Sie betrachtete die Frucht gedankenverloren und legte sie dann wieder zurück. Obwohl das geplante Abendessen ausgefallen war, verspürte sie keinen Hunger. Liebeskummer schlug offenbar auf den Magen.

Im Dunkeln tappte sie durch die Wohnung, öffnete die Tür zum Balkon und setzte sich mit angezogenen Füßen auf einen Stuhl.

Die laue Nachtluft umschlang sie tröstend wie ein Mantel aus Seide und seufzend legte sie das Kinn auf die Knie. Die Lichter entlang der Küste glänzten gleich einem Diadem aus Schimmer und Farben. Wie schön wäre es, diesen Anblick mit einer Person zu teilen. Einer mit blauen Augen, einem heißen Body und dem umwerfendsten Akzent auf Erden.

»*Cavolo!*«, stieß Romina unwirsch hervor.

Je mehr sie versuchte, nicht an Justin zu denken, desto mehr Raum nahm er in ihrem Kopf ein. Und in ihrem Herzen sowieso. Wie hatte sie das nur zulassen können? Und was sollte sie jetzt tun? Ihn anrufen und sich allenfalls noch weitere Demütigungen einfangen? Oder ihn vergessen und sich ihrer Arbeit widmen? Die reiste jedenfalls am Sonntag nicht ab. Und was war mit Alessandro? Er würde sich kaum mehr für sie interessieren, nachdem er sie heute mit Justin erwischt hatte. Auch gut, das nahm ihr die Entscheidung ab. Blieb sie halt allein. Für den Rest ihres Lebens. Wer brauchte schon Männer? Sie hatte *Nonna*, ihre Arbeit, ihre Wohnung und eine gute Freundin. Mehr benötigte sie nicht, um glücklich zu sein.

Romina atmete tief durch. Bevor sie jetzt vollkommen in Selbstmitleid zerfloss, sollte sie lieber wieder ins Bett gehen. Der große Empfang am Samstag stand bevor, danach begann das Filmfestival, sie hatte die kommenden Tage viel um die Ohren und brauchte ihren Schlaf. Ihre Großmutter sagte immer: »Wenn du keine Schulter zum Anlehnen hast, dann nimm drei Kissen.«

Guter Rat!

Romina stand entschlossen auf, lief durchs Wohnzimmer, schnappte sich die Zierkissen vom Sofa und warf sie aufs Bett.

Als sie am Donnerstagmorgen die Agentur betrat, saß Enrico bereits hinter seinem Schreibtisch und telefonierte wieder, als hätte er die ganze Nacht hier verbracht. Er trug jedoch ein anderes Hemd, war also vermutlich doch zu Hause gewesen.

Wie hielt Angela, seine Frau, das bloß mit ihm aus? Mit einem Workaholic verheiratet zu sein, war sicher kein Zuckerschlecken. Noch ein Grund, den Männern abzuschwören. Orlando glänzte wie üblich mit Abwesenheit. Seiner Meinung nach war es unmenschlich, um acht Uhr morgens mit der Arbeit anzufangen. Heute konnte sie ihn verstehen, sie fühlte sich wie gerädert.

Romina nickte ihrem Chef zu und fuhr den Computer hoch. Dabei verbot sie sich, ein weiteres Mal auf ihr Handy zu schielen. Nichts war eben nichts und sprach für sich.

Sie hatte schlecht geschlafen, trotz der drei Kissen. Und ihr Entschluss, Justin nicht mehr zu treffen, kam immer mehr ins Wanken. Sie vermisste ihn. Sein Lachen, seinen Geruch, seine Zärtlichkeiten. Gut, sie bedeutete ihm offenbar weniger als er ihr, und am Sonntag war in jedem Fall Schluss. Aber bis dahin gingen noch drei Tage und vier Nächte ins Land. Zeit, die sie zusammen verbringen konnten, und Stunden, die …

»Ach, Mist!«

Warum sollte sie sich nicht auch einmal etwas Spaß gönnen? Wie Giulia zum Beispiel. Die machte sich nicht so viele Gedanken, genoss das Hier und Jetzt und war immer gut drauf. Und dann hörte sie wieder die Stimme ihrer Großmutter: »Das höchste Gut einer Frau ist ihr Stolz.«

Romina kaute auf ihrer Unterlippe. Da hatte *Nonna* nicht unrecht, aber zu viel Stolz machte auch einsam.

Kurz entschlossen griff Romina nach ihrem Handy und tippte eine Nachricht ein:

Können wir uns treffen? Ich möchte gern mit dir reden.

Ihr Daumen verharrte einen Moment über dem Sendebutton, als sie der Zweifel erneut überrollte. Nein, sie würde nicht um Zuwendung betteln. Er hatte versprochen, sich zu melden, und wenn er das nicht tat, sollte er ihr doch den Buckel runterrutschen!

»Romina?«

Sie zuckte zusammen. Enrico stand in der Tür.

»Kannst du bitte mal kommen? Es gibt noch ein weiteres Problem mit der Soundanlage. Offenbar steckt da der Wurm drin.«

Romina löschte die SMS und legte das Handy beiseite. »Nicht nur dort«, murmelte sie, während sie aufstand und Enrico in sein Büro folgte.

* * *

»Ein wunderbarer Tag, nicht wahr, Signore?«

Die Kellnerin stellte Justin mit einem strahlenden Lächeln ein Kännchen dampfenden Tee auf den Tisch. Ihr Englisch war mit einem starken Akzent eingefärbt, was sie jedoch nicht zu stören schien, denn sie plapperte ungeniert weiter.

»Waren Sie schon auf dem Ätna? Die Fernsicht ist fantastisch! Vom Gipfel können Sie heute sicher bis nach Afrika sehen.«

Justin runzelte skeptisch die Stirn und die Kellnerin lachte. Sie drehte sich um, nicht ohne ihm einen koketten Augenaufschlag zu schenken, und ging mit keckem Hüftschwung zum nächsten Gast.

Es war noch früh am Morgen, die Frühstücksterrasse nicht einmal zur Hälfte besetzt. Justin hatte schlecht geschlafen. Seltsame Träume, in denen ihn handgeschriebene Briefe wie ein Schwarm aggressiver Wespen durch eine staubige Landschaft jagten, hatten ihn heimgesucht. Irgendwann war er schweißgebadet aufgewacht. An Einschlafen war danach nicht mehr zu denken gewesen und er hatte von seinem Balkon aus den Sonnenaufgang erlebt. Ein wunderbares Farbenspiel in Rosa, Hellblau und Gold.

Er schenkte sich Tee ein und bestrich eine Scheibe Toast dick mit Butter. Neben dem Teller lag sein Handy. Er betrachtete es einen Moment, nahm einen Bissen Toast und legte dann demonstrativ die Stoffserviette über das Gerät.

Nein, er würde Romina nicht anrufen. Er hatte es zwar versprochen, aber es war besser, jetzt einen Schlussstrich zu ziehen. Das alles hatte keine Zukunft. Sie wäre eventuell ganz froh darüber, dass er sich nicht mehr meldete. So blieb ihnen beiden eine unerfreuliche Szene erspart. Ein Urlaubsflirt verflog schnell. Sie selbst hatte sich schließlich auch nicht gemeldet, und würde er ihr etwas bedeuten, hätte sie ihm sicher eine kurze Nachricht geschrieben, wie sie sich fühlte.

Der Toast schmeckte plötzlich wie altes Stiefelleder und Justin legte ihn seufzend auf den Teller zurück.

Seit wann war er denn so ein Feigling? Romina hatte sich gestern nicht wohlgefühlt, er hatte ihr versprochen, sich zu melden, und was tat er? Er suchte dämliche Ausreden, dass er das nicht tun musste. Wo blieb sein Schneid? Und wo seine englische Höflichkeit, die Romina so sexy fand?

Er straffte die Schultern und zog das Handy unter der Serviette hervor. Er würde sich nicht feige aus der Affäre ziehen. Das war eines Montague Browne nicht würdig. Zudem vermisste er Romina. Vielleicht hatte er sich ja auch aus verletztem Stolz in etwas hineingesteigert, das gar nicht stimmte. Sie verstanden sich gut, hatten viel Spaß zusammen, wieso nahm er von ihr denn gleich das Schlechteste an? Nein, das hatte sie nicht verdient. Solange nicht feststand, dass sie ihn wegen Alessandro belogen hatte, durfte er nicht den Stab über sie brechen. In dubio pro reo – im Zweifel für den Angeklagten. Und keine SMS mehr, er wollte ihre Stimme hören.

Justin wählte ihre Nummer und hielt sich das Handy ans Ohr. Doch noch bevor das Gerät die Verbindung aufgebaut hatte, hörte er eine männliche Stimme hinter sich.

»So sieht man sich wieder.«

Hinter ihm stand dieser Alessandro. Was tat *der* denn hier? Logierte er ebenfalls im Grand Hotel?

Justin drückte den Anruf weg. Auf keinen Fall wollte er, dass dieser Fatzke mitbekam, wie er mit Romina sprach.

»Die Welt ist eben klein«, sagte Justin knapp. »Kann ich etwas für Sie tun?«

»Das können Sie. Halten Sie sich von Romina fern. Sie hat etwas Besseres verdient.«

Justin schnaubte ärgerlich. Das wurde ja immer schöner. Was fiel dem Kerl ein, ihm etwas vorzuschreiben?

»Lassen Sie mich in Ruhe«, erwiderte er herablassend, »sonst rufe ich den Hotelmanager.« Er musterte sein Gegenüber prüfend: »Ich bin mir sicher, dass er es gar nicht schätzt, wenn jemand seine Gäste belästigt.«

Alessandro lachte schallend. »Eine fantastische Idee, Mister Montague Browne. Er schätzt es aber ebenso wenig, wenn irgendwelche dahergelaufenen Typen seine Verlobte anbaggern.«

Erst jetzt registrierte Justin das Namensschild am Revers des Mannes, und als er begriff, was da stand, blieb ihm der Mund offen stehen.

25

Die letzten Stunden hatte Romina damit verbracht, mit dem Küchenchef des Grand Hotel die Speisenabfolge für den Samstag noch einmal durchzugehen und sämtliche Gastunterkünfte anzurufen, damit auch alle Zimmer zur Verfügung standen und keine Doppelbuchungen vorlagen. Zudem hatte sie einen Chauffeur organisiert, der die Gäste zum Event brachte und später wieder zurückfuhr.

Gegen zehn Uhr konnte sie jedoch ihren knurrenden Magen nicht mehr ignorieren und ging zur Küchenzeile hinüber.

Orlando brachte oft, vermutlich, weil er stets als Letzter in der Agentur auftauchte und ein schlechtes Gewissen hatte, Leckeres aus der Bäckerei mit. Auch heute hatte er sich nicht lumpen lassen, und während Romina Wasser in die neue Kaffeemaschine füllte, spähte sie neugierig in die Papiertüte und zog dann ein mit Marmelade gefülltes Cornetto hervor.

Enrico und Orlando hatten sich vor einer Stunde aufgemacht, um die neuerlichen Probleme mit der Soundanlage zu erkunden.

Romina trat mit ihrem Marmeladenhörnchen ans Fenster und sah beim Essen über die Bucht. Am Horizont fuhr gerade ein riesiges weißes Kreuzfahrtschiff vorbei, vermutlich auf dem Weg nach Valletta.

Ob sie mal so eine Reise buchen sollte? Vielleicht eine Karibikrundfahrt? Doch was sollte sie allein während der endlosen Stunden auf See mit sich anfangen? Shuffleboard spielen? Bingo? Sich an den verschiedenen Buffets den Magen vollschlagen? Nein, eine Kreuzfahrt machte nur zu zweit Spaß. Unterdessen füllte köstlicher Kaffeeduft das Zimmer, und während sie die kleine Tasse zu ihrem Schreibtisch trug, klingelte das Telefon.

»Agentur Invento, Romina D'Agostino am Apparat, was kann ich für Sie tun?«

Es war Giulia, die sich über Rominas gestrigen Besuch bei ihrem Urgroßvater in Palermo erkundigen wollte.

Romina erzählte ihr, dass das Treffen leider keine weiteren Erkenntnisse gebracht hatte. Während ihres Berichts musste sie mehrmals schlucken, weil natürlich gleich Justins Bild vor ihrem geistigen Auge auftauchte.

»Und jetzt mal Klartext, meine Liebe«, hörte sie Giulia sagen. »Läuft da was mit dem Engländer?«

»Ich …« Romina atmete tief durch, um den Frosch im Hals loszuwerden. »Es ist schon wieder vorbei«, gab sie knapp zur Antwort.

»Ach.« Giulias Stimme hatte einen mitfühlenden Ton angenommen. »Das tut mir leid. War es denn wenigstens … nun ja, schön?«

Besser als alles andere zuvor!, wollte Romina rufen, doch sie hielt sich zurück. Noch mehr Mitleid seitens ihrer Freundin, und sie würde erneut in Tränen ausbrechen. Dieses ewige Geheule ging ihr langsam selbst auf die Nerven.

»War ganz nett«, erwiderte sie daher nur. »Du weißt ja, wie das mit den Touristen ist: Für ein bisschen Spaß sind sie gut genug.«

Offensichtlich hatte sie den richtigen Tonfall getroffen, denn Giulia lachte und wechselte das Thema. Nach ein paar weiteren Minuten verabschiedete sich ihre Freundin und erleichtert legte Romina den Hörer auf. Das Telefon klingelte sogleich wieder.

Herrgott noch mal, konnte man sie nicht in Ruhe lassen?

»Sì, pronto!«

Es war ihr im Moment vollkommen egal, wie unhöflich sich das anhörte.

»Romina, sind Sie das? Hier spricht Pippo. Pippo Narbone. Mir ist der Name wieder eingefallen.«

Romina fluchte lautstark, weil ein Lieferwagen die Straße zum Grand Hotel blockierte. Sie hupte mehrmals, doch weit und breit war kein Chauffeur auszumachen.

Ihr Handy lag auf dem Nebensitz. Sie griff danach und versuchte erneut, Justin zu erreichen. Nichts. Offenbar hatte er es ausgeschaltet. Sie hupte wieder, diesmal anhaltend, und endlich kam ein untersetzter Mann in einer hellbraunen Uniform aus einem der Läden, zeigte ihr den Vogel und fuhr dann sein Vehikel an den Straßenrand.

Romina gab Gas und stoppte kurze Zeit später vor dem Grand Hotel.

Sie lief durch die Eingangshalle, kümmerte sich nicht um Anselmo hinter der Empfangstheke, der ihr etwas zurief, und hämmerte an Justins Zimmertür.

»Bitte sei da, bitte sei da«, murmelte sie, während sie ungeduldig von einem Fuß auf den anderen trat.

Nach einer gefühlten Ewigkeit öffnete sich schließlich die Zimmertür und sie blickte in das fragende Gesicht einer Reinigungskraft.

»Sì?«

»Ist Signor Montague Browne hier?«

Die Frau schüttelte den Kopf.

»Mist!« Romina schnalzte enttäuscht mit der Zunge. »Haben Sie ihn weggehen sehen?«

Die Frau nickte. »Er wollte auf den Ätna. Ich habe ihm noch gesagt, dass man nur mit einem Führer raufdarf, und ihm Severino, meinen Schwiegersohn, empfohlen.«

Sie kramte in ihrer Schürze herum und zog eine zerknitterte Visitenkarte hervor.

Romina riss sie ihr aus der Hand, ohne auf den protestierenden Ausruf der älteren Frau zu achten. Dann tippte sie die darauf stehende Telefonnummer in ihr Handy ein.

»Hat ein attraktiver junger Engländer eine Ätna-Tour bei Ihnen gebucht? Ja? Dann sagen Sie ihm, er soll auf keinen Fall losfahren. Ich habe wichtige Neuigkeiten für ihn und bin in ein paar Minuten da. Er soll unbedingt auf mich warten! Ja, ja, natürlich. Das Geld können Sie behalten. Bis gleich.«

Sie drückte der Frau die Visitenkarte wieder in die Hand und sprintete zu ihrem Wagen zurück.

* * *

»Was heißt das, Sie nehmen mich nicht mit auf den Vulkan?«

Justin sah den bärtigen Mann mit dem neonfarbigen T-Shirt, auf dem der rauchende Ätna abgebildet war, verwirrt an.

»Offenbar muss Sie jemand dringend sprechen«, sagte dieser und zwinkerte ihm anzüglich zu. »Und wenn ich eines weiß, dann, dass man Damen in so einer Stimmung nicht widersprechen soll.«

Er drehte sich um und winkte mit der Hand den fünf Touristen zu, die abwartend neben einem Kleinbus standen, auf dem dasselbe Emblem wie auf seinem T-Shirt prangte.

»Andiamo!«

»Aber …«, stotterte Justin, »welche Dame denn?«

Der Bärtige zuckte mit den Schultern. »Keine Ahnung, sie kommt gleich vorbei. Avanti!«, wandte er sich wieder an die Gruppe. »Wir sind spät dran.«

Er schloss die Schiebetür des Kleinbusses, tippte grüßend an die Stirn und brauste davon.

»What the f…«, stieß Justin ärgerlich hervor.

So etwas hatte er ja noch nie erlebt. Was zum Teufel ging hier vor? Außer Romina kannte er doch niemanden in Taormina. Und die musste arbeiten. Ihre Freundin Giulia vielleicht? Aber die, ebenso wie Romina, wusste doch sicher nicht, dass er auf den Ätna wollte.

Waren denn alle verrückt geworden? Wütend kickte er einen Stein ins Gebüsch.

In dem mit farbigen Plakaten gepflasterten Bretterverschlag, der Ätna-Touren anbot, befand sich niemand mehr. Unsinnig, hier auf die Rückerstattung des Fahrpreises zu hoffen. War er gerade das Opfer eines Trickbetrügers geworden?

Justin schulterte seinen Rucksack und machte sich auf den Weg zurück zum Hotel. Sizilien konnte ihm langsam gestohlen bleiben! Zeit, die Zelte abzubrechen und heimzufahren.

Als er um die Ecke bog, kam ihm in einer Staubwolke ein Auto entgegen, das nur knapp vor seinen Kniescheiben stoppte. Zu allem Glück auch noch einen Unfall? Erst als er genauer hinsah, erkannte er Rominas Wagen. Gerade stieg sie aus und strahlte ihn an.

Justins eben noch gefährdete Knie wurden weich. Diese Augen, dieses Lächeln! Und bevor sich sein Hirn daran erinnerte, dass er auch noch einen Mund zum Sprechen hatte, rief Romina lachend: »Auf nach Agrigento! Die Suche geht weiter!«

»Pippo hat sich an den Namen der jungen Frau erinnert, die in der Küche der Villa Schuler anfing zu arbeiten, kurz bevor er krank wurde. Zita Scifo. Er meinte, je älter er werde, desto mehr könne er sich an Dinge erinnern, die Jahrzehnte zurückliegen, aber kaum mehr, was er zu Mittag gegessen hat.«

Romina lachte und strich sich eine Strähne hinters Ohr.

Sie befanden sich auf dem Weg nach Agrigent an der Südküste Siziliens. Nach Rominas Auskunft würden sie knapp drei Stunden unterwegs sein.

Justin betrachtete sie verstohlen. Sie wirkte aufgekratzt, als wäre das gestern alles gar nicht passiert, und er scheute sich davor, sie darauf anzusprechen. Im Grunde war es doch egal, mit wem sie normalerweise um die Häuser zog. Jetzt jedenfalls war sie hier mit ihm, und das machte ihn glücklich.

Sie machte ihn glücklich.

Nächste Woche könnte sie zu diesem Schnösel Alessandro zurückkehren. Aber heute gehörte sie ihm.

»Und Narbone meint, diese Zita könne uns helfen?«

»Möglicherweise ja. Er sagte, als er wieder in die Villa zurückkam, war sie zwar nicht mehr dort, aber sie hat wohl den ganzen Sommer 1943 in der Küche gearbeitet. Zita wurde nach Hause zurückbeordert, weil ihre Mutter krank geworden war. Und als ältestes Kind musste sie sich um ihre kleinen Geschwister kümmern. Wir sollen sie übrigens herzlich von ihm grüßen.«

Justin nickte. »Verstehe. Probieren können wir es ja.«

Er sah zum Fenster hinaus. Gemäß Rominas Aussage fuhren sie wieder über Catania Richtung Palermo, mussten dann aber nach Süden abbiegen. Hin und zurück erneut über sechs Stunden Fahrzeit. Er hatte noch nie so viel im Auto gesessen wie in diesem Urlaub, und einen Moment lang sehnte er sich nach der Beschaulichkeit des englischen Landlebens zurück.

»Musst du denn nicht arbeiten?«, fragte er.

»Doch, aber ich hab gesagt, mir ist unwohl. Frauenprobleme. Bei dem Wort verstummt mein Chef automatisch.« Sie stellte die Klimaanlage eine Stufe tiefer und zwinkerte Justin zu. »Normalerweise bin ich wirklich eine sehr pflichtbewusste Angestellte und mache nicht blau. Aber das ist unsere letzte Spur, und ich dachte …« Sie brach ab und warf ihm einen scheuen Blick zu. »Na ja, nach gestern.«

»Es tut mir leid«, sagten dann beide gleichzeitig. Verblüfft sahen sie sich an und fingen an zu lachen.

»Ich habe mich unmöglich benommen«, erklärte Justin. »Wie ein Idiot. Vermutlich war ich einfach eifersüchtig.«

»Eifersüchtig?« Romina sah ihn überrascht an. »Ich dachte eher, es wäre dir vollkommen egal, was ich tue. Anders gesagt, mit wem ich etwas tue.« Sie errötete.

»Nein, ganz bestimmt nicht!« Er griff nach ihrer Hand am Lenkrad, zog sie an seine Lippen und küsste sie. »Ganz und gar nicht«, wiederholte er.

»Das ist schön.«

Sie lächelte und konzentrierte sich wieder auf die Straße.

»Ich hatte übrigens heute erneut das Vergnügen, Alessandro über den Weg zu laufen. Du hättest mich ruhig warnen können, dass er der Manager des Grand Hotel ist. Ich kam mir ein bisschen blöd vor.«

»Entschuldige, dazu bin ich gar nicht mehr gekommen.«

Justin machte eine wegwerfende Handbewegung. »Egal. Ich bin froh, dass wir dieses Missverständnis jetzt aus der Welt schaffen konnten.« Er verschränkte die Arme vor der Brust. »Also ein Filmheini, was?«

Sie kicherte. »Etwas Besseres ist mir auf die Schnelle leider nicht eingefallen.«

Justin setzte seine Sonnenbrille auf. »Dieser Alessandro hat nicht zufällig einen Bruder, der Motorrad fährt?«

Romina runzelte die Stirn. »Nein. Wieso fragst du?«

»Nur so. Vorhin dachte ich kurz, dass mir jemand folgt, als ich das Hotel verließ.«

»Leiden Sie etwa unter Verfolgungswahn, Mister Bond?«

Justin lachte. »Offenbar.« Er legte seine Hand auf Rominas Schenkel und flüsterte vertraulich: »Habe ich schon erwähnt, Moneypenny, dass Sie ein Fest für meine Augen sind?«

26

»Sind wir hier eigentlich richtig?« Romina sah in den Rückspiegel. Ein Drängler hinter ihr betätigte schon seit einer Weile die Lichthupe, weil sie so langsam die Straße entlangfuhr und nach Zitas Haus Ausschau hielt. »Dann überhol doch, du Idiot!«, schimpfte sie halblaut.

Als hätte der Autofahrer sie gehört, brauste er in diesem Moment an ihr vorbei und bedachte sie aus dem geöffneten Fenster mit einer netten Geste.

»Bei uns würde er dafür eine saftige Buße kassieren«, sagte Justin und sah dann wieder auf sein Handy. »Wir sind richtig. Strada Provinciale. Und schau, dort hinten sieht man schon ein paar Säulen über die Bäume ragen.«

Romina nickte. Sie war müde von der langen Fahrt und vom fehlenden Schlaf und hatte dringend eine Pause nötig.

Pippo hatte ihr berichtet, dass Zita Scifos Eltern ein Lokal an der Straße zu der Tempelanlage von Agrigento besaßen und dass Zitas Mutter nach dem Tod ihres Gatten den Betrieb weitergeführt habe. Romina hatte daraufhin nach Zita Scifo gegoogelt und sie auch tatsächlich im Branchenbuch von Agrigento gefunden. Offenbar lebte sie also noch, war glücklicherweise nicht verheiratet und hatte so ihren Namen behalten. Sonst wäre es schwierig gewesen, sie wiederzufinden. Und das Lokal namens *Olimpico* gab es ebenfalls noch.

Sie hatte natürlich gleich versucht, dort anzurufen, aber vergebens. Niemand hatte sich gemeldet. Doch die Spur war zu wichtig, um sie zu ignorieren. Hoffentlich trug der spontane Entschluss, sofort in den Süden zu fahren, auch Früchte. Einen Erfolg konnte sie jedoch bereits verbuchen: Zwischen Justin und ihr war wieder alles im Lot.

Entlang der staubigen Straße blühten Bougainvilleen und Oleander um die Wette, dazwischen standen mannshohe Feigenkakteen und fleischige Aloe-Gewächse.

»Warum sagt man zu dem Areal eigentlich *Valle dei Templi*? Also ›Tal der Tempel‹? Wir sind doch auf einem Hügel.« Justin sah Romina neugierig an.

»Ich glaube, weil es unterhalb der Stadt liegt«, erwiderte sie zerstreut. »Ist es das dort?«

Er folgte ihrem Blick. »Glaub schon. Sieht aber nicht sehr einladend aus.«

Er hatte recht. Das *Olimpico* war ein besserer Ziegenstall. Vor dem Lokal reihten sich staubige Plastikstühle, die vermutlich früher einmal weiß gewesen waren, um grob gezimmerte Tische. Eine Reihe Sonnenschirme in den unterschiedlichsten Formen und Farben spannten sich darüber. Das maurisch anmutende Haus aus ockerfarbenen Ziegeln wirkte heruntergekommen. Risse zeigten sich im Mauerwerk, die weit offenen Fenster sahen wie leere Augenhöhlen aus. An den Wänden hingen farbige Plakate, die für Speiseeis und Holzofenpizza warben.

Romina schnaubte. »Es ist mir egal, wie es aussieht, ich verdurste gleich.«

Sie parkte den Wagen im spärlichen Schatten eines knorrigen Olivenbaums und stieg aus. Die Hitze überfiel sie wie der Atem eines feuerspeienden Drachen.

»Oh Mann!« Justin schnappte nach Luft. »Also jetzt musst selbst du zugeben, dass es unerträglich heiß ist.«

»Ach, du Memme«, scherzte sie, wedelte sich aber mit der Hand Luft zu. »So ist halt der Süden. Komm, lass uns aus der prallen Sonne gehen.«

Sie überquerten den Parkplatz und betraten das Lokal. Der Lichtwechsel war so abrupt, dass Romina im ersten Moment überhaupt nichts erkennen konnte. Sie blinzelte ein paar Mal. Langsam tauchten aus dem Dunkel eine Theke und ein paar Tische mit Stühlen auf. Auf einem davon saß ein älterer Mann und las die *Gazzetta dello Sport*. Er trug trotz der Hitze ein Jackett, das an den Ellbogen jedoch reichlich abgewetzt aussah. Vor ihm standen eine Karaffe Rotwein und ein halb volles Glas.

Romina sah sich nach einer Bedienung um, konnte aber sonst niemanden entdecken.

»Setzen wir uns«, schlug sie vor und deutete mit dem Kinn auf einen Tisch, über dem sich träge ein Deckenventilator drehte.

Im Lokal selbst war es kaum kühler als draußen. Der Ventilator wälzte lediglich die warme Luft umher. Justin trommelte nervös mit den Fingern auf den Holztisch und der alte Mann hob den Kopf.

»Vittoria«, rief er über die Schulter. »Kundschaft!«

Hinter einem Vorhang aus Perlenschnüren kam eine junge Frau hervor. Sie trug eine mit Tomatensoße verzierte Schürze und wirkte gestresst.

»Danke, *Nonno*, du hättest ja auch selbst …«

Sie schüttelte den Kopf. Offenbar widmete sich ihr Großvater lieber seiner Sportzeitung als den Gästen.

Die junge Frau trat an ihren Tisch. »Buongiorno, was darf es sein?«

»Eistee«, sagte Justin und Romina nickte zustimmend.

Die junge Frau wollte sich gerade abwenden, als Romina das Wort ergriff: »Entschuldigen Sie bitte, können Sie uns sagen, wo wir Zita Scifo finden?«

»Was wollen Sie von ihr?«, fragte sie unwirsch.

Trotz des unfreundlichen Tons keimte Hoffnung in Romina auf. Die Frage implizierte, dass Zita noch lebte.

»Wir möchten sie nur etwas fragen«, erklärte Justin an ihrer Stelle mit einem charmanten Lächeln.

Das Aufblitzen in den Augen der Bedienung registrierte Romina mit leichter Verärgerung. Justin schien jede Sizilianerin automatisch anzuziehen. Mit seinem englischen Akzent, den blauen Augen und der sexy Figur wirkte er offenbar wie ein Magnet auf einen Sack Reißnägel.

»Was denn fragen?«

Sie lächelte Justin entzückt an. Ihr Tonfall hatte sich merklich verändert. Man konnte ihn jetzt schon beinahe freundlich nennen.

Justin warf Romina einen schnellen Blick zu und sie verdrehte die Augen. Aber wenn es half, sollte er ruhig ein bisschen mit der jungen Frau flirten.

»Nur ein Detail aus ihrer Jugend, Signorina«, erwiderte er schmeichelnd, als wäre die Bedienung ein streunendes Kätzchen, das man äußerst behutsam behandeln musste, damit es nicht weglief.

Nun war aber langsam gut!

»Als sie in Taormina gearbeitet hat«, fügte Romina forsch hinzu.

Die Kellnerin warf ihr einen verwirrten Blick zu, als hätte sie Rominas Anwesenheit für einen kurzen Moment völlig ausgeblendet.

»*Nonno*, die zwei hier wollen Zita über ihre Jugend ausquetschen.«

Der alte Mann am Nebentisch zog spöttisch einen Mundwinkel nach oben. »So, wollen sie das.« Er faltete die

Zeitung zusammen und erhob sich mit einem Ächzen. »Na, dann folgen Sie mir mal. Ich führe Sie zu ihr.«

Die Bedienung hatte offensichtlich den bestellten Eistee vollkommen vergessen, denn leise lachend verschwand sie wieder hinter dem Perlenvorhang.

* * *

Sie folgten dem älteren Mann nach draußen, und Justin fragte sich insgeheim, weshalb der in seiner langärmligen Jacke keinen Hitzschlag bekam. Offenbar musste man ein Einheimischer sein, um diese Temperaturen wegstecken zu können.

»Was hat das zu bedeuten?«, raunte Romina in diesem Augenblick an seiner Seite.

»Keine Ahnung. Mein Bauch sagt mir aber nichts Gutes.«

»Denke ich auch.«

Romina wandte sich an den älteren Herrn, der gemächlichen Schrittes das Lokal umrundete, als würde er zu einem Spaziergang aufbrechen.

»Signore, kennen Sie Zita Scifo gut?«

»Das will ich meinen«, nuschelte er. »Sie ist schließlich meine ältere Schwester.«

»Ach, tatsächlich?« Rominas Gesicht hellte sich auf. »Dann wissen Sie sicher, dass sie als junges Mädchen in der Villa Schuler in Taormina gearbeitet hat, oder?«

Wieder nickte der Mann.

»Sie hat uns oft davon erzählt.« Er blieb stehen und drehte sich zu ihnen um. »Früher.«

Das klang ja sehr kryptisch. Justin fragte sich insgeheim, ob sie wohl die lange Fahrt umsonst gemacht hatten.

Der Bruder von Zita Scifo deutete auf ein kleines, weiß getünchtes Häuschen hinter dem Lokal. Es stand etwas erhöht im Schatten einer mächtigen Platane. Auf dem Fenstersims blühten rote Geranien. Große, sandfarbene Steinquader lagen auf der rechten Seite im staubigen Gras, als hätte ein Riese sie nach einem Würfelspiel dort vergessen. Offenbar Trümmer der Tempelanlage. Das Anwesen unterschied sich frappant von dem baufälligen Restaurant Olimpico.

Justin und Romina blieben stehen und betrachteten neugierig die Trümmer, doch der alte Mann wedelte ungeduldig mit der Hand. »Kommen Sie, kommen Sie! Zita wird sich über Besuch freuen.«

Als sie vor einer einfachen Holztür ankamen, war Justins T-Shirt komplett durchgeschwitzt und er bedauerte es zutiefst, dass Zita Scifo nicht an der Küste lebte.

Agrigent lag etwa vier Kilometer vom Meer entfernt und er dachte darüber nach, Romina zu bitten, später noch baden zu gehen. In seinem Rucksack befand sich zwar eher das Equipment für eine Vulkanbesteigung, aber zur Not könnten sie schließlich auch in ihrer Unterwäsche ins Wasser springen.

Justins Zunge klebte ihm am Gaumen und für ein kaltes Glas Wasser hätte er einen Mord begangen. Er würde sich nie mehr im Leben über Suffolks Klima beklagen.

Zitas Bruder klopfte an die Tür und rief: »Zita, hier ist dein Bruder, Ludovico, du hast Besuch.« Er wandte sich zu ihnen um. »Damit sie gleich weiß, wer da ist«, erklärte er.

»Was meint er damit?«, fragte Justin Romina leise auf Englisch.

»Keine Ahnung«, erwiderte sie und schüttelte den Kopf. »Ist vielleicht ein Scherz unter Geschwistern.«

Kurz darauf öffnete sich die Tür, und eine kleine, korpulente Greisin streckte den Kopf heraus. Sie trug ein geblümtes Schürzenkleid, ihre weißen Haare waren straff zurückgebunden und zu einem Knoten frisiert.

»Sì?«, fragte sie und sah sie mit gerunzelter Stirn an.

Ihr Bruder ergriff das Wort: »Die Herrschaften möchten gern mit dir sprechen, Zita. Sie kommen …«, er wandte sich um, »aus Taormina, nicht wahr?«

Romina und Justin nickten gleichzeitig.

Die alte Frau sah sie einen Moment aus schmalen Augen an, sagte dann aber bestimmt: »Ich habe keine Zeit, muss die Blumen gießen.«

Sie wollte die Tür schon wieder schließen, doch ihr Bruder steckte seinen Fuß in den Türspalt.

»Lass uns ein Glas Zitronenwasser auf der Terrasse trinken, Schwesterherz, so lange können die Blumen sicher warten.«

Zita sah ihren Bruder einen Moment verwirrt an, als wüsste sie nicht, wovon er sprach.

»Auf der Terrasse, Zita«, wiederholte er freundlich. »Hast du nicht auch Lust, mit deinem Bruder und den Gästen etwas Kühles zu trinken?«

Die alte Frau nickte, wie es Justin schien, etwas widerwillig und trat dann von der Tür zurück.

»Aber nur kurz«, sagte sie und strich sich mit fahrigen Bewegungen über die Kittelschürze. »Ich muss die Blumen gießen.«

27

Die Bezeichnung ›Terrasse‹ war ein großes Wort für den kaum einen Meter breiten Holzsteg hinter dem Häuschen. Romina und Justin quetschten sich auf ein winziges Sofa aus Rattangeflecht, das vor einem wackligen Tischchen stand. Gegenüber thronte ein Schaukelstuhl, der offensichtlich Zitas Lieblingsplatz war, denn Ludovico setzte sich nicht darauf, sondern lehnte sich an die Hausmauer und betrachtete seine Fingernägel. Zita werkelte unterdessen in der Küche herum. Kurze Zeit später brachte sie ein Serviertablett mit Gläsern und einem Krug Zitronenwasser nach draußen.

Romina hätte ihn am liebsten direkt an den Mund gesetzt und den Inhalt hinuntergestürzt. Sie konnte sich nicht erinnern, je so durstig gewesen zu sein. Und Justin sah das mit Kondenswasser beschlagene Gefäß mit den schwimmenden Zitronenscheiben an, als hätte er soeben eine Marienerscheinung.

Zita stellte das Tablett unsanft auf das Tischchen, machte aber keine Anstalten, einzuschenken, und setzte sich auf den Schaukelstuhl. Sie faltete die Hände im Schoß, sah zwischen ihrem Bruder, Romina und Justin hin und her und fragte dann: »Kenne ich Sie?«

Romina schüttelte den Kopf. »Nein, aber vielleicht erinnern Sie sich an Pippo Narbone. Sie haben ihn in der Villa Schuler in Taormina kennengelernt. Das war 1943, während des Krieges. Er wurde danach krank und kam erst zurück, als Sie schon wieder in Agrigento lebten. Wir sollen Sie herzlich von ihm grüßen.«

Romina konnte sich nicht mehr zurückhalten, schenkte zwei Gläser voll und trank ihres ohne abzusetzen aus.

Das Zitronenwasser schmeckte kühl und süß. Herrlich! Justin griff hastig nach dem zweiten Glas und tat es ihr gleich. Er wirkte sichtlich erleichtert, als er es leer wieder zurückstellte.

Zita starrte angestrengt in die Weite. Offenbar versuchte sie, sich an Pippo zu erinnern.

Vor der Terrasse erstreckte sich hügeliges, staubiges Land, auf dem vereinzelt Mandelbäume und ein paar zerzauste Kiefern wuchsen. Irgendwo meckerte eine Ziege, ansonsten hörte man nur das Gezirpe der Insekten.

Zita atmete tief durch und wandte sich an ihren Bruder. »Es herrscht Krieg?«, fragte sie stirnrunzelnd.

Romina und Justin sahen sich verblüfft an.

Ludovico schüttelte den Kopf. »Nein, Zita, der Krieg ist schon lange vorbei.«

»Gut!« Sie schloss für einen Moment die Augen. »Musst du nicht zur Schule?«, fragte sie dann. »Mamma regt sich immer fürchterlich auf, wenn einer von euch schwänzt.«

»Heute ist keine Schule«, antwortete Ludovico geduldig und sah Romina und Justin mit einem Schulterzucken an.

»Fein, dann kann ich ja jetzt die Blumen gießen.«

»Aber ja, tu das.«

Zita stand auf und ging zurück ins Haus.

Langsam dämmerte es Romina, dass sie vergebens nach Agrigento gefahren waren.

Zita Scifo erinnerte sich nicht an die Vierzigerjahre. Sie erinnerte sich an überhaupt nichts mehr. Das war's dann wohl.

»Entschuldigen Sie, dass ich es Ihnen nicht früher gesagt habe, dass meine Schwester an Alzheimer leidet«, sagte Ludovico und setzte sich auf den Schaukelstuhl. »Aber manchmal hat sie lichte Momente.«

Er seufzte. »Und Besuch tut ihr gut. Neue Gesichter sind für sie so, als würde man einen Stein ins Wasser werfen. Die daraus entstehenden Wellen locken manchmal eine Erinnerung hervor.«

»Es tut mir leid«, sagte Romina mitfühlend.

Ludovico winkte ab. »Danke, aber das muss es nicht. Meine Schwester hatte ein gutes Leben, auch wenn sie nie eine eigene Familie gründen konnte. Nach dem Krieg waren heiratsfähige Männer Mangelware. Nun ja, sie hat mich und meine drei jüngeren Brüder wie eine Mutter aufgezogen, als unsere Mutter ein Jahr nach Vaters Tod starb. Das ist zwar kein Ersatz für eine Frau im heiratsfähigen Alter, aber vielleicht so etwas Ähnliches. Zita hat sich die Hände für uns blutig geschuftet, und dafür werden wir ihr immer dankbar sein. Deshalb bleibt sie auch hier und lebt nicht in einem Heim. Das sind wir ihr schuldig.«

»Verstehe«, sagte Justin. »Das ist eine schöne Geste. Hat sie Ihnen vielleicht mal etwas über die Zeit in Taormina erzählt? Früher, meine ich. Möglicherweise etwas über eine Ginny?«

Ludovico legte die Stirn in Falten. »Kann mich nicht erinnern, mi dispiace. Aber es existieren ein paar Fotos von damals. Möchten Sie sie sehen?«

»Das wäre nett, vielen Dank.«

Der ältere Mann stand auf und ging ins Haus. Wenig später kam er mit einem in die Jahre gekommenen Fotoalbum heraus und blätterte darin. »Hier.« Er hielt ihnen eine Doppelseite, beklebt mit Schwarz-Weiß-Aufnahmen, hin. »Nicht sehr viele«, bemerkte er. »Fotografieren war zu der Zeit eine teure Angelegenheit.«

Sie betrachteten die wenigen Aufnahmen eingehend. Auf den meisten waren uniformierte Soldaten abgebildet, die Verbände trugen. Auch ein paar Krankenschwestern und jüngere Frauen mit hellen Schürzen und Häubchen waren zu sehen. Aber ohne die dazugehörenden Namen würden sie die Personen nie identifizieren können. Ob sie damit nochmals zu Pippo Narbone fahren sollten?

»Dürfte ich die Aufnahmen abfotografieren?«, fragte Justin und holte sein Handy hervor.

»Nur zu«, willigte Ludovico ein und Justin fotografierte jedes Bild einzeln.

In dem Moment trat Zita mit einem kleinen Kännchen aus dem Haus und sah sie verblüfft an. »Was tun Sie hier? Das ist mein Haus!«

»Zita, ich bin's, dein Bruder Ludovico. Und das sind Gäste.«

Die alte Frau musterte ihren Bruder konzentriert, dann hellte sich ihr Gesicht auf und sie lächelte. »Natürlich, der kleine Vico.«

Sie marschierte an ihnen vorbei und begann, die Blumentöpfe an der Hausmauer zu gießen.

Trotz des Schattenplatzes unter dem Baum war es im Inneren des Wagens heiß wie in einem Backofen. Sie öffneten alle Türen und Fenster.

»Fahren wir also zurück?«, fragte Romina und legte ihre Handtasche auf den Rücksitz.

»Auf keinen Fall setze ich mich jetzt da rein!«, wetterte Justin.

Sie lachte. »Es fährt auch ein Bus bis Taormina.«

Er schnaubte missbilligend. »Lass uns einen Abstecher ans Meer machen. Dann könnte ich mich sogar überwinden, mich in diese Mikrowelle zu quetschen.«

Romina sah zu den Säulen der antiken Tempelanlage hinüber. »Wir könnten aber auch den archäologischen Park besichtigen. Immerhin ist das Valle dei Templi das Sinnbild der hellenischen Kultur auf Sizilien.«

»Zwischen heißen, kaputten Steinen herumstiefeln? Ist das dein Ernst?«

»Hey, rede nicht so abfällig über das größte archäologische Ausgrabungsgebiet der Welt! Oder habt ihr in Suffolk vielleicht einen Heraklestempel? Oder einen der schönsten Concordiatempel der griechischen Antike?« Romina sah Justin herausfordernd an.

»Nein, haben wir nicht. Wir sind ein Land voller Barbaren, Frau Reiseleiterin. Aber wir gehen baden, wenn es heiß ist.«

»Also nie.«

»Come on!«, warf Justin lachend ein. »So mies ist das Wetter in England nun auch wieder nicht.«

Sie verzog spöttisch den Mund.

»Du glaubst mir nicht? Fein, dann lade ich dich hiermit offiziell nach Woodbridge Hall ein. Und wehe, ich höre bei deinem Besuch nur ein einziges nörgeliges Wort über unser Inselklima.«

Sie ließen das Tal der Tempel hinter sich und fuhren ans Meer. Romina wollte Justin die kilometerlangen Sandstrände und das kristallklare Meer von San Leone zeigen. Dieser Abschnitt Siziliens war eher ungewöhnlich für die Insel, auf der man Sandstrände oft vergebens suchte, daher erfreute sich die Region um Agrigento mit ihrem wundervollen weißen Sand bei Familien mit kleinen Kindern größter Beliebtheit.

Rominas Gefühle fuhren wieder einmal Achterbahn, und beinahe hätte sie aus Unaufmerksamkeit eine rote Ampel überfahren.

Hatte Justin das mit der Einladung nach England etwa ernst gemeint? Oder war das nur so dahergesagt? Und wenn er es ernst meinte, was sollte sie davon halten? Wollte er wirklich, dass sie ihn in England besuchte?

Sie warf ihm einen schnellen Blick zu. Er sah zum Fenster hinaus und trommelte dabei mit den Händen auf seinen Oberschenkeln den Takt zu einem Song aus dem Radio mit.

Bestimmt war es nur ein Scherz gewesen, weil sie sich über Englands Wetter lustig gemacht hatte. Dieser Gedanke verärgerte sie. Der Kerl ahnte überhaupt nicht, was er mit seinen Worten anrichtete! Eben noch hatte sie sich vorgenommen, im Hier und Jetzt zu leben. Und jetzt überschlug sich ihr Gehirn damit, eine Englandreise zu planen.

Earl Grey mit dem Earl … und dazu noch gewisse Sonderleistungen.

Hör auf mit dem Mist, Romina!, schimpfte sie in Gedanken mit sich selbst. Das sind kindische Mädchenträume. Es gibt keinen Prinzen, der dich auf seinem weißen Pferd auf sein Schloss entführt. Frauen von heute haben so etwas nicht nötig. *Du* hast das nicht nötig! Stell dich der Realität: Am Sonntagmorgen trennen sich eure Wege … für immer.

»Wow, das sieht hier wie in der Karibik aus!«, rief Justin in diesem Moment beim Anblick des azurblauen Meers. Er strahlte sie begeistert an.

»So ein Quatsch, hier ist es viel schöner!«, erwiderte Romina unwirsch.

Er runzelte die Stirn. »Ist was?«

»Nichts, was soll schon sein?«

»Sag du es mir.«

Romina wusste, dass sie unfair reagierte. Justin hatte nichts falsch gemacht. Und gestand sie ihm jetzt, was seine so leicht dahingesagten Worte bei ihr auslösten, würde er an ihrem Verstand zweifeln. Also riss sie sich zusammen und lächelte tapfer.

»Ich bin nur erschöpft«, log sie, »das ist alles.«

»Ja, natürlich. Soll ich später zurückfahren? Immerhin habe ich die Feuertaufe gestern mit Bravour bestanden.« Er grinste jungenhaft.

»Das wäre nett, danke.«

Sie setzte den Blinker und fuhr auf den Parkplatz am Strand. »Und jetzt ab ins Meer.«

28

Rominas Kopf ruhte auf Justins Bauch. Sie döste. Aus ihren nassen Haaren sickerte Meerwasser auf seine Haut und tröpfelte in winzigen Perlen auf die karierte Decke aus ihrem Wagen. Badetücher hatten sie nicht dabei, aber in der warmen Brise trocknete alles in Windeseile.

Gott sei Dank hatte Justin an diesem Morgen ein anständiges Paar Shorts angezogen, die als Badehose durchgehen konnten. Rominas lilafarbene Sportunterwäsche sah sowieso wie ein Bikini aus, sie mussten sich also zwischen den anderen Strandbesuchern wegen ihres Outfits keine Sorgen machen.

Die Abkühlung im glasklaren Wasser war der reinste Hochgenuss gewesen. Fast hatte Justin gemeint, ein Zischen zu hören, als er sich vorhin in die Wellen gestürzt hatte. Diese südlichen Temperaturen waren einfach nicht sein Ding. Aber auf der gemieteten Strandliege unter dem blauen Sonnenschirm war es recht angenehm. Vor allem mit dieser bildhübschen Begleitung.

Gedankenverloren streichelte er Rominas Arm. Irgendetwas bedrückte sie, das spürte er, aber er wusste nicht, was. War es die vergebliche Fahrt nach Agrigent? Belastete es sie dermaßen, dass sie Ginny nicht finden konnten? Er wusste, wie nahe Romina Edwards Brief und diese unglückliche Liebe zwischen seinem

Vorfahren und der Einheimischen ging. Vermutlich war das so ein romantisches Ding, auf das viele Frauen abfuhren. Man brauchte sich ja bloß die Titel und Cover der Bestsellerlisten anzusehen. Oder gab es noch etwas anderes? Vielleicht diese Sache mit dem Hotelmanager? Oder dass ihnen nur noch knapp drei gemeinsame Tage blieben?

Der Gedanke an seine Abreise schmerzte ihn, aber es war Romina doch auch bestimmt von vornherein klar gewesen, dass ihr Zusammensein danach endete. Auf seine vorhin so unüberlegt ausgesprochene Einladung hatte sie zum Glück nicht reagiert.

Welcher Teufel hatte ihn geritten, so etwas vorzuschlagen? Was, wenn sie darauf einging und er zu dem Zeitpunkt mit Charlotte zusammen wäre? Er durfte gar nicht daran denken, in welchem Schlamassel er dann stecken würde. Doch die Vorstellung, wie er Romina durch Woodbridge Hall führte, war so verlockend, dass seine Kehle eng wurde. Aber solange er sich nicht für oder gegen Charlotte entschieden hatte, musste er aufpassen, was er sagte, und er kam sich reichlich schäbig vor, dass er im Moment zwei Frauen zur gleichen Zeit etwas vormachte. Wieso nur war sein Leben so kompliziert?

»Wollen wir zurück?«, fragte Romina in diesem Moment mit verschlafener Stimme. Sie setzte sich auf und strich sich die Haare aus dem Gesicht.

Justin streckte sich. »Jetzt schon? Es ist gerade so gemütlich.«

Sie schmunzelte und drehte ihre Haare zu einer Rolle. Dabei lief noch mehr Wasser auf seinen Bauch und er lachte.

»Hey, nicht kitzeln!«

»Weichei.«

Blitzschnell griff er nach ihren Armen und zog sie zu sich herunter.

»Ich warne Sie, Signorina D'Agostino«, flüsterte er eindringlich. »Niemand nennt den Earl of Glemhamm ungestraft ein Weichei.«

Dann küsste er sie. Ihre Lippen waren weich, warm und schmeckten nach Salz. Sie stöhnte leise und Justin fühlte, wie seine Shorts enger wurden. Wunderbar, jetzt konnte er auf keinen Fall aufstehen.

Schwer atmend löste sich Romina schließlich aus seiner Umarmung. In ihrem Blick lag dasselbe Verlangen, das auch ihn umtrieb. Und hätten sie nicht an einem öffentlichen Strand gelegen, hätte er für nichts garantieren können.

Justin fuhr zärtlich mit dem Daumen die Form ihrer Augenbraue nach. »Du hast wunderschöne Augen«, flüsterte er. »Ich habe noch nie so eine Farbe gesehen.«

»Danke, ich mag deine auch. Sie erinnern mich an das Blau des Meeres am frühen Morgen.«

Romina erhob sich und sah mit vor der Brust verschränkten Armen aufs türkisfarbene Meer hinaus.

Die Brandung wurde von den im Wasser angebrachten Wellenbrechern gezähmt und war nur als gleichmäßiges Rauschen wahrnehmbar. Die Strandbar mit der plärrenden Musik lag zum Glück so weit entfernt, dass sie dadurch nicht belästigt wurden. Justin hatte noch nie begriffen, weshalb man es offenbar für nötig hielt, die Touristen den ganzen Tag damit zu quälen. Die meisten fuhren doch ans Meer, um sich zu erholen!

Romina hatte ihm beim Baden von der *Scala dei Turchi* erzählt, einer Sehenswürdigkeit der Region. Es handelte sich dabei um einen riesigen weißen Kreidefelsen, der bei Porto Empedocle ins Meer abfiel. Von Weitem sähe er wie eine Treppe aus, hatte sie erklärt. Der Sage nach waren in der Antike die türkischen Eroberer über diesen Felsen auf die Insel gelangt. Daher stammte auch der Name, der übersetzt »Türkentreppe« bedeutete.

Justin wollte sich diese Treppe gern ansehen. Ob sie auch so atemberaubend war wie die weißen Klippen von Dover? Er hätte Romina »seine« Felsen gern gezeigt. Er räusperte sich, stand von der Liege auf und schlüpfte in seine Jeans. Die Shorts waren noch nicht vollständig getrocknet, aber ausziehen konnte er sie an diesem öffentlichen Strand nicht. Würde der Autositz eben ein wenig nass werden. Er faltete die Decke zusammen und klemmte sie sich unter den Arm.

Noch immer sah Romina aufs Meer hinaus. Der Wind spielte mit ihrem langen Haar. Sie wirkte wie eine griechische Statue im Gegenlicht. Mit ihrer sportlichen Figur hätte sie ohne Probleme als Bikinimodel arbeiten können. Ob sie je an eine Karriere in dieser Branche gedacht hatte? Die Fotografen würden ihr bestimmt zu Füßen liegen.

»Justin?«

Sie drehte sich um. Da ihr die Sonne im Rücken stand, konnte er ihren Gesichtsausdruck nicht erkennen.

»Was denn?«

»Warum soll ich dich in England besuchen?«

Verdammt! Justin kniff die Augen zusammen, weil ihn die Sonne blendete. »Nun, ich …« Er brach ab.

Was sollte er ihr denn jetzt um Himmels willen antworten? Süße, ich muss mich zuerst entscheiden, ob ich eine Geldheirat ins Auge fasse oder lieber arm sterben will. Aber sobald ich das weiß, bist du herzlich willkommen! Sie würde ihm die Augen auskratzen und er könnte es ihr nicht mal verdenken.

»Also«, setzte er an und fuhr sich mit den Händen durch die Haare. »Ich dachte mir, weil du doch alles Britische so magst, würde dir ein Urlaub in Großbritannien gefallen. Immerhin lebte dort Jane Austen.« Er lächelte bemüht. »Du könntest dir ihr Geburtshaus ansehen und das dortige Museum besuchen. Oder die Locations, wo die Filme gedreht wurden.«

»Ist das der einzige Grund?«

Er schluckte. »Reicht das denn nicht?«

Sie sah ihn eine Weile stumm an. Noch immer stand sie in der Sonne und er konnte daher ihren Gesichtsausdruck nicht sehen. Doch vermutlich würde ihm dieser im Moment gar nicht gefallen.

»Wir sollten los«, sagte sie endlich in seltsamem Ton und bückte sich nach ihrer Handtasche. »Es ist eine lange Fahrt.« Dann stapfte sie durch den Sand davon.

Justin sah ihr beschämt hinterher. Wann war aus ihm nur so ein Arschloch geworden? Seufzend sammelte er die restlichen Utensilien ein und folgte ihr.

* * *

Ich werde jetzt nicht weinen!, dachte Romina trotzig und schluckte die aufkommenden Tränen tapfer hinunter. Der heiße Sand brannte unter ihren nackten Fußsohlen und sie beschleunigte ihre Schritte.

Was hatte sie denn für eine Antwort erwartet? Dass Justin ihr seine Liebe gestand und sie bat, mit ihm ein gemeinsames Leben zu planen? Wie albern, auf so etwas zu hoffen. Das geschah nur in viktorianischen Liebesromanen und nicht in der Realität.

Natürlich würde sie ihn gern auf Woodbridge Hall besuchen, aber nicht, um bloß sein sizilianisches Betthäschen zu sein, sondern weil er etwas für sie empfand. Davon hatte er jedoch nicht gesprochen.

Du doch auch nicht, sagte eine leise Stimme in ihrem Kopf. Das stimmte, aber sie würde sich hüten, es zuerst auszusprechen. Vielleicht war das altmodisch, schließlich lebten sie in Zeiten der Emanzipation, aber Romina konnte nicht über ihren Schatten springen. Ein Überbleibsel von *Nonnas* Erziehung und ihren Ratschlägen? Möglich, doch vor allem war es die Angst, sich lächerlich zu machen. Wer sagte denn, dass Justin sie nicht auslachte, wenn sie ihm gestand, wie viel er ihr nach so kurzer Zeit bedeutete? So etwas hätte sie nicht ertragen. Dann doch besser schweigen.

Sie atmete tief durch, als sie den Wagen erreichte, und wischte sich über die Augen. Es fehlte noch, dass er mitbekam, wie enttäuscht sie war. Am Ende fühlte er sich noch genötigt, aus Mitleid etwas von sich zu geben, das er nicht so meinte.

Sie kramte in ihrer Handtasche nach dem Autoschlüssel und warf ihn Justin zu.

»Hier. Du wolltest doch fahren.«

Er fing den Schlüssel geschickt auf, erwiderte jedoch nichts und nickte nur stumm. Auch gut, dann würde es eben eine stille Rückfahrt werden.

29

»Wir sind da.«

Romina schreckte hoch. Sie standen vor ihrer Wohnung in der Via Sesto Pompea. Sie hatte doch tatsächlich die ganze Fahrt verschlafen und rieb sich jetzt den schmerzenden Nacken.

»Entschuldige«, sagte sie und unterdrückte ein Gähnen.

»Kein Thema«, erwiderte Justin. »Wo soll ich parken?«

Sie deutete auf einen schmalen Durchgang, der in den Hinterhof des Nachbargebäudes führte. Dort hatte sie einen der spärlichen Parkplätze in Taormina gemietet.

Er nickte und parkte auf dem mit ihrem Namen markierten Feld. Keiner von beiden machte jedoch Anstalten, auszusteigen.

Endlich fasste Romina sich ein Herz. Es war bescheuert zu schmollen. Justin hatte nichts falsch gemacht, und es war allein ihr Problem, dass sie sich den Illusionen einer möglichen Zukunft hingegeben hatte. Also fragte sie: »Kommst du noch mit rauf?«

Sein Gesicht hellte sich auf. »Gern. Meine Haut juckt wie verrückt. Kann ich bei dir duschen?«

In der Wohnung war es mindestens zehn Grad kühler als draußen. Romina öffnete die Läden einen Spalt, um Licht hereinzulassen, schloss die Fenster aber gleich wieder; zum Durchlüften war es noch zu früh. Justin hing derweil die karierte Decke zum Trocknen über das Balkongeländer.

»Hast du Hunger?«, fragte sie ihn.

»Ich dachte schon, dass du nie fragen würdest«, antwortete er mit einem schiefen Lächeln. »Kochen wir etwas?«

»Wir bestellen uns eine Pizza. Das geht schneller.« Sie griff nach ihrem Handy. »Einen besonderen Wunsch?«

»*Quattro stagioni, per favore*«, verlangte er grinsend, »und dazu ein kühles Bier.«

»Kommt sofort. Du kannst unterdessen ins Bad.«

»Romina?«

Sie drehte sich um.

»Habe ich etwas falsch gemacht?«

»Nein, hast du nicht. Mir war schon den ganzen Tag … etwas unwohl. Jetzt geht es aber wieder besser.«

Sie versuchte zu lächeln, was ihr offenbar gut gelang, denn er wirkte erleichtert und begann, sich auszuziehen.

»Es gibt so einiges, was ich zu Hause vermissen werde«, plapperte er und zog sich das T-Shirt über den Kopf. »Aber diese Hitze ganz bestimmt nicht.«

Dann lief er ins Bad und sie hörte kurz darauf die Dusche rauschen.

»So einiges?«, murmelte sie frustriert. »Man gab mir schon nettere Namen.«

»Ah, ich bin ein neuer Mensch!« Justin klopfte sich genüsslich auf den Bauch. »Die Pizza war unheimlich lecker.« Er lehnte sich auf dem Sofa zurück und verschränkte die Hände hinter dem Kopf.

Romina verbiss sich bei seinem Anblick ein Lachen. In Ermangelung eines T-Shirts in seiner Größe trug er ihren pink-farbenen Bademantel. Trotz der Rüschen und der nicht gerade schmeichelhaften Farbe sah er in dem Fummel doch unverschämt sexy aus, zeigte der doch mehr seines nackten Körpers, als er verbarg.

Ein süßes Ziehen breitete sich zwischen ihren Schenkeln aus. Verdammt! Ihr Körper reagierte einfach zu stark auf diesen Engländer. Als wäre sie ein Feuerzeug, das er nach Lust und Laune anknipsen konnte. Schnell stand sie auf und räumte die Pappkartons in die Küche.

»Freut mich, wenn es dir geschmeckt hat«, rief sie über die Schulter. »Kaffee?«

Justin folgte ihr in die Küche und umschlang ihre Taille mit beiden Armen. Er legte den Kopf auf ihre Schulter und hauchte ihr ins Ohr: »Später.«

Ein Schauer rieselte durch Rominas Körper. Sie wollte standhaft bleiben, doch die Lust überrollte sie einfach. Sie konnte nicht mehr logisch denken. Und noch ehe sie wusste, was sie tat, drehte sie sich um und suchte hungrig Justins Mund.

Zum Teufel mit dem Verstand! Würde sie halt ab Sonntag für den Rest ihres Lebens diesem Mann nachtrauern, jetzt wollte sie ihn haben.

Zusammen stolperten sie ins Schlafzimmer. Ihre Kleider lagen noch überall herum, denn nach Justin hatte auch sie sich endlich das Salz und den Schweiß des Tages abgewaschen, bevor der Pizzabote gekommen war. Romina stolperte über ihre Shorts und zusammen fielen sie lachend aufs Bett.

»Danach habe ich mich den ganzen Tag gesehnt«, raunte Justin heiser und sah sie verlangend an.

Sie erwiderte nichts, konnte im Moment einfach keine Worte finden, die beschrieben, was sie fühlte.

Sie griff mit beiden Händen in seine noch feuchten Haare. Sie hatten im Lauf der Woche durch die Sonne goldene Strähnchen bekommen. In England würden die Frauen bei seinem Anblick reihenweise in Verzückung geraten. Dieser

Gedanke ernüchterte sie für einen Moment, doch als Justin seine Hände unter ihr T-Shirt schob und ihre Brüste streichelte, verflüchtigte er sich wie der Morgennebel über der Bucht.

Wieder stieg ihr sein unverwechselbarer Duft in die Nase. Er roch zwar ein bisschen nach ihrem Duschgel, aber sein Eigengeruch versetzte sie erneut in einen ungeahnten Rausch, als würde sie auf einer windumtosten Klippe stehen.

Das hatte nichts mit den südländischen Düften gemein, die ihr so vertraut waren. Ein ungeahntes Sehnen nach grünen Hügeln, schäumendem Meer, dunklen Wäldern und unergründlichen Seen überfiel sie, als würde sich etwas, das tief in ihr verborgen gewesen war, erinnern. So als hätte sie das alles schon einmal gespürt und eingeatmet. Ein verwirrendes Gefühl, das sie zugleich ängstigte und erregte. Es war fast so, als würde sie in Justins Armen zu einer Epoche und einem Land zurückkehren, dem sie vor langer Zeit Adieu gesagt hatte. Sie bekam eine Gänsehaut.

Justins Hände strichen in heißem Verlangen über ihre Haut und zogen ihr die restlichen Kleider aus. Hastig schälte er sich aus ihrem Bademantel, warf ihn irgendwohin, und widmete sich weiter ihrem Körper. Mit seinem Mund erforschte er jeden Winkel davon; die Hügel und Täler, die Spalten und Höhlen.

Romina keuchte auf, als er ihre empfindlichste Stelle mit seiner Zunge reizte. Gott, wie sie sich nach ihm sehnte, seinem Gewicht, seiner Kraft! Er würde sie zermalmen. Nicht im körperlichen Sinn, sondern er besaß die Macht, ihre Seele in tausend Stücke zu zerbrechen und sie mit dem Schmerz des Verlustes zurückzulassen.

Welche Gewalt die Liebe über einen Menschen doch hatte. Keine Mauer, kein Gefängnis, keine Distanz konnte sie zurückhalten. Selbst die Zeit war dazu nicht imstande. Sie würde Justin immer lieben, dessen war sie sich in diesem Moment gewiss. Und wenn er sie am Sonntag verließ, würde ein Teil von ihr für immer verloren sein.

Als er in sie eindrang, versank die Welt um sie herum. Ihr Keuchen erstickte er mit einem Kuss und trank ihren Atem dabei wie ein Verdurstender. Sie bog sich ihm entgegen, wollte jeden Raum zwischen ihnen eliminieren.

Er gehörte ihr, sie gehörte ihm, das war so einfach.

Ihre Begierde wuchs ins Unermessliche. Sie krallte ihre Nägel in Justins Haut, hörte ihn stöhnen. Vor Lust? Vor Schmerz? Egal, dieser Moment sollte nie enden. Für immer vereint, für alle Zeit. Doch ihr Körper lechzte nach Erfüllung, er wollte nicht verweilen, und als sie spürte, wie die große Welle herannahte, ergab sie sich ihr. Ließ sich von ihren Strudeln erfassen und hinabziehen in die Tiefen der Lust, nur um sich von ihr gleich darauf in schwindelerregende Höhen tragen zu lassen.

Für einen Moment fühlte Romina sich blind und taub, als wäre sie in einen Kokon aus Verlangen eingesponnen, den niemand durchdringen konnte. Doch dann erreichte sie den Gipfel, schwebte einen Atemzug lang über allem, als wäre sie von der Erde losgelöst in einem schwerelosen Raum. Dann explodierten ihre Empfindungen in einem ekstatischen Feuerball. Und als die Flut der Erfüllung über sie hinwegrollte, rief sie keuchend Justins Namen.

Im selben Moment brach auch er über ihr zusammen, zitterte in ihren Armen, bis sein Körper schwer auf ihrem lag und er keuchend nach Atem rang.

Sie schlang ihre Arme um seinen erhitzten Leib, verbarg ihr Gesicht in seiner Halsbeuge und konnte dabei den rasenden Puls unter seiner Haut spüren.

»Ti amo«, flüsterte sie und hielt nur mühsam die Tränen zurück.

* * *

Der Vollmond stand am Himmel und erhellte Rominas Schlafzimmer mit seinem silbrigen Licht. Bevor sie zu Bett gegangen waren, hatten sie die Wohnung durchgelüftet und dann vergessen, die Fensterläden wieder zu schließen; die Leidenschaft war ihnen dazwischengekommen.

Justin lag wach und starrte die milchige Scheibe gedankenverloren an. Romina schlief. Ihr Gesicht ruhte auf seiner Brust und wärmte die Stelle oberhalb seines Herzens.

Er hatte nicht gedacht, dass der Sex mit ihr noch besser werden konnte, doch da hatte er sich getäuscht. Eine angenehme Enttäuschung, denn es war fantastisch gewesen! Trotzdem machte er sich Sorgen. Hatte er das, was sie am Ende ihres Liebesspiels gesagt hatte, richtig verstanden? Und wenn ja, hatte sie das nur im Bann der Ekstase geflüstert – oder hatte sie es auch so gemeint?

Er strich mit den Fingern behutsam über ihren Oberarm. Ihre Haut fühlte sich wie Seide an und Justin merkte, wie sich sein Verlangen erneut regte. Er versuchte, an etwas anderes zu denken.

Noch zwei Tage, dann musste er zurück nach England.

Musste er wirklich? Was, wenn er hier in Taormina blieb? Bei Romina. Doch sogleich verwarf er den Gedanken wieder. Das konnte er seiner Mutter nicht antun. Ohne ihn müsste sie den Besitz verkaufen. Und dann wäre er tatsächlich derjenige seiner Familie, der den Karren endgültig in den Sand gesetzt hatte. Die Frage, ob er Charlotte und ihr Vermögen heiraten sollte, stand immer noch im Raum. Und jetzt plötzlich ging es für ihn nicht nur ums Geld, sondern auch darum, welche Frau er an seiner Seite wollte. Nein, nicht wollte, brauchte!

Romina seufzte leise im Schlaf. Was sie wohl träumte? Vielleicht von ihm? Justin lächelte. Der Gedanke gefiel ihm. *Sie* gefiel ihm, sehr sogar, und er stellte sich vor, wie es wäre, wenn sie für immer zusammenblieben.

Sollte er sie fragen, ob sie mit ihm nach England käme? Für immer? Sie war eine intelligente Frau, sprach fließend verschiedene Fremdsprachen und war es gewohnt, Anlässe und Events zu organisieren. Talente, die sie auf Woodbridge Hall gut gebrauchen könnten. Vielleicht würde es mit ihrer Hilfe sogar möglich sein, die finanziellen Probleme der Montague Brownes endlich in den Griff zu bekommen, und ihm bliebe eine Geldheirat erspart. Ganz abgesehen davon, dass der Herr des Hauses über ihre Anwesenheit mehr als glücklich wäre. Aber sie wollte ja nicht mal ihren Urlaub bei ihm verbringen, würde ihn also auslachen, wenn er jetzt noch mit dem Vorschlag kam, ihn zu begleiten und zu bleiben. Das war auch eine Schnapsidee. Sie war ihrer Heimat genauso verbunden wie er der seinen. Zudem lebte ihre Großmutter noch, die sie wohl kaum allein auf Sizilien zurücklassen würde. Nein, wenn er hier etwas gelernt hatte, dann dass bei den Italienern die Familie immer an erster Stelle stand. Eine noble Einstellung, die er im Grunde teilte. Trotzdem würde es ihn glücklich machen, wenn Romina an seiner Seite wäre.

Sie könnte ihre Großmutter ja mitnehmen. Sollte er ihr das vorschlagen? Platz hatten sie schließlich genug. Wobei, ältere Leute scheuten sich meist davor, ihre Heimat zu verlassen. Einen alten Baum verpflanzte man eben nicht mehr. Doch das größte Problem war immer noch Charlotte. Justin konnte keine Zukunftspläne schmieden, bevor er sich nicht endlich entschied. Himmel noch mal, wieso fiel ihm das nur so schwer? War er, wie Romina ihm immer wieder vorhielt, tatsächlich so ein Weichei? Wie er es auch drehte und wendete, er musste zuerst einen definitiven Entschluss fassen, sonst würde es keine gemeinsame Zukunft für Romina und ihn geben. Oder wiederholte sich die Geschichte? Edward hatte Ginny verloren, würde Justin ebenso Romina verlieren? War das das Schicksal der Montague Brownes?

In seinem Arm kribbelte es, als würde er mit tausend Nadeln gestochen. Er öffnete und schloss die Faust, um die Blutzirkulation wieder in Gang zu bringen – vergebens. Also stand er vorsichtig auf, damit Romina nicht aufwachte, und ging durchs Wohnzimmer auf den kleinen Balkon hinaus. Er schüttelte seinen eingeschlafenen Arm und setzte sich auf einen Stuhl. Wie wunderbar, im Adamskostüm mitten in der Nacht draußen sitzen zu können. In England würde er so etwas niemals wagen.

Justin seufzte. Warum musste immer alles so kompliziert sein? Oder war er der Komplizierte? Wenn er Charlotte heiratete, wäre Woodbridge Hall gerettet und sie alle finanziellen Sorgen los. War es daher nicht einfach seine Pflicht, den Familienbesitz zu erhalten, ganz gleich, was er im Herzen fühlte? Charlotte war schließlich kein Unmensch. Sie wären ein gutes Team. Aber reichte das aus, um glücklich zu sein? Oder würde er ihr irgendwann vorhalten, ihn mehr oder weniger zur Heirat gezwungen zu haben? Und sie? Würde sie damit leben können, mit einem Mann zusammen zu sein, der sie nur des Geldes wegen geheiratet hatte? Das konnte doch nicht gut gehen!

Er fuhr sich mit beiden Händen durch die Haare. Es hatte keinen Zweck, seine Gedanken drehten sich im Kreis. Er würde sich wohl damit abfinden müssen, sich wie Edward nach einer unerfüllten Liebe zu sehnen. Stoff für einen Roman? Vielleicht sollte er ein Buch schreiben. Wenn es ein Bestseller würde, hätte er wenigstens keine finanziellen Sorgen mehr.

»Kannst du nicht schlafen?«

Justin schrak zusammen. Hinter ihm stand Romina in ihrem pinkfarbenen Bademantel und sah ihn mit geneigtem Kopf an.

»Vollmond«, erwiderte er. »Ich musste ein wenig heulen und wollte dich nicht wecken.«

Sie lächelte und setzte sich rittlings auf seinen Schoß. Er schlang die Arme um sie und atmete ihren Duft ein. Sie roch nach Schlaf, ihrer Körperlotion und ein wenig nach Lust, was ihn erregte.

»Na, na«, sagte sie lachend. »Der Werwolf scheint wieder erwacht zu sein.«

Er grinste, küsste sie und öffnete dabei ihren Bademantel. Im Mondlicht wirkten ihre nackten Brüste wie aus Marmor gemeißelt. Eine Göttin, die aus dem Olymp zu ihm, dem Sterblichen, herabgestiegen war, um ihn zu lieben. Aber er kannte die Göttersagen – Verbindungen zwischen Göttern und Sterblichen gingen nie gut aus.

Romina spreizte die Beine, griff nach seinem Geschlecht und führte es zu ihrer Pforte.

Und während sie sich auf dem kleinen Balkon ein weiteres Mal liebten, verfluchte Justin das Schicksal, das ihm alles gegeben hatte und in Kürze wieder nehmen würde.

30

»Du siehst gar nicht krank aus.«

Orlando stand neben der Kaffeemaschine, als Romina am Freitagmorgen die Agentur betrat, und rührte in einer Tasse.

Er musterte sie mit geneigtem Kopf. »Im Gegenteil. Wenn ich mir den poetischen Ausdruck erlauben darf, würde ich dein Aussehen sogar als blühend bezeichnen.«

Romina verdrehte die Augen. »Überlass das Dichten besser den Profis. Warum bist du eigentlich schon hier? Senile Bettflucht?«

Ihr Arbeitskollege lachte schallend. »Nicht so frech, Kleine. Endspurt, falls du es vergessen haben solltest. Der große Tag steht bevor, es gibt noch viel zu tun.«

In diesem Moment trat Enrico herein. »Ah, Romina, ich bin froh, dass es dir besser geht. Ist mit den gebuchten Hotelzimmern alles in Ordnung?«

Romina nickte. »Wenn nicht gerade der Ätna ausbricht, sollte nichts schiefgehen.«

Enrico vollführte schnell das Mano-cornuta-Zeichen: Von seiner geschlossenen Faust ragten der kleine und der Zeigefinger in die Höhe, eine Beschwörungsgeste gegen das Unglück. »Das hätte uns gerade noch gefehlt«, stieß er knurrend hervor, drehte sich um und verschwand kopfschüttelnd in seinem Büro.

Romina wusste, wie abergläubisch ihr Chef war, und hatte es sich nicht verkneifen können, ihn ein wenig zu necken.

Sie setzte sich an ihren Computer. Obwohl sie kaum geschlafen hatte, fühlte sie sich großartig. Die letzte Nacht hatte ihr bewiesen, dass Justin der Richtige für sie war. Sie hatte ihm sogar gesagt, dass sie ihn liebe, aber das hatte er vermutlich in der Hitze des Gefechts nicht mitbekommen.

Sie lächelte, als sie daran zurückdachte. Egal, ob er es gehört hatte oder nicht, sie würde es ihm tausend Mal wieder gestehen, wenn er bei ihr blieb. Sie wollte die beiden letzten Tage seines Urlaubs dazu nutzen, ihn davon zu überzeugen, auf Sizilien zu bleiben. Es musste ihr einfach gelingen, denn ohne ihn konnte sie sich eine Zukunft nicht vorstellen. Sie war ihm alles andere als egal, das spürte sie tief in ihrem Herzen. Er brauchte lediglich einen kleinen Schubs, um es selbst zu erkennen.

Heute Morgen hatte er noch geschlafen, als sie zur Arbeit aufgebrochen war. Deshalb hatte sie ihm einen Zettel hinterlassen, dass sie ihn anrufen würde, damit sie gemeinsam zu Mittag essen konnten. Morgen, am Samstag, hatte sie tagsüber frei. Erst am Abend, wenn der Empfang und danach die erste Filmvorführung im Amphitheater stattfanden, musste sie für die Agentur zur Stelle sein. Also war ihr die Idee gekommen, mit Justin nach Gangi zu fahren und ihn ihrer Großmutter vorzustellen. Immerhin würde er, wenn sie ihr Ziel erreichte, *Nonna* des Öfteren sehen.

Romina war gespannt darauf, was Blanca D'Agostino für ein Urteil über den Engländer abgab. Ihre Großmutter hatte ein feines Gespür für Menschen, das sie selten trog. Doch eigentlich machte Romina sich keine Sorgen, dass Justin *Nonna* nicht gefallen könnte, denn sie würde auf den ersten Blick erkennen, wie glücklich er ihre Enkelin machte. Zwar würde ihre Großmutter es nicht gern sehen, dass sie nicht verheiratet waren, aber alles zu seiner Zeit und Schritt für Schritt.

»Du summst«, murrte Orlando und holte Romina damit aus ihren Gedanken. »So gute Laune am Morgen ist einfach unerträglich.«

Sie warf ihm einen Luftkuss zu und er machte daraufhin Würgelaute.

Romina lachte und widmete sich ihren Mails. Das Leben konnte so schön sein.

Von der Terrasse des Restaurants *Granduca* genoss man, wie an vielen Orten in Taormina, einen grandiosen Blick auf die Bucht. Der Dunst über dem Meer war heute jedoch zäh und verwischte den Horizont mit dem Himmel. Romina hatte glücklicherweise noch einen Zweiertisch an vorderster Front ergattern können, was an ein Wunder grenzte, denn die Tische an der Brüstung waren etwa so heiß begehrt wie ein Sitzplatz neben Russell Crowe, dem Schauspieler, der dieses Jahr als Präsident der Filmfest-Jury fungierte.

Romina bestellte ein Mineralwasser, atmete tief durch und verschränkte die Hände auf dem Tisch. Sie fuhr sich mit der Zunge über die Lippen. Sie fühlten sich immer noch empfindlich an. Die leidenschaftlichen Küsse von letzter Nacht forderten ihren Tribut. Sie lächelte versonnen. Die Erinnerung an die vergangenen Stunden erfüllte immer noch ihren Körper, als würde eine gezupfte Saite weiter vibrieren.

Justin hatte gestern nicht nur ihre Lust befriedigt, sondern etwas in ihr ausgelöst, das sie verwirrte. Eine plötzliche tiefe Zuneigung hatte sie erfasst, die beinahe schmerzte und ihr den Atem raubte. Wie war das möglich? Wie konnte ein fast Fremder solche Empfindungen in ihr entfachen? War das Liebe? Die Liebe, die sie sich immer gewünscht hatte? In diesem Moment hätte sie gern Edwards Brief nochmals gelesen. Er hatte Ginny tief und innig geliebt. Sie hatte schon beim ersten Lesen diese Verbundenheit zwischen den Liebenden gespürt. Vielleicht nur instinktiv. Beim erneuten Lesen würde sie dieses Gefühl jetzt aber definitiv erkennen, weil es ihr ebenso ging.

Romina atmete noch einmal tief durch. Wenn sie sich weiterhin solchen Gedanken hingab, würde sie glatt wieder in Tränen ausbrechen. Sie hatte schon immer nah am Wasser gebaut und wünschte sich manchmal, sie wäre weniger emotional.

Um sich abzulenken, konzentrierte sie sich auf die Aussicht. Gleich unterhalb der Terrasse wuchsen Palmen in die Höhe, deren Kronen beinahe die Veranda erreichten. In der Meeresbrise raschelten die Blätter rhythmisch wie überdimensionale Fächer. Linker Hand erstreckten sich die weißen und rosafarbenen Fronten der in den Hang gebauten Häuser und Villen Taorminas. Dazwischen erhoben sich schlanke Zypressen und Ziersträucher. Auf der rechten Seite konnte man, wenn das Wetter es erlaubte, die gesamte Küstenlinie sehen, bis sie bei Torre Archirafi einen Bogen machte und verschwand. Der mächtige Ätna hüllte sich heute jedoch in einen Mantel aus Dunst und war nur als Schatten zu erahnen.

»Entschuldigen Sie bitte, Signorina, ist hier noch frei?«

Justin stand mit einem strahlenden Lächeln vor ihrem Tisch. Rominas Herz machte einen Sprung und Hitze schoss ihr in die Wangen.

»Tut mir leid, Signore, aber diesen Platz halte ich für jemand ganz Speziellen frei. Sie müssen sich anderweitig umsehen.«

Justin grinste, küsste sie auf die Wange und sctztc sich. »Das wäre ja noch schöner«, erwiderte er gespielt forsch und zwinkerte ihr zu, dann strich er sich die Haare aus dem Gesicht und seufzte. »Was für ein Ausblick!«

Er griff über den Tisch hinweg nach Rominas Hand und führte sie an seine Lippen. »Ich weiß nicht, was mir besser gefällt, die Aussicht über die Bucht oder mein reizendes Gegenüber.«

Romina lächelte. Sein Kompliment schmeichelte ihr. Obwohl sie schon romantischere, feurigere oder leidenschaftlichere Höflichkeiten erhalten hatte … Aber die waren alle von Männern gekommen, die ihr nichts bedeuteten. Bei Justin war das anders.

»Was gibt es denn Feines?«, fragte er, griff nach der Speisekarte und überflog sie. »Ich könnte einen ganzen Ochsen verspeisen.«

Romina winkte den Kellner herbei. »Ich nehme den gegrillten Fisch.« Sie wandte sich an Justin. »Sie haben auch leckere Pizzen. Oder Pasta?«

»Fisch ist okay«, sagte er und sie bestellte zwei Mal das Tagesgericht.

»Salat dazu?«

Er nickte.

»*E due insalate miste, per favore.*«

»Magst du ein Glas Wein?«, fragte Justin.

»Im Gegensatz zu dir müssen manche Leute leider einer geregelten Arbeit nachgehen«, erwiderte sie neckend. »Enrico bekommt die Krise, wenn ich mit einer Alkoholfahne in der Agentur auftauche. Aber du kannst natürlich gern ein Glas trinken.«

»Nein, dann auch für mich nur ein Mineralwasser«, wandte er sich an den Kellner und reichte ihm die Speisekarte.

Kaum war dieser verschwunden, griff Justin erneut nach Rominas Hand und begann, ihre Fingerspitzen zu küssen. Jede einzeln, langsam und genüsslich.

Ihr Blut geriet in Wallung. Wie schaffte der Kerl das bloß, dass sie sich am liebsten in aller Öffentlichkeit ausgezogen hätte, um ihm zu Willen zu sein? Die sexuelle Anziehungskraft, die er auf sie ausübte, war nicht mehr normal, und der Vergleich mit einer rolligen Katze schoss ihr durch den Kopf. Sie musste sich wirklich zusammennehmen. Deshalb entzog sie ihm ihre Hand und spielte mit der blütenweißen Stoffserviette.

»Möchtest du gern meine Großmutter kennenlernen?«, platzte sie heraus.

Fein gemacht, Romina!, schimpfte sie innerlich mit sich selbst. Was hat man dir im Seminar für erfolgreiche Gesprächsführung beigebracht? Keine geschlossenen Fragen stellen! Jetzt konnte er einfach Nein sagen und sie wüsste nicht mal, wieso.

Doch zu ihrer Freude erklärte er: »Aber ja, gern. Wann?«

»Wie wär's mit morgen? Wir stehen früh auf, fahren zu *Nonna* und sehen zu, dass wir vor dem Galaempfang wieder zurück sind. Übrigens, hättest du Lust, die Eröffnung des Filmfestivals mitzuerleben? Sie ist zwar längst ausverkauft, aber ich kann dich backstage hineinschmuggeln.«

Justin nickte begeistert. »Die findet im Amphitheater statt, nicht wahr? Cool, selbstverständlich bin ich dabei. Und es ist mir eine Ehre, deine Großmutter kennenzulernen. Dann sehe ich endlich, von wem du deine Schönheit geerbt hast.«

»Danke für die Blumen … Moment, mein Handy. Entschuldige bitte. Pronto? Oh, Giulia, was gibt's?«

»Du, als ich die alten Dokumente wieder in den Keller geräumt habe, ist mir ein Flugblatt für die ›göttliche Arethusa‹ in die Hände gefallen, und ich habe nach ihr gegoogelt. Sie hat zu Edwards Zeiten auch in der Villa Schuler gearbeitet – als Sängerin! Sie hat manchmal für die verletzten Soldaten gesungen. Und weißt du, wie sie wirklich heißt?«

»Nein, sag.«

»Gina!«

Romina wäre vor Aufregung fast von ihrem Stuhl aufgesprungen. »Ist das dein Ernst? Das ist ja super! Und sie lebt noch?«

»Ja. Sie wohnt in Siracusa. Und sie ist wohl etwas … exzentrisch.«

»Okay … was immer das heißt. Simst du mir die Adresse?«

»Klar.«

»Großartig! Ciao – und vielen Dank.«

Romina wandte sich strahlend an Justin, der sie fragend anschaute. »Wir haben eine neue Spur.«

»Wie, eine neue Spur?« Sie erklärte ihm kurz, was Giulia herausgefunden hatte. »Das ist ja klasse! Gina könnte Ginny sein, nicht wahr?«

Romina nickte mehrmals. »Ja, das passt.«

Justin zog sein Handy hervor. »Schau, diese Bilder habe ich bei Zita gemacht. Ob eine davon diese Gina ist?«

Sie steckten die Köpfe zusammen und betrachteten die Fotos.

»Da wir nicht wissen, wie sie aussieht, ist das schwierig zu sagen. Es könnte jede dieser Frauen sein. Oder keine von ihnen.« Romina tippte auf ein Foto, um es zu vergrößern, und runzelte dann die Stirn. »Was ist das dort an der Wand?« Sie zeigte auf einen Zettel, der neben der Eingangstür der Villa Schuler hing. Ein paar Soldaten standen ebenfalls dort.

Justin nahm ihr das Gerät aus der Hand und beäugte das Foto eingehend. »Keine Ahnung. Die Hausordnung?«

»Blödsinn. Gib her!«

Sie vergrößerte das Foto noch einmal. Es wurde zwar immer undeutlicher, aber sie konnte auf dem Aushang trotzdem die Umrisse einer Frau erkennen und den Anfangsbuchstaben eines Namens: A.

»Ich weiß, was das für ein Zettel ist!«, rief sie aufgeregt. »Das ist ein Künstlerplakat für die ›göttliche Arethusa‹.« Sie hob den Blick. »Wir müssen heute noch nach Siracusa!«

31

»Wir parken den Wagen am besten hier und gehen den Rest zu Fuß.« Romina bog in das umzäunte Gelände eines bewachten Parkplatzes ein und suchte nach einer Lücke.

Sie waren gleich nach ihrem Arbeitsschluss aufgebrochen und erreichten nach einer knapp eineinhalbstündigen Fahrt die Stadt Syrakus im Südosten der Insel. Hier lebte Gina Natale, Künstlername Arethusa, die während der Vierzigerjahre in der Villa Schuler musikalische Darbietungen gezeigt hatte. Angeblich zur Erbauung der englischen Soldaten. Was immer das heißen mochte.

»Sie muss doch mindestens hundert sein«, vermutete Justin, als sie ausstiegen und Romina den Wagen abschloss.

»Mindestens. Aber frag sie bitte nicht nach ihrem Alter. Giulia meinte, die Dame sei etwas … nun ja, exzentrisch. Der Treffpunkt auf der Piazza del Duomo war ihre Idee.«

Er grinste. »Alles klar. Und wie identifizieren wir sie?«

Romina bezahlte beim Parkplatzwächter die Gebühr und meinte achselzuckend: »Giulia meinte, wir erkennen sie schon.«

Justin verzog den Mund. »Also ich weiß nicht, ob Edward an einer Sängerin Gefallen gefunden hat.«

»Nun sei mal nicht so ein Snob. Was ist daran denn verwerflich? Er mochte doch Künstler, oder etwa nicht?«

»Ja, Maler und Komponisten, Bildhauer und so, aber eine Varietékünstlerin?«

Romina schnaubte. »Nicht der passende Umgang für einen Earl, was? Sei nicht so britisch!«

Justin stieß ein Knurren aus. »Ist ja gut. Was soll das überhaupt für ein Name sein? Arethusa. Klingt ja nicht sehr italienisch.«

Sie schlugen den Weg ins Stadtzentrum ein. Der Abend zeigte sich von seiner besten Seite. Der Himmel war wolkenlos, und vom Meer strich eine warme Brise durch die Straßen, die den Geruch nach Tang und Fisch mit sich trug. Entlang der mit Steinplatten ausgelegten Gassen reihte sich ein Lokal an das andere; Stühle und Bänke, über denen sich Sonnenschirme spannten, luden zum Verweilen ein. Obwohl es noch früher Abend war, roch es aus allen Winkeln bereits verführerisch nach Essen.

Justin lief das Wasser im Mund zusammen. Ihnen blieb hoffentlich Zeit, sich über einige der angebotenen Köstlichkeiten herzumachen, bevor sie wieder zurückfuhren. Je länger er auf Sizilien weilte, desto mehr schätzte er die hiesige Küche. Ob er auf Woodbridge Hall mal mediterrane Wochen anbieten sollte?

»Du hörst mir wieder mal nicht zu«, schimpfte Romina und holte ihn damit aus seinen Gedanken.

Sie sah ihn vorwurfsvoll an.

»Bitte?«, fragte er und machte ein zerknirschtes Gesicht. »Die wunderbaren Gerüche haben mich abgelenkt.«

»Du bist so was von verfressen. Ein Wunder, dass du nicht zwei Zentner wiegst.«

Justin grinste. »Kann ich etwas dafür, dass ihr Italiener so gut kocht?« Er nahm Romina in den Arm und küsste sie zärtlich. »Was wolltest du mir sagen, mein Herz?«, raunte er an ihrem Ohr und knabberte an ihrem Ohrläppchen.

»Hör auf damit, das kitzelt!«, befahl sie lachend. »Ich habe dir gerade erklärt, woher der Name Arethusa stammt. Aber anscheinend interessiert dich das doch nicht so sehr.«

Er ließ sie los und griff nach ihrer Hand. »Aber ja doch, brennend.«

Romina warf ihm einen skeptischen Blick zu, offenbar war sie sich nicht sicher, ob er sie auf den Arm nahm. Dann zuckte sie mit den Schultern und erklärte: »Arethusa war eine griechische Nymphe. Als sie im Gefolge der Göttin Artemis in einem Fluss badete, erblickte sie der dortige Flussgott und verliebte sich auf der Stelle in sie, sie sich aber nicht in ihn. Also flüchtete sie sich schwimmend übers Meer, und Artemis verwandelte sie zu ihrem Schutz in eine Quelle auf der Insel Ortigia. Diese Quelle ist das historische Zentrum der Stadt Siracusa. Es gibt hier übrigens einen Teich, der nach Arethusa benannt ist. Dort wachsen Papyrusstauden. Sehr malerisch.«

»Wie aufregend«, erwiderte Justin. »Ich dachte immer, ich kenne die meisten griechischen Sagen, aber die ist mir neu.« Er zog Romina wieder an sich. »Ich hoffe, dass du vor mir nicht auch übers Meer flüchten musst.«

»Du bist ja auch kein Gott.«

»Für manche aber schon«, antwortete er grinsend. »Es gibt zum Beispiel Frauen, die nennen mich im Schlafzimmer schon mal so.«

Romina boxte ihn in die Rippen und er zuckte zusammen.
»Au! Wofür war das denn?«

»Das weißt du ganz genau, du Angeber!«, zischte sie errötend. »Komm jetzt, eine Nymphe sollte man nicht warten lassen.«

* * *

Die geschwungene Piazza del Duomo besaß eine unverwechselbare Schönheit. Rechter Hand erhob sich die aus hellem Marmor errichtete Kathedrale Santa Maria delle Colonne mit ihren griechischen Säulen und Heiligenfiguren. Rundherum standen Barockpaläste mit reich verzierten Fassaden und aufwendigen Stuckaturen. Kurz vor Ladenschluss herrschte ein Gewimmel von Touristen und Einheimischen auf dem Platz, das einem schwindelig werden konnte.

Wie sollten sie hier eine alte Frau finden?, fragte sich Romina. Giulia hätte besser ein Treffen in einem Lokal vereinbaren sollen, dachte sie frustriert. Aber das war jetzt nicht mehr zu ändern.

Sie ergriff Justins Hand, damit sie sich nicht verloren, und steuerte auf die Treppe der Kathedrale zu. Sie liefen die wenigen Stufen hinauf und ließen ihre Blicke über den Domplatz schweifen.

»Wonach soll ich Ausschau halten?«, fragte er an ihrer Seite.

»Keine Ahnung. Eine alte Frau, die auf jemanden wartet?«

»Danke, so genau wollte ich es gar nicht wissen.«

Romina verbiss sich ein Lachen. Sollten sie diese Arethusa nicht finden, wäre es wenigstens ein schöner Ausflug gewesen.

Je weiter der Abend voranschritt, desto stärker verdichtete sich der Menschenstrom auf der Piazza. Touristen, die nach einem Lokal fürs Abendessen Ausschau hielten, Trauben von Jugendlichen, die auf ihre Handys starrten oder schwatzend beisammenstanden, und mit Einkaufstüten beladene Einheimische auf dem Heimweg.

Justin lehnte sich an eine Säule und gähnte hinter vorgehaltener Hand. »Ich habe Hunger und Durst. Können wir uns auf die Terrasse eines Lokals setzen und etwas bestellen?«

Romina war geneigt, seinem Vorschlag nachzugeben, als plötzlich ein Trommelwirbel ihre Aufmerksamkeit erregte.

Gegenüber, vor dem Restaurant *Condorelli*, standen zwei Personen. Das Trommeln schien von ihnen zu kommen. Die Gäste im Gartenlokal drehten die Köpfe und die vorbeieilenden Passanten blieben stehen. Schnell bildete sich eine Menschentraube vor dem Paar und versperrte die Sicht.

»Wir sollten mal da rübergehen«, schlug Romina vor und wies mit dem Arm aufs *Condorelli*.

»Oh ja, das Lokal sieht gut aus.« Justin fuhr sich mit der Zunge über die Lippen.

Sie überquerten den Platz und standen kurz danach vor dem Lokal. Romina linste über die Köpfe der Herumstehenden. Zum Glück war sie nicht die Kleinste, dennoch konnte sie lediglich etwas Rotes, Flatterndes ausmachen. Justin neben ihr stieß ein amüsiertes Schnauben aus.

»Was siehst du?«, fragte sie.

»Das glaubst du jetzt nicht«, antwortete er. »Komm, drängeln wir uns nach vorne.«

Mit ein paar gemurmelten Entschuldigungen schoben sie sich an den Umstehenden vorbei und standen bald in der vordersten Reihe. Ein Halbkreis hatte sich gebildet. In seiner Mitte standen zwei Personen: Die eine war ein kleiner Mann in einem karierten Anzug; er trug ein kompliziert aussehendes Gestell, an dem verschiedene Musikinstrumente befestigt waren. In den Händen hielt er eine Ziehharmonika. Wenn er mit dem rechten Fuß aufstampfte, betätigte er eine Trommel, mit dem linken ein rasselndes Tamburin. Vor seinem Mund hing eine Mundharmonika und am Rücken war ein Paar Metallbecken befestigt.

Die Attraktion des Duos war aber unzweifelhaft die Dame neben ihm. Sie trug ein feuerrotes Kleid und diverse Federboas, maß höchstens einen Meter fünfzig, war stark geschminkt und hatte ihre wenigen verbliebenen Haare pechschwarz gefärbt. Sie musste mindestens neunzig Jahre alt sein.

Vor ihr lag ein offener Lederkoffer, an dessen Innendeckel verschiedene Fotos befestigt waren, die die Künstlerin in jungen Jahren zeigten. Dazwischen hing ein kleines Plakat, auf dem »Die göttliche Arethusa!« stand. Ein paar Münzen und ein einsamer Zehneuroschein lagen in dem Koffer.

Eben verbeugte sich die Dame gemessen, ordnete ihre Federboas und warf sich in Position. Sie wandte sich an ihren Partner und nickte huldvoll.

»Maestro.«

Der Mann stimmte mit dem Akkordeon einen Ton an, den die Diva aufgriff.

Dann begann sie zu singen. Und obwohl ihre Stimme kratzig und dünn klang, berührte das alte sizilianische Volkslied Romina tief. *Nonna* sang es auch ab und zu. Es handelte von einer unglücklichen Liebe, von Eifersucht und der Trauer über den plötzlichen Verlust des Geliebten.

Die sizilianische Volksmusik war voller Melancholie und die Charaktere darin oft traurig bis herzzerreißend, als würde sich in ihnen das entbehrungsvolle und harte Leben der Menschen in dem über Jahrhunderte von Armut und Unterdrückung heimgesuchten Land widerspiegeln.

»Ich denke, wir haben unsere Nymphe gefunden«, raunte Justin in diesem Moment an ihrer Seite, und Romina war es nur möglich, stumm zu nicken.

32

Die göttliche Arethusa hatte ihre Darbietung beendet und verbeugte sich unter dem spärlichen Applaus der Herumstehenden. Ein paar Zuhörer warfen kleine Münzen in den aufgeklappten Koffer, die meisten aber gingen einfach davon.

Justin holte sein Portemonnaie hervor und legte eine Zwanzigeuronote hinein, was ihm ein Lächeln der Künstlerin bescherte.

Gina Natales Gesang war nicht berauschend gewesen, doch aus irgendeinem Grund hatte ihn ihr Vortrag berührt.

Er kannte die Umstände nicht, die sie in ihrem hohen Alter dazu nötigten, sich einem Straßenpublikum zu stellen. Vielleicht war es ihr einfach ein Bedürfnis, ihre Kunst vorzuführen, möglicherweise brauchte sie aber auch das Geld. Als Künstlerin auf Sizilien konnte sie kaum darauf hoffen, eine angemessene Rente zu erhalten. Auf alle Fälle bewunderte er ihren Mut.

Hatte Edward dasselbe in ihr gesehen? Den Stolz und die Würde, die sie auch in ihrem hohen Alter noch ausstrahlte? Falls die göttliche Arethusa wirklich Ginny war, dann hatte Edward sich in jemanden verliebt, der ihn vom Schrecken des Krieges ablenkte.

Die Neugier trieb Justin nach vorn, und er räusperte sich laut, als der kleine Mann im karierten Anzug sich des Musikapparates entledigte und den Koffer zuklappte.

Romina stand zwischenzeitlich nur stumm vor dem ungleichen Paar. Ihre Augen glänzten verdächtig. Offenbar gingen ihr ähnliche Gedanken durch den Kopf wie ihm, und sie versuchte, ihr Mitleid nicht offen zu zeigen.

»Signora Natale?«

Die Sängerin drehte sich um. »Sì?«

»Entschuldigen Sie bitte die Störung. Mein Name ist Justin Montague Browne. Giulia Raneri hat Sie heute Nachmittag angerufen. Ich bin der Engländer, der sich für die Zeit interessiert, als Sie in der Villa Schuler in Taormina gearbeitet haben. Darf ich Sie und Ihren Partner zu einem Glas Wein einladen?«

Die Lokale auf dem Domplatz waren alle restlos überfüllt, darum bogen sie in eine Seitenstraße ein und fanden in einer kleinen Pizzeria einen freien Vierertisch.

Den Mann im karierten Anzug hatte Gina ihnen als ihren Bruder Taddeo vorgestellt. Er sei stumm geboren, hatte sie weiter berichtet. Ein Umstand, der ihn während des Krieges vom Militärdienst befreit habe, sonst wäre er vermutlich nicht mehr am Leben. Sie sagte das ohne irgendwelche Effekthascherei, so als würde sie ihnen den morgigen Wetterbericht mitteilen, und Justin konnte sich nur ansatzweise vorstellen, was die göttliche Arethusa und ihr stummer Bruder in ihrem langen Leben schon alles mitgemacht haben mussten.

»Hast du Hunger, Taddeo?«, fragte Gina, als sie sich gesetzt hatten. Ihr Bruder nickte. »Beschränkt sich Ihre Einladung nur aufs Trinken?«, wandte sie sich daraufhin an Justin.

»Bestellen Sie, was Sie möchten«, erwiderte er. »Wir haben auch Hunger, nicht wahr, Romina?«

»Und wie«, pflichtete sie ihm bei.

Gina orderte für sich und ihren Bruder je einen Teller Penne mit Lachsstreifen, dazu einen halben Liter Rotwein aus der Gegend. Justin und Romina entschieden sich für Lasagne verdi al forno und Mineralwasser. Als der Kellner die Getränke serviert hatte, lehnte sich Gina Natale im Stuhl zurück und verschränkte ihre spindeldürren Arme vor der Brust.

»Also, Mister mit einem unaussprechlichen Namen, was möchten Sie denn gern wissen?«

Justin räusperte sich.

»Im Jahr 1943 kam ein Verwandter von mir, Edward Montague Browne, zur Rekonvaleszenz nach Taormina. Er wurde beim Einmarsch auf Sizilien am Arm verwundet und lebte ein paar Monate in der Villa Schuler. Wie wir erfahren haben, gastierten Sie zur selben Zeit dort. Wir würden gern wissen, ob Sie meinen Großonkel damals eventuell kennengelernt haben.«

Gina runzelte die Stirn und beugte sich vor.

»Es ist richtig, dass ich dort für die armen Kerle gesungen habe, die konnten ein bisschen Abwechslung wirklich gebrauchen. Leider aber haben mir das meine Landsleute doch recht übel genommen und ich wurde öfters aufs Abscheulichste beschimpft. Nicht alle sahen die Engländer eben als Befreier an, wissen Sie? Und ein paar von denen benahmen sich auch wirklich wie Idioten. Zertrümmerten die Möbel und Ähnliches. Wie sagt man? Nicht gentlemanlike.«

Sie kicherte und ihr Bruder nickte bestätigend.

»Wie dem auch sei«, fuhr sie fort, »während meiner Zeit in Taormina habe ich viele englische Herren kennengelernt, wenn Sie wissen, was ich meine.« Sie lächelte spöttisch. »Ich kann mich leider nicht mehr an ihre Namen erinnern«, ergänzte sie und griff nach ihrem Glas. »Für mich klangen die alle gleich, und es ist ja auch schon ein paar Jährchen her.«

Justin sah Romina hilfesuchend an. Diese hob die Schultern,

als wollte sie sagen, dass dieses Interview sie nichts anging. Also versuchte Justin es nochmals.

»Verstehe, natürlich. Eine andere Frage: Hat Sie vielleicht einer dieser Engländer damals Ginny genannt?«

Die Sängerin runzelte wieder die Stirn, als müsse sie scharf nachdenken.

»Ginny? Kann sein, die haben mir viele Namen gegeben. Ich kann mich nicht mehr erinnern. Wieso fragen Sie mich das alles überhaupt? Hat mir einer von denen vielleicht sein Schloss vermacht?«

Taddeo stieß einen Laut aus, der vermutlich ein Lachen sein sollte. Er hob die Hände und machte ein paar Gesten und Gina fing an zu kichern.

»Er meint«, erklärte sie, »dass wir dankend annehmen.«

Justin hüstelte. »Nein, tut mir leid, keine unerwartete Erbschaft. Es geht …«, er brach ab.

Er konnte sich einfach nicht vorstellen, dass sich Edward in Gina Natale verliebt hatte. Sie passte so gar nicht in das romantische Bild, das Justin sich von seinem Großonkel und Ginny gemacht hatte. Aber was wusste er schon davon, wie sich Edward während des Krieges gefühlt und welchen Trostes er bedurft hatte? In Ausnahmesituationen gab es keine Logik.

Er holte sein Handy hervor und suchte die Fotos von Zita Scifo. »Erkennen Sie darauf vielleicht jemanden? Möglicherweise eine Frau, die man Ginny genannt hat?«

Gina holte aus ihrer Handtasche eine Lesebrille hervor und betrachtete die Bilder eingehend. Plötzlich kräuselten sich ihre Lippen.

»Ach herrje, was waren wir damals jung!« Sie wies auf einen Soldaten mit einem Schnurrbart. »An den erinnere ich mich.« Sie kicherte, ließ die Anwesenden jedoch im Unklaren, weshalb, und Justin wollte es eigentlich auch gar nicht so genau wissen.

»Und die Frauen?«

Gina wiegte den Kopf hin und her. »Die kommt mir bekannt vor.« Sie tippte mit dem Finger auf eine junge hübsche Frau in Schwesterntracht. »Aber an den Namen kann ich mich nicht mehr erinnern. Die anderen …«, sie brach ab und schüttelte den Kopf. »Nein, tut mir leid. Diese jungen Dinger kamen und gingen wie Ebbe und Flut. Wissen Sie, man musste schon gute Nerven haben, um die Verwundeten zu pflegen. Die hatten oft die schrecklichsten Wunden und viele sind auch gestorben.«

Sie hielt das Handy ihrem Bruder unter die Nase. »Kennst du eine von denen?«

Taddeo starrte eine Weile auf die Bilder und schüttelte dann den Kopf.

»Kein Glück.« Sie gab Justin das Handy zurück und verstaute die Brille wieder.

Justin seufzte. »Verstehe. Weshalb sind Sie eigentlich aus Taormina weggegangen?«

Gina verschränkte ihre knochigen Hände auf dem Tisch. Sie waren übersät mit Altersflecken und wirkten wie die Krallen eines Greifvogels. »Es gab eine Polio-Epidemie und das behelfsmäßige Lazarett wurde für ein halbes Jahr geschlossen. Mein Bruder und ich wollten, als sie es wieder öffneten, eigentlich nach Taormina zurückkehren.« Sie zuckte mit den Schultern. »Hat sich dann aber nicht so ergeben.«

Justin nickte. Das war's dann wohl mit der Schnitzeljagd. Und auch wenn die göttliche Arethusa bestens ins Bild gepasst hätte, er fühlte tief in seinem Herzen, dass Gina Natale nicht Ginny sein konnte.

* * *

»Du warst mir ja eine große Hilfe«, murrte Justin, als sie sich nach dem Essen von Gina und ihrem Bruder verabschiedeten und zurück zum Auto marschierten.

»Was hätte ich denn sagen sollen?« Romina blieb stehen und sah ihn mit blitzenden Augen an. »Ich fahre dich schon kreuz und quer über die Insel, also komm mir jetzt nicht so!«

Sie wusste, dass sie Justin gerade unrecht tat, denn es stimmte, sie hätte ihn beim Gespräch mit der Sängerin mehr unterstützen können. Aber es war ihr einfach nicht möglich gewesen. Unvermittelt hatte sie eine solche Mutlosigkeit erfasst, dass es ihr schwerfiel, die Lasagne zu essen, obwohl sie kurz davor noch so hungrig gewesen war.

Was taten sie hier eigentlich? Welchem irrwitzigen Traum jagten sie hinterher? Anstatt jede Minute der restlichen Zeit bis Sonntag zu genießen, verfolgten sie hirnrissige Spuren, um jemanden zu finden, der vor über siebzig Jahren ein Techtelmechtel mit einem verwundeten Soldaten gehabt hatte. Das war doch absurd!

»Schon gut«, erwiderte Justin müde. »Wenn das Ginny gewesen ist, hat sich die Suche damit erledigt. Und wenn nicht, wovon ich ausgehe, ist jetzt der Zeitpunkt gekommen, aufzugeben.«

Er steckte die Hände in die Hosentaschen und schritt zügiger aus.

Romina biss sich auf die Lippen. »Justin, warte!«

Er drehte sich um.

»Das ist ganz bestimmt nicht Ginny gewesen.«

»Danke, aber es ist im Grunde egal. Lass uns einfach zurückfahren und die Sache vergessen. Morgen wollen wir doch früh los, nicht? Willst du fahren oder soll ich?« Er streckte die Hand nach dem Autoschlüssel aus.

»Es geht schon«, erwiderte sie und griff nach seiner Hand. Seine Finger verschränkten sich mit den ihren.

Wie immer, wenn er sie berührte, flammte in Romina die Sehnsucht nach mehr Nähe auf. Sie trat zu ihm und legte ihren Kopf an seine Brust. Durch den Stoff seines T-Shirts konnte sie seine Wärme an ihrer Wange spüren. Sein Herz schlug gleichmäßig und stark. Genüsslich sog sie seinen unverwechselbaren Geruch ein und erschauerte. Lust wallte in ihr auf und sie verfluchte die anderthalb Stunden Fahrt, die zwischen Siracusa und ihrem Schlafzimmer lagen.

Justin hielt sie fest. Für einen Moment standen sie wortlos da, dann küsste er ihre Stirn und flüsterte: »Ich zahle den Strafzettel, wenn du in eine Radarfalle gerätst, aber lass uns so schnell wie möglich dein Bett aufsuchen.«

»Alles klar, Casanova, nächster Halt Himmelbett.«

Dann liefen sie Hand in Hand zum Auto und fuhren nach Taormina zurück.

33

»Und sie weiß bestimmt, dass ich dich begleite?« Justin warf Romina einen schnellen Blick zu.

Sie nickte schmunzelnd. »Nervös?«

»Überhaupt nicht«, entgegnete er schnell.

Tatsächlich fühlte er aber ein unangenehmes Ziehen in der Magengegend, als er daran dachte, in Kürze Rominas Großmutter, ihrer einzigen verbliebenen Verwandten, vorgestellt zu werden. Die Italiener maßen dieser Aktion große Bedeutung bei und sahen das vermutlich nicht so locker wie seine eigenen Landsleute.

Er schluckte schwer. Er wollte zwar, dass die Beziehung zu Romina ernstere Formen annahm, aber gleich so offiziell? Was, wenn ihre Großmutter dachte, er käme, weil er um die Hand ihrer Enkelin anhalten wollte, und sie ihn dann abknallte, wenn er das nicht tat?

Romina hatte ihm erzählt, dass das Dörfchen Gangi im Jahr 1926 Schauplatz eines Großeinsatzes der Polizei gegen die Cosa Nostra gewesen war, der blutig geendet hatte. Aber Rominas *Nonna* gehörte bestimmt nicht zur Mafia und würde ihn hoffentlich nicht mit einer geladenen Schrotflinte erwarten. Oder doch?

Er lehnte sich im Sitz zurück und versuchte, sich zu entspannen. Er benahm sich reichlich kindisch. Die Fantasie ging mit ihm durch. Wenn, dann hatte sich die Mafia heutzutage bestimmt in die Ballungszentren von Sizilien verlagert und hauste nicht in einem Siebentausend-Seelen-Dorf in den Bergen.

Romina hatte erklärt, dass sie etwa zweieinhalb Stunden unterwegs sein würden. Genug Zeit also, mit ihr über seine Pläne, sie mit nach England zu nehmen, zu sprechen. Und er musste ihr auch endlich von Charlotte erzählen, die vermutlich ähnlich wie Alessandro reagieren würde, wenn er mit einer anderen Frau auftauchte. Zudem wollte er sie warnen, dass seine Mutter über Rominas Herkunft bestimmt die Nase rümpfen würde. Wie würde die temperamentvolle Romina darauf reagieren? Das waren gleich zwei gute Gründe, ihn trotz allem links liegen zu lassen. Doch konnte die Liebe nicht alle Hindernisse überwinden? Er wollte fest daran glauben. Hoffentlich gab er sich nicht nur Illusionen hin. Morgen ging sein Flug, und er wollte unbedingt noch heute mit Romina darüber sprechen. Von Angesicht zu Angesicht und nicht via Telefon oder E-Mail. Dass sie gleich mit ihm zurückfliegen würde, hielt er für ausgeschlossen, denn das Filmfestival stand vor der Tür, und er schätzte sie nicht so ein, als dass sie einfach alles stehen und liegen ließ, um mit ihm durchzubrennen. Wobei, mit ihrer romantischen Ader? Aber nein, heutzutage brannte niemand mehr durch.

Plötzlich fühlte er sich unsicher. Verlangte er nicht zu viel von ihr? Vielleicht hatte er ihr Liebesgeständnis vor zwei Tagen falsch gedeutet. Er hatte natürlich gehört, wie sie ihm ihre Liebe gestanden hatte, war aber zu überrascht – und ja, auch ein wenig abgelenkt – gewesen, um es zu erwidern. Und danach war er zu seiner Schande eingeschlafen. Aber wenn sie heute Ja sagte, würde ihn nichts mehr zurückhalten und er würde ihr die schönste Liebeserklärung machen, die ihm möglich war. Sollte er ihr, wie Edward seiner Angebeteten, etwas Schriftliches schenken? Ein Gedicht vielleicht?

Romina, mein Herz brennt,
mein Verlangen rennt.
Halte ich dich im Arm,
wird mir ganz warm.

Absoluter Quatsch! Er hatte kein Talent für poetische Worte wie sein Großonkel.

Justin musterte Romina aus den Augenwinkeln. Sie trug ein gelbes Kleid mit einem runden Halsausschnitt, das eine Handbreit unter dem Knie endete. Ganz die brave Enkelin und fast schon ein bisschen bieder mit den zu einem Knoten hochgesteckten Haaren. Offenbar trat man als Sizilianerin in dieser Kleidung seiner konservativen Großmutter gegenüber, damit die einen nicht für ein leichtes Mädchen hielt. Selbst ihn hatte Romina gebeten, sich traditionell zu kleiden. Also hatte er sich seinen hellen Anzug im Hotel aufbügeln lassen und trug dazu ein kurzärmliges blaues Leinenhemd. Auf eine Krawatte hatte er jedoch verzichtet.

Die vergangene Nacht war erneut ein emotionales Feuerwerk gewesen, und beinahe hätten sie den Wecker heute Morgen nicht gehört, da sie beide, erschöpft und ausgelaugt vom Liebesspiel, erst in den frühen Morgenstunden eingeschlafen waren.

Sie ergänzten sich wunderbar. Wie zwei Teile eines Ganzen. Sowohl im Bett als auch außerhalb davon. Romina in den Armen zu halten, fühlte sich einfach richtig an, als wäre sie seit Ewigkeiten mit ihm verbunden. Das konnte nicht bloß sexuelles Verlangen sein.

Liebe? Ja, das musste einfach Liebe sein. Erst jetzt verstand Justin Edwards Brief richtig. Und auch Rominas Entrüstung darüber, dass sein Großonkel so schnell eine andere Frau geheiratet hatte. Er stellte es sich schrecklich vor, jemanden zu lieben, aber mit der falschen Person leben zu müssen. Wie konnte man das ertragen, ohne zu verzweifeln? Hatte er tatsächlich gedacht, er könne das mit Charlotte tun?

»Nun schau nicht so böse«, riss ihn Romina aus seinen Gedanken. »*Nonna* wird dich schon nicht gleich fressen. Und wenn doch, höchstens ein bisschen anknabbern.« Sie lachte.

»Sehr witzig«, knurrte er und fuhr sich mit beiden Händen durch die Haare.

Sie hatten mittlerweile die Küstenstraße erreicht. Es schien, als wäre heute ganz Sizilien unterwegs. Vollgepackte Autos mit winkenden Kindern, dazwischen Wagen voller junger Leute, die Fenster offen, die Musikanlage am Anschlag. Lachende, gebräunte Gesichter, lange Haare im Fahrtwind und pure Lebensfreude.

»Am Wochenende fahren die Sizilianer oft in die kühleren Berge zu ihren Verwandten«, kommentierte Romina den fröhlichen Tross. »So wie wir jetzt.«

Sie zwinkerte ihm zu und überholte einen winzigen Fiat, der Justin eher an ein Spielzeugauto erinnerte, in dem aber mindestens fünf Leute saßen.

Er atmete einmal tief durch und fasste sich ein Herz. »Ich möchte dich gern etwas fragen«, wandte er sich an Romina und stellte das Radio leiser.

»Was denn?« Sie warf ihm einen schnellen Blick zu. »Gefällt dir die Musik nicht? Wir können den Sender wechseln.« Sie streckte die Hand nach dem Radio aus.

»Nein, das ist es nicht. Ich … du …«

Er brach ab und stieß die Luft aus. Herrgott, er hatte es sich leichter vorgestellt.

Sie sah ihn über den Rand ihrer Sonnenbrille hinweg verwirrt an, bevor sie sich wieder der Straße zuwandte.

»Ich muss dich ebenfalls etwas fragen«, sagte sie dann mit einem seltsamen Unterton in der Stimme.

»Okay, dann du zuerst«, erwiderte Justin erleichtert. Damit blieb ihm noch eine kurze Galgenfrist, um die richtigen Worte zu finden.

»Na gut.« Sie lockerte ihre Schultern.

Er wartete. Offenbar fiel ihr ihre Frage genauso schwer wie ihm seine. Sie würde doch hoffentlich jetzt nicht Schluss machen? Nein, das konnte nicht sein. Dann würde sie nichts fragen wollen, sondern etwas erklären. Doch eine seltsame Unruhe erfasste ihn und er begann trotz der Klimaanlage zu schwitzen.

»Also«, ihre Stimme klang spröde. »Wir verstehen uns doch super, nicht?«

Er nickte zögerlich.

»Und auch körperlich.« Eine feine Röte stieg in ihre Wangen.

Justin legte die Hand auf ihren Schenkel. »Das Beste, was ich je erlebt habe.«

Sie lächelte. »Also, dann wäre es doch …« Sie räusperte sich. »Hoffentlich blamiere ich mich jetzt nicht. Was ich eigentlich sagen will, wenn alles so super läuft, wäre es doch schade, wenn wir uns jetzt trennen, findest du nicht auch?«

Er atmete innerlich auf. Das ging ja leichter, als er gedacht hatte. Den Vorschlag, dass Romina ihn nach England begleitete, musste er gar nicht erst vorbringen, denn sie würde gleich selbst darauf zu sprechen kommen. Sein Herzschlag beschleunigte sich.

»Es wäre eine Schande!«, erwiderte er daher warm. »Ich sehe es genauso.«

Romina atmete tief durch. »Fein, das erleichtert mich jetzt.« Sie blies sich die Fransen aus der Stirn. »Ich weiß natürlich, dass mit uns alles in einem Wahnsinnstempo geht, aber Zeit ist nicht immer relevant, oder?«

»Nicht, wenn man sich liebt.«

Über ihr Gesicht lief ein Strahlen. »Ich bin wahnsinnig erleichtert, dass du es ebenso siehst. Ich hatte doch etwas Bammel vor diesem Gespräch. *Nonna* wird zwar empört sein, wenn wir ohne Trauschein zusammenleben, sich aber damit arrangieren. Nun ja, ich meine …« Sie räusperte sich wieder. »… vorerst.«

»Natürlich. Meine Mutter wird darüber auch nicht gerade entzückt sein, aber sie wird sich daran gewöhnen. Und wenn sie erst sieht, wie du uns mit Rat und Tat zur Seite stehst, wird sie dich schnell ins Herz schließen. Ich bin sicher, zusammen sind wir ein tolles Team. Und mit deinen Talenten wird es uns bestimmt möglich sein, Woodbridge Hall schnell aus den roten Zahlen zu bringen.«

Romina runzelte die Stirn. »Wie soll das denn bitte gehen? Ich kann dir, ich meine ihr, kaum von Taormina aus helfen. Da müsste ich schon vor Ort sein.« Sie schob die Sonnenbrille in die Haare und sah Justin verwirrt an.

Er griff nach ihrer Hand am Steuer, führte sie an seine Lippen und drückte einen Kuss darauf. »Aber natürlich werden wir vor Ort sein, mein Schatz. Wie wäre das sonst möglich? Und wir haben genügend Platz, damit du meiner Mutter nicht ständig über den Weg läufst. Woodbridge Hall ist riesig. Wir können einen ganzen Flügel beziehen, wenn du das möchtest. Sofern du ein Faible für rauchende Kamine und zugige Flure hast.«

Er lachte. »Das wird fabelhaft werden, Romina! Es kommt mir jetzt wie ein Wink des Schicksals vor, dass ich Edwards Brief gefunden habe, denn er hat mich schließlich zu dir geführt und verhindert, dass ich, wie er, nur des Geldes wegen heiraten muss. Du bist die Lösung für meine wirtschaftlichen Sorgen!«

Romina bremste scharf ab und schlug das Lenkrad ein. Wütendes Hupen hinter ihnen begleitete sie, als ihr Auto mit einem Ruck auf dem Seitenstreifen zum Stehen kam.

Sie sah ihn entsetzt an. »Was redest du denn da? Ich bin die Lösung deiner wirtschaftlichen Sorgen? Sag, hast du sie noch alle? Ich werde auf keinen Fall mit dir nach England gehen!«

Ihm klappte der Mund auf. »Aber, aber …«, stotterte er ganz durcheinander. »Du sagtest doch selbst, dass es schade wäre, wenn wir uns trennen.«

»Ja, aber doch nicht, dass ich von Taormina weggehe!« Ihre Augen funkelten wütend.

Justin schluckte trocken. Was sollte das denn jetzt? Er würde für Romina Charlottes Millionen in den Wind schlagen, war also bereit, den einfachen gegen den steinigen Weg einzutauschen. Und das war der Dank dafür? Natürlich wusste Romina nichts von Charlotte und insgeheim hoffte er, dass er ihr auch nie von der reichen Miss Compton erzählen musste, trotzdem ärgerte er sich über Rominas Reaktion. Hatte er denn alles falsch verstanden? Die Zeichen falsch gedeutet? Und wenn ja, was hatte sie denn mit ihren Bemerkungen vorhin gemeint? Und noch bevor sie es aussprach, überfiel ihn die Erkenntnis. Übelkeit stieg in ihm auf. Wie zum Henker hatte er sie nur so missverstehen können?

Rominas Stimme zitterte, als sie hervorstieß: »Ich wollte dich fragen, ob *du* hier bei *mir* bleibst.«

34

Romina schmiss ihre Handtasche in eine Ecke und setzte sich aufs Sofa. Sie starrte auf das dunkle Display ihres Handys, atmete ein paar Mal tief durch und wählte die Nummer ihrer Großmutter.

»Ich bin's. Es tut mir leid, *Nonna*, aber es ist etwas dazwischengekommen und wir können dich heute nicht besuchen.«

»Ach, Liebes, wie schade. Hoffentlich nichts Ernstes?«

»Nein, nein, keine Sorge. Es ist … etwas Unvorhergesehenes in der Agentur passiert und ich muss heute leider den ganzen Tag arbeiten.« Wie sie es hasste, ihre Großmutter anzulügen – aber die Wahrheit konnte sie ihr nicht erzählen. »Ich rufe dich bald wieder an. Nochmals, es tut mir leid.«

»Mach dir mal keine Sorgen, Liebes. Die Granitas halten sich im Tiefkühler noch ein Weilchen. Und der junge Mann läuft mir auch nicht davon.« Ihre Großmutter lachte.

Das war zu viel für Romina. Vor Verzweiflung konnte sie kaum noch durchatmen und sie beeilte sich, das Telefonat zu beenden.

»Also, bis bald. Du hörst von mir«, krächzte sie.

»Ich freue mich darauf. Hab trotzdem einen schönen Tag. Ti amo.«

»Ich liebe dich auch.«

Romina schloss die Augen und legte den Kopf in den Nacken.

Wie hatte sie nur so dumm sein können? Sie hatte alle Zeichen falsch gedeutet. In ihrer naiven Vorstellung, dass die Liebe alle Konventionen außer Kraft setzen konnte, war sie einem unrealistischen Trugbild verfallen. Natürlich würde ein englischer Adliger sein Land und seinen Besitz nicht verlassen, nur um mit einer Urlaubsbekanntschaft zusammenzuleben. Edwards weiterer Lebensweg hätte ihr eine Warnung sein sollen. Dieser hatte auch den leichteren Weg gewählt, Ginny vergessen und eine reiche Frau geehelicht. Geld und Besitz. Das war alles, was in diesen Kreisen zählte. Justin hatte es sogar laut ausgesprochen: Heirat des Geldes wegen!

Und sie wäre nur gut genug gewesen, ihm aus seinen finanziellen Sorgen herauszuhelfen. Sollte sie sich etwa dafür noch bedanken? Sie schüttelte den Kopf. Das war so typisch Mann! Die gingen einfach davon aus, dass das Frauchen vor Ehrfurcht erblasste, wenn es am aufregenden Leben seines heldenhaften Göttergatten Anteil nehmen durfte. Dass es brav Ja und Amen zu allem sagte und sich auch noch darüber freute, dass man es beachtete.

Aber nicht mit ihr!

Nach der unerwarteten Wendung, die das Gespräch mit Justin genommen hatte, waren sie unverzüglich nach Taormina zurückgefahren. In dieser Stimmung hätten sie kaum ihrer Großmutter gegenübertreten können. Niemand hatte danach noch gesprochen. Eine riesige Mauer hatte sich plötzlich zwischen ihnen aufgetürmt. Unüberwindbar, gebaut aus gegenseitigen Missverständnissen und falschen Erwartungen. Und keiner war in der Lage gewesen, diese Mauer zu erklimmen, geschweige denn sie einzureißen. Wortlos hatte sie Justin vor dem Grand Hotel abgesetzt und wortlos war er ausgestiegen.

So also ging etwas zu Ende, das heute Morgen noch wie die Verheißung auf ein glückliches Leben ausgesehen hatte. Wenn es nicht so traurig gewesen wäre, hätte man darüber lachen können. Justin hatte angenommen, sie würde mit ihm nach England gehen, und sie, dass er in Italien blieb. Eine Situation wie aus einem Theaterstück, nur dass niemand applaudiert hatte, als der Vorhang fiel.

Romina wischte sich müde über die Augen und sah sich in ihrer Wohnung um. Klein, zugegeben, aber für zwei Personen ausreichend. Wer brauchte schon mehr Platz, wenn man sich liebte? Sie hätten sich natürlich eine größere Wohnung suchen können, aber was nützte ein großer Kasten, wenn keine Zuneigung bestand? Vielleicht lebten die Reichen deshalb in riesigen Palästen, damit sie sich nicht ständig über den Weg liefen.

Und ja, sie hatte ein Faible für alles Britische. Aber doch nicht so, dass sie Hals über Kopf mit einem Engländer mitging, wenn der bloß mit den Fingern schnippte. Schon gar nicht, wenn dieser sie nur als billige Arbeitskraft sah.

Diese Unverfrorenheit! Was bildete sich Justin überhaupt ein? Unvermittelt wandelte sich ihre Traurigkeit in Wut. Sie musste sich schnell mit etwas beschäftigen, bevor sie platzte und das Geschirr an die Wand schmiss. Also schaltete sie ihr Handy ein, stellte die Musik auf den höchsten Lautstärkepegel und begann, die Wohnung zu putzen.

* * *

Justins Reisetasche stand gepackt auf dem Bett. Auf dem Stuhl gegenüber lagen seine Kleider für die morgige Heimreise.

Er trat auf den Balkon hinaus und sah auf die Bucht hinunter. Im nachmittäglichen Sonnenschein funkelte das azurblaue Meer wie tausend Diamanten. Auflandiger, warmer Wind wehte ihm ins Gesicht. Ein Band weißer Wolken stand über dem Horizont. Vielleicht regnete es heute Abend. Der Gedanke erheiterte ihn. Der Galaempfang und die darauffolgende Filmvorführung fanden im Freien statt. Fein, das würde recht ungemütlich werden, wenn der Himmel seine Schleusen öffnete.

Justin stützte sich mit den Händen aufs Balkongeländer. War er noch zu retten? Empfand er jetzt etwa schon Genugtuung dabei, wenn ein Event von Rominas Arbeitgeber ins Wasser fiel? Wie erbärmlich! Gut, sie hatten sich im Argen getrennt, aber das war jetzt doch zu kindisch.

Er setzte sich auf einen Stuhl und versuchte sich zu erinnern, mit welchen Aussagen er Romina dazu verleitet hatte anzunehmen, dass er bei ihr in Taormina bleiben würde. Er konnte sich nicht erinnern. Hatte sie es einfach angenommen? So wie er einfach angenommen hatte, dass sie ihn nach Woodbridge Hall begleiten würde? Ein riesiges gegenseitiges Missverständnis, geboren aus Wünschen, die aus ihrer Intimität erwachsen waren? Möglich. Und letztendlich war diese Erklärung so gut wie jede andere. Sie halfen aber alle nichts.

Justin seufzte. Er war noch nie mit einem Fallschirm aus einem Flugzeug gesprungen, aber genau so stellte er sich den freien Fall vor. Gerade raste er emotional auf den Boden zu. Er konnte nur darauf hoffen, dass sein Fallschirm so schnell wie möglich aufging, bevor er aufschlug.

In drei Stunden begann der Empfang im Hotel. Romina würde da sein. Sie hätte vermutlich keine Zeit für ihn, da sie sich um die Gäste kümmern musste, aber vielleicht fände er eine Gelegenheit, kurz mit ihr zu sprechen. Er wollte nicht abreisen, ohne sie ein letztes Mal zu sehen, um sich anständig von ihr zu verabschieden. Denn wenn er das nicht täte, würde er es sein Leben lang bereuen. Es gab zwar keine Zukunft für sie beide, aber das bedeutete nicht, dass er sich wie ein geprügelter Hund davonschleichen musste.

Justin stand auf und straffte die Schultern. Er trat ins Zimmer, öffnete den Koffer und zog seine Badehose hervor. Dann griff er nach dem Hotel-Bademantel und schlug den Weg zum Spa ein. Wenn er Glück hatte, wäre gerade ein Masseur frei, und wenn nicht, standen ihm entweder die Sauna oder das Dampfbad zur Verfügung. Jede Ablenkung war willkommen, die ihn am Grübeln hinderte.

»Sie verlassen uns also morgen, nicht wahr? Ich wünsche Ihnen eine gute Heimreise.«

Justin drehte sich um und sah das falsche Lächeln im Gesicht des Hotelmanagers.

Alessandro war wie immer tadellos gekleidet, obwohl im Spabereich bestimmt an die dreißig Grad herrschten und die Luftfeuchtigkeit der in einem Treibhaus ähnelte. Kein Härchen lag am falschen Platz, kein Schweißtropfen stand auf der Stirn des Italieners; er sah aus wie aus dem Ei gepellt.

Justin konnte den Kerl nicht ausstehen und seine selbstgefällige Miene noch weniger. Offensichtlich freute Alessandro sich diebisch darüber, dass der Nebenbuhler bald aus Taormina verschwand und Romina somit wieder zur Jagd freigegeben war.

Urplötzlich überfiel Justin brennende Eifersucht. Völlig unlogisch, aber schmerzhaft, wie ein in die Brust gerammtes Messer. Der Gedanke, dass Alessandro Romina schlussendlich doch noch herumkriegte, vielleicht gerade jetzt, da sie verletzlich war und eine Schulter zum Ausweinen brauchte, ätzte sich wie Säure durch sein Herz. Und noch ehe Justin einen klaren Gedanken fassen konnte, sagte er: »Ja, morgen geht's los. Romina und ich freuen uns schon auf Suffolk. Wer hätte gedacht, dass ich auf Sizilien die Frau meines Lebens finde.«

Alessandros selbstgefälliges Grinsen zerbrach augenblicklich. »Romina begleitet Sie nach England?«, fragte er fassungslos.

Justin nickte. »Sie wissen ja, wie sehr sie alles Britische bewundert. Es war eine spontane Entscheidung, zugegeben, aber wo die Liebe hinfällt. Sie verstehen?«

Er zwinkerte ihm zu.

Alessandro schluckte schwer. »Aber …«, stammelte er.

»Signore?«, unterbrach die Angestellte des Spabereichs ihr Gespräch. »Der Masseur erwartet Sie jetzt in Raum zwei. Wenn Sie mir bitte folgen würden?«

»Also dann.« Justin tippte sich an den nicht vorhandenen Hut. »Ich habe mich sehr wohl bei Ihnen gefühlt und werde Ihr Hotel meinen Bekannten empfehlen.«

Dann wandte er sich um und folgte der Angestellten mit einem breiten Grinsen im Gesicht.

Das hat gesessen, du Blödmann!

35

Langsam senkte sich die Dämmerung über Taormina und tauchte die Häuser und Gassen in blaues Licht. Auf den Hängen gegenüber flammten die Bergspitzen ein letztes Mal auf, und der Gipfel des Ätna sah aus, als hätte er einen Sonnenbrand.

Romina linste aus dem Fenster. Die Wolken, die am späten Nachmittag über der Bucht gedräut hatten, waren glücklicherweise weitergezogen. Immerhin stand der Wettergott auf ihrer Seite, wenn schon Amor so ein Vollpfosten war.

Sie schlüpfte in das eng anliegende schwarze Kleid mit dem bestickten Oberteil und hakte den Verschluss im Nacken zu. Dann zog sie die schwarzen Pumps an, kontrollierte ihr Make-up im Spiegel und griff nach ihrer Handtasche und dem Bolerojäckchen. Der Empfang fing zwar erst in einer Stunde an, aber sie wollte noch kurz nach dem Rechten sehen.

Dass die Gala ausgerechnet im Grand Hotel stattfand, grenzte zweifellos an schicksalhafte Folter. Entweder lief sie Alessandro über den Weg oder, was noch schlimmer war, Justin. Am Nachmittag hatte sie deswegen kurz überlegt, sich bei Enrico krankheitsbedingt zu entschuldigen. Aber er würde ihr vermutlich sofort kündigen, wenn sie ihn heute Abend im Stich ließ.

»Nun denn, begeben wir uns eben in die Höhle der Löwen«, murmelte sie schicksalsergeben, während sie die Tür abschloss und die Treppe hinabstöckelte.

Sie würde das schon schaffen – hoffentlich. Der Empfang fand in einem abgetrennten Bereich des Hotels statt, in den man nur mit Einladung eingelassen wurde. Vor Justin war sie damit zumindest sicher, wenngleich natürlich die Möglichkeit bestand, ihm zufällig über den Weg zu laufen. Aber er würde kaum ihre Gegenwart suchen und seinen letzten Abend bestimmt außerhalb des Hotels verbringen. Gleichwohl hatte sie zur Sicherheit wasserfestes Make-up benutzt, denn sie traute ihren Gefühlen nicht, sollte sie ihn unvermittelt erblicken.

Die Haustür stand sperrangelweit offen, was ihr ein müdes Knurren entlockte. Zwar gab es in Taormina keine große Kriminalität, aber Gelegenheit machte bekanntlich Diebe. Doch die Kinder im Haus scherten sich wenig um die Vorschriften, die die Verwaltung erlassen hatte. Sie zerrte an der schweren Holztür, bis diese zufiel, und schloss ab.

»Romina, wie schön, dich zu treffen. Kann ich dich ins Hotel mitnehmen?«

Sie wirbelte herum. Alessandro stand mit einer Aktentasche in der Hand hinter ihr und lächelte sie erfreut an. In seinen Augen bemerkte sie einen Ausdruck, der sie die Stirn runzeln ließ. Hatte er womöglich von ihrem Zerwürfnis mit Justin erfahren und ihr aufgelauert?

Als ob er ihre Gedanken erraten hätte, sagte er in diesem Moment: »Ich musste mich mit Matteo treffen. Die Pläne für den neuen Wintergarten.« Er hielt seine Aktentasche hoch.

»Verstehe«, erwiderte sie und verstaute den Hausschlüssel in der Handtasche. »Danke für das Angebot, aber ich gehe zu Fuß, es ist ja nicht weit.« Sie drehte sich um.

Sie spürte Alessandros Hand auf ihrem Arm.

»Nun sei doch nicht so«, sagte er mit einem schiefen Lächeln. »Wir sind doch immer noch Freunde, oder?«

»Sicher.«

»Eben. Und deine Füße werden es dir danken, wenn sie sich noch ein bisschen ausruhen können.« Er zwinkerte ihr zu.

Tatsächlich würde das heute ein langer Abend werden, und Rominas hochhackige Schuhe waren zwar hübsch anzusehen, aber auch unbequem.

»Na gut«, willigte sie ein. »Wo steht dein Wagen?«

Er wies mit dem Kopf auf das Ende der Via Sesto Pompea.

* * *

Seit geraumer Zeit stiegen vor dem Hotel gut gekleidete Leute aus schwarzen Limousinen, die vom livrierten Personal durch einen separaten Eingang ins Grand Hotel geschleust wurden. Zahlreiche Schaulustige drängten sich zu beiden Seiten der Straße, um einen Blick auf die italienische Prominenz zu erhaschen.

Justin kannte keinen der geladenen Gäste, aber ab und zu ging ein ehrfürchtiges Raunen durch die Menge, vermutlich, wenn ein einheimischer Film- oder Fernsehstar ankam.

Romina hatte er noch nicht entdecken können. Seltsam, ob er sie verpasst hatte und sie sich bereits im Wintergarten befand? Er kannte weder ihren Chef Enrico noch Orlando, ihren Arbeitskollegen, also konnte er auch niemanden nach ihr fragen. Kurz sah er das Gesicht Alessandros, der sich galant lächelnd über die mit protzigen Ringen geschmückte Hand einer älteren Dame beugte. Lieber würde er sich die Zunge abbeißen, als den Hotelmanager nach Romina zu fragen. Vor allem, weil er ihm so einen Bären aufgebunden hatte. Sollte der Kerl ruhig noch ein bisschen schmoren, Justins Lüge würde früh genug auffliegen.

Zwei in dunkle Anzüge gekleidete, bullige Typen bewachten den Eingang zum Wintergarten, in dem der Galaempfang abgehalten wurde, und kontrollierten alle Gäste, die brav ihre Einladungen zückten. An denen würde er nicht vorbeikommen.

Justin zog sein Handy aus der Hosentasche und starrte es eine Weile an. Ein Anruf kam nicht infrage, Romina hatte jetzt sowieso keine Zeit zum Reden, aber eine SMS konnte er ihr schicken. Er wollte sich schließlich nur verabschieden. Also tippte er ein, wo er sich befand und ob sie sich für einen Moment loseisen könne. Bevor er es sich wieder anders überlegen konnte, schickte er die Nachricht ab und hielt das Gerät weiter in der Hand. Wenn er Glück hatte, antwortete sie in den nächsten Minuten. Doch die Zeit verstrich und sein Handy blieb stumm.

Justin seufzte frustriert. Entweder war sie ihm immer noch böse, oder, und er bevorzugte diese Möglichkeit, sie hatte die Nachricht noch gar nicht gelesen.

Als die beiden Anzugträger den separaten Eingang schlossen und sich die Gaffer langsam zerstreuten, folgerte Justin, dass alle Gäste eingetroffen waren. Jetzt hatte Romina bestimmt keine Zeit mehr, also trollte er sich und schlug den Weg in die Innenstadt ein.

Er hatte Hunger. Vielleicht ergatterte er einen der begehrten Plätze in der *Trattoria Don Leone*, dem Lokal, in das ihn Romina an seinem ersten Abend geführt hatte.

War das wirklich erst eine Woche her? Ihm kam die Zeit viel länger vor, so viel hatte er in den paar Tagen gesehen und erlebt.

Justin atmete tief durch, genoss noch einmal den Duft nach sonnenwarmem Stein und blühender Vegetation, durchzogen von den Essensgerüchen der vielen Lokale entlang der Straße.

Italien roch unverwechselbar, ob jetzt hier auf Sizilien oder in einer anderen Gegend. Es war der Duft nach Lebensfreude,

Spontaneität und Herzlichkeit. Etwas, das in England nicht vorkam. Oder selten. Er würde das vermissen. Und am meisten würde er Romina vermissen, das wusste er jetzt schon. Doch er konnte nicht für längere Zeit hierbleiben, das war einfach unmöglich. Wenn Woodbridge Hall nicht gewesen wäre, ja, dann hätte er darüber nachgedacht, nach Italien zu ziehen. Vielleicht sogar für immer. Doch solange sie finanziell so in der Bredouille steckten, war er zu Hause unabkömmlich. Sein Pflichtgefühl gegenüber der Familie ließ eine Flucht ins Ausland nicht zu.

Denn was würde geschehen, wenn er England den Rücken kehrte? Es würde bestimmt eine Zeit lang gut gehen. Im Rausch der ersten Verliebtheit sah man noch keine unüberwindbaren Grenzen. Doch das schlechte Gewissen gegenüber seiner Mutter und dem Familienbesitz würde ihn irgendwann einholen. Und möglicherweise würde er Romina dafür verantwortlich machen. Das wäre der Anfang vom Ende. Vielleicht auch der Anfang vom Ende ihrer Liebe. Und das wollte er ihr nicht antun – wollte er *sich* nicht antun. Nein, er hatte schon richtig entschieden. Doch weshalb fühlte er sich dann so mies?

Sollte er jetzt den Wünschen seiner Mutter wegen Charlotte nachgeben? Ja, vielleicht sollte er das einfach tun. Immerhin konnte er die Frau, die er liebte, nicht haben, da spielte es auch keine Rolle mehr, wen er schlussendlich heiratete.

Als er den Türklopfer des *Don Leone* betätigte, musste er mehrmals schlucken. Erster und letzter Abend. Der Kreis schloss sich. Kurz darauf öffnete Maria die Tür und lächelte, als sie ihn erkannte.

»Ah, *l'inglese*, der Engländer. Heute ganz allein?«

Er nickte mit einem schiefen Lächeln.

»Dann kommen Sie mal herein, Signore. Ich finde schon ein Plätzchen für Sie.«

36

»Wo fährst du denn hin?« Romina drehte verwundert den Kopf, als Alessandro, anstatt zum Grand Hotel abzubiegen, aus Taormina hinausfuhr.

»Ich muss noch diesen speziellen Pecorino siciliano abholen. Du weißt ja, wie exquisit der Geschmack der Promis ist. Immer muss alles vom Feinsten sein.«

Er lachte, doch sie hörte den angespannten Unterton in seiner Stimme. Sie sah auf die Digitalanzeige des Wagens.

»Du kommst schon nicht zu spät«, beruhigte er sie sofort. Offenbar war er ihrem Blick gefolgt. »Das geht ganz schnell.«

»Wir haben uns doch aber gegen Käse und für ein Sorbet entschieden«, wandte sie ein. »Hat euer Koch den Speiseplan etwa geändert, ohne sich mit mir abzusprechen?«

Das fehlte gerade noch! Solche Eigenmächtigkeiten brachten sie auf die Palme, und sie kramte in der Handtasche nach ihrem Handy. Dem Kerl würde sie gehörig den Marsch blasen. Er hatte immer noch genügend Zeit, vor dem Essen auf das geplante Menü einzuschwenken.

»Nein, lass nur!«, warf Alessandro ein und legte seine Hand auf ihren Arm. »Der Pecorino ist … ein Präsent des Hauses für die Gäste und hat nichts mit dem Menü zu tun.«

Sie sah ihn skeptisch von der Seite an. Alessandros Hand war schweißnass. War er etwa krank? Er benahm sich auch reichlich seltsam.

»Ist alles in Ordnung?«, fragte sie daher.

»Aber ja«, erwiderte er schnell und legte seine Hand wieder aufs Lenkrad. »Nur ein wenig stressig im Moment.«

Romina unterdrückte den Impuls, ihren Arm abzuwischen.

Warum nur war sie nicht zu Fuß gegangen? Sie wäre schon längst im Grand Hotel angekommen. Hoffentlich ging das mit diesem blöden Käse schnell, sie musste unbedingt zum Empfang und je eher sie aus Alessandros Schusslinie kam, desto besser. Sie fühlte sich plötzlich unwohl in seiner Gegenwart. Was hatte sie nur an ihm gefunden? Wenn sie ihn mit Justin verglich, dann …

Sofort wurde ihre Kehle eng. Zum Kuckuck! Der Engländer schlich sich bei jeder Gelegenheit in ihre Gedanken, was meist damit endete, dass sie mit den Tränen kämpfte. Um sich abzulenken, sah sie zum Fenster hinaus.

Sie fuhren Richtung Castelmola, bogen dann aber in die Straße ein, die weiter ins Hinterland führte. Der Weg wand sich in engen Kurven den Berg hinauf. Nach den letzten Häusern wurde er schmaler, und wenn ihnen ein Auto entgegenkam, mussten sie sich aneinander vorbeiquetschen. Die Gegend war kaum bewohnt, nur vereinzelt sah man ab und zu ein Haus. Die Berghänge lagen schon im Dunkeln und Alessandro schaltete das Fernlicht ein.

»Wer stellt denn diesen speziellen Pecorino her?«, fragte sie. »Kenne ich den Bauern?«

»Vermutlich nicht. Sven hat ihn zufällig auf dem Markt getroffen und war von seinen Erzeugnissen begeistert. Alles bio. Die Promis werden sich die Finger danach lecken.«

Als sie den Bergkamm schon fast erreicht hatten, bog Alessandro in eine kleine Nebenstraße ein. Eher ein Feldweg, denn sein Wagen hopste über die Schlaglöcher wie ein Pingpong-Ball. Vor einem Holztor, das den Weg versperrte, hielt er an, sprang aus dem laufenden Wagen und öffnete das Gatter.

»So, bald geschafft«, wandte er sich an Romina, als er wieder einstieg und langsam weiterfuhr.

»Und hier lebt jemand?«, fragte sie zweifelnd und blickte sich auf dem Areal um.

Was sie noch erkennen konnte, sah für sie nicht nach dem Gelände eines Bauernhofes aus. Geröll lag herum, überwuchert von Gestrüpp und Ranken. Vor ihnen erhoben sich die Schemen eines Gebäudes.

»Nur der Käse befindet sich hier. Der Bauer lebt natürlich weiter unten, in der Nähe von Lumbia. Aber die Luft hier oben beschleunigt den Reifeprozess, habe ich mir sagen lassen.«

Romina nickte nur und sah erneut auf die Uhr. Sie würde es knapp schaffen, wenn Alessandro sich jetzt beeilte. Sie verwünschte die Stöckelschuhe und ihre Faulheit. Enrico würde sich maßlos darüber aufregen, wenn sie zu spät kam.

»Beeil dich bitte«, bat sie Alessandro. »In einer halben Stunde beginnt der Empfang, und ich sollte eigentlich schon längst dort sein.«

»Natürlich. Das geht ganz fix.« Er stellte den Motor aus. »Der Käse ist bereits einzeln verpackt. Ich muss ihn nur noch holen. Würdest du mir helfen? Dann geht es schneller.«

Sie dachte an ihr enges Kleid und die hochhackigen Pumps. Das hier war kein Gelände für so ein Outfit, aber wenn sie dadurch eher zurückfahren konnten, war ihr alles recht.

»Klar.«

Sie stieg aus und folgte Alessandro zu dem Gebäude, das sich beim näheren Hinsehen als hässlicher Betonwürfel mit einem winzigen Fenster und einer Metalltür entpuppte. Hier sollte teurer Biokäse reifen? Es sah eher wie ein Bunker aus dem Zweiten Weltkrieg aus.

Alessandro zog einen Schlüssel aus der Hosentasche und öffnete die Tür, die mit einem leisen Quietschen aufsprang. Im Inneren war es finster.

»Mach doch mal das Licht an«, schlug sie vor und kniff die Augen zusammen. Seltsam, es roch gar nicht nach Schafskäse, eher nach alten Kleidern und Kerzenwachs.

Und dann ging alles blitzschnell. Alessandro stieß sie von hinten, sie stolperte in den Raum und wäre fast gestürzt.

»Hey!«, rief sie entrüstet. »Spinnst du?«

Hinter ihr schlug die Metalltür krachend ins Schloss, und sie hörte, wie Alessandro den Schlüssel drehte.

»Was zum Teufel soll das?«, rief sie. Sie hasste die Dunkelheit seit ihrer Kinderzeit und spürte bereits, wie Panik sie ergriff. »Alessandro, öffne sofort die Tür, das ist nicht witzig!«

»Tut mir leid, Romina. Aber es ist zu deinem Besten und nur für kurze Zeit.«

Seine Stimme klang gedämpft durch die Tür.

»Was?«, schrie sie. »Was ist zu meinem Besten? Bist du verrückt geworden? Lass mich sofort raus!«

Sie zerrte am Metallknauf und hämmerte mit den Fäusten gegen die Tür. Doch Alessandro sagte nichts mehr.

Kurz darauf hörte sie, wie er den Wagen startete und davonfuhr. Sie war allein.

* * *

»Hat es Ihnen geschmeckt?« Maria räumte den leeren Teller ab und blieb abwartend stehen.

»Ganz ausgezeichnet, Signora Leone. Ihr Lokal wird mir in bester Erinnerung bleiben, wenn ich wieder in England bin.«

»Sie reisen schon ab?«

Justin nickte. »Jeder Urlaub geht eben irgendwann zu Ende.«

Maria lächelte. »Ja, deshalb freuen wir uns auch immer so auf den nächsten, nicht wahr?«

»Genau.«

Er linste auf sein Handy, das er während des Essens neben den Teller gelegt hatte. Nichts.

»Und Romina?«

Er hob den Blick. Maria Leone sah ihn aufmerksam an.

»Was soll mit ihr sein? Sie bleibt hier, ich fahre zurück, ganz einfach.«

»Einfach?« Maria schmunzelte. »Einfach ist die Liebe nie. Und selten. Man sollte sie nicht so leichtfertig wegwerfen.«

Justin schnaubte. Hatte er das etwa nötig, sich von wildfremden Leuten ins Gewissen reden zu lassen? Auch wenn sie vorzüglichen Seeteufel zubereiten konnten?

Was erwarteten diese Sizilianerinnen eigentlich von ihm? Dass er alles zurückließ, was ihm lieb und teuer war? Seine Familie, seinen Besitz, seine Identität? War das eventuell ein gemeinsames Hobby der einheimischen Frauen? Schau, da ist ein blöder Tourist, wir füttern und umgarnen ihn, bis er alles vergisst und bei uns bleibt! So wie die Sirenen bei Odysseus. Oder bei Jason und den Argonauten. Hatten diese Verführerinnen nicht sogar auf Sizilien gelebt? Kein Wunder, dass sich solche Tölpel wie er in ihren weichen Armen verfingen.

»Na, na, nicht so böse gucken.« Maria lachte hell auf. »Ich bringe Ihnen als Abschiedsgeschenk einen Tutone, der wird Sie aufmuntern.«

Justin wusste nicht, was ein Tutone war. Hoffentlich ein Schnaps mit reichlich Alkohol, den konnte er gerade gut gebrauchen.

* * *

Romina tastete mit beiden Händen die Mauer neben der Tür ab. Da, ein Lichtschalter! Doch als sie ihn betätigte, ertönte nur ein leises Klicken, hell wurde es nicht. Verdammt!

Sie starrte in die Dunkelheit und versuchte, gleichmäßig zu atmen, um die Angst unter Kontrolle zu halten. Wieso fiel nicht wenigstens etwas Licht in den Raum? Sie hatte doch vorhin ein kleines Fenster an der Seitenwand bemerkt. Doch die Schwärze war undurchdringlich. Jetzt nur nicht hysterisch werden! Vielleicht war das nur ein blöder Scherz von Alessandro und gleich würde er die Tür öffnen und sich köstlich über ihr erschrockenes Gesicht amüsieren. Doch eigentlich wusste sie, dass dies kein Streich sein konnte. Alessandro war nicht der Typ für solche Spielchen. Aber was bezweckte er damit? Und was hatte er damit gemeint, dass es nur zu ihrem Besten wäre?

Wenn sie wenigstens ihr Handy hätte, dann könnte sie Hilfe organisieren. Aber ob sie in dieser Einöde Empfang hatte? Fraglich, immerhin hätte sie jedoch eine Lichtquelle gehabt. Doch das Gerät lag in ihrer Handtasche in Alessandros Wagen.

Würden vielleicht Enrico oder Orlando die Polizei verständigen, wenn sie nicht am Empfang oder an der späteren Filmpremiere auftauchte? Oder würden die beiden denken, dass sie wieder krank geworden war? Oder schwänzte? Nein, sie würden sie nur verfluchen. Vermutlich fiel ihr Fehlen erst am Montag auf, wenn sie nicht zur Arbeit erschien.

Der Gedanke, mehrere Tage in diesem Raum verbringen zu müssen, verursachte ihr Übelkeit.

Wenigstens trug sie wasserfestes Make-up. Sie fing hysterisch an zu kichern. Die Laute wirkten unheimlich in dieser Schwärze.

Romina ging in die Knie und tastete den Boden ab. Beton. Trocken. Gut. Sie zog ihre Pumps aus. Wenn sie über etwas stolperte, würde sie sich wenigstens nicht den Knöchel verstauchen. Der Boden fühlte sich kühl unter ihren nackten Fußsohlen an.

Sie stellte die Pumps vor die Metalltür und fing an, sich an der Wand entlangzutasten. Als sie eine Ecke erreichte, folgte sie der Mauer weiter. Ihre Finger spürten ein Fenster. Gott sei Dank! Doch kein Lichtstrahl drang herein. Hatte man die Scheibe geschwärzt? Wenn sie das Glas einschlug, konnte sie sich möglicherweise hindurch ins Freie zwängen. Aber vielleicht verletzte sie sich dabei. Ein Schnitt am falschen Ort konnte tödlich enden. Also bewegte sie sich vorsichtig wieder zur Tür zurück, nahm ihre Pumps und tappte erneut an der Wand entlang zum Fenster. Dann schlug sie mit dem Absatz fest auf die Scheibe ein und duckte sich. Doch anstatt klirrendes Glas zu hören, war nur ein dumpfes »Plong« vernehmbar.

Plexiglas – Scheiße!

Sie stellte die Schuhe unter das Fenster und setzte ihre Exkursion fort. Plötzlich stieß sie mit dem nackten Fuß schmerzhaft an einen harten Gegenstand. Sie sog zischend die Luft ein. Ihr großer Zeh pochte quälend. Sie beugte sich nach vorn und ertastete etwas Weiches. Ein Kissen? Sie ließ ihre Hände weiterwandern. Eine Decke, darunter ein Holzrahmen. Ein Bett! Vorsichtig ließ sie sich darauf nieder. Die Federn quietschten ein bisschen und die Matratze war weich wie Schaumgummi. Aber immerhin ein Bett.

Romina betastete ihren großen Zeh. Er schmerzte zwar höllisch, war aber vermutlich nicht gebrochen.

Eine Weile blieb sie sitzen. Sie fror in ihrem dünnen Kleidchen. Sollte sie sich hinlegen und versuchen zu schlafen? Aber was, wenn sie aufwachte und dann nicht wusste, wo sie sich befand? Sie würde Panik bekommen. Das stellte sie sich noch schlimmer vor als zu wissen, dass Alessandro sie entführt hatte und gefangen hielt. Dieser Bastard!

Sie stand auf, um die andere Seite des Bunkers mit den Händen zu untersuchen. Neben dem Kopfteil des Bettes fand sie ein weiteres Möbelstück. Offensichtlich ein Nachttisch. Sie strich mit ausgestreckten Fingern über die Tischplatte. Da, eine Kerze und Zündhölzer!

»*Grazie a Dio!*«, stieß sie hervor.

Die ersten beiden Zündhölzer brachen entzwei.

»Ruhig, ruhig«, sprach sie sich Mut zu und atmete tief durch.

Das dritte Streichholz flammte auf. Vorsichtig entzündete sie die Kerze damit und sah sich um.

Der Raum war kleiner, als sie ihn sich in der undurchdringlichen Schwärze vorgestellt hatte. Quadratisch. Schmucklose Betonwände. Kein weiteres Fenster, keine zweite Tür. Außer dem Bett und dem Nachttisch befanden sich noch ein Tisch und ein Stuhl im Raum. In einer Ecke stand ein Metalleimer mit Deckel, daneben lag eine Rolle Toilettenpapier. Eine blaue, große Isolierbox stand auf dem Tisch.

Romina ging hinüber und öffnete die Box. Vier Anderthalb-Liter-Flaschen Mineralwasser standen darin, daneben lagen ein Brot, Trockenfleisch, Salzkräcker, drei Äpfel und vier Bananen. Sie würde also weder verhungern noch verdursten. Doch wie lang gedachte Alessandro sie hier festzuhalten? Und warum?

Romina humpelte zum Bett zurück, wickelte sich die muffig riechende Decke um die bloßen Schultern und zog die Beine an.

Trübsinnig starrte sie vor sich hin. Dann ging ein Ruck durch ihren Körper. Sie packte den Blecheimer, eilte zur Tür und schlug ihn immer wieder dagegen. Dabei rief sie um Hilfe, bis sie keinen Ton mehr herausbrachte.

Nichts.

So weit oben in den Bergen konnte sie sich die Lunge herausschreien. Niemand würde sie hören, niemand wusste, wo sie sich befand, und keiner würde sie hier finden. Sie war Alessandro auf Gedeih und Verderb ausgeliefert.

Frustriert ließ sie den verbeulten Eimer fallen und sank zu Boden. Dann lehnte sie sich an das kalte Metall der Tür und vergrub ihr Gesicht in den Händen.

37

Der Tutone war tatsächlich ein Schnaps, und Justin hatte Marias Geschenk noch zwei weitere Gläser folgen lassen. Seine Geschmacksnerven explodierten regelrecht vom Anisgeschmack des Likörs, und im Kopf verspürte er eine Leichtigkeit, die ihm überaus gut gefiel. Sie vertrieb die wirren Gedanken, die sich ständig um eine Person drehten. Eine weibliche Person mit faszinierenden Augen, Ebenholzhaar und dem sinnlichsten Mund, den er je geküsst hatte.

Da war es wieder. Rominas Antlitz vor seinem geistigen Auge. Mist, also noch mehr Anisschnaps!

Er hob die Hand, als Maria an ihm vorbeiging. »Bitte noch einen Tutone.«

Maria blieb stehen und sah ihn mit geneigtem Kopf skeptisch an. »Sie haben für heute genug, Signore. Unterschätzen Sie unseren Likör nicht, er hat es in sich. Möchten Sie jetzt die Rechnung?«

Justin wedelte mit der Hand. »Dann halt nicht«, murrte er und zog seine Brieftasche hervor. »Ist sowieso egal. Aus den Augen, aus dem Sinn.« Er zückte seine Kreditkarte und drückte sie Maria in die Hand.

Nachdem er bezahlt hatte, schlug er den Weg zum Grand Hotel ein. Die Filmpremiere begann um 21 Uhr, nach Eintritt der Dunkelheit. Vom Hotel aus konnte man das griechische Theater, das Wahrzeichen Taorminas, in wenigen Schritten erreichen.

Romina hatte ihm mit strahlenden Augen vorgeschwärmt, wie beeindruckend eine Aufführung unter dem Sternenhimmel in diesem Amphitheater war. Die Sicht auf die Bühne, die Kulisse des Theaters, Taorminas flimmerndes Lichtermeer zu Füßen, verzauberten jeden Besucher. Manchmal konnte man wohl sogar eine Sternschnuppe entdecken, und oft leuchtete in der Ferne feuerrot der glühende Lavastrom des Ätna.

Justin war sich bewusst, dass er jetzt, nach ihrem Zerwürfnis, kaum mehr in den Genuss kommen würde, von Romina backstage ins Amphitheater hineingeschmuggelt zu werden. Er verpasste also sowohl die grandiose Aussicht als auch die Filmpremiere. Nun denn, man konnte nicht alles haben. Aber eventuell sah er sie, wenn sie sich mit den Gästen auf den Weg ins Theater machte. Auch wenn sie seine SMS nicht beantwortet hatte, hoffte er immer noch, sie kurz sprechen zu können. Oder sie wenigstens noch einmal zu sehen.

So weit war es also mit ihm gekommen! Jetzt entwickelte er sich schon zum Stalker. Oder war das alles bloß diesem verdammten Anisschnaps zuzuschreiben?

Er rülpste und schlug sich erschrocken die Hand vor den Mund. Eindeutig zu viel Tutone.

Die Via Teatro Greco war erneut voller Schaulustiger, und Justin musste sich regelrecht zum Hotel durchkämpfen. Eben öffneten sich die Flügeltüren des Nebengebäudes.

Er reckte den Kopf. Da, Romina! Doch als die Frau sich umdrehte, sah er in ein fremdes Gesicht. Die Frau hatte nur dieselbe Haarfarbe, musste aber mindestens zwanzig Jahre älter als Romina sein.

Die beiden Anzug tragenden Terrier, die vorhin den Eingang kontrolliert hatten, standen jetzt beidseitig des geöffneten Tors zum Amphitheater. Wieder kontrollierten sie die illustre Gästeschar nach Einladung oder Tickets überaus gründlich, und es bildete sich eine lange Schlange vor den weißen Säulen, die den Eingang markierten. Es schien aussichtslos, dort irgendwie hindurchzuschlüpfen, also konzentrierte Justin sich wieder auf die Personen, die aus dem Nebengebäude traten. Romina bildete bestimmt das Schlusslicht, um sicher zu sein, dass alle Gäste aufbrachen. Oder hatte er sie erneut verpasst?

Gerade stolperte ein beleibter Herr im Smoking aus dem Hotel. Offenbar der letzte Gast. Dieser hatte schon reichlich getankt; seine Halbglatze glänzte wie eine polierte Billardkugel, und er schwankte bedenklich. Kichernd hielt er sich an einer brusthohen Palme fest, die sich unter seinem Gewicht gefährlich zu Boden neigte.

»Attenzione, Signor Capasso!«

Ein groß gewachsener Mann, der ein Security-Headset trug, kam dem Betrunkenen zu Hilfe. Er richtete ihn auf und drehte ihn dann in Richtung des Amphitheaters. Zuerst vermutete Justin, er würde ihm noch einen kleinen Schubs geben, doch der angeheiterte Gast torkelte selbstständig auf die wartende Schlange zu. Der Helfer rollte entnervt mit den Augen und wandte sich dann an einen ebenfalls gut gekleideten, etwas älteren Mann, der gleichermaßen verkabelt war.

»Ich bringe die Kleine eigenhändig um!«, wetterte der Jüngere und zerrte an seiner Krawatte.

Der Ältere schüttelte den Kopf. »Ich hoffe nur, sie hat gute Gründe. Das ist so untypisch für sie. Egal, komm jetzt, Orlando, erledigen wir unseren Job.«

Dann gingen sie an Justin vorbei und blieben am Ende der Warteschlange stehen.

Justin runzelte die Stirn. Was kam ihm an den beiden bekannt vor? Gesehen hatte er sie noch nie, das wusste er, aber etwas musste es sein. Er versuchte, sich krampfhaft zu erinnern. Verfluchter Tutone!

Orlando? Das war's! Rominas Arbeitskollege in der Agentur hieß Orlando. Und der ältere Mann war vermutlich ihr Chef. Und sie hatten zweifelsfrei über Romina gesprochen. Offenbar war sie nicht aufgetaucht.

Justins Magen krampfte sich zusammen. Hatte sie die Trennung dermaßen aus der Bahn geworfen, dass sie am Empfang nicht teilnehmen konnte?

Er musste es wissen! Ohne lange zu überlegen, eilte er auf die Männer zu, die gerade die Säulen durchschritten und den Aufpassern halfen, das schmiedeeiserne Tor zu schließen.

»Einen Moment!«, rief er. Der Anisschnaps rumorte in seinem Magen und er unterdrückte einen weiteren Rülpser. »Sind Sie die Arbeitskollegen von Romina D'Agostino?«

Die Fenster von Rominas Wohnung lagen im Dunkeln. Ob sie schlief? Orlando hatte vermutet, dass sie wieder krank geworden war. Er war stinkwütend auf sie gewesen, als Justin vorhin mit ihm gesprochen hatte. Aber Romina war doch gar nicht krank, das hatte sie bloß erfunden, um mit ihm nach Agrigent zu fahren! Hatte sie sich tatsächlich etwas eingefangen? Oder grämte sie sich dermaßen über ihr Zerwürfnis, dass sie nicht unter Leute gehen wollte?

Justin lief über die Straße und sah nach ihrem Auto im Hinterhof. Es stand brav auf seinem Platz. Also musste sie doch zu Hause sein. Er marschierte zurück und klingelte. Es war ihm egal, ob sie ihm öffnete oder nicht, er wollte einfach nur wissen, ob es ihr gut ging. Er sah an der Fassade hoch. Nirgends flammte Licht auf, also klingelte er erneut. Nichts.

»Komm schon, Romina, lass mich nicht so hängen.«

Er holte sein Telefon hervor und wählte ihre Nummer. »Der gewünschte Mobilteilnehmer ist momentan …« Super, sie hatte ihr Handy ausgeschaltet.

In dem Moment öffnete sich die Haustür, doch nur ein älterer Mann mit einem Müllsack kam heraus.

Justin zwängte sich mit einem gemurmelten »Scusi« an ihm vorbei und lief die Treppe hoch. Vor Rominas Wohnungstür angekommen, atmete er tief durch und betätigte die Türklingel. Als nichts geschah, klopfte er. Immer noch keine Reaktion. Seltsam, selbst wenn sie krank wäre, würde sie doch zumindest nachsehen, wer vor ihrer Wohnungstür stand?

Der alte Mann kam ächzend die Treppe hoch. Als er Justin sah, grinste er.

»Keine Chance, junger Mann. Das Täubchen ist ausgeflogen.«

»Romina ist nicht da?«

»Nein. Ich hörte, wie sie am frühen Abend die Treppe hinabging. Wenn sie nicht zu Ihnen wollte, ist Ihnen offenbar ein anderer in die Quere gekommen.« Er grüßte feixend und verschwand in der Wohnung gegenüber.

Justin sah ihm perplex nach. Ein anderer? Alessandro vielleicht? Nein, das konnte nicht sein. Er hatte den Hotelmanager heute Abend beim Empfang gesehen, er war allein gewesen. Gab es noch einen dritten Verehrer? Einen, von dem weder Alessandro noch er etwas wussten? Unmöglich! Justin schüttelte den Kopf. Das konnte er sich nicht vorstellen. Oder doch? Im Grunde kannte er Romina doch gar nicht richtig. Was wusste er schon, welche Abgründe in ihrem Herzen schlummerten und wie sie mit Enttäuschungen umging? Aber wenn es einen dritten Mann gab, wieso hatte sie dann gewollt, dass Justin in Taormina blieb? Nein, das ergab überhaupt keinen Sinn. Er hätte nicht so viel Alkohol trinken sollen, der schlug ihm offensichtlich auf den Verstand.

Nachdenklich ging er die Treppe hinunter. Sollte er hier auf sie warten? Irgendwann würde sie nach Hause kommen und er könnte sie zur Rede stellen. Doch weshalb? Schließlich hatte er keine Ansprüche auf ihre Zuneigung, und letztendlich konnte es ihm auch egal sein, mit wem sie was trieb. In ein paar

Stunden saß er sowieso im Flieger nach England, und Sizilien wäre Geschichte. Doch dass sie sich nicht auf seine SMS meldete und ihm damit die Möglichkeit verwehrte, nochmals mit ihr zu sprechen, stieß ihm sauer auf. Das hatte er trotz allem nicht verdient! Unvermittelt meldete sich sein Stolz. Immerhin hatte sie ihm gesagt, dass sie ihn lieben würde. Also, was sollte dieses kindische Schweigen? Nein, so wollte er sie nicht davonkommen lassen. Mit einem Montague Browne trieb man keine Spielchen!

Justin setzte sich auf die unterste Stufe, lehnte sich an die Wand, weil sich urplötzlich alles zu drehen begann, und verschränkte die Arme vor der Brust. Er würde sowieso nicht schlafen können, also konnte er genauso gut hier auf sie warten.

»So nicht, meine Liebe«, murmelte er trotzig. »So nicht!«

38

Romina erwachte, weil sie pinkeln musste. Sie schlug die Augen auf und starrte in die Dunkelheit. Sie erschien ihr weniger undurchdringlich. Vermutlich war der neue Tag angebrochen, denn durch die geschwärzte Fensterscheibe drang ein Hauch von gräulichem Licht und auch unter der Metalltür zeigte sich ein schmaler heller Streifen.

Sie hatte kaum geschlafen, war immer nur kurz eingenickt und dann wieder hochgefahren. Die Kerze hatte sie irgendwann ausgeblasen, um zu sparen, denn es gab nur diese eine.

Beim Anblick des verbeulten Eimers biss sie auf die Zähne. Ein wenig würde sie es schon noch aushalten. Es wäre ihr als persönliche Kapitulation erschienen, wenn sie ihn benutzt hätte. Doch über kurz oder lang würde sie dem Ruf der Natur folgen müssen.

Sie schlug die Decke zurück, holte sich eine Banane aus der Kühlbox und fing an zu essen.

Nicht mal an eine Zahnbürste hatte der Vollidiot gedacht!

Wieso tat Alessandro das bloß? Wollte er sie als Sexsklavin missbrauchen und hatte sie deshalb hierher verschleppt? Aber diese Unterkunft sah alles andere als erotisch aus. Wenn sie ein Mann wäre, bekäme sie hier ganz bestimmt keinen hoch. Oder löste gerade diese Umgebung seine Begierde aus? Sie schüttelte sich vor Ekel.

Doch obwohl ihre Fantasie gerade Blüten trieb, konnte sie sich nicht vorstellen, dass Alessandro ihr etwas antun oder sie sich zu Willen machen wollte. Es musste also einen anderen Grund geben, weshalb er sie hierher verschleppt hatte.

Es ist zu deinem Besten, hatte er gesagt, und dass es nicht lange dauern würde. Wie lange? Einen Tag, zwei Tage?

Die Erkenntnis traf sie wie ein elektrischer Schlag. Es ging um Justin! Natürlich, Alessandro wusste, dass der Engländer heute abreiste. Er würde sie so lange festhalten, bis der Nebenbuhler Sizilien endgültig verlassen hatte. Von ihrem Zerwürfnis konnte er nichts wissen. Offensichtlich nahm er an, dass sie gestern noch eine letzte gemeinsame Nacht hatten verbringen wollen, und seine Eifersucht konnte so etwas nicht zulassen.

»Was für ein Arsch!«

Romina warf die Bananenschale wütend in eine Ecke. Sie linste begehrlich auf die Wasserflaschen und benetzte ihre Lippen mit der Zunge. Wenn sie jetzt einen Schluck trank, musste sie auf alle Fälle pinkeln. Aber je mehr sie es sich verbot, desto durstiger wurde sie, und schließlich gab sie auf. Sie trank fast die halbe Flasche leer und stöhnte erleichtert auf. Dann warf sie dem Eimer einen frustrierten Blick zu und schickte sich in das Unvermeidbare.

Danach setzte sie sich wieder aufs Bett und wickelte sich in die Decke. Von Siziliens Hitze spürte sie in diesem Betonbunker wenig. In den Bergen war es sowieso meist kühler als an der Küste.

Was war das überhaupt für ein Ort? Wer hatte ihn gebaut und wozu? Die alten Bunker aus dem Zweiten Weltkrieg standen fast ausschließlich an der Küste. Das Ding hier musste also einem anderen Zweck dienen. Gehörte es Alessandro? Und wenn nicht, kam vielleicht der Besitzer vorbei und würde sie befreien? Doch das wäre schon unverschämtes Glück.

Ob Justin schon abgereist war? Sein Flug ging um elf Uhr. Zwei Stunden vor Abflug musste er in Catania sein. Mit dem Taxi fuhr man knapp sechzig Minuten bis zum Flughafen, mit dem Bus etwas länger. Er war bestimmt schon fort.

Romina seufzte. Ihr Leben wäre viel einfacher, hätte sie den Engländer nicht kennengelernt. Rechtfertigten diese paar glücklichen Stunden wirklich ein gebrochenes Herz? Und durfte man überhaupt so denken? Oder bemaß sich Liebe nicht nach der Quantität, sondern nach der Qualität? Und wenn ja, würde sie je wieder dasselbe bei einem anderen Mann fühlen, wie sie es bei Justin getan hatte?

Es war so unfair! Wieso zum Teufel hatte er nicht bleiben wollen? Lag es an ihr? An Sizilien? Er hätte hier doch bestimmt einen Job gefunden. Mit seinem Aussehen, seinen Manieren und seiner Herkunft. Sie besaß schließlich gute Kontakte zur Film- und Modelszene. Vielleicht hätte er in Italien sogar Karriere gemacht. Warum hatte er es nicht einmal in Erwägung gezogen zu bleiben, wenigstens eine gewisse Zeit?

Aus dem gleichen Grund, wie es auch du dir nicht hast vorstellen können, flüsterte eine leise Stimme in ihrem Kopf: Egoismus.

Romina schnaubte. Sie und egoistisch? Lachhaft! Sicher, sie gab vermutlich weniger auf, wenn sie nach England ging als er, wenn er hierblieb. Sie besaß kein Schloss und keine Ländereien. Und womöglich stand Justin mit seinem Adelstitel sogar ein Sitz im Parlament zu. Mit all dem konnte sie natürlich nicht aufwarten. Aber ihr Leben in Taormina war deshalb nicht weniger wert als seines in Suffolk. Und wieso mussten eigentlich immer die Frauen nachgeben? Wo blieb da die Emanzipation?

Sie fuhr sich mit den gespreizten Fingern durch ihre Mähne, um die Haare zu entwirren.

»Ein Königreich für einen Kamm!«, rief sie und lachte dann laut auf.

247

Jetzt führte sie schon Selbstgespräche. Irgendwann würde sie noch komplett durchdrehen. Hoffentlich kam Alessandro bald. Immerhin war Justin weg und die Gefahr gebannt.

Sollte sie Alessandro danach wegen Freiheitsentzug anzeigen? Er konnte doch unmöglich davon ausgehen, dass sie über seine dämliche Aktion Stillschweigen bewahrte. Und nahm er tatsächlich an, dass er so ihre Liebe gewinnen würde? Dann war er ja noch dümmer, als sie gedacht hatte.

»Ja, Liebe macht dumm«, murmelte sie. »Dumm und dämlich. Könige werden zu Narren … und Narren zu Obernarren.«

Sie kicherte. Und was war sie? Sie wiegte den Kopf hin und her. Vielleicht, und wirklich nur vielleicht, hätte sie es gestern nicht so abrupt beenden sollen. Sie hätte wenigstens mal darüber nachdenken können, nach England zu gehen. Hatte sie nicht schon immer einen Sprachaufenthalt machen wollen? Es musste ja nicht gleich für immer sein. Einfach mal die Lage sondieren. Und immerhin flog man in nur dreieinhalb Stunden von London nach Catania. Manche fuhren das täglich mit dem Auto bis zur Arbeit. Möglicherweise wäre der Zauber zwischen ihr und Justin schnell verflogen gewesen, wenn der Alltag sie einholte. Wer wusste das schon? Aber sie hätten es wenigstens versucht gehabt und nicht wie Edward ein Leben lang einer unerfüllten Liebe nachgetrauert. Vielleicht hätte Justin nach einer Weile sogar um ihre Hand angehalten. Hatte sie zu voreilig alles zerstört?

Romina kaute auf ihrer Unterlippe, holte sich die Wasserflasche und trank noch ein paar Schlucke.

Ja, vielleicht hätte sie gründlicher nachdenken sollen, doch es war müßig, sich jetzt noch den Kopf darüber zu zerbrechen. Justin war abgereist und die Würfel waren gefallen. Man bekam im Leben eben nicht immer, was man wollte. Und Romina Montague Browne-D'Agostino klang sowieso albern. Das konnte ja kein Mensch aussprechen.

39

»He, Sie da, aufstehen, das ist keine Obdachlosenunterkunft!«

Justin öffnete die Augen und sah auf zwei kräftige Beine voller Krampfadern. Er hob den Kopf und stöhnte. Sein Nacken fühlte sich an, als hätte ihn ein Geier im Klauengriff, zudem hatte er einen fiesen Geschmack im Mund. Vor ihm stand eine untersetzte Italienerin in einer Kittelschürze, einen Besen in der Hand. Ihre grau melierten Haare hatte sie zu einem straffen Zopf geflochten.

»Entschuldigen Sie«, krächzte er und räusperte sich mehrmals. »Ich habe auf Romina D'Agostino gewartet und bin anscheinend eingeschlafen.« Er rappelte sich hoch und fuhr sich mit beiden Händen durch die Haare. »Haben Sie sie gesehen?«

Die ältere Frau schüttelte den Kopf. »Und jetzt gehen Sie, avanti!«

Er nickte und trat durch die offene Haustür auf die Via Sesto Pompea hinaus. Dann drehte er sich nochmals um.

»Sind Sie die Hausmeisterin?«

»Sì.«

»Würden Sie mir bitte einen Gefallen tun und Romina sagen, dass sie mich anrufen soll? Mein Name ist Justin. Sie hat meine Nummer. Es ist dringend.«

In den Augen der älteren Frau blitzte Verstehen auf und sie nickte. »Justin?«, wiederholte sie.

»Ja, es ist überaus dringend. Ich liebe sie nämlich.«

»Sie lieben mich?«

»Wenn Sie ihr die Nachricht übermitteln, dann liebe ich Sie auch.«

Die alte Frau kicherte. »*Certo,* das mache ich.« Dann drehte sie sich um und schloss die Tür.

Justin lockerte seinen verspannten Rücken und zog sein Handy aus der Hosentasche. Kein Anruf, keine SMS. Als er die Uhrzeit sah, erschrak er. Er sollte längst auf dem Weg zum Flughafen sein.

Während er zurück ins Grand Hotel lief, versuchte er nochmals, Romina anzurufen und die hämmernden Kopfschmerzen zu ignorieren. Wieder nur die Mailbox. Verdammt, wo trieb sie sich bloß herum? War ihr etwas zugestoßen? Der Gedanke trieb seinen Puls in die Höhe. Hatte Orlando gestern nicht gesagt, dass es Romina nicht ähnlich sah, sich einfach nicht zu melden? Vor allem, wenn so ein wichtiges Event anstand?

Justin bekam Seitenstechen und verlangsamte das Tempo. Blöder Anisschnaps! Er würde nie wieder ein Glas davon trinken.

Was sollte er jetzt tun? Es gab zwei Möglichkeiten: Entweder er sputete sich, fuhr mit dem Taxi zum Flughafen und hoffte, seinen Flug noch zu erwischen. Oder er blieb hier, suchte Romina und bat sie noch einmal, ihn nach England zu begleiten. Es musste ja nicht sofort sein. Sie könnte nachkommen. Sie hatten Zeit. Aber war das nicht komplett verrückt? Sie hatte ihm gestern deutlich zu verstehen gegeben, dass sie ihn nicht mehr sehen wollte. Aber wo zum Teufel steckte sie?

Als sein Handy piepste, riss er es voller Ungeduld hervor, hoffend, Rominas Name auf der SMS zu sehen. Doch es war nur Charlotte.

Hi, Weltenbummler! Deine Mum hat mir verraten, wann du ankommst. Ich hole dich vom Flughafen ab, habe ja sonst nichts zu tun. *g

Freue mich auf dich.

Bis bald, kiss, Charlotte

Einen Moment starrte er die Nachricht an, dann schrieb er zurück:

Danke für das Angebot, bleibe aber noch länger auf Sizilien. Melde mich, Justin.

Kurz darauf klingelte sein Handy, doch er ging nicht ran. Er hatte keine Lust, jetzt mit Charlotte zu sprechen. Eins nach dem anderen. Für zwei problematische Frauen fehlte ihm schlichtweg die Energie.

»Das wird schwierig werden.« Anselmo, der Empfangschef des Grand Hotel, runzelte die Stirn und starrte angestrengt auf den Computerbildschirm. »Wie lange möchten Sie noch bleiben?«

»Zwei, drei Tage«, erwiderte Justin.

»Ich hätte eine Juniorsuite, die überraschend frei geworden ist. Die ist aber bedeutend … nun ja, in einer anderen Preisklasse als das Arrangement, das Sie für Ihr Zimmer gebucht haben.«

»Egal. Ich nehme sie.«

»Wie Sie wünschen, Signor Montague Browne. Sollen wir Ihr Gepäck transferieren?«

Justin schüttelte den Kopf. »Das kann ich selbst tun, ich habe ja nicht viel. Ab wann ist die Suite frei?«

»Um drei Uhr heute Nachmittag. Ist das in Ihrem Sinn?«

»Perfekt. Ich gehe kurz duschen und räume dann mein altes Zimmer, okay?«

»Sehr wohl, Signore.«

Justin eilte in sein Zimmer, schlüpfte aus den Kleidern und stellte sich unter die Dusche. Als der heiße Wasserstrahl seinen verspannten Nacken traf, stöhnte er genüsslich. Er seifte sich ein und grübelte, wo er Romina suchen sollte.

War sie vielleicht zu ihrer Großmutter gefahren, um sich auszuweinen? Das wäre möglich. Doch würde Romina wirklich wegen ihres Streits die Veranstaltung sausen lassen? Nein, das konnte er sich nicht vorstellen. Immerhin war dies der wichtigste Auftrag für ihre Agentur. Also musste sie zwischen Treppenhaus und Grand Hotel verschwunden sein. War sie einem Verbrechen zum Opfer gefallen? Justins Mund wurde trocken. Nein, an so etwas durfte er erst gar nicht denken! Und hätte man irgendwo eine verletzte Frau gefunden, hätte er es bestimmt aus den Medien erfahren.

»Nur keine Panik«, versuchte er, sich selbst zu beruhigen, während er den Schaum aus den Haaren spülte.

Vermutlich gab es eine einfache Erklärung für ihr Fernbleiben, und wenn sie auftauchte, würde sie sich köstlich darüber amüsieren, dass sich alle solche Sorgen gemacht hatten.

Wobei, die Sorgen machte sich eigentlich nur er. Orlando und Rominas Chef waren eher wütend auf sie. Und was war mit Alessandro? Hatte er eventuell die Finger im Spiel?

Justin verließ die Dusche und wickelte sich ein Handtuch um die Hüften. Er musste unbedingt sein Handy aufladen. Er kramte das Ladekabel und den Adapter wieder aus dem Koffer und steckte alles ein. Zeitgleich klingelte sein Handy.

Mutter! Charlotte war ja schnell gewesen.

»Hallo Mama, wie geht's dir?«

Danach kam er kaum mehr zu Wort. Offenbar ging Dorothy Montague Browne davon aus, dass die Mafia ihren

Sohn in die Finger bekommen hatte und er deshalb nicht nach Suffolk zurückfliegen konnte.

»Mutter, bitte«, unterbrach er schließlich ihren Redeschwall. »Ich muss noch etwas erledigen, das ist alles.«

»Was denn erledigen, mein Junge?«

»Das möchte ich lieber nicht sagen.«

»Wie bitte? Du willst es mir nicht sagen? Was sind denn das für seltsame Anwandlungen? Besinne dich bitte auf deine Manieren! Hat es etwas mit einer Frau zu tun?«

Justin seufzte. Seine Mutter würde nicht lockerlassen und belügen wollte er sie nicht.

»Also gut. Ja, es hat etwas mit einer Frau zu tun.«

»Verstehe.« Der Tonfall seiner Mutter hatte sich merklich abgekühlt. »Ist sie Engländerin?«

Er unterdrückte ein Schnauben. »Nein, ist sie nicht. Sie lebt hier in Taormina. Ihr Name ist Romina D'Agostino.«

»Eine Italienerin?«

»Ja, natürlich ist sie Italienerin!«

»Grundgütiger, Sohn, bist du noch bei Sinnen? Du hast ein Techtelmechtel mit einer Einheimischen?«

Justin wollte auffahren, doch er beherrschte sich. Es brachte nichts, mit seiner Mutter zu streiten, deshalb versuchte er, seine Stimme nicht zu erheben.

»Also bitte, Mama, sei nicht so ein Snob. Wir leben nicht mehr im 18. Jahrhundert.«

»Und was ist mit Charlotte?«, fragte seine Mutter scharf.

»Was hat Charlotte denn damit zu tun?« Justin wurde langsam ärgerlich. Das hatte ja kommen müssen!

»Ich dachte, du bist jetzt langsam vernünftig geworden und machst ihr einen Antrag. Herrgott, Junge, sei doch gescheit!«

Er stieß frustriert die Luft aus. Obwohl er sich noch vor kurzer Zeit in sein Schicksal hatte fügen wollen, ließ es sein Herz einfach nicht zu. Zum Teufel mit der Kohle! Und wenn seine Mutter und Charlotte bereits das Hochzeitskleid ausgesucht hatten, war das deren Problem. Er würde sich nicht zu einer Verbindung drängen lassen. Jetzt noch weniger als vorher. Denn wer einmal von der wahren Liebe gekostet hatte, konnte sich nicht mehr mit Geringerem zufriedengeben. Doch zuerst musste er diese wahre Liebe wiederfinden!

»Ich muss jetzt los, tut mir leid. Ich rufe wieder an, bye.«

Bevor seine Mutter einen weiteren Angriff starten konnte, legte er auf und starrte auf das Display seines Handys.

»Romina, wo bist du nur?«, murmelte er sorgenvoll.

40

Romina kaute an einem Stück Brot. Hart wie Stein! Doch wie sagte ihre *Nonna* immer: Altes Brot ist nicht hart, aber kein Brot, das ist hart.

Wie es Blanca wohl ging? Was dachte sie jetzt von ihrer Enkelin, die ihr einen Mann hatte vorstellen wollen und dann einfach nicht erschienen war? Ihre Großmutter musste erstaunt darüber gewesen sein, dass sie ihr überhaupt einen Mann ins Haus hatte bringen wollen. Bis jetzt war das noch nie vorgekommen. Sie dachte bestimmt, dass es mit diesem etwas Ernsthaftes sein musste. Und das war es ja auch gewesen – bis gestern.

Romina steckte den Kanten Brot wieder in die Kühlbox. Ihr war der Appetit vergangen. Und je weniger Nahrung sie zu sich nahm, desto seltener musste sie auf die Toilette. Es ekelte sie höllisch davor, sich über diesen Blecheimer zu kauern. Gott sei Dank bekam sie bei Stress immer Verstopfung.

Sie stand auf und ging ein wenig umher. Das Alleinsein zerrte an ihren Nerven. Sie war nicht der Typ dafür, deshalb war sie ja auch Eventmanagerin geworden. Ständig von Leuten umgeben zu sein, Trubel den ganzen Tag, organisieren, spontane Entscheidungen treffen, Gäste betreuen. Das lag ihr, das fand sie klasse. Sie hätte nie wie Giulia in der Buchhaltung arbeiten

können. Den lieben langen Tag Zahlen in den Computer ein-
tippen? Horror!

Wenigstens war es in ihrem Gefängnis jetzt ein bisschen
wärmer geworden. Draußen schien offenbar die Sonne. Die
ganze Nacht hatte Romina in ihrem dünnen Fähnchen wie ein
Schlosshund gefroren.

Wie spät es wohl sein mochte? Nachmittag? Vermutlich.
Am Morgen lagen die Berge oberhalb von Taormina im
Schatten, erst am Nachmittag, wenn die Sonne im Zenit stand,
konnte sie das Dach erwärmen.

»Alessandro, *maledetto stronzo*, komm endlich zurück!«,
schrie sie die Metalltür an.

Es tat gut, etwas zu hören, auch wenn es nur die eigene
Stimme war. Also begann sie, ein Lied zu singen. Doch sie
kannte nur die erste Strophe und brach wieder ab. Sie versuchte
es mit einem zweiten, bei dem wusste sie allerdings nur den
Refrain.

Was konnte sie noch tun? Sie musste sich unbedingt mit
etwas beschäftigen, sonst würde sie durchdrehen. Also begann
sie, alle Leute aufzuzählen, die sie in Taormina kannte. Dann
diejenigen in Gangi, ihre ehemaligen Mitschüler. Danach zählte
sie die Schauspieler und Schauspielerinnen auf, die ihr am besten gefielen, weiter die Filme, die sie mochte.

Plötzlich hörte sie ein Geräusch. Was war das? Sie lauschte
angestrengt. Es hörte sich nach einem Motor an. Kam
Alessandro zurück?

Sie sprang auf, lief zur Tür und drückte ihr Ohr daran.
Dann ging sie auf die Knie und lauschte an dem kleinen Spalt
zwischen Türblatt und Rahmen. Motorengeräusch, eindeutig.
Aber nicht von einem Wagen. War das ein Motorrad?

Sie sah sich hektisch um. Wieder der Eimer? Aber darin
befand sich ihr Pipi! Sie verzog den Mund. Also der Deckel.
Schnell lief sie in die Ecke, riss ihn vom Eimer und begann,

damit auf die Metalltür einzudreschen.

»Aiuto! Hilfe! Hört mich jemand?«

* * *

Justin kramte in seiner Reisetasche und zog die Kopie von Edwards Brief heraus. Auf der Rückseite hatte er sich Giulias Telefonnummer notiert. Er tippte die Nummer in sein Handy und wartete. Nach mehrmaligem Läuten hörte er ein verschlafenes »*Pronto*?«.

»Hallo Giulia, hier ist Justin. Entschuldige, dass ich dich am Sonntag störe, aber weißt du zufällig, wo Romina steckt?«

»Romina? Keine Ahnung, liegt sie nicht in deinen Armen?«

Giulia kicherte. Also hatte Romina ihre Freundin in ihre Beziehung eingeweiht.

»Nun, nein, tut sie nicht. Ehrlich gesagt haben wir uns ein wenig gestritten und jetzt herrscht Funkstille.« Er hatte nicht vor, Giulia den Grund dafür mitzuteilen, das ging nur Romina und ihn etwas an.

»Ah, verstehe, Streit unter Liebenden.« Wieder lachte sie. »Mach dir nichts draus. Romina hat eben das typische sizilianische Temperament. Die kriegt sich schon wieder ein.«

Er unterdrückte ein Seufzen. »Ja, du hast bestimmt recht. Danke, ciao.«

Mist! Jetzt war er mit seinem Latein bereits am Ende. Er war davon überzeugt gewesen, dass Romina bei ihrer Freundin Unterschlupf gefunden hatte. Wo sollte er jetzt weiter nach ihr fragen? Zu ihrer Großmutter konnte Romina nicht gefahren sein, schließlich stand ihr Wagen immer noch auf dem gemieteten Parkplatz. Orlando und ihr Chef schienen ebenfalls keinen Schimmer zu haben, wo ihre Angestellte abgeblieben war. Langsam machte sich Justin ernsthaft Sorgen.

Er sah auf die Uhr. Kurz nach drei. Er würde jetzt sein neues Zimmer beziehen und dann die Straßen von Taormina nach Romina absuchen. Etwas Besseres fiel ihm nicht ein.

Die vergangenen Stunden hatte er im Wintergarten des Grand Hotel verbracht, da sein ursprüngliches Zimmer für den nächsten Gast vorbereitet werden musste. Er hatte eine Kleinigkeit gegessen, wobei das Sandwich, das er sich bestellt hatte, wie Schuhleder geschmeckt hatte. Nachwirkungen des Tutone? Oder lag es daran, dass ihm Rominas Verschwinden auf den Appetit schlug?

Als er die Hotelhalle durchquerte, erspähte er Alessandro neben der Rezeption. Der Hotelmanager war in ein Gespräch mit einem älteren Ehepaar vertieft. Ob er ihn nach Romina fragen sollte?

Justin verzog das Gesicht, aber ihm blieb keine Wahl. Er musste jeden Strohhalm ergreifen. Wenn Romina Alessandro tatsächlich so viel bedeutete, würde er ihn hoffentlich in seiner Suche unterstützen. Reviergehabe hin oder her. Und sollte Romina bis morgen nicht aufgetaucht sein, würde Justin die Polizei einschalten.

Eben verabschiedete sich der Hotelmanager von seinen Gästen und Justin räusperte sich. Alessandro drehte sich lächelnd um. Als er ihn erblickte, wurde er kreidebleich und das Lächeln rutschte jäh aus seinem Gesicht.

»Was tun *Sie* denn noch hier?«, fragte er entsetzt und hielt sich am Tresen fest.

»Ihnen auch einen schönen Tag. Ich habe meinen Aufenthalt verlängert.« Justin beugte sich nach vorne. »Können wir unseren Zwist mal beiseitelassen? Ich sorge mich um Romina. Sie ist seit gestern Abend verschwunden.«

»Verschwunden?«, krächzte Alessandro und räusperte sich mehrmals. »Wie verschwunden?«

»Was ist daran denn unverständlich? Sie wollte zum Galaempfang, kam dort aber nie an. Das müssen Sie doch auch bemerkt haben. Seitdem fehlt jede Spur von ihr. Können Sie sich das erklären?«

»Ich?« Alessandro schluckte.

Herrgott, war das ein dämlicher Hund! Justin hatte nicht übel Lust, ihn am Kragen zu packen und heftig durchzuschütteln.

»Wissen Sie, wo sie sein könnte? Bei einer Freundin vielleicht? Bei einem … Freund? Irgendwo?«

Der Hotelmanager schüttelte hektisch den Kopf. Er sah dabei wie ein Wackeldackel aus, nur in der waagerechten Richtung.

Der benahm sich ja eigenartig. Es sah fast aus, als hätte er Angst. Oder troff ihm das schlechte Gewissen gerade aus jeder Pore seines gebräunten Teints?

Justin betrachtete ihn aus schmalen Augen, tippte ihm dann mit dem Finger auf die Brust und zischte: »Wenn ich erfahre, dass Sie mit Rominas Verschwinden etwas zu tun haben, dann gnade Ihnen Gott, capito?«

»Signor Cortesi, alles in Ordnung?«, fragte der Empfangschef und sah sie mit hochgezogenen Augenbrauen an, die Hand bereits auf dem Hörer des Telefons.

»Alles bestens«, knurrte Justin. »Ich will nur meinen neuen Zimmerschlüssel abholen.«

Der Concierge nickte und drückte ihm mit herablassender Miene den Schlüssel in die Hand. »Weiterhin einen angenehmen Aufenthalt«, presste er zwischen den Lippen hervor.

Währenddessen hatte sich der Hotelmanager tunlichst verdrückt. Justin stieß frustriert die Luft aus. Na toll!

Er trat vor den Lift und registrierte im Augenwinkel eine Bewegung. Als er den Kopf wandte, sah er gerade noch, wie Alessandro fluchtartig das Hotel verließ.

»Na warte, Freundchen!«

Justin lief durch die Halle ins Freie und drückte sich dann in den Schatten eines hohen Busches, als er Alessandro unweit des

Eingangstors mit einem Mann sprechen sah. Der Hotelmanager gestikulierte wild mit den Armen und redete eindringlich auf den Mann ein. Dieser schüttelte mehrmals den Kopf.

Der Fremde sah nicht wie ein Bediensteter des Hotels aus und wirkte heruntergekommen. Schon etwas älter, lange Haare, schmuddeliges T-Shirt und klobige Schuhe. Endlich nickte der Mann und entfernte sich schnell.

Justin runzelte die Stirn. Worüber hatten die beiden gesprochen? Ging es etwa um Romina? Doch noch ehe er sich Alessandro schnappen konnte, lief dieser zu einem Nebengebäude, gab seinen Code in ein Zahlenfeld neben der Tür ein und verschwand darin.

»Mist, verfluchter!« Justin hatte aber auch gar kein Glück. Er trat aus dem Schatten des Grünzeugs und lief zum Tor. Dann halt dieser Fremde. Er würde ihn sich schnappen und befragen. Doch als Justin das Eingangstor erreichte, sah er den Mann auf einem Motorrad davonfahren.

Er blieb wie angewurzelt stehen. Erst jetzt erkannte er das Motorrad. Genau dieser Kerl war ihm vor ein paar Tagen doch gefolgt. Also hatte er sich das nicht nur eingebildet. Was zum Henker ging hier vor?

41

»Hallo, hören Sie mich? Hilfe!«

Rominas Arm erlahmte und ihre Schläge wurden kraftloser, bis sie schließlich erschöpft aufgab. Der Motorradfahrer hatte sie nicht gehört. Sie würde für immer und ewig in diesem Verlies hocken.

»Justin«, wimmerte sie und ließ den Kopf hängen. »Wenn es irgendeine Verbindung zwischen uns gibt, musst du spüren, dass ich deine Hilfe brauche.«

Als es an der Metalltür klopfte, wäre ihr beinahe das Herz stehen geblieben.

»Alles in Ordnung da drin?« Eine dunkle Männerstimme.

Romina rappelte sich hastig hoch und schürfte sich dabei das Knie auf.

»Öffnen Sie bitte die Tür? Ich bin eingeschlossen.«

Draußen blieb es still.

»Hallo? Sind Sie noch da? Bitte öffnen Sie doch!«, rief sie noch einmal und trommelte dabei mit den Fäusten an die Metalltür. Der Mann würde doch nicht einfach wieder weggehen? Vor Angst zog sich ihr Magen schmerzhaft zusammen. »Im Namen der Mutter Gottes, bitte helfen Sie mir!«

Der Türknopf bewegte sich kurz.

»Ich habe keinen Schlüssel«, sagte der Mann daraufhin.

»Dann rufen Sie die Polizei. Oder die Feuerwehr, damit die mich hier rausholen.«

Wieder blieb es still. Romina wagte kaum zu atmen und presste ihr Ohr ans Metall.

»Keine Polizei«, hörte sie den Mann sagen.

Sie schüttelte verwirrt den Kopf. Wieso nicht die Carabinieri verständigen? Hatte der Mann etwas zu verbergen? Das war ihr vollkommen egal. Er konnte auch abhauen, bevor die Polizei kam, sie wollte einfach hier raus.

»Gut, keine Polizei«, lenkte sie ein. »Können Sie dann bitte jemanden für mich anrufen? Eine Freundin? Sie wird sich um alles kümmern.«

Erneute Stille. Herrgott noch mal, was war nur mit dem Kerl los?

»Ich kann Ihnen Geld geben. Was verlangen Sie?«, fügte sie hinzu. Vielleicht half das ja.

»Ich habe kein Telefon.«

Romina verließ der Mut. Wer hatte denn in der heutigen Zeit kein Telefon? Sie überlegte krampfhaft.

»Können Sie dann bitte nach Taormina fahren und Giulia Raneri aufsuchen? Sie wohnt in der Via Bonifacio. Hausnummer 9. Sie ist heute bestimmt zu Hause. Sagen Sie ihr, wo ich mich befinde, und dass sie mich befreien lassen soll.«

»Nein.«

Romina verschlug es die Sprache. »Nein? Was heißt nein?«, kreischte sie. »Sind Sie verrückt? Ich muss hier raus. Ich bin gegen meinen Willen eingesperrt. Sie müssen …«

»Attenda, einen Moment«, hörte sie die Stimme wieder und dann Schritte, die sich entfernten.

»Halt, gehen Sie nicht weg!«, schrie sie panisch. »Ich kann nicht warten. Bitte, ich flehe Sie an, lassen Sie mich nicht allein!«

Doch der Mann sagte nichts mehr. Kurz darauf hörte sie ein Motorrad aufheulen, dann herrschte wieder Stille.

* * *

Justin setzte sich auf eine Bank im Stadtpark und stützte den Kopf in die Hände. Das war doch Schwachsinn, was er hier tat!

Die vergangenen Stunden hatte er ganz Taormina abgesucht – vergebens. Er war zu Maria Leones Trattoria gegangen, die war jedoch geschlossen, und er steckte ihr eine kurze Nachricht in den Türspalt. Danach war er nochmals zu Rominas Haus geeilt und hatte in ihrem Briefkasten eine Nachricht hinterlassen, dass er immer noch in Taormina war und noch im Grand Hotel wohnte. Sie sollte ihn sofort anrufen, wenn sie nach Hause kam. Sogar die Hauswirtin hatte er herausgeklingelt und ihr nochmals eingeschärft, Romina seine Nachricht sofort mitzuteilen, wenn diese auftauchte. Dann war er weiter durch die Straßen gepilgert, hatte in jedes Restaurant geblickt, jeden Souvenirladen betreten. Nichts. Den Motorradfahrer hatte er auch nicht mehr entdeckt und von Romina fehlte nach wie vor jede Spur.

Der Stadtgarten lag unterhalb des griechischen Theaters, und Justin hatte ihn sorgfältig abgesucht in der Hoffnung, dass Romina gestern eventuell diesen Weg genommen hatte. Möglicherweise war sie gestürzt und lag jetzt ohnmächtig irgendwo in dem drei Hektar großen, mit Olivenbäumen, Palmen und exotischen Pflanzen angelegten Garten. Doch auch hier hatte er kein Glück gehabt.

Die Grünanlage war an diesem Sonntag gut besucht. Die Menschen schlenderten die mit Kieselsteinen bestreuten Gehwege entlang, bewunderten die farbig blühenden Sträucher und Pflanzen und genossen den Panoramablick auf die Küste mit dem Ätna im Hintergrund. Justin hatte keinen Blick für die Schönheit rings um ihn her. Er fühlte sich so hilflos. Wäre Romina tatsächlich hier gewesen, man hätte sie zweifellos schon entdeckt.

Sollte er heute schon zur Polizei gehen? Wie lange musste man in Italien verschwunden sein, um als vermisst zu gelten? Bestimmt mehr als einen Tag. Die Carabinieri würden sich über den Engländer, dem die italienische Urlaubsliebe davongelaufen war, höchstens lustig machen.

Justin lehnte sich zurück und schloss für einen Moment die Augen. Trotz seiner inneren Unruhe verspürte er Hunger und Durst. Er musste etwas essen. Niemandem nützte es, wenn er sich kasteite. Das würde Romina auch nicht zurückbringen. Und er musste seine Sinne beisammenhalten. Also stand er auf und ging zum Grand Hotel zurück, um den Staub des Tages abzuwaschen und neue Kleider anzuziehen.

Er hatte heute Nachmittag alle seine Klamotten der Hauswäscherei übergeben, schließlich hatte er nur für eine Woche gepackt. Hoffentlich hielten die sich an ihr Versprechen, alles noch am gleichen Tag zu erledigen.

Er betrat die Eingangshalle und googelte gerade die Restaurants in Taormina, die er noch nicht kannte, als sein Blick auf eine Frau fiel, die auf einem der Ledersofas saß und in einer Illustrierten blätterte.

Justins Mund klappte auf. Das konnte doch nicht wahr sein? In diesem Moment hob die Frau den Blick, strich ihr flachsblondes Haar zurück und rief strahlend: »Justin, mein Lieber, Überraschung!«

Obwohl die Spaghetti mit Miesmuscheln köstlich dufteten, stocherte Justin nur lustlos darin herum.

Was zum Teufel bezweckte Charlotte damit, nach Taormina zu kommen? Doch das Rätsel war weniger geheimnisvoll, als es auf den ersten Blick schien: Mutter hatte geplaudert, natürlich.

»Ein hübsches Lokal«, versuchte es Charlotte mit Small Talk. »So ... authentisch.«

Er zuckte nur mit den Achseln. Er hatte das erstbeste Restaurant angesteuert, als sie ihn vorhin darum gebeten hatte, mit ihr essen zu gehen.

»Wie bist du eigentlich so schnell hergekommen? Hat Daddy jetzt einen Privatjet?«

Charlotte lachte nervös. »Nein, ich habe noch den Nachmittagsflug von London nach Catania erwischt. Es war ... nun ja, eine spontane Entscheidung.«

Natürlich, dachte Justin, ein ganz spontanes Hinterherschnüffeln nach Mutters Anruf. Hielt sie ihn für bescheuert?

Plötzlich war er unheimlich wütend auf Charlotte. Er hatte jetzt keine Zeit, sich um sie zu kümmern. Ihr plötzliches Auftauchen warf seine Pläne über den Haufen. Pläne? Er verzog den Mund. Was für Pläne denn? Sinnlos in Taormina herumzuirren und auf ein Wunder zu hoffen?

Doch seine Wut verflog, so schnell wie sie gekommen war. Charlotte liebte ihn und ihre Bemühungen, ihn für sich zu gewinnen, waren schon beinahe bewundernswert. Wie konnte er ihr das vorhalten? Die Liebe nahm keine Befehle entgegen. Sie überrollte einen einfach und fragte nicht nach Logik. Doch er konnte ihr keine Hoffnungen machen. Nachdem er Romina getroffen hatte, noch weniger als vorher. Er konnte sich nicht mit der zweitbesten Lösung zufriedengeben. Das war Charlotte gegenüber nicht ehrenhaft. Und sie hatte auch etwas Besseres verdient, als nur den Trostpreis abzugeben.

»Taormina wird dir sicher gefallen«, sagte er deshalb etwas freundlicher, und ihre Augen leuchteten auf wie die eines hungrigen Hundes, dem man einen Knochen zuwarf.

»Leider sind im Grand Hotel keine Zimmer mehr frei«, erklärte sie daraufhin zögernd. »Würde es dir etwas ausmachen, wenn ich in deiner Suite ... ich meine ... du hast zwei getrennte Schlafräume. Ich würde dich auch nicht stören. Versprochen.«

Justin stieß erschöpft die Luft aus. Auch das noch. Doch da er und Romina sowieso nicht mehr zusammen waren, ob jetzt in ihrer Wohnung oder im Grand Hotel, nickte er ergeben.

»Natürlich, Charlotte. Das ist doch selbstverständlich.«

42

Die Lichtverhältnisse hatten sich wieder verändert. Der Schimmer unter der Metalltür verblasste langsam. Die zweite Nacht in Rominas Gefängnis brach an.

Sie hatte das Bett an die Tür geschoben, in der Hoffnung, bereits beim kleinsten Geräusch reagieren zu können, doch außer dem durchdringenden Schrei eines Raubvogels verschluckte die massive Tür jeden Laut von draußen.

Nachdem Romina beim Auftauchen des Fremden voller Hoffnung gewesen war, ihrem Verlies zu entkommen, überfiel sie jetzt eine regelrechte Lähmung. Sie nickte immer wieder kurz ein, nur um Sekunden später aufzuschrecken, in der Annahme, sie hätte ein Geräusch gehört.

Sie verspürte Hunger und Durst, konnte sich jedoch nicht dazu aufraffen, zu der Kühlbox hinüberzugehen, um sich etwas daraus zu holen. Das Adrenalin, das vorhin durch ihren Körper gepumpt worden war und sie hellwach gemacht hatte, baute sich langsam ab und ließ sie erschöpft zurück. Sie konnte nur noch darauf hoffen, dass Alessandro bald kommen würde, um sie aus diesem Loch wieder herauszulassen.

Kurz bevor der letzte gräuliche Schimmer unter der Tür verschwand, hörte sie das Motorengeräusch wieder. War das echt oder eine Sinnestäuschung? Sie schob das Bett zur Seite, kniete sich hin und lauschte. Da war es wieder. Es näherte sich. Der Mann kam zurück!

Kurz darauf verstummte der Motor. Sie roch Auspuffabgase, und dieser Duft erschien ihr lieblicher als blühender Jasmin im Juni.

»Signorina?«, hörte sie den Mann fragen. »Alles in Ordnung?«

»Ja, alles gut. Ich bin noch da.« Sie kicherte hysterisch.

»Ich versuche jetzt, das Schloss zu knacken. Gehen Sie von der Tür weg.«

Sie trat einen Schritt zurück. Im Dämmerlicht sah sie, wie sich der Metallknauf bewegte. Dann hörte sie einen Schlag und einen unterdrückten Fluch.

»Und?«

»Das Schloss ist verrostet. Ich versuche es noch mal.«

Romina faltete die Hände und schickte ein Stoßgebet zum Himmel. Wieder bewegte sich der Knauf leicht und wieder hörte sie einen Schlag. Dann sprang die Tür plötzlich auf und sie starrte mit weit aufgerissenen Augen auf die dunkle Gestalt im Türrahmen.

»Das wär's dann«, sagte der Mann. »Guter alter Schlagschlüssel.«

Er zog einen Schlüssel aus dem Zylinderschloss und steckte einen Hammer in die Gesäßtasche, drehte sich um und ging auf ein Motorrad zu.

Im Dämmerlicht schätzte Romina ihn auf um die fünfzig. Er trug weite Hosen und ein langärmliges T-Shirt. Seine Haare fielen ihm bis auf die Schultern. Er wirkte wie ein Landstreicher. Und vielleicht war er das sogar. Oder ein Wilderer? In den Bergen gab es ein paar davon, die sich auf das Einfangen von jungen Gänsegeiern spezialisiert hatten, um sie teuer zu verkaufen. Offensichtlich war der Mann jedoch nicht gewalttätig, sonst hätte er sie bestimmt schon angegriffen. Oder sie erst gar nicht befreit.

»Warten Sie!«, rief Romina und lief ihm nach. Sie trat mit bloßen Füßen auf einen spitzen Stein und zuckte zusammen. »Ich danke Ihnen. Sie sind meine Rettung, doch ich muss nach Taormina zurück. Können Sie mich mitnehmen?«

Der Mann sah über seine Schulter, fixierte sie einen Moment und schüttelte dann den Kopf. »Nein. Sie müssen zu Fuß gehen.«

»Zu Fuß?« Sie starrte ihn entsetzt an. »Aber das ist zu weit. Und es ist fast dunkel. Zudem habe ich nur High Heels dabei.«

Der Mann zuckte mit den Achseln. »Dann warten Sie eben, bis es Tag wird. Vielleicht kommt ein Auto vorbei.«

Er schwang sich auf sein Motorrad und betätigte den Kickstarter. Ohne die dämpfende Metalltür klang das Geräusch viel lauter. Wie eine heisere Motorsäge.

»Hören Sie«, schrie Romina über den Lärm hinweg. »Ich bezahle Sie auch für die Fahrt. Hundert Euro?«

Der Mann zögerte.

Romina erhöhte: »Zweihundert.«

Er atmete tief durch. »Na gut. Aber erst morgen früh. Das Motorrad hat kein Licht. Es ist zu gefährlich. Ich hole Sie im Morgengrauen ab.«

Er legte den Gang ein und brauste davon.

Romina fixierte die Metalltür mit einem der herumliegenden Steinbrocken, damit sie nicht wieder ins Schloss fiel und sie erneut einsperrte.

Mittlerweile war es komplett dunkel geworden und sie entzündete die Kerze. Sie brauchte jetzt nicht mehr zu sparen, morgen früh konnte sie nach Hause. Endlich! Die Zeit in diesem Verlies kam ihr wie eine Ewigkeit vor.

Sie saß auf dem Bett, die Decke um sich geschlungen, und aß einen Apfel. Die nächtlichen Geräusche aus dem Wald wirkten auf einmal bedrohlich, unheimlich und hinderten sie am Schlafen. Egal, würde sie halt die ganze Nacht wach bleiben. Ein kleines Opfer, wenn die Freiheit winkte. Wie hielten Häftlinge das nur aus? Deren Zellen waren nicht mal halb so groß wie dieser Bunker. Sie würde komplett ausflippen.

Als der Mann vorhin weggefahren war, hatte Romina den Impuls unterdrücken müssen, ihm nachzulaufen. Doch barfuß über diese Schotterstraße? Oder in ihren Pumps? Keine gute Idee. Und auch wenn sie die Asphaltstraße erreichte, der Mann hatte recht, im Dunkeln die steile Straße entlangzugehen, war viel zu gefährlich. Keine Beleuchtung weit und breit, kein bewohntes Haus. Sie könnte leicht einen Abhang hinunterstürzen. Und darauf zu hoffen, dass in dieser Einöde zufällig ein Fahrzeug vorbeikam, war utopisch. Eine Nacht würde sie es hier schon noch aushalten, und morgen fuhr der Fremde sie nach Taormina. Hoffentlich hielt er sein Versprechen.

Wie hatte er sie überhaupt gefunden? War das reiner Zufall oder steckte mehr dahinter? Ihr Verdacht, dass der Mann mit Alessandro zusammenarbeitete, verdichtete sich. Natürlich, das musste sein Helfer sein! Und hatte nicht Justin letzthin einen Motorradfahrer erwähnt, der ihn verfolgt hatte? Hing das alles vielleicht zusammen?

Romina fröstelte. Das war ja wie in einem schlechten Krimi! Aber wieso hatte sie der Mann jetzt befreit? Hatte er plötzlich Skrupel bekommen? Und wenn ja, sollte sie ihn morgen danach fragen? Doch wie sie den wortkargen Mann einschätzte, würde er ihr kaum Antworten liefern. Vielleicht wollte er auch lediglich zweimal abkassieren. Einmal von Alessandro und einmal von ihr. Am besten, sie hielt den Mund, denn wenn er wusste, dass sie eine Verbindung zwischen Alessandro und ihm vermutete, könnte er unberechenbar reagieren.

Sie versuchte erneut, ihre Haare mit den Fingern zu entwirren. Sie sah bestimmt wie eine Vogelscheuche aus. Die Leute in Taormina würden bei ihrem Anblick Reißaus nehmen.

Wenn doch schon Morgen wäre. Sie lechzte nach einer Dusche und frischen Kleidern. Sie wusste noch nicht, was sie mit Alessandro zu tun gedachte, aber für diese Aktion würde er bluten. So ein Vollidiot!

Wie es Justin wohl ging? Vermisste er sie? Würde er seine finanziellen Probleme lösen können? Und käme er vielleicht wieder einmal nach Taormina?

Sie seufzte. Das Leben war so unfair.

»Wir haben kein Glück in der Liebe, was, Ginny?«, murmelte sie verdrossen. »Verlieben uns in einen Engländer, der uns einfach sitzen lässt. Märchen werden eben nicht wahr, so gern wir das auch hätten.«

Sie warf das Apfelgehäuse durch die offene Tür in die Nacht hinaus. Sie war noch hungrig. Für einen Teller Pasta hätte sie ihren linken Arm geopfert. Morgen würde sie sich einen ganzen Topf davon zubereiten, mit frischer Pestosoße und geriebenem Parmesan. Bei der Vorstellung lief ihr das Wasser im Mund zusammen. Um sich abzulenken, stand sie auf und lief umher.

»Weißt du, Ginny«, begann sie ihr Selbstgespräch wieder. »Wenn mich Justin anständig gefragt hätte, ob ich ihn nach England begleite, hätte ich es mir vielleicht überlegt. Aber er ist einfach davon ausgegangen, dass ich es tue, um ihm aus der Patsche zu helfen.« Sie schüttelte den Kopf. »Nenn mich stolz und überheblich, aber niemand schreibt mir vor, wie ich mein Leben zu leben habe. Schon gar kein Mann!«

Romina trat zur Tür und blickte in die Nacht hinaus. Weder der Mond noch die Sterne waren zu sehen. Es roch nach Tannennadeln, trockener Erde und Macchiabüschen. Ein Käuzchen schrie in ihrer unmittelbaren Nähe und sie zuckte zusammen. Zum Glück gab es auf Sizilien keine gefährlichen

Raubtiere mehr. Das Licht der brennenden Kerze hätte sie womöglich angelockt. Jetzt flatterte nur eine Motte in wilden Kreisen um die Flamme.

»Zudem ging es ihm nur um sein blödes Anwesen. Er hat nicht gesagt: ›Romina, Licht meines Lebens, begleite mich nach England und wir leben glücklich zusammen bis in alle Ewigkeit.‹« Sie grinste und setzte sich wieder aufs Bett.

»Nein, Ginny, das hat er nicht. Ich sollte ihm nur helfen, den Karren aus dem Dreck zu ziehen. Und dann? Drückt er mir danach etwa ein Rückflugticket in die Hand, wenn er wieder Profit macht, und holt sich eine englische Adelstussi an seine Seite?« Romina schnaubte. »Er muss mich ja nicht gleich heiraten, weißt du, aber etwas Sicherheit wäre doch ganz nett. Etwas romantischere Beweggründe, du verstehst?«

Sie runzelte die Stirn. »Oder sehe ich das zu pragmatisch? Was meinst du? Hätte ich es einfach tun sollen, dem Herzen folgen und auf die Sicherheit pfeifen?« Sie wiegte den Kopf hin und her. »Vielleicht. Aber du bist Edward auch nicht gefolgt, oder? Konntest du nicht oder wolltest du nicht?« Romina legte sich hin und zog die Decke eng um ihren Körper.

»Egal, Ginny, wir haben beide eine Entscheidung getroffen und müssen jetzt damit leben. Ich hoffe nur, dass es die richtige gewesen ist.«

Dann blies sie die Kerze aus und schloss die Augen.

43

Während des Abendessens mit Charlotte dachte Justin die ganze Zeit darüber nach, welche Möglichkeiten es noch gab, um Romina zu finden. Doch er fand keine – es war frustrierend.

Konnte es sein, dass sie gar nicht gefunden werden wollte? Hatte sie ihr Verschwinden eventuell selbst inszeniert? Nein, das war zu weit hergeholt und passte vielleicht in einen Mafiafilm, aber doch nicht zu Romina. Und was war mit Alessandro Cortesi und diesem Motorradfahrer? Welche Rollen spielten die in diesem Verwirrspiel?

Justins Bauchgefühl sagte ihm, dass der Hotelmanager etwas verheimlichte. Wenn das so war, wie konnte er ihn dazu bringen, sein Geheimnis preiszugeben?

Bei dem Gedanken, dass Alessandro Romina etwas angetan haben könnte, wurde ihm übel. Auch wenn er ihn nicht als gewalttätig einschätzte – verletzter Stolz und unerwiderte Liebe hatten schon manchen zu Blödsinn verleitet.

»Justin, du hörst mir ja gar nicht zu.«

Er hob den Blick und sah in Charlottes vorwurfsvolle Miene.

»Nein, tut mir leid. Was hast du gesagt?«

»Ich habe gefragt, ob du mir den Platz mit der schönsten Aussicht zeigen könntest. Bei Nacht stelle ich mir den Ausblick auf die Bucht atemberaubend vor.«

Er unterdrückte den Drang, ihr eine unwirsche Antwort zu geben, und sagte: »Tut mir leid, Charlotte, aber ich bin hundemüde und möchte nur ins Hotel zurück.«

Über Charlottes Gesicht fiel ein Schatten. »Natürlich. Kein Problem. Die Aussicht läuft mir ja nicht davon.«

Sie lächelte gezwungen und er bereute seine vorschnelle Zusage, sich mit ihr die Suite zu teilen. Offenbar gab seine Zustimmung ihrer Hoffnung, ihn doch noch herumzukriegen, zusätzliche Nahrung. Verdammt, er machte wohl, wenn es um das weibliche Geschlecht ging, im Moment alles falsch.

Charlotte ließ es sich nicht nehmen, die Rechnung zu begleichen, und wischte seinen Protest mit einer Handbewegung fort. Immerhin müsse sie wegen seiner Großzügigkeit nicht auf einer Parkbank schlafen, erklärte sie mit einem Lachen, das ihre Augen jedoch nicht erreichte.

Als sie im Grand Hotel ankamen, fragte er den Empfangschef, ob er mit Signor Cortesi sprechen könne, doch Anselmo erklärte ihm, dass der Hotelmanager heute frei habe und erst morgen wieder anwesend sei. Seine Privatadresse wollte er Justin nicht verraten, und er hielt es für klüger, nicht weiter auf den Mann einzureden, der ihn seit heute Nachmittag sowieso als potenzielle Bedrohung für seinen Chef zu sehen schien.

»Ich wusste gar nicht«, meinte Charlotte, als sie zum Fahrstuhl gingen, »dass du so perfekt Italienisch sprichst.«

»Ich mochte die Sprache schon immer, vielleicht fällt sie mir deshalb so leicht. Italien ist ja auch ganz zauberhaft.«

Er biss sich auf die Lippen. Zauberhaft? Das Adjektiv passte zu Romina, aber doch nicht zu einem Land. Doch Charlotte ließ sich nichts anmerken. Zum Glück. Das Letzte, was er jetzt brauchte, war eine Eifersuchtsszene.

In der Suite angekommen, checkte Justin noch einmal sein Handy. Nichts. Es wäre auch zu schön gewesen. Er steckte es zum Aufladen an den Adapter.

»Willst du zuerst duschen?«, fragte er Charlotte.

Sie schüttelte den Kopf. »Geh nur, ich rufe erst noch Daddy an, um zu sagen, dass ich gut angekommen bin.«

Auf einem fahrbaren Kleiderständer hingen Justins gewaschene und gebügelte Klamotten. Das Hotel hatte also Wort gehalten. Er schnappte sich ein Paar Shorts, dazu ein T-Shirt und betrat die Dusche. Mit Charlotte in der Suite wollte er auf keinen Fall bloß mit einem Handtuch um die Hüften herumlaufen. Nicht, dass sie noch auf dumme Gedanken kam.

Als er nach der Dusche sein Zimmer betrat, fuhr sie erschrocken zusammen. Sie stand neben seinem Nachttisch und wirkte schuldbewusst.

»Ist was?«, fragte er und rubbelte sich mit einem Handtuch die Haare trocken.

»Nein, nichts. Ich wollte mir nur … deinen Adapter ausleihen. Mein Akku ist leer, und du weißt ja, diese italienischen Steckdosen.« Sie lachte, doch es klang nicht echt.

»Klar, du kannst ihn über Nacht in deinem Zimmer einstecken.«

Er griff nach dem Adapter und zog ihn aus der Steckdose. Dabei bemerkte er, dass sein Handy nicht in den Sperrmodus gefallen war. Hatte Charlotte etwa herumgeschnüffelt?

Er warf ihr einen prüfenden Blick zu. Sie sah ihm offen ins Gesicht, wenn auch vielleicht mit einem Schatten um die Augen.

»Hier.« Er drückte ihr den Adapter in die Hand. »Gute Nacht.«

Er wollte sie nicht für etwas beschuldigen, das sie vielleicht gar nicht getan hatte. Zudem fühlte er sich vollkommen gerädert und wollte wirklich nur noch ins Bett.

»Schlaf gut«, sagte sie und verschwand schnell im zweiten Schlafzimmer.

Justin schlüpfte unter die Decke, schaltete das Licht aus und schloss die Augen. Kurze Zeit später hörte er die Dusche rauschen.

Durch die geschlossenen Vorhänge drang der blasse Schimmer der Straßenbeleuchtung herein. Justin drehte sich auf die andere Seite, stopfte sich das Kissen zurecht und wartete auf den Schlaf. Nach einer Weile stieß er ärgerlich die Luft aus und schaltete die Nachttischlampe wieder ein. Er griff nach seinem Handy und entsperrte es. Das Gerät zeigte die Fotofunktion an und in der Vorschau strahlte ihm Romina mit einem Lächeln entgegen.

»Schau an.«

Also hatte Charlotte, während er unter der Dusche stand, sein Handy ausgekundschaftet und die Fotos entdeckt, die er von sich und Romina gemacht hatte. Auch gut, dann wusste Charlotte jetzt wenigstens, dass sie keine Chance bei ihm hatte. Denn auf den gemeinsamen Selfies strahlte Justin und Romina das Glück nur so aus den Augen. Das musste selbst Charlotte erkennen. Vielleicht war es daher ganz gut, dass sie die Bilder gesehen hatte. Damit sie endlich verstand, dass alle ihre Anstrengungen, ihn zu gewinnen, vergebene Liebesmühe waren. Dass er und Romina gar nicht mehr zusammen waren, konnte sie nicht wissen, und er würde sich hüten, ihr davon zu erzählen. Dieses leidige Kapitel war jetzt hoffentlich endlich abgeschlossen.

44

Ein enervierendes Geräusch weckte Romina. Sie schlug die Augen auf. Durch die offene Tür fiel schwaches Tageslicht herein. Es musste noch früh am Morgen sein. Das durchdringende Geräusch entpuppte sich als das Geknatter eines Motorrads.

Ihr Retter kam – dem Himmel sei Dank!

Sie hampelte sich aus der Decke, bückte sich nach ihren Pumps und lief nach draußen. Die Sonne war noch nicht aufgegangen, die Luft daher noch kühl, und in ihrem knappen Outfit fröstelte sie. Sie rieb sich die bloßen Arme und setzte sich auf einen moosbewachsenen Stein neben der Metalltür. Als das Motorrad näher kam, verstummte das fröhliche Morgengezwitscher der Vögel.

Der Mann auf dem Motorrad stoppte wenige Zentimeter vor ihren Füßen.

»Andiamo!«, befahl er.

»In die Via Sesto Pompea. Nummer 20, bitte.«

Er nickte.

Romina schwang sich auf den Sozius und umklammerte ihren Retter mit beiden Armen.

Der Mann war mager, sie konnte die Rippen unter seinem abgetragenen Hemd spüren. Einen Helm trug er nicht und beim Fahren wehten ihr seine langen Strähnen ins Gesicht. Er roch auch nicht besonders gut. Nach altem Schweiß, fettigen Haaren und diversen Essensdüften. Egal, Hauptsache, er brachte sie nach Taormina.

Die Straße war noch feucht vom Tau der Nacht. An einigen Stellen war sie so schmal wie ein Saumpfad. Linker Hand fiel das Gelände jäh in eine Schlucht voller Geröll und Felsen ab. Romina schluckte. Sie hätte im Dunkeln nie hier entlanggehen können. Das wäre Wahnsinn gewesen und sie dankte ihrem schweigsamen Retter für seine Umsicht, erst bei Tageslicht loszufahren.

Eine Unterhaltung mit ihm gestaltete sich wegen des Höllenlärms seines Motorrads als unmöglich. Und sie verwarf die Idee, ihn nach Alessandro zu fragen, noch einmal. Sie konnte dem Fremden nicht trauen und wollte nur noch wohlbehalten nach Taormina zurück.

Sie überschlug im Kopf ihre Barschaft zu Hause. Ihr Geldbeutel mit dem Bargeld und den Kreditkarten befand sich in ihrer Handtasche, die vermutlich immer noch in Alessandros Wagen lag. In ihrer Wohnung bewahrte sie zwar etwas Bargeld auf, aber ob das zweihundert Euro waren? Ihr Retter würde kaum einen Scheck akzeptieren. Aber dann müsste er halt noch einmal wiederkommen, wenn er seinen ganzen Finderlohn wollte.

In der Nähe von Ogliastrello begegneten sie einem Lieferwagen. Vermutlich ein Bauer, der seine Milch lieferte, ansonsten war zu dieser frühen Tageszeit kein Mensch unterwegs. Je näher sie Taormina kamen, desto wärmer wurde es. Romina unterdrückte ein Seufzen. Ihr war furchtbar kalt. Das Erste, was sie zu Hause machen würde, wäre eine halbstündige heiße Dusche.

Endlich kamen sie in der Via Sesto Pompea an. Der Mann stoppte vor ihrem Haus und stellte den Motor ab.

Daheim! Romina traten vor Erleichterung die Tränen in die Augen. Ihre Wohnung erschien ihr gerade die Verkörperung des biblischen Paradieses zu sein.

»Möchten Sie kurz mit hinaufkommen?«

Der Mann schüttelte den Kopf. »Holen Sie das Geld.«

Sie trat vor die Haustür und drückte auf den Klingelknopf von Signora Riccobono. Nach einer gefühlten Ewigkeit öffnete sich ein Fenster im ersten Stock und das verschlafene Gesicht der Hausmeisterin erschien.

»Sì?«

Romina trat einen Schritt zurück. »Buongiorno, entschuldigen Sie bitte die frühe Störung, aber ich habe meinen Hausschlüssel verloren. Würden Sie bitte die Haustür öffnen und mir den Zweitschlüssel für meine Wohnung geben?«

Die ältere Frau brummelte etwas Unfreundliches und verschwand. Kurz darauf öffnete sie die Haustür. Die Hausmeisterin trug einen hellblauen, wattierten Morgenrock und sah ganz zerknautscht aus. Als sie den Mann auf dem Motorrad erblickte, hob sie verwundert die Augenbrauen. Offensichtlich dachte sie … ach, egal, was sie dachte.

Romina bedankte sich und nahm den Zweitschlüssel entgegen.

»Den will ich aber wieder!«, rief ihr Signora Riccobono hinterher, als Romina die Treppe hinauflief, und gähnte dabei herzhaft.

»Natürlich«, rief Romina über die Schulter. »Ich lasse mir heute gleich einen neuen machen.«

In ihrer Wohnung angekommen, warf sie die Pumps in eine Ecke und blieb dann erst einen Moment stehen.

Es roch nach ihr, es herrschte die übliche Unordnung. Gott, hatte sie das vermisst! Und sie war doch bloß zwei Tage weg gewesen. Doch sie musste jetzt erst ihre Schulden begleichen, bevor ihre Gefühle übermannten.

In der Küche zog sie die Besteckschublade heraus. Ganz zuhinterst lag eine kleine, bunte Blechdose, die sie als Kind von ihrem Vater geschenkt bekommen hatte. Die Bonbons darin hatten einen schnellen Tod gefunden, die Dose jedoch hatte Romina über die Jahre aufbewahrt und lagerte darin ihren Notgroschen. Sie öffnete den Deckel und zählte das Geld. Hundertsiebzig Euro. Mehr Bargeld besaß sie nicht. Vielleicht lagen irgendwo noch ein paar Münzen herum, aber das war auch schon alles.

Mit dem Geld in der Hand lief sie die Treppe hinunter. Ihr Retter wartete vor der Tür. Er rauchte eine selbst gedrehte Zigarette und streckte die Hand aus.

»Es sind nur hundertsiebzig«, erklärte sie. »Wenn Sie später wieder vorbeikommen, gebe ich Ihnen den Rest.«

Der Mann schüttelte den Kopf, steckte das Geld in seine Gesäßtasche und startete die Maschine. »Alles Gute und passen Sie auf sich auf«, sagte er mit einem Nicken. Dann fuhr er in einer stinkenden Rauchwolke davon.

Was für ein seltsamer Typ. Romina zuckte die Schultern und schloss die Haustür. Er hatte sie wie versprochen nach Hause gebracht, das war die Hauptsache.

Romina konnte die Hauswirtin nirgends mehr entdecken. Vermutlich war sie noch einmal ins Bett geschlüpft, es war schließlich noch früh am Morgen.

»Und jetzt duschen!«

Während sie die Treppe hinaufging, versuchte sie sich vorzustellen, was sie in der Agentur erwartete. Sie hoffte, das Donnerwetter würde nicht allzu heftig ausfallen. Immerhin war es nicht ihre Schuld, dass sie am Galaempfang nicht hatte teilnehmen können. Aber sie konnte Enrico und Orlando unmöglich mitteilen, wieso sie nicht erschienen war. Zuerst musste sie mit Alessandro ein ernstes Wörtchen reden, bevor sie anderen von seiner verabscheuungswürdigen Tat erzählte, und ihn dann bei der Polizei wegen Freiheitsberaubung anzeigen.

Ihr pinkfarbener Bademantel lag immer noch auf dem Stuhl, wo sie ihn am Samstag hingeworfen hatte. Bei seinem Anblick musste sie sofort wieder an Justin denken. In ihrer gewohnten Umgebung überfielen sie die Erinnerungen an die gemeinsame Zeit doppelt heftig und ihr Herz wurde schwer. Doch sie durfte jetzt nicht schlappmachen und sich vom Liebeskummer überrollen lassen. Zuerst musste das mit Alessandro geklärt werden, dann konnte sie ihretwegen heulen, bis ihr die Augen aus dem Kopf fielen. Also atmete sie tief durch und straffte die Schultern.

Als sie an Signora Riccobonos Wohnung im ersten Stock vorbeikam, öffnete sich deren Tür. Die Hausmeisterin sah immer noch verschlafen aus und wedelte mit der Hand, als wollte sie ihr etwas mitteilen.

»Sì?« Romina blieb stehen.

»Ich muss Ihnen etwas ausrichten. Das hab ich vorhin vergessen. Von einem hübschen jungen Mann, der Sie gesucht hat.«

Romina runzelte die Stirn. Wer sollte nach ihr gefragt haben? Orlando vielleicht? »Ja?«, erwiderte sie gedehnt. »Was denn?«

Die ältere Frau schürzte die Lippen. »Also wenn ich mich recht erinnere, sollen Sie ihn anrufen. Es sei dringend.«

»Alles klar, werde ich tun.«

Romina drehte sich um und ging weiter die Treppe hoch.

»Er liebt Sie übrigens, hat er gesagt«, rief Signora Riccobono ihr hinterher und kicherte dabei.

Romina grinste. Das hatte Signora Riccobono sicher falsch verstanden. Orlando liebte sie ganz bestimmt nicht. Im Moment vermutlich noch weniger als sonst.

»Also unbedingt anrufen«, sagte die Hauswirtin noch einmal. »Wissen Sie, als ich jung war, hatte ich auch einmal ein

281

kleines Techtelmechtel mit einem Engländer. Es muss wohl am Akzent liegen.«

Sie kicherte wieder und schloss die Tür.

Romina zuckte zusammen. Engländer? Also nicht Orlando? War Justin vor seiner Abreise hier gewesen? Und wieso sollte sie ihn anrufen? Sie drehte sich um und hämmerte an Signora Riccobonos Tür.

»Machen Sie auf, bitte!«

»Was ist denn jetzt noch?«, fragte die Hausmeisterin mürrisch, als sie die Wohnungstür wieder öffnete.

»Sind Sie sicher, dass der Mann ein Engländer war?«, fragte Romina atemlos.

Die Frau nickte.

»Hat er seinen Namen genannt?«

Wieder nickte die Hausmeisterin und legte dann die Stirn in Falten.

»Justin!«, rief sie plötzlich und strahlte. »Er sagte, sein Name ist Justin.«

Rominas Herz machte einen Sprung. Justin war also vor seiner Abreise tatsächlich noch bei ihr vorbeigekommen. Um sich zu verabschieden? Sich zu entschuldigen?

»Und was hat er genau gesagt?«, fragte Romina weiter und trat ungeduldig von einem Fuß auf den anderen. Sie wollte unbedingt wissen, was Justins letzte Worte für sie gewesen waren.

»Dass er mich auch lieben würde, wenn ich Ihnen die Nachricht übermittle«, erklärte Signora Riccobono lachend. »Das war natürlich ein Scherz.« Eine zarte Röte zeichnete sich auf ihren faltigen Wangen ab.

Romina schmunzelte, das war typisch Justin. Sein Charme wirkte bei Frauen jeden Alters. Und er hatte einem wildfremden Menschen gesagt, dass er sie liebte. Diese Nachricht verbreitete ein warmes Gefühl in ihrem Bauch. Auch wenn sie ihn nie wiedersah, er liebte sie, trotz ihres blöden Streits im Auto. Eine Erinnerung, die ihr niemand nehmen könnte und die sie stets in ihrem Herzen bewahren würde.

»Danke, Signora Riccobono«, sagte sie schniefend. »Aber es hat keinen Zweck, ihn jetzt noch anzurufen. Er ist gestern Morgen abgereist und längst wieder in England.« Romina wischte sich müde über die Augen und drehte sich um.

»Aber nein, was sagen Sie denn da? Er kam gestern am späten Abend nochmals vorbei. Ich war etwas ungehalten, weil ich gerade das Glücksrad geschaut habe, als er Sturm läutete. Er hat Ihnen übrigens einen Zettel in den Briefkasten geworfen.«

Romina wirbelte herum. »Gestern Abend, sagen Sie?« Die ältere Frau nickte. »Aber das kann nicht sein. Sein Flug ging schon gegen Mittag.«

Signora Riccobono zuckte mit den Schultern. »Dann wird er vermutlich nicht geflogen sein, *Bellezza*. Und jetzt muss ich mich nochmals hinlegen. Ich brauche schließlich meinen Schönheitsschlaf.«

Mit diesen Worten schloss sie die Tür und ließ Romina verwirrt zurück.

Justin war gestern Abend noch in Taormina gewesen? Wie war das möglich?

Briefkasten!

Romina stürmte die Treppe hinauf und stürzte in die Küche. Irgendwo musste der Ersatzschlüssel für den Briefkasten liegen. Wo hatte sie das blöde Ding nur hingetan? Sie riss alle Schubladen auf, bis sie sich erinnerte, dass sie alle Zweitschlüssel in einer Schuhschachtel im Bücherregal aufbewahrte.

Sie lief ins Wohnzimmer, klappte die Schachtel auf und kramte hektisch darin herum. Da! Dann lief sie wieder die Treppe hinunter und öffnete hastig den Briefkasten.

Zwischen verschiedenen Werbeprospekten fand sie schließlich einen zusammengefalteten Zettel.

Liebste Romina, es tut mir leid, dass ich mich
wie ein Idiot aufgeführt habe. Wenn du mir
verzeihen kannst, ruf mich bitte an. Ich werde
noch ein paar Tage länger in Taormina bleiben.
Im Grand Hotel, aber in einem anderen Zimmer.
Bitte verzeih mir. Ich liebe dich.
Justin

Romina schluckte. Er liebte sie, es tat ihm leid, er war noch hier!

Mit großen Schritten rannte sie zurück in ihre Wohnung. Sie besaß keinen Festanschluss und ihr Handy lag in ihrer Handtasche in Alessandros Wagen. Also direkt ins Grand Hotel. Es blieb ihr genügend Zeit, vor Arbeitsbeginn hinüberzulaufen, um nachzusehen, ob Justin tatsächlich noch in Taormina weilte.

Sie wusch sich hastig das Gesicht mit kaltem Wasser, band ihre zerzausten Haare zu einem Pferdeschwanz zusammen und sprühte sich mit Parfüm ein. Das musste reichen. Zum Duschen blieb keine Zeit, zum Umziehen ebenfalls nicht. Vielleicht konnte sie mit Justin zusammen unter die Dusche springen.

Der Gedanke bescherte ihr ein Kribbeln im Bauch. Hastig schlüpfte sie in ein Paar Turnschuhe und sauste los.

45

Justin saß am Schreibtisch in der Juniorsuite und suchte im Internet nach Ratschlägen, was man tun konnte, wenn eine Person verschwunden war, als es an der Verbindungstür klopfte.

»Komm rein.«

Charlotte trat ins Zimmer. »Du bist ja früh auf den Beinen«, sagte sie und unterdrückte ein Gähnen.

Sie trug einen seidig glänzenden Morgenmantel und war barfuß. Ihre langen Haare hatte sie zu einem Zopf geflochten. Ohne die dicke Schminke sah sie wesentlich jünger und auch hübscher aus, wie er fand.

»Ich konnte nicht schlafen«, gab er zur Antwort und klappte das Notebook zu. Die Tipps, die er gefunden hatte, halfen ihm nicht weiter. Also blieb nur noch der Gang zur Polizei.

Sie setzte sich auf einen Stuhl und zog die Beine an.

»Meinst du, ich kann hier frühstücken?«

»Sicher. Ich gebe einfach an der Rezeption Bescheid, dass wir das Zimmer zu zweit bewohnen. Dann sollte das kein Problem sein.«

Er stand auf und griff nach dem Hörer des Haustelefons. Der Mann an der Rezeption notierte die Doppelbelegung, ohne Fragen zu stellen.

»Alles geritzt«, wandte er sich wieder an Charlotte.

Sie erhob sich ebenfalls. »Vielen Dank. Ich weiß … deine Freundlichkeit zu schätzen.«

Er winkte ab. »Selbstredend. Immerhin bist du eine meiner ältesten Freundinnen.«

Charlotte biss sich auf die Lippen. »Eine deiner ältesten Freundinnen? Ist das alles?«

Justin senkte betreten den Blick.

»Verstehe«, sagte sie daraufhin mit brüchiger Stimme. »Ist es diese Frau auf den Fotos?«

Sie gab also unumwunden zu, dass sie auf seinem Handy herumgeschnüffelt hatte.

»Romina, ja.«

»Liebst du sie?«

»Mehr als alles andere auf der Welt.«

Charlottes Augen füllten sich mit Tränen und er trat schnell zu ihr.

»Es tut mir wirklich leid, Charlotte, aber ich kann dich nicht lieben. Nicht so, wie du es möchtest und verdienst. Wir können …«

Sie stoppte seinen Wortschwall, indem sie die Hand hob. »Bitte nicht die Freunde-bleiben-Floskel, okay? Wir wissen beide, dass das nur eine Ausrede ist. Ich …«

Sie brach ab und ging zum Fenster, um hinauszusehen. »Es ist so wunderschön hier«, sagte sie dann und schlang die Arme um den Oberkörper. »Wie im Paradies.« Dann lachte sie und drehte sich um. »Apropos Paradies. Weißt du, dass ich mit der festen Absicht hierherkam, dich zu verführen?«

Justin atmete tief durch, schwieg aber. Was sollte er darauf auch antworten?

»Schlechte Idee, was?«, fuhr sie fort. »Hätte ich die Fotos nicht entdeckt, hätte ich vielleicht einen Frontalangriff gewagt. Aber als ich die Frau gesehen habe, wusste ich gleich, dass ich keine Chance habe. Ihr seht auf den Bildern so glücklich aus.«

»Es tut mir leid«, erwiderte Justin leise.

»Ja, das sagtest du schon. Mir auch.« Sie straffte die Schultern. »Nun, das wär's dann wohl. Mehr gibt es nicht zu sagen, oder?«

Er schüttelte den Kopf.

»Alles klar. Ich packe nur schnell meine Sachen und reise ab.«

»Wollen wir nicht noch zusammen frühstücken?«

Charlotte lachte, doch es klang nicht fröhlich. »Wozu? Um den Schmerz unnötig zu verlängern? Nein, Justin, ich möchte nicht in der Öffentlichkeit meine Contenance verlieren, das verstehst du sicher.«

Sie stellte sich auf die Zehenspitzen und hauchte ihm einen Kuss auf die Wange. »Mach's gut.«

Dann drehte sie sich um und lief ins Nebenzimmer.

Justin stieß geräuschvoll die Luft aus. Und das alles auf nüchternen Magen!

Eine Viertelstunde später stand Justin vor dem Frühstücksbuffet und häufte sich Rührei auf den Teller, als er Alessandro bemerkte, der mit zwei gefüllten Stofftaschen aus der Küche kam und auf die Eingangshalle zusteuerte. Justin stellte schnell den Teller wieder hin und lief dem Hotelmanager hinterher. Dieses Mal würde er ihn sich aber schnappen! In seiner Eile übersah er jedoch eine ältere Dame, die ihren Rollkoffer mitten in der Halle abstellte, über den er stolperte. Unsanft schlug Justin auf dem Parkett auf und fluchte. Als er sich wieder aufgerappelt hatte, sah er gerade noch, wie Alessandro vom Hotel wegfuhr.

»Verfluchter Mist!«

Was jetzt? Er rannte zur Rezeption. »Ich brauche sofort einen Wagen«, bestürmte er die Frau dahinter. Gott sei Dank war es nicht dieser Schnösel von gestern Abend.

Die Angestellte lächelte ihn freundlich an. »Aber natürlich, Signore Montague Browne. Was für ein Modell hätten Sie denn gerne? Eine Limousine, ein Cabriolet, ein …«

»Egal«, unterbrach er sie hastig. »Es muss einfach schnell gehen!«

»Natürlich.« Die Frau griff in eine Schublade und holte einen Autoschlüssel hervor. »Es ist der kleine rote Fiat. Er steht auf dem Hotelparkplatz und …«

Ohne ihr weiter zuzuhören, riss ihr Justin den Schlüssel aus der Hand und sprintete nach draußen. Er sah sich hektisch nach dem Wagen um. Da!

Binnen weniger Minuten raste er die schmale Straße hinauf, in die Alessandro eingebogen war. Sie führte aus Taormina hinaus in die Berge. Justin hätte jetzt unbedingt ein Auto mit mehr PS benötigt, denn von Alessandros Wagen fehlte jede Spur, und möglicherweise konnte er ihn mit diesem fahrenden Rucksack nicht mehr einholen. Doch dieses Mal war die Glücksgöttin auf seiner Seite. Hinter einer Kurve tauchte der Wagen des Hotelmanagers auf. Eine Herde Ziegen stand mitten auf der Straße und blockierte die Weiterfahrt.

Justin stoppte mit genügend Abstand und hörte amüsiert, wie Alessandro mehrmals hupte. Doch die Ziegen ließen sich nicht aus der Ruhe bringen. Erst als Alessandro ausstieg und mit den Armen herumfuchtelte, bequemten sich die Tiere, die Straße freizugeben. Mittlerweile war ein weiterer Wagen hinter Justin aufgetaucht. Er kurbelte das Fenster herunter und winkte ihn vorbei. Mit einem anderen Auto zwischen ihnen würde Alessandro ihn hoffentlich nicht bemerken.

Die Straße führte stetig bergauf. Irgendwann bog der Wagen zwischen ihnen ab und Justin vergrößerte den Abstand zum Vordermann. Die Kurven wurden immer enger, und in jeder Kurve befürchtete er, dass der Verfolgte danach plötzlich verschwunden sein könnte. Doch Alessandros Wagen tauchte immer wieder auf. Justin verschaltete sich ein ums andere Mal, weil er automatisch mit der linken Hand nach dem Ganghebel griff. Er fluchte leise vor sich hin und vermisste seinen Jeep zu Hause nicht nur einmal. Kurz bevor sie den Bergkamm erreichten, bog Alessandro in einen schmalen Schotterweg ein.

Was jetzt? Wenn er ihm folgte, würde der Hotelmanager ihn sofort entdecken. Und wenn nicht, könnte er Alessandro aus den Augen verlieren. Doch der Weg sah nicht danach aus, als würde er noch weit ins Gelände hineinführen. Also parkte Justin den Fiat hinter einer verfallenen Steinmauer, die vielleicht einmal ein Ziegenstall gewesen war, und ging zu Fuß weiter.

Der Schotterweg war staubig und voller Schlaglöcher. Links und rechts wuchsen knorrige, mit Flechten bewachsene Bäume, dazwischen standen verdorrtes Gras und einzelne Kakteen.

Justin fuhr sich mit der Hand über die Stirn. Obwohl es hier kühler war als in Taormina, brach ihm der Schweiß aus. Wo führte dieser Pfad hin und was würde er am Ende finden? Er wollte sich nicht ausmalen, dass dort eine verletzte Romina sein könnte. Er schüttelte den Kopf. Nein, Alessandro liebte sie, er würde ihr nichts antun. Und wenn doch? Justin beschleunigte seine Schritte. Plötzliche Angst trieb ihn vorwärts. Hoffentlich kam er nicht zu spät.

Unvermittelt jaulte ein Motor auf. Er blieb stehen. Alessandro kam zurück!

Hektisch sah Justin sich um. Der Hotelmanager durfte ihn auf keinen Fall entdecken. Eine kaum mannshohe zerzauste Kiefer erschien Justin als geeignetes Versteck. Er kauerte sich dahinter, und nur Sekunden später raste Alessandros Auto an ihm vorbei. Auf der schlechten Piste wurde der Wagen wie ein durchgedrehter Tennisball auf und ab geschleudert. Justin konnte aus seinem Versteck nur einen kurzen Blick auf den Hotelmanager werfen, aber was er sah, zog ihm beinahe den Boden unter den Füßen weg: Panik stand in Alessandros Gesicht.

»Oh mein Gott«, flüsterte Justin.

Sobald sich der Wagen außer Sichtweite befand, sprintete er los. Hinter einer Biegung entdeckte er ein offen stehendes Holztor, dahinter ein bunkerähnliches Gebäude, dessen Metalltür ebenfalls weit geöffnet war.

Er rannte darauf zu.

»Romina!«, rief er angsterfüllt. »Bist du hier?«

Nichts. Im Inneren des Gebäudes herrschte Dunkelheit. »Romina?«, rief er noch einmal. Keine Antwort.

Justin tastete nach einem Lichtschalter, doch als er ihn betätigte, hörte er nur ein Klicken. Durch die offene Tür fiel ein schmaler Lichtschein ins Innere des Bunkers. Neben dem Eingang stand ein Bett mit einer zerwühlten Decke darauf. Davor die Stofftaschen, die Alessandro aus dem Hotel getragen hatte. Wasserflaschen, Früchte und Brot lagen auf dem Boden, offenbar waren sie aus den Taschen gekullert, als Alessandro sie hatte fallen lassen. Proviant für Romina? Hatte der Mistkerl sie hier etwa festgehalten? Und wenn ja, wo war sie jetzt?

46

Romina kam schwer atmend beim Eingang des Grand Hotel an. Den ganzen Weg war sie gerannt und sie musste sich erst einen Moment am Eingangsgitter abstützen, um Luft zu holen. Obwohl schwarze Punkte vor ihren Augen tanzten, konnte sie das glückliche Grinsen in ihrem Gesicht nicht abschalten.

Justin war hier! Er liebte sie. Es würde sich alles finden.

Sie atmete zweimal tief durch und ging auf die Eingangstür zu. Die pneumatischen Türen öffneten sich mit einem leisen Zischen, und kühle klimatisierte Luft empfing sie. Hinter der Rezeption stand Anselmo, der sich gerade von Lucia, seiner Stellvertreterin, verabschiedete. Dann wandte er sich an eine gut gekleidete Frau mit flachsblonden Haaren, die nervös mit den Fingern auf den Empfangstresen trommelte. Sie wirkte aufgebracht. Da Romina nicht wusste, in welchem Zimmer Justin jetzt wohnte, musste sie sich gedulden, bis Anselmo den Gast abgefertigt hatte.

»Verstehen Sie mich nicht, oder wollen Sie mich nicht verstehen?« Die Frau klang leicht hysterisch.

Anselmo warf Romina einen hilfesuchenden Blick zu.

Na gut, dachte sie. Wenn sie ihm jetzt half, musste er ihr danach Justins Zimmernummer verraten. Eine Hand wäscht die andere.

»Kann ich Ihnen behilflich sein?«, fragte sie die Dame auf Englisch.

Diese drehte sich um. »Ah, Sie sprechen meine Sprache. Gut. Ich möchte dem Herrn verständlich machen, dass ich gestern von der Juniorsuite aus ein längeres Telefongespräch ins Ausland getätigt habe und dieses jetzt gern bezahlen möchte. Aber er versteht mich nicht.«

Romina übersetzte Anselmo die Wünsche der aufgebrachten Engländerin. Sein Gesicht hellte sich auf.

»Selbstverständlich, Signora. Nur einen Moment.« Er machte sich am Computer zu schaffen.

»Besten Dank«, wandte sich die Dame an Romina und strich sich mit einer fahrigen Bewegung eine Haarsträhne hinters Ohr. Sie wirkte gestresst.

»Keine Ursache.«

Plötzlich ging ein Ruck durch die Engländerin und ihre Augen weiteten sich.

»Sie sind Romina!«

Romina runzelte die Stirn. Woher kannte die Dame sie denn? Sie hatte die Engländerin vorher noch nie gesehen.

»Ja, stimmt. Kennen wir uns?«

In den Augen der Frau blitzte etwas auf, das Romina einen kalten Schauer über den Rücken jagte. Wenn Blicke töten könnten!

»Nein, *wir* kennen uns nicht«, sagte sie mit kalter Stimme. »Aber *Sie* kennen meinen Verlobten.«

»Hier, Signora«, unterbrach Anselmo ihr Gespräch und legte eine Quittung auf den Tresen, doch die Engländerin brachte ihn mit einer Handbewegung zum Schweigen.

»Nicht jetzt!«, befahl sie. »Miss, Sie haben meinen Verlobten letzte Woche kennengelernt, nicht wahr? Er wollte vor der Hochzeit noch ein wenig auf den Putz hauen, Sie verstehen? Wie das bei Männern halt so ist. Die wollen sich ein letztes Mal die Hörner abstoßen, bevor die Handschellen klicken. Aber jetzt ist natürlich Schluss mit dem Unsinn.«

Sie lachte affektiert, und Rominas Magen verwandelte sich in einen Eisklumpen. Doch es war ihr nicht möglich, etwas zu erwidern. Der Gedanke, der sich in ihrem Kopf formte, war zu entsetzlich.

»Wie …«, sie räusperte sich. »Wie heißt Ihr Verlobter denn?«

Die Frau griff nach der Quittung und sah Romina spöttisch an.

»Montague Browne, meine Liebe. Justin Charles Montague Browne, Earl of Glemhamm.«

* * *

Justin fuhr wie ein Wilder die kurvenreiche Straße nach Taormina hinab. Er hatte die vergangenen Minuten das ganze Areal um den Bunker abgesucht, von Romina aber keine Spur entdeckt. Auf der einen Seite beruhigend, denn er hatte schon befürchtet, dass sie irgendwo tot im Gelände lag. Auf der anderen Seite erfüllte ihn dieser Umstand mit Furcht. Er war sich sicher, dass Alessandro sie die vergangenen Tage in diesem Kasten gefangen gehalten hatte und ihr heute weiteren Proviant hatte bringen wollen. Aber sie war offensichtlich nicht mehr dort gewesen, deshalb war der Hotelmanager auch wie ein Verrückter davongefahren. Hatte sie sich selbst befreien können? Oder hatte ihr jemand geholfen? Egal, Hauptsache, ihr war nichts passiert! Aber wo steckte sie?

Konnte es Alessandro vielleicht wissen? Möglicherweise war er vorhin direkt dorthin gefahren, wo er Romina vermutete. Also zurück zum Hotel. Oder besser gleich zur Polizei? Immerhin hatte der Mistkerl Romina entführt und gegen ihren Willen festgehalten, denn dass sie freiwillig mit ihm mitgegangen war, konnte sich Justin nicht vorstellen.

Er stoppte mit quietschenden Reifen auf dem Hotelparkplatz und eilte zur Rezeption. Oh nein, Anselmo, der hochnäsige Empfangschef, hatte wieder Dienst. Egal, wenn der erfuhr, was sein feiner Chef verbrochen hatte, verflüchtigte sich seine Loyalität ihm gegenüber hoffentlich augenblicklich.

»Wann ist der hiesige Polizeiposten besetzt?«, fragte Justin ohne Umschweife.

»Ihnen auch einen schönen Tag.«

Justin hätte den Kerl am liebsten durchgeschüttelt. »Ja, ja, also wann?«

»Vor neun Uhr geht da gar nichts«, beantwortete Anselmo die Frage und gestattete sich ein Lächeln. »Ist Ihnen denn etwas gestohlen worden?«

Justin verbiss sich eine gehässige Antwort. »Ist Ihr Chef schon da?«

Der Empfangschef schüttelte den Kopf. »Noch nicht. Soll er Sie anrufen, wenn er kommt?«

»Nein, nicht nötig.«

Einen Moment blieb Justin unschlüssig stehen. Wie weiter? Zu Rominas Wohnung? Vielleicht war sie bereits wohlbehalten zurückgekommen; er hoffte es so sehr.

Anselmo warf einen Blick in die Runde und beugte sich dann vertraulich über den Tresen. »Meine Glückwünsche. Sie sind mir ja ein richtiger Schwerenöter.« Er zwinkerte ihm schelmisch zu.

»Bitte was?«, fragte Justin irritiert.

Anselmo sah sich nochmals um, ob sie jemand belauschte. »Na ja, eine Verlobte *und* eine Urlaubsbekanntschaft. Das sieht einem Engländer doch gar nicht ähnlich. Ist eigentlich eher unser Metier.« Er lachte verhalten.

Justin runzelte die Stirn. War der Mann betrunken? »Ich verstehe nicht. Was für eine Verlobte?«

»Die blonde Lady, die vorhin da war. Das ist doch Ihre Verlobte?«

Justin ging ein Licht auf. »Ah, Sie meinen Charlotte Compton. Nein, wir sind nur gute Freunde. Sie konnte kein Zimmer mehr bekommen und hat daher in meiner Suite übernachtet.«

Anselmo sah ihn skeptisch an, und Justin fragte sich, weshalb er sich vor dem Mann rechtfertigte. Er hatte jetzt weiß Gott anderes zu tun.

»Wie Sie meinen, Signore. Dann habe ich das wohl falsch verstanden. Mein Englisch ist ... nun ja, es könnte besser sein.« Er zuckte entschuldigend mit den Schultern. »Übrigens bin ich sogar froh darüber. Nicht, dass es mich etwas angeht, aber Romina ist so ein nettes Mädchen. Und sie sah aus, als hätte sie gerade den Teufel erblickt, als Ihre Bekannte von Ihnen gesprochen hat.«

Justin packte Anselmo am Revers. »Romina war hier? Wann?«

»Ich darf doch sehr bitten!«, quiekte der Angestellte und Justin ließ ihn los.

»Entschuldigen Sie. Aber Sie sagten eben, dass Romina hier war. Stimmt das?«

Anselmo nickte. »Gerade eben. Sie hat das mit Ihrer Verlobten ... Bekannten wohl ebenso falsch verstanden.«

Justins Kopf schnellte herum. Hektisch schaute er sich in der Eingangshalle um.

»Ist sie zu mir aufs Zimmer gegangen?«

Anselmo schüttelte den Kopf. »Nein, wieso sollte sie?«

»Wo ist sie dann?«, schrie Justin den Angestellten an.

Dieser trat erschrocken einen Schritt zurück.

»Sie ist davongerannt«, erklärte er verdattert.

47

Romina hetzte durch Taorminas Gassen. Nur weg, einfach weg und nichts mehr sehen und hören! Sie konnte nicht mal weinen, dafür war sie viel zu wütend.

Alles Lüge! Alles nur eine verdammte Lüge!

Wie hatte sie nur so dumm sein können? Natürlich gab sich ein englischer Adliger nicht mit einer einfachen Bürotippse ab. Oder nur im Urlaub, den er sich vor seiner Hochzeit mit einer hochnäsigen blassen Pute leistete, um ein letztes Mal ein bisschen Spaß zu haben. Sie gab einer leeren Getränkedose auf dem Boden einen wütenden Tritt. Und diesem Windhund hatte sie ihre Liebe gestanden? Hatte ihn in ihr Bett und ihr Herz gelassen? Was für eine Demütigung!

Es waren zu dieser frühen Stunde nur wenige Menschen auf der Straße unterwegs. Lediglich ein paar Ladenbesitzer kreuzten ihren Weg, die den Platz vor ihren Geschäften mit einem Schlauch abspritzten. Umso besser, in ihrer aktuellen Gemütslage hätte sie am liebsten einen Mord begangen. Einem Bekannten, der eben einen Ständer mit Postkarten nach draußen stellte und ihr freundlich zuwinkte, warf sie einen giftigen Blick zu.

Sie hatte von Männern die Schnauze gestrichen voll! Der eine entführte sie und sperrte sie in einen Bunker, und der andere hatte sie von Anfang an nur belogen. Selbst als es schon vorbei gewesen war, hatte er sie mit einem Liebesgeständnis nochmals angelockt. Wofür? Eine letzte leidenschaftliche Nacht, bevor die Zukünftige auftauchte?

»Gratulation, Ginny, du hast damals das Richtige getan und dich gegen Edward entschieden«, murmelte Romina wütend vor sich hin. »Diese ganze Familie hat doch ein Rad ab. Sei froh, dass du ihn losgeworden bist. Schöne Worte kann so mancher aufs Papier klatschen. Es sind die Taten, die zählen. Und der Charakter. Von beidem haben diese Taugenichtse wenig zu bieten.«

Unterdessen war sie in der Via Sesto Pompea angekommen. Die Haustür stand wieder mal offen und von der Hauswirtin war nichts zu sehen. Gut! Signora Riccobono hätte bestimmt wissen wollen, wie das Treffen mit …

Romina presste ärgerlich die Lippen zusammen. Sie wollte nicht einmal mehr an diesen Namen denken. Je eher sie ihn aus ihrem Gedächtnis strich, desto besser.

In ihrer Wohnung angekommen, setzte sie sich aufs Sofa und starrte vor sich hin. Eigentlich sollte sie jetzt weinen, toben, Geschirr zerschlagen, alle Männer in die Hölle wünschen und, was sie sich vorgenommen hatte, Alessandro anzeigen. Doch sie fühlte sich einfach nur müde und ausgelaugt. Bei der Polizei würde das ewig dauern, und vermutlich müsste sie ihre Anschuldigung gegen den angesehenen Alessandro Cortesi auch irgendwie beweisen. Wie sollte sie das tun? Der Motorradfahrer, der ihre Geschichte bezeugen konnte, war über alle Berge. Sie hatte ihn in Taormina noch nie gesehen und kannte weder seinen Namen noch wusste sie, wo er wohnte. Dann stand ihr Wort gegen Alessandros. Würde man ihr glauben? Die Leute wussten, dass sie ab und zu miteinander ausgingen. Bestimmt dachten viele, dass sie sogar eine Beziehung unterhielten. Möglicherweise würde man denken, dass sie sich die Entführung nur ausgedacht hatte, um sich an Alessandro aus irgendeinem Grund zu rächen.

Sie strich sich müde über die Stirn. Sie brauchte Zeit, um sich ihre nächsten Schritte in der Sache zu überlegen. Doch auch wenn sie Alessandro nicht anzeigte, der Kerl würde für das, was er getan hatte, bezahlen. Irgendetwas würde ihr schon einfallen.

Sie sah auf die Uhr. Es war Zeit, sich auf den Weg zur Agentur zu machen. Doch wie sollte sie in ihrem Zustand arbeiten? Sich mit Kunden unterhalten? Lächeln, Small Talk betreiben, sich um die Wünsche exzentrischer Promis kümmern? Nein, das konnte niemand von ihr verlangen. Sie brauchte Ruhe, Frieden, einen Ort, an dem sie ihre Wunden lecken konnte. Kurz überlegte sie, Enrico einfach anzurufen und sich krankheitshalber zu entschuldigen. Aber das erschien ihr nicht fair. Er machte sich bestimmt Sorgen um sie, und wenn sie ihren Job behalten wollte, musste sie mit einer besseren Erklärung aufwarten als mit einem Schnupfen.

Romina zog das ramponierte Abendkleid aus und warf es in den Müll. Dann holte sie eine Reisetasche aus dem Schrank, stopfte wahllos ein paar Kleider und Toilettenartikel hinein und griff nach ihrem Autoschlüssel. Sie würde jetzt zuerst in die Agentur fahren und mit Enrico sprechen, dann zu Giulia in die Villa Schuler, sich von ihr etwas Bargeld borgen und sich dann eine Auszeit gönnen.

* * *

»Ich bringe dich um, Charlotte! Ich schwöre, ich bringe dich eigenhändig um!«

Justin hielt beim Laufen das Handy ans Ohr, doch Charlotte Compton hielt es wohl für klüger, nicht ranzugehen. Eigentlich brauchte er von ihr auch gar keine Bestätigung mehr, dass sie Romina angelogen hatte.

Was war nur in sie gefahren, so einen Mist zu erzählen? Offenbar war ihre zivilisierte Reaktion auf seine Abfuhr heute Morgen lediglich gespielt gewesen. Vermutlich dachte sie, wenn sie ihn nicht haben konnte, dann durfte es auch keine andere.

Himmel, was musste Romina jetzt von ihm denken!? Er konnte sich nur annähernd vorstellen, wie sie sich im Moment fühlte. Verletzt? Wütend? Gedemütigt? Vermutlich ein Mix aus allem. Hoffentlich ließ sie ihm die Chance, das Missverständnis aufzuklären.

Und Gott sei Dank war sie unversehrt wieder aufgetaucht! Irgendwie hatte sie ihrem Gefängnis entfliehen und nach Taormina zurückkehren können. Er war schon gespannt zu erfahren, wie sie das angestellt hatte. Sofern sie nach Charlottes Lügen überhaupt noch mit ihm redete. Und noch wichtiger: seinen Beteuerungen, dass zwischen ihm und Charlotte nichts war, glaubte.

Er hatte Rominas Temperament mittlerweile kennengelernt. Hoffentlich erwarteten ihn keine fliegenden Porzellantassen. Oder erstach sie ihn gleich mit dem Familiendolch? Auf Sizilien ging man mit einem Feind nicht gerade zimperlich um, hatte er gehört. Und dass er keiner war, musste er ihr erst beweisen. Das würde nicht einfach werden. Aber die Versöhnung hoffentlich umso schöner.

Keuchend kam er vor ihrem Wohnhaus an. Die Haustür stand sperrangelweit offen. Ein gutes Zeichen? Immer zwei Schritte auf einmal nehmend, stürmte er die Treppe hinauf und hämmerte an Rominas Wohnungstür.

»Romina, ich bin's, Justin, öffne bitte die Tür! Ich muss mit dir reden. Charlotte hat gelogen. Es ist alles Mist, was sie dir erzählt hat. Romina?«

Keine Antwort. Er stützte beide Hände auf die Knie und rang nach Atem. Als er nicht mehr so keuchen musste, drückte er auf den Klingelknopf. Ein, zwei Mal. Keine Reaktion. Sie musste ihn doch hören!

Er sah auf die Uhr. War sie schon zur Arbeit gegangen? Er klopfte erneut.

»Romina, bitte, lass es mich doch erklären. Es …«

Die Tür der gegenüberliegenden Wohnung öffnete sich.

»Was ist das denn für ein Krach? Ach, Sie schon wieder«, sagte der alte Mann, den Justin bereits am Samstag getroffen hatte. »Immer noch kein Glück, was?« Er grinste.

»Haben Sie sie heute gesehen?«

»Sie ist eben weg.«

»Shit!« Justin schlug mit der flachen Hand an die Wand.

»Sie hatte eine Reisetasche dabei.«

»Wollte sie verreisen? Wenn ja, wohin?«

Der alte Mann kratzte sich am Bauch. Er trug nur ein enges geripptes Unterhemd und karierte Boxershorts. Offenbar sein Schlafanzug. Er war am ganzen Körper behaart und sah wie ein in Puppenkleider gesteckter Teddy aus.

»Hören Sie, das Täubchen erzählt mir nicht, was sie vorhat. Also wenn *Sie* es nicht wissen, dann will die Kleine vielleicht nicht, *dass* Sie es wissen. Schon mal daran gedacht?« Der Mann schloss kopfschüttelnd die Tür.

Kurz darauf hörte Justin das aufgesetzte Gelächter einer TV-Sitcom aus der Wohnung.

Er setzte sich frustriert auf die Treppe und fuhr sich mit beiden Händen übers Gesicht.

Der alte Mann hatte nicht unrecht. Justin war vermutlich im Moment der Letzte, dem Romina etwas erzählte. Sollte er aufgeben? Nach Woodbridge Hall zurückkehren und sich endlich um die maroden Finanzen kümmern?

Im Grunde war das alles doch sinnlos. Er jagte einem romantischen Traum hinterher. Romina und ihn trennte mehr, als sie verband. Sie war zwar ins Grand Hotel gekommen, hatte seinen Zettel also gelesen, aber Charlottes Lüge hatte sie wieder vertrieben. Verständlich, doch warum hatte sie nicht mit ihm persönlich gesprochen? Glaubte sie einer Fremden mehr als ihm? Und wenn ja, hieß das nicht, dass zwischen ihnen kein Vertrauen bestand? Sie kannten sich zwar erst kurz, aber sie hätte doch wissen müssen, dass er ihr keine Gefühle vorgaukelte.

Er zog das Handy aus der Hosentasche und wählte Rominas Nummer. Immer noch die Mailbox. Sie konnte überall sein, und sie zu finden, war jetzt noch aussichtsloser als zuvor. Er sollte der Wahrheit endlich ins Gesicht sehen und aufgeben. Immerhin musste er sich nichts vorwerfen, er hatte alles Menschenmögliche versucht.

Was hatte Edward in seinem Brief so treffend gesagt? *Manchmal muss man sich von einem geliebten Menschen trennen, und manchmal trennt einen das Schicksal aus unerfindlichen Gründen voneinander.*

»Kluger Mann«, murmelte Justin, stand auf und ging mutlos die Treppe hinab.

* * *

»Du hast was?« Enrico starrte Romina ärgerlich an. »Ein Burnout? Willst du mich auf den Arm nehmen?«

Sie senkte den Blick. »Es tut mir leid, aber ich kann heute nicht arbeiten.«

Ihr Chef schnaubte missbilligend. »Und am Samstag ging's wohl auch nicht, oder was? Schön, wenn man sich so auf seine Angestellten verlassen kann.«

Sie senkte den Blick. Ihre Lippen zitterten.

»Setz dich mal hin, Romina. Du bist ja weiß wie die Wand.«

Seine Stimme klang jetzt versöhnlicher. Er wies mit der Hand auf den Stuhl vor seinem Schreibtisch. Sie setzte sich hin, vermied aber jeglichen Augenkontakt. Mit seinem Ärger konnte sie umgehen, doch wenn er sie so mitfühlend behandelte, würde sie bestimmt über kurz oder lang in Tränen ausbrechen.

»Was ist denn los? Du bist doch sonst so verlässlich. Hast du Probleme?«

Romina wollte verneinen, doch plötzlich zerbrach ihre mühsam aufrechterhaltene Selbstbeherrschung. Die Verzweiflung, die sie im Bunker überkommen hatte, Justins Verlogenheit, Alessandros abscheuliche Tat. All das brach sich einen Weg. Tränen liefen über ihre Wangen.

»Na, na«, brummte Enrico verstört. »So schlimm?«

Romina nickte. Sollte sie ihrem Chef alles erzählen? Aber sie kannte Enrico, er würde sie sofort dazu drängen, Alessandro anzuzeigen. Was im Grunde auch richtig war, doch im Moment fehlte ihr die Kraft für weitere Unannehmlichkeiten.

»Ich brauche einfach eine Auszeit«, erwiderte sie leise.

»Auszeit? Verstehe. Und wie lange soll die dauern?«

Sie wischte sich die Tränen vom Gesicht. »Eine Woche?«

»Du weißt schon, dass im Moment das Filmfestival stattfindet, oder?«

»Es tut mir leid.«

Enrico seufzte tief. »Also gut. Eine Woche. Nächsten Montag stehst du aber wieder auf der Matte, capito?«

»Versprochen. Danke, Enrico.« Sie stand auf.

»Ja, ja«, knurrte er und griff nach dem Telefonhörer. »Hoffentlich kann ich jemanden kurzfristig über ein Stellenvermittlungsbüro akquirieren. Sonst muss ich noch meine Frau fragen, ob sie aushilft.« Er warf ihr einen genervten Blick zu. »Und dann habe *ich* ein Burn-out!«

Romina gestattete sich ein Lächeln, ging dann um den Schreibtisch herum und umarmte ihren Chef spontan.

»Du bist der Beste!«

»Stimmt. Vergiss das bloß nie. Und jetzt raus! Gute Erholung.« Er tippte mit dem Bleistift eine Nummer ein. »Burn-out«, brummte er, »so ein Schwachsinn.«

Romina hielt es für klüger, jetzt zu verschwinden.

Gott sei Dank hatte Enrico ihr nicht gekündigt. Das wäre noch das Sahnehäubchen auf ihrer momentanen Lebenskrise gewesen. Orlando leistete sich wie immer das Privileg des Zuspätkommens. Gut, seinen Spott könnte sie heute nicht ertragen.

Und jetzt auf zu Giulia. Ihre Freundin würde ihr bestimmt aushelfen, bis Romina ihren Geldbeutel mit den Kreditkarten zurückbekam. Dass sie im Moment kein Handy besaß, war ihr vollkommen egal. Sie wollte weder angerufen werden noch irgendwelche SMS erhalten. Und wer sollte sie schon anrufen? Justin? Oder gar Alessandro? Sie schnaubte abfällig. Die konnten ihr beide gestohlen bleiben!

Auf dem Personalparkplatz der Villa Schuler stand Giulias pinkfarbene Vespa, als Romina wenig später dort ankam. Die pünktliche Giulia. Auf sie konnte man sich verlassen.

Romina stieg aus dem Auto und betrat die Villa durch den Personaleingang. Man kannte sie hier und niemand würde daran Anstoß nehmen. Auf dem Weg zu Giulias Arbeitsplatz überlegte sie, was sie ihrer Freundin für eine Story auftischen sollte. Auch diejenige vom Burn-out? Oder wie wäre es zur Abwechslung mal mit der Wahrheit?

Romina nickte entschlossen. Ja, Schluss mit den Lügen! Man hatte ja gesehen, wohin die führten. Giulia würde sie verstehen, wie sie es immer tat. Sie würde sie in den Arm nehmen und trösten, die Männer verfluchen, ihr übers Haar streichen und sagen, dass der Schmerz irgendwann verging. Und dass sie eines Tages auch einen Menschen treffen würde, der sie wahrhaftig liebte.

48

Vor der Villa Schuler parkte ein Reisebus, dem lächelnde Touristen entstiegen und sich neugierig umsahen. Ein paar zückten ihre Handys und fotografierten die prächtige in Rosa und Weiß gestrichene Jugendstilvilla, während der Fahrer damit beschäftigt war, das Gepäck auszuladen.

Justin eilte zur Rezeption, bevor die neuen Gäste das Hotel fluteten.

Obwohl er vorhin beschlossen hatte, Taormina endgültig zu verlassen, musste er einen letzten Versuch unternehmen, mit Romina zu sprechen. Möglicherweise machte er sich zum Affen, wenn er Giulia jetzt aufsuchte, aber ihm blieb keine Wahl. Er umrundete den Kofferberg auf dem Vorplatz und betrat die Eingangshalle. Hinter der Theke stand eine jüngere Frau in einer schwarz-weißen Uniform und schenkte ihm ein strahlendes Lächeln.

»Buongiorno, herzlich willkommen im Hotel Villa Schuler. Ihr Name, bitte?«

Sie sah auf die vorbereiteten Formulare und Zimmerschlüssel hinab, die auf der Theke ausgebreitet lagen. Offenbar hielt sie ihn für ein Mitglied der angekommenen Reisegruppe.

»Ich gehöre nicht zu denen«, erklärte Justin und wies mit dem Kopf auf die schwatzende Gruppe vor dem Eingang. »Mein Name ist Justin Montague Browne und ich möchte gern mit Giulia …« Er brach ab. Verdammt, wie hieß sie noch gleich mit Nachnamen? »Raneri! Ich würde gern mit Giulia Raneri sprechen. Es ist wichtig. Ist sie da?«

Die Angestellte hob amüsiert die Augenbrauen und betrachtete ihn eingehend. Vermutlich hielt sie ihn für einen von Giulias Verehrern. Egal, sollte sie denken, was sie wollte.

»Ich sehe nach, was ich tun kann«, erwiderte sie mit einem spöttischen Lächeln und griff nach dem Telefonhörer. »Giulia? Ein Herr ist hier und möchte dich sprechen.« Sie hielt die Hand über die Sprechmuschel. »Wie war gleich noch Ihr Name?«

»Sagen Sie einfach, dass Justin hier ist.«

»Ein Herr Justin. Er sagt, es sei dringend.« Die Angestellte lauschte und nickte dann. »Va bene.« Sie legte den Hörer auf. »Giulia kommt gleich. Sie bittet Sie, auf der Terrasse zu warten.« Sie wies mit der Hand auf die rechte Seite. »Einfach durchgehen.«

Auf der Terrasse wurde den Hotelgästen gerade das Frühstück serviert. Der Duft nach frischem Brot, gebratenem Speck und Kaffee hing in der Luft.

Justin setzte sich etwas abseits an einen Tisch, auf dem benutztes Geschirr stand. Ein Kellner eilte herbei und begann sogleich, den Tisch abzuräumen und nach seinen Wünschen zu fragen.

»Ich bin kein Hotelgast«, beeilte sich Justin zu sagen. »Ich warte auf jemanden, hätte aber gern einen Ristretto, wenn das möglich ist.«

»Natürlich, Signore, kommt sofort.«

Justin trommelte mit den Fingern auf die Tischplatte. Für die fantastische Aussicht auf die Bucht von Naxos, den rauchenden Ätna und die gesamte ionische Südküste hatte er keinen

Blick. Zu viel ging ihm im Kopf herum. Er wagte nicht zu hoffen, dass Giulia ihm sagen konnte, wo sich Romina aufhielt. Doch die zwei standen sich nahe, und wenn es jemand wusste, dann bestimmt sie.

Kurze Zeit später kam Rominas Freundin durch eine Seitentür auf die Terrasse und sah sich suchend um. Justin erhob sich und winkte.

»Giulia, danke, dass du …«

»Du hast ja vielleicht Nerven, hier aufzukreuzen!«, blaffte sie ihn an. Ihre Augen funkelten und sie hob kämpferisch das Kinn. »Am liebsten würde ich dich über die Brüstung schubsen, du, du … Mist, jetzt fällt mir das englische Wort nicht ein. *Pezzo di merda!*«

Justin schnaubte und hob die Hände. »Bitte, Giulia, du musst mich anhören, es …«

Sie brachte ihn mit einer Handbewegung zum Schweigen.

»Ich muss gar nichts, du aufgeblasener Wichtigtuer. Kannst du dir vorstellen, was du Romina angetan hast?« Giulia stemmte die Hände in die Hüften. »Meiner besten Freundin und der wunderbarsten Frau auf ganz Sizilien? Du bist es nicht wert, den Boden zu küssen, auf dem sie geht. Du …«

Das Auftauchen des Kellners ließ sie verstummen. Der Angestellte sah Giulia verschreckt an, stellte Justins Ristretto und ein Glas Wasser auf den Tisch und verschwand eilig wieder. Sobald er außer Hörweite war, nahm Giulia erneut Anlauf, doch Justin trat energisch einen Schritt auf sie zu.

»Giulia, hör mich an. Was Romina im Grand Hotel gesagt wurde, ist eine infame Lüge. Bitte, lass es mich erklären, und wenn ich dich nicht überzeugen kann, springe ich selbst in die Tiefe.«

Die Italienerin sah ihn aus schmalen Augen an und nickte dann. »Fünf Minuten«, zischte sie, »und keine Sekunde länger.«

Der Motor heulte auf, als Justin sich verschaltete. Er verzog den Mund und würgte den Gang rein. Verdammter Rechtsverkehr! Alles befand sich auf der falschen Seite, da blickte doch keiner durch. Er hätte einen Wagen mit Automatikgetriebe mieten sollen, dann fiele immerhin das verflixte Schalten weg. Leider hatte die Autovermietung an diesem Tag keinen mehr vorrätig gehabt.

Auf dem Beifahrersitz lagen seine hastig gepackte Reisetasche und der Rucksack. Er hatte nach dem Gespräch mit Giulia im Grand Hotel direkt ausgecheckt und hatte auch nicht vor, dorthin zurückzugehen.

Alessandro Cortesi hatte sich, nach Anselmos Auskunft, krank gemeldet, als Justin nach seiner Rückkehr ins Hotel noch einmal nach ihm gefragt hatte. Egal, es gelüstete ihn wenig, dem Mistkerl nochmals gegenüberzutreten. Der würde sein Fett schon noch abbekommen, wenn Romina zur Polizei ging. Außerdem wusste er jetzt, wo sie sich aufhielt, ein Gespräch mit dem Lackaffen war also unnötig. Und was auch immer in den nächsten Stunden passierte, entweder würde Justin mit Romina zusammen in ihre Wohnung zurückfahren – oder abreisen. Wenn es keinen Flug mehr gab, dann halt mit der Fähre aufs Festland. Irgendwie würde er schon nach England kommen.

Er fühlte einen schmerzhaften Druck in der Magengegend. Seit seiner Kindheit bekam er Bauchgrimmen, wenn er unter Stress stand. Und dass die nächsten Stunden noch stressiger werden würden, davon ging er aus.

Giulia hatte ihm Gott sei Dank mehr als nur fünf Minuten zugehört. Er wusste nicht, ob sie ihm tatsächlich geglaubt hatte, aber immerhin hatte sie ihm verraten, dass Romina zu ihrer Großmutter nach Gangi gefahren war und so bald auch nicht mehr nach Taormina zurückkehren würde. Er hatte Giulia daraufhin das Versprechen abgenommen, ihre Freundin nicht vorzuwarnen, dass er auf dem Weg zu ihrem Rückzugsort war.

Romina sollte selbst entscheiden, ob sie mit ihm sprechen wollte oder nicht. Und zwar von Angesicht zu Angesicht. Keine SMS mehr, keine Zettel oder Briefe, sondern ein ernsthaftes Gespräch unter vier Augen. Giulia hatte nach langem Zögern zugestimmt.

Zum Glück hatte der Wagen wenigstens ein Navigationssystem, das ihm den schnellsten Weg anzeigte. Nach Gangi gab es eine Panoramastraße durch die Berge, die aber eine Stunde mehr Fahrzeit kostete, und die übliche Autobahn. Um keine Zeit zu verlieren, bog er bei Catania auf die Schnellstraße ab und gab Gas. Er sah auf die Uhr. Wenn er gut vorankäme, wäre er kurz vor Mittag dort und musste dann nur noch Blanca D'Agostinos Haus finden.

Trotz der auf Hochtouren laufenden Klimaanlage bekam Justin plötzlich schweißige Hände. Vermutlich hatte Romina ihrer Großmutter bereits erzählt, was er ihr ihrem Glauben nach Widerwärtiges angetan hatte. In Kürze würden ihm also zwei erboste Sizilianerinnen gegenüberstehen, und das trug nicht zu seiner Beruhigung bei. Doch das Risiko, mit seinen Erklärungsversuchen zu scheitern, musste er eingehen.

Für sein Glück musste man kämpfen, sonst hatte man es nicht verdient.

Der Himmel hatte sich mit schweren grauen Wolken überzogen. Über den Hügelketten in der Ferne dräute ein Gewitter. Wie passend, er fuhr direkt darauf zu. Ein schlechtes Omen?

»Ach was, das ist nur ein Gewitter«, murmelte er und stellte im Radio einen poppigeren Sender ein. Er kannte den italienischen Song zwar nicht, aber die Melodie war eingängig, und um sich abzulenken, summte er den Refrain mit.

Während der Fahrt blieb ihm genug Zeit, sich mental auf das Gespräch mit Romina vorzubereiten. Er hatte vorhin auch über ihren Wunsch, dass er in Taormina blieb, nachgedacht.

Es würde schwierig werden, wenn er dem nachgab. Er müsste dann zwischen Italien und England hin und her pendeln. Einiges, was Woodbridge Hall betraf, konnte er zwar per Internet oder Telefon erledigen, aber eben nicht alles. Zudem müsste er jemanden einstellen, der seine Rolle als Earl bei den Teepartys übernahm. Oder konnte er eventuell Powell, den Butler, dazu überreden, dauerhaft als sein Stellvertreter zu fungieren?

Was ihm jedoch am meisten Kopfzerbrechen bereitete, war seine Mutter. Wie würde sie es aufnehmen, wenn ihr einziger Sohn der Liebe wegen in Italien blieb, wegen einer Leidenschaft, die gerade mal vor einer Woche begonnen hatte? Ihr seine Entscheidung mitzuteilen, würde ein hartes Stück Arbeit bedeuten … und war bestimmt mit vielen Tränen und Vorwürfen verbunden.

Justin stieß seufzend die Luft aus. Aber er wollte es probieren, wenn ihm Romina die Chance dazu gab. Er würde es sonst sein Leben lang bedauern, es nicht versucht zu haben.

Dass Rominas und seine Beziehung am Alltag scheiterte, war natürlich möglich. Immerhin gab es einige Steine, die sie aus dem Weg räumen mussten. Er hatte hier keine Arbeit und ob er schnell etwas Passendes fand, war dahingestellt. Zudem bestand nach wie vor ein erhebliches Geldproblem, was Woodbridge Hall betraf. Vielleicht aber hatte Romina eine zündende Idee, wie sie den alten Kasten wirtschaftlicher machen konnten.

Er hatte lange damit geliebäugelt, Charlottes Vater um ein Darlehen anzugehen. Aber nach dem endgültigen Bruch mit seiner Tochter würde Sir Frederick ihn vermutlich zum Teufel jagen.

Nun denn, darüber würde er sich den Kopf zerbrechen, wenn es so weit war. Zuerst galt es jetzt, Romina von seiner Liebe zu überzeugen, und dass er nicht der Windhund war, als den Charlotte ihn hingestellt hatte.

49

Das Gewitter hatte sich mitsamt dem sintflutartigen Wolkenbruch verzogen und ließ Gangis Pflastersteine in den steilen Gassen silbern glänzen. Dampf stieg vom Boden auf, als würde unterirdisch ein Topf Spaghetti gekocht. Es roch intensiv nach nassem Stein und feuchtem Unrat.

Romina sah zum Himmel hoch. Sie hatte sich unter ein Vordach geflüchtet und das Ende des Platzregens abgewartet. Jetzt schien aber bereits wieder die Sonne und sie trabte los.

Nonna war über ihr unerwartetes Auftauchen entzückt gewesen. Nach einer kurzen Umarmung hatte sie ihre Enkelin jedoch zum Einkaufen von Brot, Butter und Milch ins Dorf gescheucht. Fast so, als wolle sie sie aus dem Haus haben. Auch gut, dachte Romina, so bleibt mir die Beichte noch für kurze Zeit erspart.

Blanca D'Agostino war nicht dumm. Sie hatte ihrer Enkelin offensichtlich angesehen, dass etwas nicht stimmte, und wollte ihr mit dem Einkaufsbummel vermutlich noch etwas Zeit geben, ihre Gedanken zu sammeln.

Romina fühlte sich sofort wieder heimisch in Gangi, das wie eine steinerne Kappe auf dem Monte Marone thronte. Es war, als wäre sie nie weggewesen. Ein Gewirr von Treppen durchzog den Ort wie graue Adern und führte auf kleine Plätze, an hohen Türmen und Kirchen vorbei zu den ehemals prunkvollen Adelspalazzi ins Herz des mittelalterlichen Zentrums. Von der Piazza del Popolo sah man aufs Tal und den Dächermantel der Stadt hinab, während man von der Piazza San Paolo den spektakulärsten Blick auf den Ätna genießen konnte. Doch Romina mied heute die Lieblingsplätze der Touristen, sie erfreute sich lieber an der Stille von Gangis vergessenen Winkeln. Hier hatte sie als Kind gespielt. Eine Zeit, die ihr trotz des Verlustes ihrer Eltern als eine der glücklichsten ihres Lebens erschien. Was war dagegen schon eine Woche mit einem Mann?

Sie schluckte die aufsteigenden Tränen tapfer hinunter. *Nonna* würde es sofort bemerken, wenn sie jetzt weinte. Großmütter hatten offenbar einen speziellen Blick für Liebeskummer-Augen, und es war früh genug, wenn Romina bei der Beichte, wieso sie wirklich hier war, zu heulen begann.

Vor der Fleischerei blieb sie stehen und sah auf den Einkaufszettel. *Nonna* wollte zum Abendessen Cavaluna c'a Tuma zubereiten. Der Schafs-Frischkäse wurde mit verschiedenem Gemüse und Kalbshackfleisch zu kleinen Rollen geformt, mit Haselnüssen bestreut und gratiniert. Eine Köstlichkeit, die nur ihre Großmutter wirklich lecker zubereiten konnte. Rominas einziger Versuch, das Gericht selbst zuzubereiten, war kläglich gescheitert. Die Rollen hatten nach dem Gratinieren eher wie Hundeköttel ausgesehen und auch so geschmeckt.

Nachdem sie alle Einkäufe erledigt hatte, genehmigte sie sich ein Eis, setzte sich auf eine Mauer und sah ins Land hinaus.

Der Regenguss war bloß ein Tropfen auf dem heißen Stein gewesen. In den Sommermonaten verblasste das sonst grüne Land um Gangi herum zu einer staubigen, trockenen Steppe, in der die Vegetation nach Wasser lechzte. Der Frühling war ihr hier immer die liebste Jahreszeit gewesen, wenn das Gras saftig leuchtete und der Ätna im Hintergrund eine Schneemütze trug. Und plötzlich sehnte sie sich nach Gangis einfachem Leben zurück, wo alles langsamer und gemächlicher stattfand. Wo sich die Leute noch kannten, grüßten und einander beistanden, wenn jemand in Not geriet. All das erschien ihr in ihrer momentanen Gemütslage das wahre Paradies zu sein, auch wenn sie genau wusste, dass sie dieses Paradies vermutlich kaum eine Woche ertragen hätte.

Als es von der Kirche San Nicolò halb eins schlug, stand sie auf und machte sich auf den Heimweg. Es war an der Zeit, ihrer Großmutter den ganzen Schlamassel zu beichten.

Blanca D'Agostinos aus ockerfarbenem Naturstein gebautes Haus mit den typischen geschmiedeten Balkongeländern lag in der Via Santa Lucia. Rominas Großmutter war mächtig stolz darauf, dass man vom dritten Stock aus einen freien Blick auf die Gebirgskette der Madonie genießen konnte, denn normalerweise sah man in Gangi beim Blick aus dem Fenster lediglich an die Hausmauer des Nachbarn. Doch ihr Alter hinderte Blanca mittlerweile daran, die engen Treppen hinaufzusteigen, deshalb hatte sie ihren Wohnraum so weit als möglich ins Erdgeschoss verlegt.

Als Romina die Haustür aufschloss und in den kleinen Patio trat, hatte ihre Großmutter den Mittagstisch bereits gedeckt. Er stand im Schatten der Hausmauer zwischen verschiedenen Kübelpflanzen und blühenden Geranien. Ihre Großmutter besaß den sprichwörtlichen grünen Daumen. Alles, was sie anpflanzte, gedieh ohne großes Zutun. Bei Romina hingegen gingen sogar Kakteen ein. Offensichtlich hatte sie nur die schlechten Eigenschaften ihrer Großmutter geerbt, nämlich einen Hang zu übertriebenem Eigensinn und Stolz. Beides Charaktereigenschaften, die das Zusammenleben mit anderen Menschen nicht gerade vereinfachten.

»*Nonna*, ich bin zurück!«, rief Romina.

Ihre Großmutter hörte nicht mehr gut, was sie natürlich vehement leugnete und sich demzufolge auch kategorisch gegen ein Hörgerät wehrte. Stolz und Eigensinn eben.

Romina betrat die Küche, stellte das Einkaufsnetz auf den Tisch und verstaute die verderblichen Esswaren im Kühlschrank. Sie holte den Parmaschinken und die Melone heraus, die sie zum Mittagessen genießen wollten.

Bei ihrer Großmutter wurde immer erst am Abend warm gegessen. Ein Überbleibsel aus früheren Zeiten, als die Menschen in den Bergregionen während des Tages auf den Feldern arbeiteten und das Vieh hüteten und erst bei Dämmerung in ihre Häuser zurückkehrten.

Ihre Großmutter hatte ihr oft erzählt, wie es gewesen war, als ihr eigener Vater bei einem Großgrundbesitzer im Tal unten auf den Feldern gearbeitet hatte. Weizen, Wein, Obst, Oliven und Haselnüsse wurden damals angebaut, um die feinen Herrschaften in ihren Palazzi in den Städten und Dörfern beliefern zu können. Als Kinder hatten *Nonna* und ihre ältere Schwester mithelfen müssen und konnten die Schule nur im Winter besuchen, wenn die Natur ruhte. Doch trotz aller Entbehrungen war es eine glückliche Zeit gewesen – bis ihr Vater bei einem Unfall mit einem Pferdegespann umkam. Danach habe sich alles geändert, hatte Blanca immer gesagt. Doch was genau sich geändert hatte, davon hatte sie ihrer Enkelin nie etwas erzählt. Vielleicht hatten die Schwestern und ihre Mutter betteln müssen oder Schlimmeres, und ihre Großmutter schämte sich deswegen. Romina hatte sie nie zu einer Erklärung gedrängt. Es gab gewisse Dinge, die blieben besser ungesagt.

Blancas Erzählungen von früher fingen immer erst wieder an dem Zeitpunkt an, als sie Benito, ihren Ehemann und Rominas Großvater, bei einem Erntedankfest kennen- und lieben gelernt hatte. Damals hatte sie als Hausmädchen im Palazzo einer verwitweten Adligen in Gangi gearbeitet.

»Sklavin trifft es wohl eher«, hatte Blanca ihrer Enkelin einmal erzählt. »Die Zeiten waren hart, *Carina*. Wir, die armen Bergler, konnten froh sein, wenn wir überhaupt eine Arbeit fanden und nicht verhungerten.«

Blanca und Benito hatten sich erst spät kennengelernt, und Rominas Vater war ihr einziges Kind gewesen. Ihre Großmutter hatte oft gesagt, dass sie sich immer ein Haus voller Kinder gewünscht hatte, doch Gott habe ihr diesen Wunsch leider nicht erfüllt.

Romina schnitt die Melone auf und entfernte die Kerne. Sie lächelte bei der Erinnerung, wie ihre *Nonna* immer glänzende Augen bekam, wenn sie von *ihrem* Benito sprach. Und als Kind hatte Romina sich ihren Großvater stets als heldenhaften Ritter auf einem feurigen Ross vorgestellt, der ihre *Nonna* aus den Klauen der bösen Hexe befreite. Natürlich war Benito D'Agostino ein ganz normaler Kerl gewesen, kein Held in schimmernder Rüstung. Er hatte als Präfekt in der *Questura* gearbeitet und Blanca vom Fleck weg geheiratet. Liebe auf den ersten Blick. Es gab sie also tatsächlich.

Romina stieß einen Laut des Unmuts aus und drapierte die Melonenschnitze auf einem farbig bemalten Keramikteller.

Sie hatte ihren Großvater leider nie kennengelernt, da er vor ihrer Geburt gestorben war.

»Er ist eben kein Bauer gewesen«, sagte *Nonna* oft. »Er war immer etwas anfällig und ist in einem harten Winter an einer Lungenentzündung erkrankt. Den Frühling hat er dann nicht mehr erlebt.«

Das Haus in der Via Santa Lucia hatte Blanca von ihm geerbt und sich und ihren Sohn, Rominas Vater, mit dem Verkauf von bemalter Keramik über Wasser gehalten.

Damals war es vor allem bei den Engländern in Mode gekommen, nach Sizilien zu reisen und dort mindestens den Ätna zu besteigen und ein Bergdorf zu besuchen. Blanca hatte eine gute Nase fürs Geschäft gehabt und eine kleine Keramik-Werkstatt im Erdgeschoss eröffnet, wo sie farbenprächtige Schalen, Vasen und sonstige Gegenstände im romanischen Stil herstellte und an die Reisenden verkaufte. Noch heute begegnete man in ihrem Haus Keramikköpfen, den sogenannten *testa di moro*, die die Besucher mit ihren starren Augen erschreckten.

Als Kind hatte Romina die blutrünstige Legende, die erklärte, wie die Keramikköpfe entstanden waren, geliebt, und ihre *Nonna* hatte sie ihr immer wieder erzählen müssen.

Romina erinnerte sich noch heute an jedes Wort davon: Vor vielen, vielen Jahren, als die Insel noch von den Sarazenen beherrscht wurde, verliebte sich ein dunkelhäutiger junger Mann in ein einheimisches Mädchen mit einer schneeweißen Haut. Zuerst zierte sich die Kleine natürlich, doch der junge Mann umgarnte sie jeden Tag, machte ihr Geschenke und sang ihr schöne Lieder. Also gab sie schließlich nach und die zwei wurden ein Paar. Doch der junge Mann hatte bereits eine Frau in seiner Heimat, die weit hinter dem Meer auf ihn wartete. Und obwohl der Mann jetzt das hübsche Mädchen erobert hatte, sehnte er sich nach seiner Gattin und der Heimat zurück. Also beschloss er, Sizilien heimlich wieder zu verlassen und mit dem Schiff übers Meer nach Hause zu segeln. Doch jemand erzählte es dem Mädchen mit der schneeweißen Haut. Dieses wollte ihren Geliebten nicht ziehen lassen. So schlich sie eines Nachts, als der Sarazene schlief, in seine Kammer und schlug ihm den Kopf ab. So würde der Geliebte immer bei ihr bleiben müssen.

Das Mädchen stellte daraufhin den abgeschlagenen Kopf auf den Balkon und pflanzte darin Basilikum. Die Pflanze wuchs und wuchs, und bald wurden die Nachbarn neidisch und wollten ebenfalls ein solch schönes Gefäß für ihre Kräuter.

Seit damals stellt man auf Sizilien Blumentöpfe in der Form von Köpfen her. Dunkle Männerköpfe, wie der Sarazene einen hatte, und helle Frauenköpfe, wie das rabiate Mädchen mit der schneeweißen Haut.

Romina hörte ein Geräusch hinter sich, das sie aus ihren Kindheitserinnerungen holte. Ihre Großmutter stand im Türrahmen. Sie stützte sich mit einer Hand auf den angewinkelten Arm eines Mannes, mit der anderen auf ihren Stock. Da die beiden im Gegenlicht standen, konnte Romina nur die Silhouetten ausmachen.

»Ah, du bist wieder zurück«, hörte sie ihre Großmutter sagen. »Bitte leg noch ein weiteres Gedeck auf. Wir haben einen Gast.«

50

Justin erreichte Gangi wie geplant gegen zwölf Uhr mittags. Das pittoreske Städtchen auf der Bergkuppe schien durch die Zeit gefallen zu sein. Alte Steinhäuser reihten sich wie Dominosteine aneinander und gaben Blicke in enge Gassen und auf malerische Plätze frei.

Die Via Santa Lucia, in der Rominas Großmutter wohnte, war mit dem Auto nicht zu erreichen, und auf der Suche nach einem Parkplatz verfuhr sich Justin ein ums andere Mal. Genervt stellte er den Wagen schließlich einfach irgendwo ab, griff nach seinem Gepäck und suchte mit der Navigationsapp des Handys den kürzesten Weg durch das Labyrinth von Treppen und engen Sträßchen.

Essensdüfte waberten durch den Ort und sein Magen knurrte begehrlich. Seit seinem zeitigen Frühstück hatte er nichts mehr gegessen. Aber wer hielt sich schon mit so etwas Profanem wie der Nahrungszufuhr auf, wenn das Glück auf dem Spiel stand?

Als er Blanca D'Agostinos Haus endlich erreichte, blieb er stehen und stieß nervös die Luft aus. Wie würde Romina auf sein überraschendes Auftauchen reagieren? War sie überhaupt hier?

Er wischte sich die feuchten Hände an der Jeans ab und straffte die Schultern, dann betätigte er den altmodischen Metallklopfer.

Wenig später öffnete sich die Haustür einen Spalt und ein paar freundliche braune Augen, umrahmt von zahlreichen Fältchen, sahen ihn neugierig über eine Lesebrille hinweg an. War das Rominas Großmutter?

»Da sind Sie ja«, sagte die alte Frau auf Italienisch. »Nur herein, ich habe Sie erwartet.«

In Blanca D'Agostinos Wohnzimmer roch es nach Vanille und verstaubtem Papier. An der gegenüberliegenden Wand stand ein Büchergestell, das mit Zeitungen, Zeitschriften und Büchern vollgestopft war. Landschaftsbilder in Öl hingen an den Wänden. In einer Ecke stand ein bemalter Keramikkopf, der ihn, so schien es Justin, spöttisch betrachtete. Er wandte den Blick ab. Die schweren, dunklen Holzmöbel im Raum, ein Tisch, vier Stühle und ein Buffet mit eingelassener Glasscheibe, glänzten durch jahrelanges Polieren wie Ebenholz und schienen für die Ewigkeit gemacht.

Er räusperte sich und wandte sich Blanca zu. »Mein Name ist …«, begann er, doch die alte Frau winkte ab.

»Ich weiß, wer Sie sind«, sagte sie nicht unfreundlich, was Justin ein Stirnrunzeln entlockte. An der Haustür hatte er vermutet, dass sie ihn eventuell für einen Versicherungsvertreter hielt, aber offenbar wusste sie ganz genau, wer ihr gegenübersaß. Hatte Romina sie bereits über alles informiert? Vielleicht sogar ein paar Handyfotos gezeigt? Er wappnete sich innerlich für ein mögliches Donnerwetter, doch die alte Frau deutete mit der Hand auf das Wohnzimmerbuffet.

»Würden Sie uns bitte ein Glas einschenken?«

Der obere Teil des Buffets war verglast, und hinter der Scheibe konnte Justin eine Flasche ausmachen. Er stand auf, öffnete die Vitrine und nahm zwei zierliche Likörgläser und die angebrochene Flasche Marsala heraus.

Er kannte diesen süßlichen Likör, seine Mutter mochte ihn ebenfalls, meist trank sie ihn aber gekühlt. Er bevorzugte eher etwas mit Bitterstoffen. Doch jetzt war definitiv nicht der richtige Zeitpunkt, um nach einem Bier zu fragen.

»Salute!«, sagte Blanca und hob ihr Glas.

»Salute!«, erwiderte Justin und stürzte den Likör in einem Zug hinunter. Der Alkohol wärmte seinen leeren Magen und ließ in seinem Mund den Geschmack nach Früchten und Sommer zurück.

»Sie lieben also meine Enkelin«, konstatierte die alte Frau und nippte an ihrem Gläschen.

Justin kam beinahe der Likör wieder hoch. »Ja, ich …«, stammelte er. »Also ja, so ist es, ich liebe Romina. Hat sie Ihnen erzählt, was vorgefallen ist?«

Blanca schüttelte den Kopf.

Gott sei Dank! Er unterdrückte einen Seufzer der Erleichterung.

»Aber Giulia«, fügte sie in scharfem Ton hinzu.

Also hatte Giulia gepetzt, verdammt!

»Weiß Romina, dass ich komme?«

»Nein! Ich hielt es für besser, wenn wir zuerst ein Wörtchen miteinander reden.«

Ihm brach der Schweiß aus und er wischte sich verstohlen über die Stirn. Das war doch lächerlich, er hatte sich nichts vorzuwerfen. Charlotte gebührte der Schwarze Peter in dieser Inszenierung. Also straffte er die Schultern und begann zu erzählen.

* * *

Romina traute ihren Augen nicht, als sie erkannte, wer ihrer Großmutter so ritterlich den Arm bot. Heiße Wut flammte in ihr auf.

»Was willst du hier? Wir haben nichts mehr zu bereden.«

Ihr frostiger Ton hätte problemlos den Ätna in einen Eisberg verwandeln können.

»Hör ihn erst mal an, Liebes«, schlug ihre Großmutter begütigend vor. »Ich denke, es liegt ein Missverständnis vor.«

»Bist du jetzt etwa seine Sprecherin, *Nonna*?« Romina warf die Melonenschalen wütend in den Abfalleimer. »Kann der werte Earl nicht für sich selbst reden?«

Ihre Großmutter kicherte und Romina schnellte herum.

»Das ist nicht witzig, *Nonna*. Wirklich nicht! Dieser Filou hat …«

»Stopp!«, unterbrach Justin sie ruhig. »Dieser Filou, wie du mich netterweise titulierst, hat gar nichts. Und jetzt komm mal wieder runter, okay?«

Romina starrte ihn entgeistert an. Wieso stand *sie* denn jetzt plötzlich unter Beschuss? Er war doch derjenige, der sie hintergangen hatte. Waren denn alle verrückt geworden?

»Ich glaube kaum, dass du hier irgendwelche Forderungen stellen kannst«, gab sie spitz zur Antwort. »Und jetzt lasst mich in Ruhe. Alle beide!«

Sie warf das Messer ins Spülbecken. Da Justin und ihre Großmutter den Ausgang in den Patio versperrten, würde sie halt durch den Keller nach draußen verschwinden. Keine Sekunde länger hielt sie es in Justins Gegenwart aus. Sie war schon halb zur Küchentür hinaus, als die scharfe Stimme ihrer Großmutter sie zurückhielt.

»Romina Ginevra D'Agostino, du bleibst sofort stehen und hörst dir an, was der Mann zu sagen hat!«

Romina erstarrte. Diesen Ton hatte ihre *Nonna* angeschlagen, wenn sie als Kind eine Dummheit begangen hatte. Doch sie war kein Kind mehr und nicht bereit, sich den Wünschen ihrer Großmutter kampflos zu fügen.

Trotzdem drehte sie sich um, verschränkte die Arme vor der

Brust und zischte von oben herab: »Na dann los, werter Earl, erheitern Sie mich mit einer weiteren Lügengeschichte.«

Auf den Melonenscheiben hatte sich Kondenswasser gebildet. Der geschnittene Parmaschinken glänzte in der Hitze und das Weißbrot war bestimmt schon hart geworden. Niemand schien hungrig zu sein, trotzdem hatte *Nonna* darauf bestanden, das Mittagessen im Patio aufzutragen.

Bis jetzt hatte Justin noch nichts gesagt, da ihn ihre Großmutter gebeten hatte, zuerst ein weiteres Gedeck aufzulegen, eine Flasche Wein zu öffnen und die Esswaren hinauszutragen.

Romina sah all dem wortlos zu. Sie verspürte nicht die geringste Lust, etwas von sich zu geben oder Justin zu helfen. Offenbar schmiedeten der Engländer und ihre Großmutter hinter ihrem Rücken konspirative Pläne. Sollten sie doch, ihr war es egal.

Woher kannten sich die zwei eigentlich? Ihr Umgang miteinander wirkte vertraut, obwohl sie sich nicht duzten. Wie war das möglich?

»Nun komm schon her und setz dich endlich!«, verlangte ihre Großmutter und schüttelte dabei genervt den Kopf.

Romina hörte danach noch etwas, das wie »störrisches Mädchen« klang, und schnaubte entrüstet. Fein, sie würde sich Justins Bericht anhören und das war's dann auch. Danach konnte der Engländer ihretwegen bleiben, wo der Pfeffer wuchs.

Mit erhobenem Haupt durchquerte sie den Patio, setzte sich auf die äußerste Stuhlkante und sah Justin hochmütig an.

Er wirkte unsicher. Gut, das geschah ihm recht. Mit seinem Dreitagebart und den strubbeligen Haaren sah er aber auch unverschämt sexy aus.

Rominas Herzschlag beschleunigte sich. Mist, hoffentlich errötete sie nicht auch noch. Sie versuchte, seinem Blick standzuhalten. Diese blauen Augen! Er sah sie an, als wäre er ein frisch geborener Welpe, der auf ein bisschen Zuwendung hofft. Das war einfach nicht fair. Sie senkte die Lider.

»Also?«, sagte sie forsch und betrachtete ihre Fingernägel. »Bringen wir es hinter uns.«

»Romina«, begann Justin. »Es tut mir wahnsinnig leid, dass du Charlotte im Grand Hotel begegnet bist. Und noch mehr bedauere ich, dass sie dir einen Riesenbären aufgebunden hat.«

Romina hob den Kopf und runzelte die Stirn.

Er nickte. »Ich bin weder mit Charlotte noch sonst einer Frau verlobt. Auch nicht verheiratet oder geschieden. Die Einzige, die mir etwas bedeutet, bist du. Ich liebe dich. Und nur dich.«

Er machte Anstalten, ihren Arm zu berühren, doch er unterließ es im letzten Moment. Stattdessen griff er nach dem Glas Wein und trank es halb leer.

Romina konnte kaum glauben, was Justin eben gesagt hatte. Stimmte das? Und durfte sie die Hoffnung zulassen, die langsam in ihr aufkeimte?

»Und wieso hat diese Frau das dann behauptet?«

»Ich denke, sie hat es, genau wie Alessandro, aus verletztem Stolz getan. Sie kam gestern unerwartet in Taormina an und hat in meiner Suite übernachtet. Als …«

Romina riss die Augen auf. »Sie hat was!?«, rief sie entsetzt. »Ihr habt zusammen geschlafen?«

Er schüttelte heftig den Kopf. »Gott bewahre! Nein, das haben wir nicht. Sie bekam kein Zimmer mehr und ich Hornochse habe ihr das zweite in meiner Suite angeboten. Ich musste doch das Zimmer wechseln. Charlotte und ich sind alte Freunde. Wir kennen uns seit der Kindheit. Aber das ist auch schon alles. Mehr war nie zwischen uns.« Er hob entschuldigend die Achseln und fuhr fort: »Offenbar möchte sie aber mehr, und als ich ihr klipp und klar gesagt habe, dass nie etwas zwischen uns sein wird, ist sie wohl … na ja, ein bisschen durchgedreht und hat sich an dir gerächt.«

Romina betrachtete ihn aus schmalen Augen. Sprach er die Wahrheit, oder war das wieder eine Lüge? Sie wollte ihm so gern glauben, aber eine neue Enttäuschung würde sie nicht verkraften.

»Und wieso kannte sie mich?«, fragte sie und griff jetzt selbst nach dem Wein. Ihr Hals war schmerzhaft ausgedörrt, sie konnte kaum sprechen.

»Sie hat Fotos von uns auf meinem Handy gesehen.« Justin wirkte zerknirscht. »Als ich für einen kurzen Moment abgelenkt war, hat sie darauf herumgeschnüffelt.«

Er griff nach Rominas Hand und verschlang seine Finger mit den ihren.

Sie ließ es geschehen. Es fühlte sich so gut an, ihn wieder zu berühren. Die Gefühle drohten sie zu überwältigen und sie räusperte sich mehrmals. Sie wollte jetzt nicht weinen. Nicht schon wieder. Justin hatte ihr genug Tränen abverlangt.

»Glaubst du mir?«, fragte er flehentlich und führte ihre Hand an seine Lippen.

Konnte sie es? Ja, ja, schrie ihr Herz, glaub ihm doch! Und selbst ihr Verstand meldete sich zu Wort: Alles klingt schlüssig. Eifersüchtigen Frauen ist keine Hinterlist fremd. Und Justin wäre kaum den weiten Weg nach Gangi gefahren, wenn seine Worte jetzt eine Lüge gewesen wären.

»Romina«, fragte er noch einmal, »glaubst du mir?«

Sie nickte stumm.

Sein Gesicht hellte sich auf wie der Himmel nach dem Wolkenbruch. Ungestüm riss er sie in seine Arme und bedeckte ihr Gesicht mit Küssen.

»Ti amo«, flüsterte er an ihrem Ohr.

Romina lächelte.

»Ah, die zwei schönsten Worte«, nuschelte ihre Großmutter mit einem Funkeln in den Augen. »Und jetzt können wir endlich essen.«

51

Romina stand in der Küche und bereitete drei Espressi zu. Durch die offene Tür hörte sie Justins dunkle Stimme und dann, wie ihre Großmutter kicherte.

Romina schmunzelte. Die zwei verstanden sich offenbar prächtig.

Justin hatte ihr berichtet, wie er Giulia heute Morgen aufgesucht hatte und jetzt Gott sei Dank nicht über die Mauer der Villa Schuler springen musste, weil ihm sowohl ihre Freundin, ihre Großmutter wie auch sie Glauben schenkten.

Die gute Giulia. Sie war die beste Freundin auf der ganzen Welt. Und dass sie nur *Nonna* vorgewarnt hatte, erschien Romina im Nachhinein eine kluge Sache. Sie hätte, wenn sie vorher informiert gewesen wäre, dass sich Justin auf dem Weg nach Gangi befand, höchstwahrscheinlich die Tür verbarrikadiert oder das Weite gesucht. In ihrem verletzten Stolz hätte sie womöglich ihr Glück einfach weggeworfen.

Glück? Ja, das war es, denn Justin hatte ihr erklärt, dass er vorerst auf Sizilien bleiben wolle. Wegen ihr. Weil er sie liebte. Gab es einen größeren Liebesbeweis?

Doch sie hatte sich entschieden. Er würde Woodbridge Hall nicht aufgeben müssen, nicht jetzt und auch später nicht, denn sie wollte mit ihm nach England gehen. Sie hatte es schon gewusst, bevor sie diese doofe Charlotte Compton getroffen hatte. In der Einsamkeit ihres Waldgefängnisses war dieser Entschluss in Romina gereift. Justin wusste noch nichts davon. Sie würde es ihm heute oder morgen mitteilen und freute sich jetzt schon auf sein verblüfftes Gesicht.

Einen Wermutstropfen gab es jedoch: *Nonna*. Konnte sie ihre Großmutter einfach so zurücklassen? War sie dann eine schlechte Enkelin? Egoistisch und undankbar? Romina nahm sich vor, zuerst mit ihrer Großmutter zu sprechen, bevor sie Justin eröffnete, dass sie mit ihm nach England kam. Das war sie ihr schuldig.

Wieder kicherte Blanca. Was erzählte er ihr da bloß?

»Redet ihr etwa über mich?«, rief Romina durch die offene Tür. Einen Moment blieb es still, dann brachen Justin und ihre Großmutter in lautes Gelächter aus.

»Na toll«, murmelte Romina und beeilte sich, wieder nach draußen zu gehen.

»Wir nennen ihn meist nur *Mongibello*«, erklärte ihre Großmutter gerade, als Romina das Tablett mit den Tassen auf den Tisch stellte.

»Interessant«, erwiderte Justin. »Ein Vulkan und so viele Namen. Danke, mein Herz«, wandte er sich an Romina und strich ihr sanft über den Arm, als sie ihm den Espresso servierte.

Blanca zwinkerte ihrer Enkelin zu und diese errötete. Sie war so glücklich, dass ihre Großmutter Gefallen an Justin fand. Sie hatte es sich schwieriger ausgemalt, ihr einen Mann vorzustellen. Ältere Sizilianerinnen waren gegenüber Fremden oft etwas reserviert oder gar misstrauisch. Aber Justin hatte *Nonna* mit seinem Charme offenbar schon längst um den Finger gewickelt.

»Ja, wir lieben und fürchten ihn zugleich«, fuhr ihre Großmutter fort. »Und natürlich ranken sich eine Menge

Sagen und Legenden um den Ätna. Eine davon kennen Sie bestimmt.«

Romina verdrehte die Augen. »Jetzt kommt's, Justin, selbst schuld. Das ist *Nonnas* erklärtes Hobby.«

»Hobby?«, fragte er.

Ihre Großmutter sah sie strafend an und wandte sich dann vertraulich an ihren Gast. »Romina hat überhaupt keinen Sinn für Mythologie. Sie ist einfach zu nüchtern.«

Justin lachte. »Ja, in der Tat, richtig vertrocknet.«

»He!«, rief Romina und schlug nach ihm. »Ich bin überhaupt nicht vertrocknet, du frecher Kerl. Im Gegenteil, vermutlich bin ich viel zu romantisch veranlagt. Wenn jemand vertrocknet ist, dann sind es ja wohl die Engländer.«

Sie griff mit abgewinkeltem kleinen Finger nach der Espressotasse und hauchte mit hoher Stimme: »Ein Schlückchen Tee, Mylord, und dazu ein Gurkensandwich?«

Er drückte ihr grinsend einen Kuss auf die Wange. »Perfekt, Mylady.« Dann wandte er sich wieder an Blanca. »Und jetzt die Legende.«

Blanca häufte zwei Löffel Zucker in ihren Espresso und erklärte: »Sie haben sicher schon von Hephaistos gehört, der im Krater des Vulkans mit seinem Gehilfen, dem einäugigen Zyklopen, die Waffen für die Götter schmiedet.«

Justin nickte. »Aber sicher. Die griechischen Göttersagen waren mir während der Schulzeit immer die liebsten.«

Blanca warf ihrer Enkelin einen triumphierenden Blick zu. »Der Mann hat Geschmack«, rief sie zufrieden und Romina seufzte ergeben.

»Aber es gibt noch eine, die den Ätna betrifft«, fuhr Blanca fort. »Odysseus und seine Gefährten hatten Polyphem, Poseidons einäugigen Sohn, geblendet und waren aus seiner Höhle geflohen, und Polyphem schleuderte von dort aus riesige Felsbrocken auf Odysseus' Schiff. Diese aus dem Ätna herausgerissenen Felsbrocken landeten im Meer und wurden zu den Faraglioni-Felsen von Acitrezza. Wenn man genau hinsieht, kann man darauf sogar noch die Fingerabdrücke des Polyphem erkennen.«

»Wow!«, stieß Justin beeindruckt hervor. »Das ist ja cool. Können wir da mal hinfahren, Romina?«

»Pech gehabt, sie stehen unter Naturschutz«, gab sie zur Antwort. »Aber wenn du sie sehen willst, können wir ein Boot mieten und drum herumfahren.«

»Gern. Und auf den Ätna muss ich auch noch. Das letzte Mal wurde ich ja davon abgehalten.« Er grinste, und Romina schmunzelte. »Übrigens«, er wandte sich wieder an *Nonna.* »Wir haben auf Woodbridge Hall auch eine hübsche Geschichte zu erzählen. Die Sage der unglücklichen Duchesse. Einen Moment, ich habe ein Foto von dem alten Kasten und zeige Ihnen, von welchem Zimmer ich rede. Sie soll dort nämlich herumspuken.«

Justin griff nach seinem Rucksack und hob ihn auf die Knie. Er wühlte darin herum und zog seine Brieftasche heraus. Dabei segelte ein Briefumschlag zu Boden.

Blanca bückte sich ächzend danach und hob ihn auf. »Das ist Ihnen herausgefallen«, sagte sie und legte den Brief auf den Tisch.

Edwards Brief!

Romina hatte in der Aufregung der vergangenen Stunden überhaupt nicht mehr an ihn gedacht. Justins betroffene Miene verriet ihr, dass es ihm ebenso ging. Er griff nach dem Brief und lächelte dann.

»Wissen Sie, Signora D'Agostino, dass es diesem Stück vergilbtem Papier zu verdanken ist, dass ich Romina überhaupt kennengelernt habe?«

Romina lächelte. »So ist es, *Nonna.* Ohne diesen alten Brief wäre Justin nie nach Taormina gekommen. Erzähl meiner Großmutter doch von Ginny und Edward. Sie wird die Geschichte lieben.«

»Eine Liebesgeschichte?« Blancas Augen leuchteten auf und sie beugte sich interessiert vor.

Justin seufzte. »Ja und nein.« Er griff nach Edwards Brief auf dem Tisch und drehte ihn gedankenverloren in den Händen. »Leider gab es kein Happy End. Aber meist berühren einen die Geschichten ohne glückliches Ende mehr, nicht wahr?«

Blanca nickte zustimmend. »Wer würde auch nur einen Gedanken an Romeo und Julia verschwenden, wenn die beiden geheiratet und zehn Kinder in die Welt gesetzt hätten?«

Justin schmunzelte. Rominas Großmutter gefiel ihm immer besser. Vielleicht, wenn Romina damit einverstanden war, könnten sie zu ihr nach Gangi ziehen. Dann wäre Blanca auf ihre alten Tage nicht so allein. Aber ob Romina Taormina und ihre Arbeit bei der Agentur einfach so aufgeben würde? Und ob er hier einen Job fand?

»Justin, die Geschichte.« Romina sah ihn auffordernd an.

»Genau, entschuldige.«

Er zog die beschriebenen Seiten aus dem Umschlag, räusperte sich und begann, laut vorzulesen.

Als er geendet hatte, sah ihn Blanca mit einem seltsamen Ausdruck im Gesicht an und wischte sich dabei eine Träne aus dem Augenwinkel.

»Wie schmerzlich«, flüsterte sie mit brüchiger Stimme und seufzte schwer. »Dieser Edward ist also ein Vorfahre von dir? Ich darf dich doch duzen, auch wenn du einen Titel trägst?«

Justin lachte. »Ja, natürlich, gern. Edward war mein Großonkel. Der ältere Bruder meines Großvaters. Er wurde während des Zweiten Weltkriegs beim Sturm auf Sizilien verwundet, kam nach Taormina zur Genesung und hat dabei Ginny kennengelernt.« Er griff nach Rominas Hand. »Wir haben angenommen, dass die junge Frau als Krankenschwester in der Villa Schuler gearbeitet hat. Aber sicher sind wir uns nicht. Auch ihren richtigen Namen haben wir leider nicht herausgefunden. Ginny ist ja Englisch. Vermutlich hat Edward ihr diesen Kosenamen gegeben.«

»Und nur wegen dieses Briefes bist du nach Taormina gekommen?«, fragte Blanca.

»Genau. Ich fand ihn auf der Rückseite in einem Bild verborgen und hatte plötzlich das Gefühl, ich müsste Ginny finden und ihr diese letzte Nachricht von Edward bringen.« Er hob entschuldigend die Schultern. »Eine alberne Idee, ich weiß, weil Ginny bestimmt schon lange tot ist. Aber ohne meine überstürzte Reise hätte ich deine Enkelin nicht getroffen. Es hat eben alles sein Gutes.«

Er küsste Rominas Fingerspitzen.

»Wir haben die ganze vergangene Woche nach Ginny gesucht«, erklärte Romina. »Eine Spur führte nach Palermo, die andere nach Agrigento und eine weitere nach Siracusa. Diese Spur war die …« Sie brach ab und schüttelte den Kopf. »Nein, das war auch bloß eine Sackgasse. Und letzten Endes konnten wir nicht herausfinden, wer die junge Frau gewesen und was mit ihr geschehen ist. Schade, nicht?«

Blanca starrte den Brief an und streckte die Hand danach aus. »Darf ich ihn mal sehen?«

»Sicher.« Justin reichte ihr sowohl den Umschlag wie auch die beschriebenen Blätter.

Mit zitternden Fingern hielt Blanca beides fest, sah abwechselnd auf den Briefumschlag und wieder auf die Zeilen. Unvermittelt entwich ihr ein erstickter Laut und sie sank in sich zusammen.

»*Dio mio!*« Romina sprang auf und fasste ihre Großmutter am Arm. »*Nonna?* Was ist denn?«

»Geht es ihr gut?«, fragte Justin erschrocken.

»Du siehst doch, dass es ihr *nicht* gut geht«, zischte Romina. Die Angst um ihre Großmutter stand ihr ins Gesicht geschrieben.

»Soll ich die Ambulanz rufen?«, fragte er und holte sein Handy aus der Hosentasche.

In diesem Moment hustete Blanca und schlug die Augen auf. Sie zog keuchend die Luft ein und fasste sich ans Herz.

»*Nonna*, alles in Ordnung? Sollen wir den Dottore kommen lassen?«

Edwards beschriebene Seiten waren Blancas Händen entglitten und zu Boden gefallen. Ein warmer Luftzug trieb sie vor sich her über den gepflasterten Patio auf die geöffnete Tür zur Gasse hin.

»Der Brief!«, rief Blanca mit verstörter Miene. »Romina, schnell!«

52

Romina befahl ihrer Großmutter, sich einen Moment hinzulegen. Die alte Frau wollte zuerst nicht, benahm sich wie ein störrischer Esel, aber ihre Enkelin ließ keine Ausflüchte gelten. Und zuletzt gab Blanca nach. Justin geleitete sie ins Wohnzimmer, wo sie sich aufs Sofa legte. Ins Bett, so hatte sie gewettert, gehe sie nur zum Schlafen oder zum Sterben.

Während Justin *Nonna* im Wohnzimmer Gesellschaft leistete, räumte Romina den Tisch im Hof ab. Die tanzenden Briefbogen hatte sie dem trockenen Bergwind wieder abgerungen und in den Umschlag gesteckt.

Offenbar gingen ihrer Großmutter die Liebesworte von Justins Großonkel arg zu Herzen. Im wahrsten Sinne des Wortes. Romina beschloss entgegen den Wünschen ihrer Großmutter, gleich morgen den Arzt zu informieren. Blanca D'Agostino litt zwar nicht an Herzbeschwerden – sie sagte immer, sie sei so gesund wie ein Ackergaul –, aber es konnte sonst etwas sein. In ihrem Alter kamen die Gebrechen leider manchmal über Nacht.

Als Romina das Haus betrat, hörte sie, wie ihre Großmutter Justin über Edwards Schicksal ausfragte. Sie wollte wissen, ob er je wieder nach Sizilien gekommen war. Wenn ja, wann, wenn nein, warum nicht. Sie stöhnte auf, als Justin ihr von der Heirat seines Großonkels bald nach dem letzten Brief erzählte, so wie Romina selbst dabei aufgestöhnt hatte. Ihre *Nonna* fasste das anscheinend ebenso wie sie als Affront gegenüber Ginny auf.

Aber weshalb interessierte sich *Nonna* so für die Montague Brownes? Ihre löchernde Fragerei ging über ein allgemeines Interesse an einer unglücklichen Liebesgeschichte weit hinaus.

Romina kaute auf ihrer Lippe herum und räumte die Weingläser in den Geschirrspüler. War es vielleicht möglich, dass *Nonna* Ginny kannte? Altersmäßig würde das sogar passen. Hatte Edwards Brief sie deshalb so aufgeregt? Ein abenteuerlicher Gedanke, immerhin lagen Taormina und Gangi zweihundert Kilometer voneinander entfernt, und Blanca D'Agostino hatte ihr Heimatdorf nie verlassen. Aber unmöglich war es nicht. Und wenn es zutraf, dann war es eventuell auch denkbar, dass Ginny noch lebte. Vielleicht sogar hier in Gangi.

Romina fiel vor Schreck der schmutzige Teller aus der Hand und zerbrach auf dem Steinfußboden in tausend Stücke. Beinahe zeitgleich stürzte Justin in die Küche, die Augen weit aufgerissen, als befürchte er, nochmals eine ohnmächtige Frau vorzufinden. Als er sie stehend antraf, stieß er erleichtert die Luft aus.

»Ihr D'Agostinos könnt einen zu Tode erschrecken. Alles klar? Du siehst aus, als wäre dir gerade ein Geist erschienen.«

Romina stützte sich mit beiden Händen auf den blank gescheuerten Küchentisch und dachte scharf nach. War das die Erklärung für Blancas Zusammenbruch? Und wenn ja, wieso hatte sie nicht erwähnt, dass sie Ginny kannte?

»Schatz? Was ist denn?«

Sie hob den Kopf. Justin musterte sie besorgt.

»Komm!«, sie streckte die Hand aus. »Wir müssen mit *Nonna* reden.«

Blancas eine Hand lag über ihren Augen, sie schien zu schlafen, als Romina und Justin ins Wohnzimmer traten.

Sie sah so zerbrechlich aus auf dem großen Sofa, dass Rominas Kehle eng wurde. Wann war ihre Großmutter nur so alt geworden? Zuneigung wallte in ihr auf. Wie konnte sie die alte Frau einfach so verlassen? Der Entschluss, Justin nach England zu begleiten, geriet ins Wanken. Noch hatte sie ihm nichts davon gesagt. Sollte sie schweigen und den Dingen ihren Lauf lassen? Statistisch gesehen ging jede zweite Beziehung in die Brüche – wäre es daher nicht logischer, hierzubleiben? Wenn das mit ihr und Justin nicht klappte, hätte sie immerhin noch ihre Wohnung, ihre Arbeit und ihre Freunde. Und das Wichtigste, sie befände sich in *Nonnas* Nähe.

»Was willst du denn mit deiner Großmutter besprechen?«, flüsterte Justin hinter Romina und legte seinen Kopf auf ihre Schulter. Sein Atem streifte dabei ihren Hals und ein angenehmer Schauer rieselte durch ihren Körper.

»Ich denke, sie weiß, wer Ginny ist«, gab sie ebenso leise zur Antwort.

»Bitte was?«, rief Justin verblüfft und Blanca öffnete die Augen.

»Habt ihr etwas gesagt?«, fragte sie und rappelte sich ächzend in eine sitzende Position. Sie ordnete ihre Frisur und wollte aufstehen.

»Bleib noch einen Moment sitzen, *Nonna*«, bat Romina und bedeutete dem verdatterten Justin, ebenfalls Platz zu nehmen. »Ich glaube, du weißt etwas über Ginny. Habe ich recht?«

Blanca D'Agostino wirkte plötzlich wie ein Kind, das man bei einem Streich erwischt hatte und jetzt zur Rede stellte. Ihre Augen huschten von ihrer Enkelin zu Justin und wieder zurück.

»Ich habe keine Ahnung, wovon du sprichst«, erwiderte sie und reckte das Kinn.

Romina schmunzelte. Ihre Großmutter war eine lausige Lügnerin.

»*Nonna*, bitte. Ich kenne dich gut genug, um dir das jetzt nicht zu glauben. Lebt Ginny noch? Und wenn ja, willst du sie eventuell schützen? Wir haben nicht vor, alte Wunden aufzureißen, aber meinst du nicht auch, dass sie Edwards letzten Brief bekommen sollte?«

»Ich verstehe kein Wort«, mischte sich Justin ein, doch ein leichtes Kopfschütteln von Romina brachte ihn zum Schweigen. *Nonna* würde nichts sagen, wenn man sie zu sehr bedrängte. Sie wusste das, weil sie genau gleich reagierte.

Justin zuckte mit den Achseln und lehnte sich im Stuhl zurück. Seine Miene war ein einziges Fragezeichen, doch er respektierte ihren Wunsch und schwieg. Keiner sagte daraufhin ein Wort, und das einzige Geräusch im Raum war das Ticken der antiken Uhr über dem Kamin.

Endlich seufzte Blanca tief und wischte sich müde über die Augen.

»Ja, ich denke, ich weiß, wer Ginny ist.«

Romina nickte zufrieden. Sie hatte sich also nicht getäuscht.

Justins Mund klappte auf und er sah ihre Großmutter entgeistert an. »Du weißt es? Woher? Wieso? Lebt sie noch?«

Blanca schüttelte bedauernd den Kopf. »Nein, sie ist vor über fünfzig Jahren gestorben.«

Die Enttäuschung über diese Auskunft traf Romina tief. Justin schien es ebenso zu gehen, denn seine Schultern sackten ein und er sah betroffen zu Boden. Romina griff nach seiner Hand und drückte sie. Er konnte den Brief also wieder mit zurück nach England nehmen. Wie es Edward gewollt hatte: Seine letzten Zeilen würden Ginny nicht erreichen.

Den Krieg hatte Ginny demzufolge aber überlebt, und Romina wollte jetzt unbedingt wissen, was aus ihr geworden war, als sie Taormina verlassen hatte.

»Hast du sie gut gekannt?«

Ihre Großmutter seufzte wieder. »Ja, sehr gut. Sie war meine ältere Schwester.«

Romina sah sie mit offenem Mund an und Justins Kopf schnellte nach oben.

»Habe ich das jetzt richtig verstanden? *Mia sorella*? Das heißt, sie war deine Schwester?«

Blanca nickte und sah lächelnd zu ihrer Enkelin. »Du trägst sogar ihren Namen: Ginevra. Dein Vater hat sich das gewünscht. Er hatte immer ein spezielles Verhältnis zu seiner Tante. Und als sie 1967 unerwartet starb, hat ihn das schwer getroffen; ein Dreikäsehoch, der zum ersten Mal mit dem Tod konfrontiert wurde.« Sie wischte sich eine Träne von der Wange. »Das alles ist schon so lange her und doch kommt es mir vor, als wäre es erst gestern gewesen.«

Romina schüttelte ungläubig den Kopf. Ginevra Salinas, *Nonnas* ältere Schwester, war Ginny? Also hatte Edward aus Ginevra Ginny gemacht. Und sie waren über die ganze Insel gehetzt, um Ginny ausfindig zu machen, und nun fanden sie die Antwort hier, in Gangi, ihrem Heimatort. Das war … sie wusste nicht recht, was das war. Ironie des Schicksals? Ein unglaublicher Zufall? Oder ein göttlicher Plan?

»Hat sie je von Edward erzählt?«, fragte Romina leise.

Blanca lächelte. »Ja, das hat sie. Und zwar kurz vor meiner Hochzeit mit deinem Großvater. Eines Abends hat mich der große Zweifel überrollt. Obwohl ich meinen Benito doch von Herzen liebte, hatte ich plötzlich Angst, den entscheidenden Schritt zu tun. Als ich meiner Schwester davon erzählt habe, hat sie mich bei der Hand genommen und ist mit mir zum Torre dei Ventimiglia hinaufgestiegen. Es war kurz vor Sonnenuntergang. Über den Hügeln lag ein Schimmer, als hätte jemand Gold über sie ausgegossen.

Wir saßen lange Zeit stumm auf der Mauer unterhalb des Turms und sahen einfach nur übers Land. Dann fing sie unvermittelt an zu erzählen. Von dem *Inglese*, dem Engländer, den sie in Taormina kennengelernt hatte. Wie sehr sie ihn geliebt hat, wie schmerzlich es war, ihn gehen zu lassen, und wie enttäuscht sie über ihn gewesen ist, dass er sein Versprechen, sie zu holen, nicht hielt. Sie hat mir damals gesagt, wenn ich jemanden liebe und er mich auch, dann müsse ich dieses Glück mit beiden Händen festhalten. Sonst würde es mir entwischen und ich würde es für immer bereuen.«

Blanca hob seufzend die Schultern. »Ich wusste nichts von diesem Engländer. Ginevra hat zwei Jahre, nachdem sie aus Taormina zurückkam, Gaspare geheiratet. Sie konnten keine Kinder bekommen, und ich glaube, sie waren auch nicht glücklich miteinander. Gaspare war ein Hitzkopf, und manchmal habe ich gedacht, dass er sie sogar schlägt. Vielleicht, weil er in der Hochzeitsnacht gemerkt hat, dass sie keine ...« Blanca räusperte sich und errötete. »Na ja, ihr wisst schon. Jedenfalls, obwohl bei unserem Gespräch am Turm schon Jahre vergangen waren, seit sie aus Taormina zurückgekehrt war, wurde mir klar, dass sie den Engländer immer noch vermisste.«

»Gott, ist das traurig.« Romina schluckte. Ein dicker Kloß hatte sich in ihrem Hals gebildet.

»Ja, das war es.« Blanca verschränkte die Hände im Schoß.

»Aber Edward wollte sie doch holen!« Justin fuhr sich mit einer fahrigen Bewegung durch die Haare. »Er hat sie nur nicht mehr gefunden, so steht es wenigstens in dem Brief. Ich glaube nicht, dass er gelogen hat. Er schreibt doch, dass Ginny auf seine früheren Briefe nicht reagiert hat. Offensichtlich hat sie sie gar nicht erhalten, oder?«

Blanca seufzte. »Ich weiß es nicht. Darüber hat sie nicht gesprochen. Damals war halt Krieg, vieles hat nicht funktioniert. Meine Schwester hat Taormina Hals über Kopf verlassen müssen, weil in dem behelfsmäßigen Krankenhaus eine Polio-Epidemie ausgebrochen ist. Ich glaube, sie mussten es sogar schließen. Ich habe mich natürlich riesig gefreut, dass meine große Schwester wieder da war, doch sie hatte fest vor, wieder ans Meer zurückzukehren. Wie es der Zufall aber wollte, ist unsere Mutter kurz nach Ginevras Rückkehr gestürzt und hat sich das Bein gebrochen. Meine Schwester musste sie daraufhin pflegen und mich versorgen, ich war ja noch zu klein und konnte es nicht. Danach ging sie nicht wieder zurück, weil …«

»Darum hat sie Edward nicht gefunden!«, unterbrach Justin sie aufgeregt. »Weil sie nach Gangi gefahren ist. Vermutlich wusste er nicht, wo sie ursprünglich herkam, sonst hätte er doch bestimmt versucht, sie hier zu finden. Was für ein Mist aber auch!«

Romina und Blanca sahen sich überrascht an. Offensichtlich schien ihn das alles enorm mitzunehmen. Es war ja auch zu traurig. Zwei Menschen, die sich liebten, aber durch die äußeren Umstände nicht zueinandergefunden hatten. Romina fiel ein altes Volkslied ein: *Es waren zwei Königskinder, die hatten einander so lieb, sie konnten beisammen nicht kommen, das Wasser war viel zu tief.*

»Hat sie Edward danach je wieder erwähnt?«, wollte sie von ihrer Großmutter wissen.

Blanca schüttelte den Kopf. »Nie mehr wieder. Natürlich war ich neugierig, doch ich habe mich nicht getraut, sie danach zu fragen. Aber ich glaube, sie hat den *Inglese* nie vergessen. Manchmal saß sie mit einem eigenartigen Ausdruck im Gesicht auf einer Bank und sah in die Ferne, als würde sie dort etwas erblicken, das nur sie sehen konnte.«

»Ich fange gleich an zu heulen«, schniefte Romina.

Ihre Großmutter beugte sich über den Salontisch und tätschelte ihre Hand. »Ist schon gut, Kleine. Das ist Vergangenheit und man muss immer nach vorne schauen. Ihr könnt jetzt all das tun, was Ginevra und Edward nicht möglich war. Es ist, als würde sich das Schicksal dadurch bei meiner Schwester entschuldigen.«

53

Der ummauerte Friedhof befand sich unterhalb des Ortes Richtung Nicosia. Hinter ihm ragten die sandsteinfarbenen Häuser Gangis wie eine Klippe in den dunkel werdenden Abendhimmel. Vereinzelt flammten Lichter hinter den Fenstern auf.

Justin parkte das Auto vor dem schmiedeeisernen Eingangstor und sie stiegen aus. Eine Elster flatterte aus einer Reihe hoher Pinien am Eingang auf und beschimpfte sie lauthals, bevor sie sich auf einer Mauer niederließ und sie misstrauisch beäugte. Es roch nach trockenem Gras und warmem Stein.

»Und du bist dir sicher, dass du es so willst?«, fragte Romina.

Justin nickte. »Ja, das ist ein passendes Ende.«

»Gut, dann komm!«

Sie streckte den Arm aus und sie betraten Hand in Hand den Friedhof.

Die Dämmerung breitete ihre blaugraue Decke über das Land aus. Gegenüber ragte ein mit immergrünen Büschen bewachsener Hügel in die Höhe. Weiter nördlich erhoben sich die Monti Nebrodi. Eine schöne Aussicht für die letzte Ruhe.

Romina ging zielstrebig durch die Gräberreihen. Sie war früher oft am Familiengrab gewesen, als sie noch in Gangi gewohnt hatte. Jetzt schon lange nicht mehr. Es war Zeit, sich zu verabschieden.

Die D'Agostinos lagen im hinteren Teil des Friedhofs, der aus einem Gewirr aus Mausoleen, einfachen Holzkreuzen und Grabsteinen bestand.

»Hier ist es«, sagte sie und blieb vor dem Grabmal ihrer Familie stehen.

Sie schlug das Kreuz und verharrte einen Moment schweigend vor dem einem Sarkophag ähnlichen Monument. Eine steinerne Madonna breitete ihre Hände darüber aus, als würde sie sowohl die Verstorbenen als auch die Lebenden willkommen heißen. Eine aus schwarzem Marmor gefertigte Grabplatte mit den eingravierten Namen der Verstorbenen verschloss das Familiengrab. Namen, die Romina seit jeher kannte: die Eltern ihres Großvaters, Blancas Mann Benito, ihre Eltern und Tante Ginevra.

Ginnys Mann, Gasparo Salinas, lag nicht an ihrer Seite. *Nonna* hatte ihnen vorhin erzählt, dass ihre Schwester vor ihrem Tod bestimmt hatte, nicht in der Familiengruft der Salinas, sondern in der ihrer eigenen Familie bestattet werden zu wollen.

Romina ging in die Hocke und entfernte ein paar welke Blätter, die auf die Grabplatte gefallen waren. Sie ordnete die Schnittblumen in der Vase davor und entzündete das rote Grablicht.

Justin räusperte sich. »Wir werden vermutlich auch einmal hier liegen, nicht?«

Sie sah verwundert zu ihm hoch und stand auf. »Wie kommst du denn darauf?«

»Nun ja, wenn wir auf Sizilien leben. Und vielleicht hier in Gangi, dann …«

Sie schüttelte lächelnd den Kopf. »Ich glaube nicht, dass der Name Justin Charles Montague Browne auf die Grabplatte passt.«

»Aber«, warf er zögerlich ein. »Möchtest du nicht … Ich meine, wenn ich jetzt vor dir …«

»Sei einfach still, Justin! Wir wollen jetzt nicht darüber reden. Zudem habe ich nicht vor, so bald das Zeitliche zu segnen. Und du wirst dich unterstehen, vor mir den Löffel abzugeben! Wir werden uralt, und wenn die Zeit gekommen ist, betten uns unsere Urenkel auf Woodbridge Hall zur letzten Ruhe.«

Justin starrte sie einen Moment sprachlos an. »Was meinst du damit?«

Romina grinste. »Du bist doch so ein kluges Kerlchen. Was glaubst du denn, was ich damit meine?«

Er sah sie weiterhin fassungslos an. »Ist das dein Ernst? Willst du tatsächlich mit mir nach England kommen?«

Sie nickte. »Oder gilt das Angebot etwa nicht mehr?«

Als Antwort riss er sie ungestüm in die Arme und küsste sie leidenschaftlich.

Rominas Herz machte einen Sprung und voller Hingabe erwiderte sie seinen Kuss.

Ja, so musste es sein. So fühlte es sich an, wenn man tief und innig liebte. Und sie würde das Risiko auf sich nehmen, in einem fremden Land ganz von vorne anzufangen. Mit Justin, weil er derjenige war, den das Schicksal für sie bestimmt hatte.

Als sie ein diskretes Hüsteln neben sich hörten, lösten sie sich verlegen voneinander. Eine schwarz gekleidete Matrone mit einem Kännchen in der Hand sah sie missbilligend an und ging dann kopfschüttelnd davon.

»Wir sollten das wohl besser auf später verschieben«, flüsterte Romina und versuchte, nicht zu lachen.

Justin stieß schwer atmend die Luft aus und fuhr sich durch die Haare. »Darauf freue ich mich schon«, raunte er und legte den Arm um ihre Schultern. Dann wurde er wieder ernst. »Und was ist mit deiner Großmutter?«

Romina strich sich eine Strähne hinters Ohr.

»Ich habe sie vorhin, als du den Wagen geholt hast, gefragt, ob sie uns nach England begleiten will, doch sie hat nur gelacht. Und dann hat sie gemeint, dass Gangi ihre Heimat ist und sie hier auch sterben möchte. Sie sagt, sie hat ihr Leben bereits gelebt und es sei ein glückliches gewesen. Und dass ich jetzt das meine leben muss. Auch wenn das bedeutet, es in einem anderen Land zu tun.« Tränen standen in Rominas Augen. »Sie ist einfach großartig und ich liebe sie über alles.«

Es würde nicht leicht werden, alles hinter sich zu lassen, und was die Zukunft für sie bereithielt, wusste sie nicht. Doch sie war sich sicher, dass sie das Richtige tat. Und schließlich lag Sizilien nicht am Ende der Welt. Wenn das Heimweh zu groß wurde, konnte sie schnell herfliegen, um *Nonna* zu besuchen und ein paar Tage oder Wochen die Sonne zu genießen. Zudem hatte sie ihrer Großmutter versprochen, jeden Urlaub in Gangi zu verbringen. Justin liebte Italien ebenso, er wäre bestimmt einverstanden.

»Romina?«

»Ja?«

»Wie hast du dich eigentlich aus dem Bunker befreit?«

Jetzt war es an ihr, die Augen aufzureißen. »Du weißt davon? Aber …«

Justin nickte. »Ich bin Alessandro in die Berge gefolgt, als er dir weiteren Proviant bringen wollte. Aber der Bunker war leer. Er war darüber vermutlich so entsetzt, dass er sich danach im Hotel krankgemeldet hat. Offenbar zittert er jetzt vor der Polizei. Du wirst ihn doch anzeigen, oder?«

Romina hob die Schultern. »Ja, vermutlich, obwohl ich keinen Beweis vorbringen kann, dass er das auch tatsächlich getan hat.«

Sie erzählte Justin von dem Motorradfahrer, der sie befreit hatte.

»Der hat offenbar kalte Füße bekommen«, vermutete Justin. »Und daran bin ich nicht ganz unschuldig«, fügte er mit einem schiefen Lächeln hinzu.

»Wie das?«

»Ich habe Alessandro vorgeflunkert, dass du mich nach England begleitest. Das hat ihn vollkommen umgehauen. Offenbar wollte er dich tatsächlich nur eine Nacht von mir fernhalten, aber weil ich auf Sizilien geblieben bin, musste er deinen unfreiwilligen Aufenthalt in dem Bunker verlängern.«

Romina nickte. So musste es gewesen sein. Und der Motorradfahrer wollte da nicht mehr mitmachen.

»Also wirst du ihn anzeigen?«, fragte Justin noch einmal. »Oder soll ich den Mistkerl zu einem Duell fordern? Auf Woodbridge Hall gibt es eine erkleckliche Anzahl scharfer Hieb- und Stichwaffen.«

Romina lachte. »Untersteh dich! Ich will dich in einem Stück und nicht scheibchenweise.« Dann wurde sie wieder ernst. »Ich muss es mir überlegen. Mir ist ja nichts passiert und vielleicht ist die momentane Angst, in der Alessandro sich befindet, Strafe genug. Zudem hat er mich jetzt endgültig verloren.« Sie zwinkerte Justin zu.

»Was mein Glück ist.«

Sie nickte lächelnd. »Jetzt?« Sie schmiegte sich an seine Brust und sah fragend zu ihm auf.

»Jetzt!«

Justin zog Edwards Brief aus der Tasche und sah ihn eine Weile nachdenklich an.

»Machen wir's gemeinsam?«, fragte er heiser.

Romina nickte. Sie beugten sich vor und legten den Brief zusammen auf die Grabplatte.

Epilog

Gangi, 1967

Ginevra hatte schon lange gespürt, dass mit ihr etwas nicht stimmte. Diese ständigen Schmerzen in der Lunge waren nicht einfach nur die Nachwirkungen des hartnäckigen Hustens, der sie den ganzen Winter über geplagt hatte. Manchmal ging es besser, manchmal weniger gut, doch seit ein paar Tagen wurde sie immer schwächer. Der Dottore hatte nur gesagt, sie solle sich schonen und ab und zu ein Glas Rotwein trinken. Offenbar schloss dieser Hornochse von sich auf andere, denn jeder in Gangi wusste, dass sich der Arzt gern mal ein Gläschen genehmigte.

Ginevra verschloss den Brief, der ihren Letzten Willen enthielt, und schrieb sorgfältig Blancas Namen und ihre Adresse darauf. Dann stand sie mühsam auf, zog Schuhe und Strickjacke an und verließ das Haus. Sie würde den Brief persönlich in die Via Santa Lucia bringen und in den Briefkasten ihrer Schwester werfen. Wenn sie ihn Gasparo übergab, konnte es sein, dass er die Zeilen las und den Brief vernichtete.

Ginevra seufzte. Sie hatte es mit ihrem Ehemann nicht gut getroffen, doch das war allein ihre Schuld. Sie hatte die Wahl gehabt und sich falsch entschieden. Nun denn, bald war es vorbei.

Die Gassen an diesem nasskalten Januarabend lagen verlassen unter einem wolkenverhangenen Himmel. Als sie die Treppen zur Via Santa Lucia hinaufstieg, fing sie an zu keuchen. Der Schmerz wurde immer beißender, als würde ein wütendes Tier in ihrem Körper hocken und sie von innen her auffressen. Auf einem Vorplatz blieb sie stehen und rang nach Atem. Eine schwarze Katze saß auf einer Türschwelle und sah sie neugierig an. Ein schlechtes Omen?

Ginevra war noch nie abergläubisch gewesen und sie lockte das Kätzchen mit einem Schnalzen zu sich. Mit hoch aufgerichtetem Schwanz sprang das Tier auf sie zu und strich ihr maunzend um die Beine. Sie hätte es gern gestreichelt, aber wenn sie sich jetzt bückte, würde sie sich vor Schmerzen nicht wieder aufrichten können. Also begnügte sie sich damit, leise Koseworte zu murmeln. Als die Katze merkte, dass von ihr nichts Fressbares zu erwarten war, machte sie sich davon.

»Mach's gut, Mieze«, murmelte Ginevra.

Nach einer halben Stunde erreichte sie endlich Blancas Haus. Ihre Schwester musste noch auf sein, denn in der Küche brannte Licht. Vielleicht bereitete sie dem Kleinen eine warme Milch zu, denn er klagte öfters über Bauchweh.

Ginevra lächelte. Wenigstens hatte Blanca das Glück gefunden. Sie und Benito waren so ein fröhliches Paar und der Kleine einfach zum Anbeißen. Sie bedauerte es, ihn nicht aufwachsen zu sehen – und plötzlich drohte das Selbstmitleid, sie zu überrollen.

Es war nicht so, dass sie ihrer Schwester ihr Glück neidete, das nicht, aber manchmal dachte sie, dass es im Leben nicht gerecht zuging. Zudem hatte sie Angst. Schreckliche Angst, was danach kam … und ob überhaupt etwas kam.

Schnell schlug Ginevra das Kreuz und entschuldigte sich beim Herrn für diese blasphemischen Gedanken. Er würde ihr verzeihen, wie er ihr auch verziehen hatte, was sie in ihrer Jugend getan hatte. Denn Gott war gütig, im Gegensatz zu Gasparo.

Sie warf den Brief in den Briefkasten und machte sich auf den Heimweg. Es war kalt. Ein eisiger Wind pfiff durch die Gassen und heulte an den Straßenecken. Sie fröstelte und schlang die Strickjacke enger um ihren mageren Körper. Sie war einmal eine stattliche Frau gewesen, jetzt schlotterten die Kleider nur noch an ihr.

An der Chiesa San Cataldo setzte sie sich einen Moment auf die Bank und sah über die Brüstung ins Tal hinab. Die Wolken hatten sich verzogen. Der Mond stand jetzt groß und rund am nächtlichen Himmel und warf sein silbernes Licht über die Hügel. Es sah so unwirklich aus, wie auf einem Gemälde, aber wunderschön.

Was wohl aus ihm geworden war? Ob er noch lebte? Und wenn ja, ob er vielleicht manchmal an sie dachte? Es waren seine Augen gewesen, die ihr zuerst aufgefallen waren. Blaue Augen, so blau wie das Ionische Meer am Morgen, wenn die Sonne aufging.

Ach, das Meer! Sie seufzte tief. Wie gern hätte sie es ein letztes Mal gesehen. Und wie gern hätte sie ein letztes Mal seine Stimme gehört.

Geliebte Ginny, du wirst immer in meinem Herzen sein, solange ich lebe und darüber hinaus.

»Ti amo, Edward«, flüsterte sie. »Wir sehen uns irgendwann wieder.«

Danksagung

Meistens ist das Schreiben eines Romans eine recht einsame Tätigkeit und nur die Figuren darin leisten einem über eine lange Zeit hinweg Gesellschaft. Deshalb ist es umso schöner, wenn man beim Arbeiten mit realen Menschen in Kontakt kommt.

Bedanken möchte ich mich deshalb bei Steve Krebs, der mir immer wieder mit guten Einfällen zur Seite steht. Er stellt in seiner Druckerei und Buchbinderei übrigens wunderbare Dinge her. Alles in Handarbeit! Besuchen Sie ihn doch auf seiner Website und machen Sie sich selbst ein Bild davon: www. karikani.com

Des Weiteren geht ein großer Dank an Herrn Gerhard Schuler, der mir erlaubt hat, den Namen seines Hotels im Roman zu verwenden. Die wechselvolle Geschichte der Villa Schuler und seiner Vorfahren in Taormina konnte ich nur ansatzweise wiedergeben. Trotzdem hoffe ich, dass ich ihm und seiner Familie mit den Passagen, die im Hotel spielen, gerecht geworden bin.

Sollten Sie also nach dem Lesen des Romans den dringenden Wunsch verspüren, auch einmal nach Taormina zu fahren, ist die Villa Schuler die perfekte Adresse für Ihren Aufenthalt:

www.hotelvillaschuler.com

Meiner Tochter möchte ich ebenfalls ein Kränzchen winden. Sie weiß wofür und weshalb.

Bedanken möchte ich mich auch beim gesamten Team von Amazon Publishing für die Unterstützung und das Vertrauen, das es immer wieder in mich setzt. Ihr seid großartig!

Einen herzlichen Dank an Karla Schmidt, meine Lektorin, die immer wieder das Beste aus meinen Geschichten herausholt. Danke, Karla, für deine humorvollen Kommentare zu meinen Fehlern.

Und am meisten bedanken möchte ich mich natürlich bei Ihnen, liebe Leserinnen und Leser, dass Sie meine Geschichten mögen und ich dadurch noch viele für Sie schreiben darf. Besuchen Sie mich doch auf meiner Website www.margotsbaumann.com, bei Facebook oder Amazon und sagen Sie mir, wie Ihnen mein Roman gefallen hat. Ich würde mich freuen.

Herzlichst
Margot S. Baumann

Zeitfracht Medien GmbH
Ferdinand-Juhlke-Straße 7
99095 Erfurt, Deutschland
produktsicherheit@kolibri360.de

Druck:
CPI Druckdienstleistungen GmbH
im Auftrag der
Zeitfracht Medien GmbH
Ein Unternehmen der Zeitfracht - Gruppe
Ferdinand-Jühlke-Str. 7
99095 Erfurt